岁月的兴致（丛书）

情趣有痕

王斌 / 著

山西出版传媒集团
山西人民出版社

图书在版编目（CIP）数据

情趣有痕 / 王斌著. — 太原：山西人民出版社 2015.8
（岁月的兴致）
ISBN 978-7-203-09138-7

Ⅰ.①情… Ⅱ.①王… Ⅲ.①散文集—中国—当代
Ⅳ.①I267

中国版本图书馆 CIP 数据核字(2015)第 170655 号

情趣有痕

著　　者:王　斌
责任编辑:吕绘元
装帧设计:张永文

出 版 者:山西出版传媒集团·山西人民出版社
地　　址:太原市建设南路 21 号
邮　　编:030012
发行营销:0351-4922220　4955996　4956039
　　　　　0351-4922127（传真）
天猫官网:http://sxrmcbs.tmall.com　电话:0351-4922159
E-mail：sxskcb@163.com 发行部
　　　　sxskcb@126.com 总编室
网　　址:www.sxskcb.com

经 销 者:山西出版传媒集团·山西人民出版社
承 印 者:山西省教育学院印刷厂

开　　本:　787mm×1092mm　1/16
印　　张:　30.75
字　　数:　359 千字
印　　数:　1-1000 册
版　　次:　2015 年 8 月　第 1 版
印　　次:　2015 年 8 月　第 1 次印刷
书　　号:　ISBN 978-7-203-09138-7
定　　价:　68.00 元（全二册）

自 序

散文从某种意义上说，其实写的是人的情趣；同时，散文也体现了作者的情趣。

毫无疑问，一个人，肯定有自己的情趣。

人，是生活的生物载体；生活，是人整个生命活动的总和。

人的生活是一种经历或正在的经历，这种经历是无数个生命运行（包括生理运行、思想运行）的片段刻录在时间里所形成的历史和记忆，是生命在时间里诞生、成长、成熟，直至撤退的过程，这些片段、过程留下的历史和记忆，都是其痕迹。因此，生命定有时，生活皆有痕。

生活的印记便是情趣的痕迹。因此，我们可以说，散文就是记录、描述、诠释这些情趣印记的文字篇章。比如，东晋书法家王羲之的《兰亭序》就描绘了兰亭的景致和作者等人集会的乐趣，抒发了作者盛事不常、"修短随化，终期于尽"的感叹，向读者传达了"文情之高旷，文致之轻松"的生活情趣。北宋范仲淹的《岳阳楼记》通过对迁客骚人登楼时或喜或悲的览物之情的分析议论，表达了作者"先天下之忧而忧，后天下之乐而乐"的远大抱负和"不以物喜，不以己悲"的人生情趣。北宋大文豪苏轼的《赤壁赋》描写作者月夜泛舟赤壁，欣赏明月秋水，心情恬淡闲适，怡然自得，但因听箫声，怀古人，羡水月而悲的心情。通过一番哲学思辨，摆脱"哀吾生之须臾"的烦恼，由悲而喜，开怀畅饮，表明了作者被贬谪的壮志难酬之苦闷及面对现实的旷达乐观之思想等处世情趣。唐代文学家阎伯理的《黄鹤楼记》介绍了黄鹤楼雄伟高大的外观和建筑结构的特点，描述了登临黄鹤楼的所见所感，表达了作者热爱山川胜迹和仰慕仙人的思想情趣。三国时期著名政治家、军事家诸葛亮的《出师表》阐述了北伐的必要性以及对后主刘禅治国寄予的期望，以恳切委婉的言辞劝勉后主要广开言路，严明赏罚，亲贤远佞，以此兴复汉室，同时也表达了作者以身许国，忠贞不贰的赤诚之心，体现出作者对国家一片忠心和救国于倾倒壮志的人生情趣。现代著名散文家朱自清的《春》通过对"贮满诗意"的"春的赞歌"的描写，全方位地展现出一个欣欣向荣、多姿多彩的春天，表现了作者对自由境界的向往，饱含着作者特定时期的思想情绪和追求高雅人生的生活情趣。这些经典的散文名篇，所记述的无不是生活情趣和人生志趣，脍炙人口，百读不厌。这些散文名篇，之所以能够被人们世代传阅，具有永久的生命力，就是因为它们无不是给人以启迪，诲人雅志。

我们都是平凡的人，过着如同泥土一样粗糙的平凡生活，但即使是平凡的生活，毕竟也会有所积淀，在时间的隧道里也能留下印迹。我们的情趣可能没有名家的那么高雅，但即使是最微小的情趣，那也是属于我们自己的情趣，同样弥足珍贵。

《情趣有痕》这本散文集，收录了我2013年到2014年撰写的67篇散文。说实话，《情趣有痕》里的文章虽然记述的大都是平凡之人、平凡之事，但它或多或少地反映了我的生活情趣和人生志趣；虽然没有名家的高屋建瓴，但那毕竟是属于我的一家之言，平凡而真实。

当然，什么样的作品反映着什么样的情趣，什么样的情趣就展现着什么样的人生。《好井长》通过对老家老井的记述，既表达了漂泊在都市里的人的那份乡愁，又展现了向往乡村恬静、淡雅生活的情趣。《夜色依然》摘取在茶馆里喝茶的生活片段，描述了夜色中的现代城市那种悠闲而又小资生活的朦胧情调，体现了热爱生活的浪漫情趣。《过年了……》以不动声色的笔调记述着信手拈来的琐事，看似无意，却有真情实感，表达了幸福安康就是在流年平淡之中的恬适。《规则更重要》以小见大，从三兄弟分粥的故事中感悟出"治大国若烹小鲜"的道理，充满了哲思。

　　我的这些散文与名篇相比，尽管文采稚拙，文思粗浅，如同生长在偏僻沟坎里的野花，但却带着阳光般的温暖，散发着大地般质朴的芳香。对于我来说，这些情趣的痕迹，是人生历程中的历史标点。在此，我要借用朱平在《在历史中望向未来深处》中的一段话：人生的经历，尽管成为历史，成为过去，成为记录，但可以从中望向未来，甚至可以望向未来的深处。因为，当今天的活动、今天的感悟、今天的情趣成为明天的历史，它是如此清晰地呈现着我们的过去，向人们讲述那些发生了的；它又隐而不发地预言着我们的未来，昭示那些即将发生的。是的，在时光吞噬了的历史印迹中，总有人努力揭开生活的光芒，总要在历史中望向未来的深处。

　　这大概就是《情趣有痕》对于我的意义吧！

2015年7月3日

目录

流年平凡方有悟

灵感似锦皆有乐

好井长

在我老家，有口老井，据说有几百年的历史。但究竟是多少年，在世的老人说不清楚，上辈子的老人说不清楚，上上辈子的老人也说不清楚。

这口井的井滩在两个水塘之间。大概因为这口井太有名了，一大一小的两口水塘原本的名字都没有人记起了，只好跟着井重新有了称呼。南边大的水塘叫大井凼，北边小的水塘叫小井凼。两口水塘之间的塘埂，便是去往井台的路，不宽也不窄，三尺有余。井台在井滩的正中间，东西各有一块四方的人青石板，放在井口外侧，便于水桶的放置。井滩南边有棵大榆树，北边有棵老槐树，都是枝虬干斜，左扭右曲，古朴沧桑的模样，向水塘里歪斜着，有几条树枝竟然伸到了塘水里。不过，每到春夏季，它们都郁郁葱葱，枝繁叶茂。

这口老井是好井，老好老好的井。说它是好井，是因为水好。它的水很清，晶莹剔透，似乎纯净至极。每当打上井水来，就把蓝天打上来了，在桶里；把白云打上来了，在桶里；把飞过的鸟儿打上来了，在桶里。水太清，井外的什么都映在水里。正因为水太清，从井里打水，似乎把家家户户的生活也都打上来了，在桶里；把家家户户的脾气秉性打上来了，在桶里；把家家户户的希望和梦想打上来了，在桶里。

水好不光水清，而且水很有灵性，似乎有思想、有灵魂、有脾气、有个性。它是活的，活蹦乱跳。它冬天是温温的，在寒冷的天气中，它轻轻的、幽幽的、隐隐约约的热气袅袅升腾，像是在向天空中伸懒腰，很卖萌的样子，不光温暖着手，也温暖着心。正因为水是温温的，寒冬腊月里，人们就直接打井水来洗脸，也不是很冷，而且润滑柔顺。它夏日是凉凉的，清爽柔腻，村庄里哪户买个西瓜、香瓜什么的，要么直接用个篮子吊着放到井里，要么打一桶井水，将瓜果浸泡在水里若干时辰，捞起来切开，甜瓤子是冰凉冰凉的，似乎是井水呼啦啦地跑到瓜果里，把本在睡觉的甜啊、香啊、脆啊等滋味都唤醒了，吃起来好不爽口爽心，满口津润。

这口老井是好井，老好老好的井。好到了它是方圆几十里人家的生命依托。它的水位不高不低，用一丈多长的井绳拴着水桶就能打上水。只是打水的人多了，水位会降低，但是过一会儿水位就恢复了。水打得越多，水位越低，有时低得要用好几根井绳子接起来才能打上来，但水位再低，过不了半夜，水位就会又回到原来的高度，从来不会因人们不停地打水，会打到见井底。最神奇的是，天再旱，方圆百里的井都干涸了，它也从来没有干涸过。每到大旱之年，它就是方圆几十里的生命之源。再远的乡亲们，也会到这口井来挑水，作为人畜之饮。本村的人，还从井里挑水浇庄稼。远方村庄的菜园子都旱成了荒地，本村的菜地依然郁郁葱葱，大旱之年不缺菜吃，很受旁村人的羡慕。所以，本村的男人很少有打光棍的，别的地方的姑娘想嫁过来。与其说是因为这村有好男人，还不如说是因为这村有口好井。

这口井好，还好在它是一口浪漫温情的井，是一口洒满爱、盛满情的井。那种温柔的爱、那种浪漫的情，似乎像这井水一样，永不干涸，一代又一代荡漾在人们的心田里，荡漾在古老的井滩上。

井台上，不仅是打水之地，也是人们在打水时的交流场所。如果碰到几个人一起来挑水，会按先来后到的次序打水，这时等候的人们就在一起聊上几句，张家长，李家短。即使水已经从井里打上来了，聊得起兴，也不挑走，依然会拄着扁担，站在一起聊着，窃窃私语着。水清清的，人也亲亲的，水反射着暖暖的阳光，人絮叨着像井水滋润着心里的话儿，用聊天温暖着心田。所以，人们特别喜欢这口井。

姑娘小伙子们更喜欢这口井。哪家小伙子看上了某位姑娘，往往一见她去井台洗菜、捣衣、挑水，即使小伙子家水缸里的水是满的，也连忙拿起扁担，钩上水桶就去了井滩上挑水。见姑娘从井里提满桶的水很吃力时，勇敢地上前帮一把劲，赢得姑娘一脸绯红的羞色、一个感激的眼风、一声感谢的柔语，小伙子的心都飞了起来，好儿大都落不了地。微娟儿在程芦清的心目中就是从月宫下凡的仙女，他对她朝也思，暮也想，正中午时她是他的太阳，夜晚时她是他梦中的月亮，但他把相思放在心里，只敢对井讲，不敢对她讲。只要她去打水，他就提着水桶奔往井台，一挑一挑地往家里担水。可是水缸里早已满满的，他就把井水倒在门外的沤坑里，一次又一次地遭到父亲的责骂："这口井与你祖辈有恩，与你父辈有恩，也有恩于你辈，你怎么就这样不珍惜它啊？好端端的，又甜又清又滑又腻的井水，无缘无故地倒进了沤坑呀！饮水要思源，这个你不懂吗？这么好的水，一点一滴，都不能糟蹋呀。你这个数典忘祖、忘恩负义的不肖之子，造孽啊！"然而，程芦清心里有相思啊，不管怎么样也要去井滩，他要看到她那一脸淡淡的绯红，他要嗅到她那忽隐忽现的体香，他哪能不去挑水呢？不过，自从被父亲责骂过几次之后，他就再也不敢轻易地将井水倒了，而是挑得很远很远，一家一家地问，哪家还没有挑水，他义务帮这家挑帮那家挑。渐渐地，他成了帮助邻居义务挑水的好哥儿了，众口称赞，久而久之，便赢得了微娟儿的芳心。像这样浪漫的爱情故事，在井滩上演了无数次，一代又一代，绵延不绝，多得似乎只能是这口深井才能装得下、容得了。

受这口井的滋养，在极其边远地角处的这个小小村庄，人才辈出，有考取博士的，有成为军官的，还有其他有出息的人，比周边村子多得多。我堂哥有两个儿子，自幼饮这口井的水，常在井滩上玩，后来，一个是大学里的老师，一个是医学博士。人们都说他俩有出息是受这好井的浸润。正因为如此，远村近邻说它是口神井，散发着袅袅仙气，村庄得到仙气的滋养，充满儒雅神韵。

这几年，村民都建起了楼房，先是在自家院里打了机井或者液压井，后来用上了自来水，人们不再到井里去挑水了。然而，它依然充满活力，依然清澈甜润。只是去井滩的人少了，水塘口埂坍了，塘水淹没埂路，使大井函和小井函连成一片，井滩成了水塘中间的一个孤岛，去井滩有了阻隔。去年，老家遇到了特大干旱，水塘、河流、水库都干了，但这口井没有干。村民们掀开了井口的古老青石板，搬来了抽水机，抽水灌溉良田，保住了庄稼的收成。

今年春节，我回到老家，看到盖井口的青石板散落在井滩一边，心里很不是滋味。这口好井啊，即使它不再是人们的饮水之源了，但它也永远是这里人们的精神家园啊！

只可惜时间匆忙，我只在老家待了一天。要不然，我一定把老井养护起来，让它焕发出活力，继续造福于这里的子民。吃水不忘挖井人，即使我们的生活过得好了，也不能忘记这口老井，这口养育了几代人的好井。

（2013 年 3 月 27 日）

灵感似繁花

河边春柳

　　我家所在的小区坐落在一个四面都是河的地块上，河边栽的是一排排的垂柳。虽然不是海上的岛屿，却有四周被水环绕的浪漫。前天，我一早出门，太阳已经比我早起，一缕一缕的阳光躺在了柳芽刚刚绽开绿翅膀的柳丝上，把柳丝梳理得像姑娘的披肩发。我的心陡然有了灵动，不由得感叹：春天把无数个梦飞落在柳条上，一个挨着一个地醒来，化作一只只嫩绿色的蝴蝶，一串串地张开翅膀，是在浪漫情思中跳舞歌唱吧！

　　春珍藏了一冬的秘密、一冬的浪漫、一冬的情思，深情地飞落在柳枝上，悠悠伸展出翅膀，稚嫩地在柳条上试飞，是在对这个多情的世界表达着温柔和暖意呢，还是在向久违了的人们亲热地打招呼呢？

　　其实，这一切都不重要。重要的是，柳从来不背叛春，把绿的忠诚永远献给春天，不管春来春去，无穷反复，只要生命在，这绿的忠诚就一定在！

狐狸偷鸡

有一天，狐狸发现一个鸡窝，却因为太胖钻不进去，于是饿了三天，终于钻进了鸡窝，可饱餐后又出不去了，只好又饿了三天才得以逃生。人生何尝不是如此呢！工作赚钱，消费花钱；再去工作赚钱，再去消费花钱……就像狐狸吃胖了，又挨饿瘦回来；再钻进鸡窝吃胖了，在鸡窝里饿瘦再钻出来。

因此，我们既不能怠慢工作，又不能过度消费。虽然这两个方面不断循环往复，从起点出发，又回到起点，但二者是互为目的、互为条件的，是螺旋式运动的，每一次循环都是一次历练。所以，二者相辅相成，不可偏废。

沙雕悟沙

去过舟山多次，每次都是去普陀山才在舟山逗留一下，来去匆匆。这次我去了舟山朱家尖的沙雕公园。

在公园里，有很多尊精美的沙雕，且已经展示很久了。这些用攥在手里都会直往外漏的细沙雕塑成的雕像，却不怕风吹，不会坍塌，着实让我惊奇。原来这些沙雕用的沙子，只有和上胶水，将其粘住，才不会是"一盘散沙"。

我的感受是：松散的沙子却能如此紧紧靠在一起，形成具有艺术性的雕塑，说明再松散的事物，只要彼此相紧贴、相粘连，就能有美好的形体！这种紧贴要有一种力量，那就是团结。人的感情和真诚是巨大的凝聚力，是团结的核心，如同掺和在沙子里的胶水，能把不同力量凝聚在一起，成为一种独特的美！

真假之间

在一家星级比较高的豪华酒店大厅里，摆放着一丛很鲜艳、很美丽的花。乍一看，郁郁葱葱，浓绿欲流。我惊讶，这花长得如此青嫩茁壮，是如何栽培的呢？朋友对我的惊讶不屑一顾，因为他怀疑是假花。我想起了前不久在上海辰山植物园看到一株兰花，艳丽得像假的一样，便摘下一片花瓣来仔细审视，结果确实是真花，便固执地认为这丛花卉一定也是真的。于是，我靠近看仔细，依然真假难辨。我涌起了弄清底细的好奇心，就用手去触摸了一下花瓣、绿叶和秆茎，这才发现，这丛鲜艳无比的花是塑料仿制品，并不是盆栽的真花。

这时，我猛然想到：这个世界有很多的艳丽和葱郁，但是不是这么多的艳丽和葱郁，都来自于生命本身呢？真正来源于生命的美，是不是一定就被人们所欣赏和信任呢？

佛地有景

春暖花开，气候宜人，在3月最后的一个双休日，朋友邀请我去普陀山感受一下佛教文化。周日上午9点许，我们一行来到了普济寺。

这里庙宇宏伟，佛像慈祥；香客如织，香火萦绕。佛的氛围、庙的神圣、人的虔诚、僧的朴素让人的灵魂受到触动，让人觉得进入了另一个家园，似乎人们的神情都被这一切吸引过去了。沉浸于这种时空的同时，我把视线投向了寺庙里黛色参天的大树，投向寺外放生池里嫩黄青绿的水草，投向把拱桥和亭阁倒映在池中的清水。这些景致优美、别致，众多香客却无意欣赏。

我不由得感慨起来：普陀山的普济寺，不仅有念南无阿弥陀佛的僧人，不仅有烟雾缭绕旺盛的香火，不仅有如过江之鲫摩肩接踵的香客，还有13世纪修建已有800余载的多宝塔，还有朴树、楸树、菩提树的葳蕤和浓阴，还有不闻众僧念经呢喃、不闻香客来来往往喧哗的绿色黄彩水草，还有拱桥静悄悄倒影在其中的没有涟漪的清水。这些难道不都是佛吗？不能给人的心灵带来宁静吗？

狼的惊讶

有一只兔子欺负了一只狼，然后就转身逃跑了。狼何甘受辱！愤而追之。兔子眼看就要被狼追上了，便在一棵树下坐下来，戴上墨镜，拿张报纸看，假装什么事也没有发生过。

稍许，狼跑来了，见坐在树下的兔子正看报纸，便道："请问，你有没有看见一只兔子？"

兔子答道："是不是一只欺负了狼的兔子？"

狼大呼："不会吧！这么快就上报纸啦！"

看完这个故事后让人忍俊不禁。笑过之后，总觉得其中有着幽默以外的启示：现代社会正在转型，数字化、网络化、智能化的技术，不仅让这个世界极其扁平化，而且使这个世界非常透明化，使这个世界资讯极度全民化，使这个世界传播极端快捷化。某个角落发生的事情，立即被全媒体传播到世界各地，传播到全民眼前。然而，尽管全媒体时代的世界扁平、全向、透明化，但某种伪装也还可能被遗漏忽视，让人信以为真。

春情拂面

单位的院墙内，栽着一些桃树、梨树、樱花、白玉兰等。今年的冬天挺冷的，入春后气温如过山车，忽冷忽热，但仍是冷多暖少。一天清晨，阳光明媚，我准备前往江苏无锡，去乘车的路上，猛然发现樱花紫，梨花白，藤花黄，桃花一树像火焰燃烧旺，情不自禁地用手机拍了下来，看着花团锦簇的美景，便在心里吟咏着：

> 春天晨花格外艳，
> 拂面微风别样鲜。
> 人在花旁情如何？
> 料峭春寒旭阳倦。

胡诌几句的吟诵之后，却依然意犹未尽，心里还有一种感觉挥之不去，那就是：不知不觉中，桃花粉红冬未老，梨花如雪春来到。看来，春到时无论如何都必定要来的。不过，我却没想到，她一下子就来得这么近，似乎要捧着我的脸，额头顶着我的鼻尖，咯咯咯地对我妩媚憨笑。这番情景让我如梦如幻，在恍恍惚惚中，不知是我腼腆，还是花害羞。哦，不管怎样，这都是春惹的祸吧！

囊中羞涩

如今是人人都可发财致富的时代，但郓公赚钱无道，收入低微。看着左邻右舍家财殷实，豪宅名车，穿金戴银，郓公是羡慕嫉妒恨啊。别看郓公囊中羞涩，生活寒酸，却艳福不浅，娶了个如花似玉的老婆。不仅如此，这美若天仙的老婆并不贪图奢华，也不嫌弃郓公穷困，对他恩爱有加。按理说，郓公虽不富有，却也生活幸福，但他身在福中不知福，依然不知足，对家境贫寒耿耿于怀。

一天，郓公又感到心烦意乱，唉声叹气。老婆见之，安慰道："算命的说我命中有车有房，衣食无忧，老公，你就放心吧。"郓公目光呆滞，神情凝重。几秒钟后，郓公点了支烟，很有压力地问老婆："那他有没有说你结几次婚呢？"老婆听了，一脸愕然，哭笑不得，无言以对。

其实，老婆好言劝慰夫君，表达爱怜之情，没想到郓公胡思乱想，把简单平静的温馨生活无端地复杂化了，对笃爱自己的老婆无端猜疑。殊不知，幸福并非缘于富裕，恩爱也非来自金钱；富足并不在于家财，快乐也非物质享乐。贫贱何妨？只要内心宁静，知足快乐，外部世界就很难影响到你什么，很难妨碍到你什么。不要艳羡他人，不要妄自菲薄，要的是坚守自我，知足常乐。这样，才有真正的快乐，才有幸福的生活！即使贫穷，也同样令人羡慕，令人尊敬！

误摄迷照

坐在高速行驶的车上，打盹。

一个颠簸，我醒了。打开手机看时间，显示屏上却是一张超现实主义的照片，画面十分抽象，分不清拍摄的是什么，但却有无以言表的韵味。我在手机相册里翻阅，发现相同的照片竟然有十几张。我惊讶，是什么时间拍摄的、如何拍摄的，一点也记不清了。也许是无意中碰到触摸屏所致。

于是，我不由得打了一个激灵，一个想法闯了进来，那就是：有时候，某个时刻、某个空间的事物会不知不觉定格成这个世界中一幅甚至数幅的图片。然而，这些图片是什么事物的定格已不重要。只不过，自己某个瞬间被定格成图片，会成为别人故事中的图示，而别人也会成为自己故事中的风景。正应了卞之琳《断章》中所言："你站在桥上看风景，看风景的人在楼上看你。"我如此，他如此，你也如此！

(2013 年 4 月 3 日)

爱不需要创可贴

伟尔乐与茜冰子去了黄山。

凌晨 4 点，天还没有亮，尔乐与冰子就起床，手牵着手从汤口慢慢地向光明顶走去。他们要去看日出。

路上，冰子突然停下来，咕嘟着嘴，耍赖皮不走了。尔乐只好来哄她。

三分钟过去了，尔乐依然没有哄好冰子。正当他在想什么好办法时，冰子突然贴在他耳边轻轻地说："亲我一口，坏蛋。"

尔乐捧着冰子的脸，深情地吻着。冰子立刻开心起来，拉着他的手，说："我们继续往上走吧，亲，你要边走边给我讲故事。"原来冰子咕嘟着嘴是故意装的。她在撒娇。

尔乐爽快地答应了，说："我给你讲三个故事，听完后，你要告诉我，你最喜欢哪个故事。"

"好，一言为定。"

尔乐开始讲第一个故事：

他和她心里荡漾着浪漫的甜蜜，不紧不慢地爬着山。突然，她脚踩空了。

他万分惊骇，声嘶力竭，声震山谷。

她很幸运，只滚落几米，抓住一棵树，没有掉下悬崖。

他把她拉上来。有惊无险，她只是手指划破了一道小口子，其他地方无碍。由于过度惊吓，吼叫太用力，他失声了，说不出话来，半个多月后才恢复。

他太在乎她了。

他不让她动，示意她坐在地上休息，压压惊。

他替她去买创可贴。到了小药店，他失声无法说话，比划了好一阵子，售货员也不明白他究竟想买什么。情急之下，他索性把手指割破。售货员这才恍然大悟，原来是需要创可贴啊。

售货员既钦佩又吃惊，讪笑他："只是买个创可贴，至于把手指弄伤嘛！"

本来可以用笔写，只是他太着急忘记了这个办法，售货员也没想到这一层。

他回来了。她见他手上流着血，贴着创可贴，犯疑。她来到小药店，售货员全都告诉了她。倏然，她热泪盈眶！

尔乐讲完了故事，冰子停下了脚步，捧着尔乐的脸，亲了他一口，说："好听。"

尔乐说："这个故事是在网上看到的。还有一个版本，我讲给你听，算作第二个故事。"

"快讲，坏蛋。"冰子催促着说。

尔乐接着讲第二个故事：

　　她不小心划破了手指，他替她去买创可贴。但是他是个哑巴，比划了好一阵子，售货员也不知道他究竟想买什么。

　　万分着急的他只好冲进柜台，自己去拿创可贴。药店保安以为他要抢劫药店，冲上去把他揍得鼻血直流。直到她赶到药店，向保安说明情况，保安才放过他。

　　她看着他鼻血直流，心疼得热泪盈眶。

　　"呵呵，他是个哑巴。"冰子由衷地感叹，"他心真好。"

　　"故事的最后，还有一句：'如果爱只能说出来，那哑巴怎么办？'我觉得，对于爱，恋人有时就应该做一个十足的哑巴，亲，你说是吧？"尔乐说。

　　"嗯，亲，在爱里，嘴是用来亲吻的，心才是用来说话的。"冰子把尔乐挽得更紧了。

　　尔乐搂着冰子的细腰，放慢了脚步，给她讲第三个故事：

　　他和她心里荡漾着浪漫的甜蜜，不紧不慢地爬着山。

　　突然，她脚踩空了。

　　他一把抓住她的手，把她拉上来。有惊无险，她全身完好无损，只是手指划破了一道小口子。他打开一瓶矿泉水，把她的伤口冲洗干净。

　　看着她手指上的小口子在汩汩地流血，他就把她的手指含在嘴里吮着。

　　她的心痒酥酥的，慢慢地蹲了下来，张开嘴，把他的一根手指含在嘴里，喷喷地吮着。她举着左手，手指依然在站着的他的嘴里，他们互相吸吮着对方的手指。

他的心也瘫软了。

"亲，这三个故事，你喜欢哪个?"尔乐问。

"坏蛋，我最喜欢第三个。"冰子娇媚地发嗲。

"为什么呀? 能告诉我理由吗?"尔乐又问。

"爱不需要创可贴!"冰子更加嗲声嗲气地说，"笨蛋，笨蛋，笨蛋……"

这时，他们来到了光明顶。翻滚的云海中，一轮红日冲出波涛，腾空升起，喷薄向上，峰峦、奇松、青草……都沉浸在艳丽的彩光之中。

(2013 年 4 月 21 日)

夜合春情欢

　　合欢花美，名字更美。

　　很早我就喜欢合欢花。当初只是喜欢合欢花的名字，但合欢花长什么样我却没有见过，也没有留意过。有一次，我想写一篇合欢花的文章，在网上查看了合欢花的照片，才知道合欢花美丽的模样。但文章没有写出来，只写了一首诗，从此对合欢花更加喜爱。这次去台湾，在阿里山邹族文化部落亲眼看到了合欢花，陡然间非常兴奋，也了却了对合欢花零距离欣赏的愿望。这也是此次台湾行的意外收获。

　　我认为，在花卉中，合欢花是最具人文意味的。人们都知道，植物的命名，有的是按照其形态命名的，比如枇杷，其叶形似琵琶而得名；马鞭草则是"穗类鞭鞘，故曰马鞭"；还有鸡冠花、虎掌花、三角梅等，以其叶、花、籽的形状而得名。有的是按照其生长特性命名的，如夏枯草，"此草夏至即枯……故有是名"；又如柏树，"万木皆向阳，而柏独西指……故字从白。白者西方也"。有的是按照生物的颜色命名的，紫草就是，

"此草花紫根紫，可以染紫，故名"；绿豆也是，"绿以色名也"。有的则是以其气味和价值命名的，人们熟知的苦瓜就是其中之一，《本草纲目》说："苦以味名。"还有一种树叫"接骨木"，有主治风湿痹痛、跌打损伤等功能，"颂曰：接骨以功而名"。还有以植物的产地而命名的，胡麻、胡椒、胡瓜、西瓜原产于西域，楠木是"南方之木"，海棠花等以海为名的植物，"皆从海外来"。然而，合欢花除了是花卉的一个符号外，人们还在这个名字之中，赋予了诸多的情感、思想和文化等寓意。

唐朝诗人韦庄有一首《合欢莲花》诗是这样写的：

虞舜南巡去不归，
二妃相誓死江湄。
空留万古得魂在，
结作双葩合一枝。

这首诗通过合欢花寄托了浓厚而又纯洁的爱的情感，它来源于一个感人的古老传说。相传虞舜南巡苍梧而死，其妃娥皇、女英遍寻湘江，终未得。二妃终日恸哭，泪尽滴血，血尽而死，遂为其神。后来，人们发现她们的精灵与虞舜的精灵合而为一，变成了合欢树。合欢树叶，昼开夜合，相亲相爱。自此，人们常以合欢花表示忠贞不渝的爱情。这种情爱的美妙比喻和象征，使合欢花成为夫妻好合、永远恩爱的代名词。

不仅如此，合欢花之名还富有浪漫的情怀。我曾看到过有人这样描写合欢花："七月流火，一树绿叶红花，翠碧摇曳，带来些许清凉意。走近她，她却欣欣然晕出绯红一片，有似含羞的少女绽开的红唇，有如腼腆少女羞出之红晕，真令人悦目心动，烦怒顿消。"时人赞曰：

> 叶似含羞草，
> 花如锦绣团。
> 见之烦恼无，
> 闻之沁心脾。

又赞曰：

> 夜合枝头别有春，
> 坐含风露入清晨。
> 任他明月能相照，
> 敛尽芳心不向人。

无论是浪漫的描述，还是深情的诗吟，都以合欢花名字起兴，揭示合欢花富有浪漫情怀的寓意，让合欢花这个名字染上了粉红色的浪漫色彩，令人为之心绪荡漾。

合欢花的人文意味还体现在这个名字给予人们爱的无限想象上。从植物特性上说，合欢花叶柄基部细胞，犹如反应灵敏的储水袋，它们在白昼和黑夜，会因光线强弱、温度高低的变化，使储水袋吸水或放水，细胞因此膨胀或收缩，使其展开或闭合。简言之，合欢花对光和热都敏感，每到夕阳西下，一对对的羽状复叶就慢慢靠拢，次晨才渐渐分开。虽然在炎炎夏日的午后，会出现复叶闭合的现象，但不如夜里的紧贴，故又名夜合。正因为有着这样的特性，它给人一种暧昧的暗示，给人诸多联想。有这样一则故事，很久以前，泰山脚下有个村子，村里有位荷员外，他晚年得女，取名欢喜。欢喜姑娘生得聪明美貌，荷员外夫妻视如掌上明珠。欢喜18岁那年清明节到南山烧香，回来得了一种难治的病，精神恍惚，茶饭不思，一天天瘦下去，请了许多名医，吃了很多药，都不见效。无奈，荷员外贴出告示，谁能治好欢喜的病，千金重谢。告示被西庄一位穷秀才揭去。这位秀才眉清目秀，英俊儒雅，除苦读经书之外，还精通医术。只是家中贫寒，眼看就要进京赶考了，手中尚无分文盘缠，想为欢喜治好病得些银钱作进京的盘缠。谁知欢喜得的是相思病，这位西庄秀才正是她清明节在南山遇到的那位白面书生。秀才不知欢喜的心事，只管诊了脉，看了脸色舌苔，说："荷大小姐是因心思不遂，忧思成疾，情志郁结所致。南山上有一棵树，人称有情树，羽状复叶，片片相对，而且昼开夜合，其花如丝，清香扑鼻，可以清心解郁，定志安神，煎水饮服，可治小姐疾病。"荷员外赶快派人找来给欢喜服用，欢喜的病果然好了。一来二去，秀才也对欢喜有了情意。不久，秀才进京应试，心怀思念的欢喜燃香祈佛，保佑秀才金榜高中。奇妙的是，在秀才赴试期间，有情树昼开夜合的对叶夜间不再贴合，似乎昼夜都在张望着远方，期待着佳音。秀才果然不负欢喜深情，金榜题名，且回来便和欢喜结成夫妻。洞房花烛夜，有情树的对叶如胶似漆地贴合在一起，人们便把这种树称作合欢树，开的花叫合欢花。这个故事既有爱的寓意，也给人以情爱欢娱的想象；既是对灵与肉相融的赞美，也给人一种"夜合春情欢"的美感。

　　合欢的人文内涵，不仅体现在上述几点，就连关于合欢花名称来历的美丽传说，都蕴含着深厚的人文情怀。合欢树最早叫苦情树，不开花。相传，有个秀才寒窗苦读十年，准备进京赶考。临行时，妻子粉扇指着窗前的那棵苦情树对他说："夫君此去，必能高中。只是京城乱花迷眼，切莫忘了回家的路！"秀才应诺而去，却从此杳无音信。粉扇在家里盼了又盼，等了又等，青丝变白发，也没等回丈夫的身影。在生命尽头即将到来的时候，粉扇拖着病弱的身体，挣扎着来到那棵印证她和丈夫誓言的苦情树前，用生命发下重誓："如果丈夫变心，从今往后，让你这苦情树开花，夫为叶，我为花；花不老，叶不落。一生不同心，世世夜欢合！"说罢，气绝身亡。第二年，所有的苦情树果真都开了花，粉柔柔的，像一把把小小的扇子挂满了枝头，还带着一股淡淡的香气。而且，从那时开始，所有的叶子居然也是随着花开花谢而晨展暮合，树叶形似含羞草。人们为了纪念粉扇的痴情，就把苦情树称为合欢树。这个故事既是对负心人切齿的鞭挞，又寄托了对爱情忠贞的向往。

其实，合欢树是原产于澳大利亚的豆科合欢属树种，同很多植物一样，只是植物系列里的一种乔木，高可达 15 米以上，五六月间开始绽放出一簇簇的花朵，淡红色的雄蕊长长地伸出，像一团团的丝绒，也像红缨，因而又有绒花树、马缨花等别称。我国华东、华南、西南及辽宁、河北、河南、陕西等地都有栽种。在岭南，较为多见的是大叶合欢，性状跟合欢大致相同，花朵也在午夜后清香四溢，不过是绿白色的，花期略迟。据《中国高等植物图鉴》第二册说，这种合欢的果有毒，树皮含单宁，入药能消肿止疼，是一味重要的中药。合欢的皮，续骨生肌；合欢的花，有宁神的作用，主要是安五脏心志，令人欢乐无忧，配夜交藤、茯神、枣仁可治夜眠不安。如此看来，它也有过并不具有太多人文意蕴的名字，它的别称也是按照其形状、特性等命名的。正因为它昼开夜合的生物特性和美丽的花朵，人们把对真情、纯洁的理解和向往都赋予在它的名称之中，才使得它有了不同于普

通植物名称的人文元素。每当想起合欢，我就会情不自禁吟咏起
这首诗，以表达我对合欢的欣赏：

　　　　原本苦情树，
　　　　却为负情开。
　　　　叶若含羞草，
　　　　怨情谢荒野。
　　　　夜合春情欢？
　　　　昼展风轻摆。
　　　　柔花绒绯红，
　　　　相思幽香来。
　　　　顾名来思义，
　　　　自藉寓恩爱。
　　　　情事乃因缘，
　　　　花名岂衷怀？

　　　　　　　　　　　　　　　　（2013 年 7 月 3 日）

笔写情爱

爱情，是人类永恒的主题。而爱情却是用笔写就的，一个人用什么样的笔，就会写出什么样的情和爱。

钢笔写夫妻

用钢笔书写的感情，那一定是夫妻。夫妻间的感情，也一定是用钢笔书写的。

钢笔写字很正式。在各类笔中，除了毛笔外，只有钢笔书写的字，具有法律效力。所以，各种法律文书、报销凭证、协议文本等都必须用钢笔签字。爱情方面，只有婚姻才具有法律效力并受到法律保护，其他关系，比如情人关系（婚外情、单身男女的恋情等），都没有法律效力，不受法律保护。婚外情还受道德的谴责。

钢笔书写时容不得写错，容不得粗心大意，稍有不慎写错了就很难改正，关键点的涂改不具备法律效力。因此，钢笔书写时必须慎重。婚姻恰恰就是钢笔写成，也容不得轻率潦草，一旦结错缘想改变婚姻关系也不是自己想怎么做就能随意地怎么做的，必须走法律程序或通过注册机关来解决。自行"涂改"婚姻不仅在道德上很难看，而且在法律上也不允许。

用过钢笔的人都知道，写得一手好字实在不容易。为了书写得工整而得体，就必须经历刻苦的练字过程，无论是写楷书、魏碑、行书、草书等哪种字体，都得按其章法，掌握笔法，形成风格，非下功夫、非用心练习是无法做到。婚姻如同钢笔字，要想写得很好，如同一幅完美的书法，也是非常之难的。婚姻生活有多种方式，无论是 AA 制、周末夫妻，还是传统婚姻，都得遵循感情传递的普遍规律，互相之间要爱恋倾慕、交心尊重、体贴呵护等。这些都必须用心体会，用心经营，形成双方都能习惯的感情交融模式，而要达到此，非苦做功课、非专心练习不可。

钢笔书写除了体会字体的笔法外，还得了解笔性，熟悉纸性。不了解笔性，磕重了就会掉水，掉下来就是一个黑团，落在字间很不协调。写轻了有可能下水太淡或者不下水，要么字迹很模糊，要么写不出字，所以重了轻了都不行。不熟悉纸性，搞不清是水性纸还是油性纸，有可能写字会洇，也有可能纸滑写不上去。夫妻感情也是这样，不仅要有共同的人生观、价值观、生活理念，还得了解对方的脾气、秉性、习惯、爱好。对事业、物质文化生活、父母孩子的赡养扶养等事项的处置，夫妻双方也都要拿捏得当，重了轻了都不合适，重了会让对方感到心理负担很大，轻了会被认为不关心、不帮助、不在乎对方，那样就会影响夫妻感情，长期积累就会转化成矛盾。

当然，钢笔也在发展，现在发展为中性笔、签字笔。不管怎么发展、改进，它们都属于钢笔类。夫妻感情也要随着时代的发展而发展，适应时代的变化。

珠笔写情人

情人的浪漫情感只会圆珠笔书写成。圆珠笔身上所体现的浪漫与美妙，恰如情人之间那份浪漫温馨情感的凝练。

圆珠笔写出来的字，被认为不够正式，任何法律文书、有效票据、合同协议等都不能用圆珠笔签字，也就是说，圆珠笔写出来的字，尽管能同钢笔一样长时间不褪色，也不易被橡皮擦掉，但其没有法律效力。情人之间的感情与圆珠笔的处境如出一辙。在中国，情人是狭义的，不像西方把夫妻也列入情人之列。也就是说，情人是指年轻人的婚前恋情、成年人的婚外情。这样一份感情，不管有多真、有多浓、有多深，都不正式，都没有法律效力，得不到法律保护。可见，情人无论是婚前恋情，还是婚外情都不能算正式的爱情，婚前恋情仅仅是爱情的"初步选址"和意向性考查，所以被称为恋爱。婚外情却被认为是不该发生的情感，是人品的污点。

圆珠笔写的东西尽管不具有法律效力，也不够正式，但用圆珠笔写字也得一笔一划地认真写。不认真、很马虎，会把字写得一团糟，甚至多笔少划，错误连篇，弄得不好会带来歧义和尴尬。情人的感情也是如此，不被人们认可，处理不好，会给双方带来感情伤害，甚至伤及无辜。

圆珠笔要比钢笔随意惬意得多。圆珠笔便于携带，清爽利落，不像钢笔需要经常添墨水那么麻烦，也不像钢笔忘了套上笔套装衣兜里，会带来把衣兜上泅一块墨水这样的严重后果。最主要的是圆珠笔能够在水下写字，很具浪漫色彩。60年前，圆珠笔发明不久，在美国纽约金贝尔斯商店，爱弗斯公司（现在的美国派克公司）老板雷诺拿起一支笔，伸到一个盛满水的玻璃箱里，在硬纸上很流利地写着，写完后拿出水来一看，纸上一行行字清晰工整，引来5000多人围观，并将10000支笔全部抢光。尽管情人之间感情浪漫多于责任，温馨多于琐碎，但就像圆珠笔能在水下写的字出水后也清晰，却湿漉漉的；也像一朵盛开于阴暗之处的花，见光就死。

铅笔写网恋

假如网恋也算一份爱的情感，这份爱的情感恐怕是用铅笔写成的。现代人喜欢上网，恰似喜欢用铅笔写字一样，那是因为无拘无束的随便、洋洋洒洒的肆意、我行我素的放纵。

铅笔写字很尽情，书写时就会充分展示个性，肆意妄为，扬扬得意，潇潇洒洒，不需要谨小慎微，甚至也不必那么认真。写得不好没有关系，即使写错了也不要紧，在身边备一块橡皮，可以擦掉重写。网恋也是一样，情感都是使用虚拟的马甲在与对方天南海北地聊天时建立的。在交流中，只要是所思所想，一吐为快，没有什么心理负担，没有刻意的做作，有了倾慕之意就当一份美妙情感来挥霍。假如随着了解的逐渐加深，发现原先倾慕的是一种错觉，那也不会多介意，自己早先的感觉错了就错了，现在鼠标一点，改个马甲，躲开恋情，回到普通聊友，也就释然了。所以，网恋时，对自己的感情挥霍没有丝毫的压力和担心。当然，假如这份情感是真诚的、和谐的，橡皮就是多余的，因为没有擦掉的必要。不是吗？铅笔画的素描，虽然是一种练习，但也有被出版社出版，作为艺术佳作流芳于世。

　　用铅笔写字时很随意，无拘无束，胡描乱画也不要紧，大不了多费点橡皮。笔划写浅写深都随着自个儿的性子，浅了可以加深，深了可以擦去再写浅点。进退自如，不留痕迹。网恋这份情感也是可深可浅。说深，觉得对方是个人物，符合自己的口味，能给自己带来快乐的感情体验，就同他（她）往深处相处，既可以文字、语音、视频聊天，也可以一起唱歌、玩牌、游戏。确实情到浓时，甚至约个地点一夜销魂。再深点，说不定真爱超越了虚拟的夫妻，便从网络走到了现实，结成一桩幸福美满的婚姻，这也使爱的真谛、爱的本质在生命中得到了诠释，也是一件美事。说浅，觉得对方有那么一点长处，还有很多尚不为自己所欣赏的，那就处得轻描淡写一些。必要时对他（她）冷淡一些，不必担心对方与己纠缠。一旦真的被纠缠，拉黑也就得了。这样，就会从对方的电脑中消失得无影无踪。

　　铅笔用起来很方便，摆在案头，顺手拿起来，随时随地可以写字，不像钢笔、圆珠笔要拧开或拔去笔套那样烦琐。铅笔可以随时削磨，粗细全凭自己喜好，不像钢笔、圆珠笔，笔尖的粗细都在工厂里做好了，改变不了。网恋也是这样，也是随时随地，无论对方在千里之外，还是万里之遥，只要电脑一开，上网连接，便泡在一起了，没有夫妻、情人之间花前月下种种浪漫环境营造的现实局限。

　　铅笔写字成本很低，一支也就那么几角钱。因而写起来很轻松，不觉得多么珍惜。正因为如此，即使有些敷衍，又有谁会在意呢？铅笔字不经蹭，时间长了字迹就会消失，不是用来记载历史，让自己或者他人回顾的。假如想要高级点的，那就买支活动铅笔，即使笔身贵点，铅笔芯也很便宜。网恋也是这样，都是基于精神慰藉和情感交流，所付出的就那么多，如果对方觉得不够分量，不想要，也尽可自娱自乐。网恋从来都不会想着将来，一场网恋结束，过去了也就过去了，不那么可惜失去，也不需要再去回忆。假如真的遇到了一份难得的网恋，就像买支活动铅笔那样，多花点感情成本，毕竟"芯"是活动的，不想带到现实也没有关系。不过，活动铅笔的笔身也有黄金做的，甚至还镶嵌了宝石，这种铅笔也不见得不比钢笔、圆珠笔珍贵。这说明网络只是一种平台，看你用什么样的心态去对待它。如此说，我无意否定网络上的美好情感，但也绝没有赞美网恋的意图。

当然，铅笔写字也有其笔法，完全不讲书写规则，那写出的不是字，画出来的不是画，铅笔也就不成为铅笔，涂鸦在纸上如同抹上去的污垢一般，任何人都厌恶。网恋也是一样，如果不按网上的道德规范行事，也会遭到人们的唾弃。

（2013 年 8 月 15 日）

胭脂扣

那是个秋天清爽的早晨，太阳像个大红灯笼挂在天边，红灯笼一半在地平线上，一半垂隐在地平线下面。半个大红灯笼，像是挂在天上，也像是砸在地上，云朵被溅上了好多红彩，让晨风更加凉习习的、红艳艳的……

若眉穿着薄薄的睡衣，慵懒地坐在梳妆台前，对着镜子，懒洋洋地化妆。她是白领丽人，天天出门前必会精心地化淡雅的薄妆，淡妆不露声色地将她的水灵显现得更加水灵，把她的自然修饰得更加自然。其实今天是星期六，在家休息，单身的她不清楚为什么要化妆。难道化妆给自己看？那有什么意义呢？妆前妆后，她是最清楚了，用妆修饰脸面，似乎在自欺欺人，却又自欺不了，何必哩！所以，她漫不经心地化着妆，边化妆边想着是不是停下，不化了，卸下已经打上的妆彩，但她终究没有停下化妆，一步不落地按程序轻轻地修眉涂抹，什么保湿乳啦、隔离霜啦、粉底啦、散粉定妆啦、造型眉粉啦……不假思索地薄薄地往脸上揉。到了上腮红时，她拿起了那个胭脂盒，心里恍惚了起来，她想起了甄枫。他吻过她的腮、她的唇……

那天，她轻松惬意地从他怀中醒来，就坐在这个梳妆台前，她在往脸上敷抹着补水液的时候，他却坏坏地蹲下身去。钻到了梳妆台下，把她的羽翼一样薄的睡衣撩开，掏出他带来的同她现在用的一模一样的胭脂盒，用腮红刷在她身体上。他刷着胭脂，那痒酥酥的感觉，传遍她的全身，让她像晕眩一样瘫软无力，如醉如仙。

正在她失去意识的那一刻，他把她拥在怀里，把那个胭脂盒放在她的手上，嘴抿了一下她的耳垂，对着她耳孔轻轻地说："这个叫胭脂扣，送给你。亲，即使有一天你把胭脂扣还给我，你也得还要等我……答应我，亲，小心肝的亲。"她轻轻地娇喘着，语无伦次地说："我……才……才……不还……你，我……一辈子等你，做……鬼，鬼也……等，等你……"

那天早晨，她和他上班都迟到了。他就是这样非常特别的人，就连送礼物给她的方式也很特别。这是她与他第一次在一起，激情燃烧之后，他送一盒胭脂扣给她做纪念，同时也以电影《胭脂扣》的故事来寓意他的真诚深情，就连用腮红刷挑逗她的举动，也让她把收他的小礼物当成了永远不愿淡忘的激动。那天，她收下了他的胭脂扣后，上班集中不了精力，神情恍恍惚惚，满脑子都是他的身影。中午，她想他想得实在忍不住了，就去他的办公室找他，却发现他怀里抱着一个浓妆艳抹的姑娘，正不堪入目地苟且。她陡然间像掉进了北冰洋，心一下子寒冷得全身不住打战……

如今，胭脂盒还放在梳妆台上，里面的腮红依然满满的。从那以后她再没有动过它，她也不打算还给他。人已去，物还在。不过，她不再称之为胭脂扣，而叫作胭脂盒。她和他彼此心照不宣，情已决，心已冰封。但她却一次又一次地在梦中变成了鬼，像电影《胭脂扣》中的如花，殉情后又从阴间跑来找他，每每找到他后，便同他人不人鬼不鬼地苟且……

昨夜依然如此。

她的妆快化好了。那个大红灯笼一样的太阳大概不是挂在天上，而是摔在地上，已经破碎无光了。天阴沉起来，像要下雨一样的沉闷，让人有点透不过气来。她猛地一个激灵，不由得脱口而出，喃喃地念叨着："真爱如风似雾，迷蒙你心，吹拂你脸，我们即使伸手，也无力抓住曾有的虚幻，终于，似水如烟。"

（2013 年 10 月 1 日）

家的方向

菲萝欣想他，很想很想。

思恋他的人，也回想同他在一起的故事。

五年前的一天，欧阳淮济对菲萝欣说："别的女人身上很香，你怎么不香呢？"

菲萝欣回答："我身上不香？那我身上臭吗？"

欧阳淮济说："也不臭……想哪去啦，哪能臭哩。"

"那是——家花不如野花香！"菲萝欣乜睄了一眼欧阳淮济。这句风情中透着丰富想象力的话，把欧阳淮济噎住了，沉默在菲萝欣的浪漫反诘中。

那天，菲萝欣在家搞好卫生，里里外外忙了大半天，把家里收拾得利索亮堂之后，还特意在房间里洒了点 CD 香水。

菲萝欣并不喜欢香水，平时也不在身上洒香水，今天她在房间里洒香水好像也是头一遭。虽然洒得不多，但仍觉得味道太重，就打开门窗，想让香水味挥发挥发。

晚上欧阳淮济回到家，便说："家里怎么门窗都开着？你不怕冷吗?"欧阳淮济知道菲萝欣冬天怕冷,便怜香惜玉起来。

菲萝欣说: "你喜欢香水味,我身上不喜欢洒,我怕你迷失了方向,只能洒在家里。"

"香水洒在家里也没必要把窗户都打开呀。"欧阳淮济说。

"把窗户打开,你可以顺着香水的方向找到家。即使别的女人身上很香,你也不会走失。"菲萝欣的话语中,郑重里透着柔情。

菲萝欣的话让欧阳淮济有了几分感动,他情不自禁,一把将菲萝欣抱住,疯狂地吻了起来。一场浪漫的故事就这样逐渐抵达疯狂。

五年过去了,这种疯狂再也没有发生过。那是因为后来欧阳淮济一时感冒鼻塞,失去了嗅觉,闻不到香水的方向,迷途了。

他走了,在外面的精彩世界里四处游荡,至今未归。

今晚的夜好黑啊,漆黑的世界里,只有秋雨在淅淅沥沥地低吟,菲萝欣想念他,思念着曾经与她缱绻无限的欧阳淮济。

她找到那瓶五年前用剩下的 CD 香水,在客厅、卧室、书房,甚至厨房都洒上,陡然间,整个家都芳香起来。然后她打开了窗户,让香水在夜色中飘向远方……

在一片芳香的世界里,菲萝欣头枕着对欧阳淮济的思念,渐渐地进入了轻轻柔柔的梦中……

在雾一般朦胧的恍惚中,传来了温情如雨的钥匙插进锁孔的窸窸窣窣声。菲萝欣从幽梦中猛然跃起,直扑门口而去,正好与满身被淋得透湿的欧阳淮济撞了个满怀……

秋雨依然淅淅沥沥,家中弥漫着潮湿的香味,好醉人,好醉人啊!

(2013 年 10 月 31 日)

夜色依然

在还没有真正寒冷的冬夜，天很晴朗，是个星星眨眼的天气，夜色如同灰色的锦缎，有柔滑的感觉。熟男走在夜的小镇、夜的静街、夜的深巷，心情也如灰色锦缎一样柔滑、凉爽、朦胧。幽巷里，因王力宏与李靓蕾闪婚而失恋的美女，在扑朔迷离的夜色里彳亍前行，为静静的夜、静静的街、静静的人带来无所趋往的踟蹰和孤寂。

静街深巷处有兰花一样芳香、浪漫、悠然的咖啡吧，亮着轻柔淡薄的灯光，响着轻松悠扬的音乐，散发着清雅的酽香和咖啡的浪漫。一对对男女坐在幽幽朦胧的灯光下，窃窃私语，嬉笑逗乐……

有三个要好的朋友，一个美女、一个帅哥、一个熟男，他们走进这个充满想象和梦境的场所，在灯光轻声低吟的一角卡座里坐下，共斟着一壶浓郁的铁观音，脸上写满像花在跳舞般的笑容，话题有些恍恍惚惚，或许是这静夜让人沉醉迷离，或许是这音乐让人缥缈似飞，或许是这幽暗的灯光让人思绪如梦如幻，或许是那边几个卡座里成双成对、如影似魂的红男绿女，分不清年龄、职业、面容、关系的朦胧，使他们话题清晰不起来，只好这般零碎、迷蒙、跳跃和穿越……

右前方拐弯处的卡座里有一对男女依偎而坐，橘色的柔光下亲密相拥的画面，跳入他们的眼睛，赶过来的帅哥也好，失恋了的美女也好，阅读夜色的熟男也好，都把目光躲开那幅亲昵的画面，只好落在与他或者她的对视上，却又不敢对接，似乎怕对方看出什么心思来。此时，熟男起身，要去洗手。帅哥也起身，欲陪他一起，却在拐角处发现一幅毡绣卡通画，画面下方写着："小心艳遇，在本店艳遇的概率远高于遭遇小偷……"熟男一惊，心想，帅哥、美女和自己都没有艳遇，看来，只好属于小偷一类了？帅哥趔了回来，对美女说："你千万别轻易起身，更不要走动。因为……因为拐角处会告诉你，此处要么有艳遇，要么有小偷。好像，好像这里可以不会被偷，但无法不艳遇？"同时，他在微信中声称，这个情绪来自人的快乐之时！

美女听之，一脸恍惚，不解地问："艳玉（遇）是什么玉呀？是翡翠、玛瑙、和田玉，还是琥珀、绿松石、岫玉？"

熟男也回来了，在静悄悄的柔光下，衣服窸窸窣窣地轻拂着沙发，轻声如歌地说："玉可得不可争，情可遇不可求。美玉润于质地而秀于色泽，感情缘于艳遇而巧于心境。遇，何尝偷？偷，怎以遇？盗钱物者偷，窃感情者遇嘛！"

悠扬而柔软的音乐是那么多情、妩媚，似乎让每一缕灯光都充满幻想，还有一种幽暗的萌动，表情却假装卖萌，恰似抽象画般生动。茶散发着袅袅热气，在暧昧的情绪中如烟如雾、如诗如幻，似乎感叹着拐角处的表白："哼，到心里偷也为遇，又从何处遭遇偷？在此处艳遇的概率怎能不远高于遭遇小偷呢！"

他们三个人似乎辜负了这里的灯光、音乐、夜色和氛围，不仅感情没有艳遇，而且品行绝不是小偷。熟男有些伤感，艳遇没有也就没有吧，就连冒充小偷也没有资格了，在这个淡色的冬夜，竟是这般境遇，情何以堪啊！

美女嘻嘻地窃笑，也许是帅哥和熟男的"偷语"，也许是夜色的浅淡，美女"力宏粉"的失恋释然了，心情晴朗，她说："境遇也是遇嘛，浪漫而美丽的冬夜，浪漫而美丽的感觉，真好！"

"对那个拐角处毡绣卡通画的提示，还是要有警觉哟！"帅哥说。

身未动，心已远。窗外，夜的小镇、夜的静街、夜的深巷，依然如灰色锦缎一样柔滑、凉爽、朦胧，依然，依然……

(2013 年 11 月 29 日)

首次亮相

枫春俊从政治学院毕业后，到七连当指导员。

第一次在全连亮相，是在七连时事政治教育大会上。那是枫春俊去七连报到的第二天，先是按照通宵达旦准备的备课稿进行了一番自我感觉挺精彩的讲授，接下来便是枫春俊特意安排且信心满满的互动环节。"盘山公路"轰隆一下站了起来，说："我要问问指导员，埃及金字塔顶点高度和底边长各是多少？我再问问指导员，在神秘的百慕大三角海区常常会有船舶和飞机突然失踪，有人说是被 UFO 抓走的，科学依据是什么？我还问问指导员，圆周率值小数点后第 267 位是几呢？枫指导员，请你告诉我。"

问题刚提完，会场便响起哗哗哗的热烈掌声，一下子热闹起来。很显然，"盘山公路"在有意为难枫春俊，潜台词是，你不是指导员吗？是来管我们的，你别新官上任三把火修理我们，咱先给你个下马威，出你洋相，看你咋对我们吆五喝六、作威作福。战士们抱着看想烧三把火的新指导员笑话的心理，以鼓掌的方式起哄，场面很是热烈。

枫春俊确实被"盘山公路"刁钻古怪的提问难住了，也被陡然间发生的闹腾场面弄得有些措手不及。真是来者不善啊！这个外号称"盘山公路"的战士名叫蒋魁豹，一直是捣蛋鬼，他是令几任连队干部都头疼的刺头兵，入伍前在老家就是个不安分守己的街头小头目，脾气火爆，胆大虎气，争强好胜，时不时轮拳头修理违抗者，有过头破血流的经历，头上的伤疤沟沟壑壑，如盘山公路一样，从而博得一个"盘山公路"的外号。所以，他敢于同新来的指导员叫板。

面对这样的难题、这般的气氛，枫春俊虽有些不知所措，但他觉得必须驾驭住场面，否则以后在连队的威信将很难有效地树立起来，这些兵也很难带得好。于是，枫春俊跨出讲台，威严地往前走了两步，开始讲话："蒋魁豹同志的问题提得非常好，我非常乐意回答，而且我很自信地认为我能回答好这些问题，也有把握让战友们满意。"这番话一下子吊足了大家的胃口，战士们产生了听指导员回答问题的浓厚兴趣，场面陡然间恢复了平静。

枫春俊环视了一下会场，一方面为了进一步控制局面，另一方面他利用这个时间思考如何处理好这些难题。为了再赢得更多一点的思考时间，他有意问蒋魁豹："你提的三个问题答案你应知道，不然我回答得对不对，无法判断。"蒋魁豹当然点头称是，并说："你是指导员，知识比我们多呀，也应该知道。"

枫春俊没有正面回答，只说了一个字："好。"接着，枫春俊对大家说："在回答这三个问题之前，我想问大家几个问题。第一个是地球和太阳加起来有多重？第二个是人的大脑有很多个细胞，最多的与最少的大概相差多少？第三个是蕴含玄机的奥梅克雕像是多少年前用几把雕刀镌刻而成的？有谁知道，请告诉我。"面对指导员的提问，大家面面相觑，无人吭声。很显然，战士们不知道答案，回答不出来。

这个局面就是枫春俊想要的，他担心有人答出来，那样的话，他为下一步解题做铺垫的计划就更复杂，后果更难以预料。所以他暗暗地舒了一口气，也暗暗地为自己下一步能够解开蒋魁豹的难题而高兴。于是，他脸上荡漾着得意的微笑，铿锵有力地说："我的这三个问题大家不知道吧。这没有什么，回答不出来也不为耻。我们不是神仙，不可能掌握世界上所有的知识。大家说是吧？"

战士们异口同声答："是！"

枫春俊回到了讲台上，声音洪亮地说："现在我来回答蒋魁豹同志的提问，我的答案是三个字：'不……知……道。'"战士们一片哗然。枫春俊提高嗓门，声音压倒战士们说："不过，对于蒋魁豹同志的第三个问题圆周率值，小数点后第 267 位是多少的精确数值我不知道，但对于 π 我却有所了解，想给战友们做些介绍。π 值最早是中国人计算出来的。263 年，中国数学家刘徽在注释《九章算术》时，只用圆内接正多边形就求得 π 的近似值，也得出精确到两位小数的 π 值。约 5 世纪下半叶，南北朝时期的数学家祖冲之进一步得出精确到小数点后 7 位的 π 值，给出的 π 值是在 3.1415926 和 3.1415927 之间，这一纪录直到 1573 年才由德国人奥托打破。1948 年英国的弗格森和美国的伦奇共同发表了 π 的 808 位小数值，成为人工计算圆周率值的最高纪录。对于 π，我了解的就这么多，谢谢大家！"这一番介绍，战士们很佩服，觉得指导员枫春俊肚子里的知识确实很丰富，便有了几分敬意。没等战士们接上话，枫春俊加快语速说："作为指导员，我的知识面理应当比战友们广一些，懂得要多一些。其实我也确实如此。尤其是政治理论方面的知识，更是如此。但是，全连 100 多位战友，每人每周看 1 本书，我就得每星期看 100 多本书。显然这是做不到的，任何人都做不到，所以你们具有的知识，特别是一些冷门的知识，有一些我不懂是正常的。因此，对蒋魁豹同志能提出那样的三个问题我很佩服，我确实答不出来。不过，会后我一定去查资料，把问题搞清楚。同时，我要向蒋魁豹同志学习，好学多识。战友们，我的这些回答，你们满意吗?"会场里掌声雷动，回荡着"满意"的声音。

枫春俊稍稍地转了一下身，面向"盘山公路"问："蒋魁豹同志，你满意吗?"

"报告指导员，满意。"蒋魁豹起立回答，正要坐下时，又补充了一句，"您太厉害了!"说完向枫春俊郑重地举手敬了个礼。

这次亮相，枫春俊巧妙机智地解难题，展示了风采，也为获得战士们的认可迈出了漂亮的第一步，为以后的工作打下了良好的基础。

这一天，枫春俊的心情和当天的天气一样，挺好，真的挺好。

（2013 年 12 月 17 日）

才子俊达纳首稿

政治部是部队党委办事机关，俊达纳是机关干事。

在军队，一听是干事，就知道是政治部的人。因为，司令部的一般干部叫参谋，后勤部的叫助理，只有政治部的一般干部才叫干事。在司令部，有这样一句话："参谋不带长，放屁都不响。"在政治部也有一句话，叫作："干事不做主，出声打屁股。"在后勤部，对办具体事的小干部形容是："助理没有长，琐事肩膀扛。"政治部的最大领导叫主任，"做主"并不是拍板、做决定的意思，而是指没有当上主任。部队流传这句针对政治干部的顺口溜，反映了干事的职务特点，那就是闷头干活，不许吭声。而政治部干事们也有句自嘲的话："干事不做主，喝水都辛苦。"指的是干事的工作很辛苦，并且"亚历山大"（压力像山一样的大）啊！

俊达纳到政治部当干事，纯属偶然加意外。这个偶然和意外，完全是俊达纳"手闲"造成的。

俊达纳军校毕业，原本在连队担任正排级电台台长。由于是连队首个从正规军校毕业的科班学生官，把在军校学到的理论和技术运用到实际工作中，加上俊达纳是由战士考上军校的，对战士和连队情况很熟悉，将理论知识和实际经验结合起来，干得风生水起，受到战士们的欢迎，受到连长和指导员的器重。

正在此时，俊达纳发现战士全而邦值班之余背着大伙儿，利用课余时间悄悄地研究自主识别数码自主发报的全自动电键，虽然经历了1000多次失败，但依然不气馁，坚持不懈，锲而不舍，很让人感动，俊达纳就将全而邦的事迹写成了一篇报道，向《红土日报》投稿，被报纸采用。政治部索主任看到了这篇报道，很欣赏俊达纳的文采，就将俊达纳调到政治部宣传处当干事。

这个调动俊达纳并不情愿，原因是他对无线电学有专长，对宣传工作并不熟悉，也不知道如何开展宣传工作，还把自己在军校学的无线电专业荒废了。不过，军人以服从命令为天职，俊达纳也只好到政治部去报到。这时他才后悔当初写报道纯属"手闲"，唉——

没想到，来到政治部以后，俊达纳逐步提高，竟然成了在政治部乃至整个部队都很出名的才子。

在宣传处上班才三天，俊达纳就接到任务：部队副政委傅厚章去军区参加年度宣传工作会议，需要带一份下半年度部队官兵的《思想反映》和一份年度部队《宣传工作总结》。部队官兵的《思想反映》由俊达纳执笔起草，《宣传工作总结》由宣传处副处长、在机关小有名气的才子房柴程撰写。

俊达纳挖空心思、绞尽脑汁地构思，将自己在连队所知道的干部战士的所思所想，甚至连战友平常在一起说的顺口溜，一古脑儿地都写进了材料里，才七拼八凑地写够所要求的篇幅。三天后，俊达纳交稿的日期到了，但他心里没底。他刚来政治部，从来没有撰写过材料，信心不足，加上他得知，傅厚章是名牌大学中文系的高才生，毕业后到部队服役，一步一步提升，当上了领导，对机关撰写的材料要求之严格、对部下之严厉在部队都出了名。因此，俊达纳担心自己写的稿子通不过，便去了房柴程的办公室，想跟在房柴程的后面，让房副处长为自己壮胆，与他一起去交稿。

俊达纳胆战心惊地跟着房柴程来到傅厚章的办公室门口，由房柴程喊了一声清脆的"报告"，只听傅厚章十分严肃地答了一声："进来。"房柴程胆战心惊地走了进去，看见傅厚章正在聚精会神地批阅文件，头也没抬一下，不知如何是好。但领导已经说了"进来"，不进去是不行的，房柴程只好硬着头皮说了一声："报告首长，我来交稿子，请首长审阅。"说完，便将厚厚一沓的文稿递了过去。傅厚章抬起头，伸手接过文稿便看了起来。一小会儿，他翻过第一页看第二页。又一小会儿，他翻过第二页看第三页，眼睛扫描了几行，便将文稿重重地摔在桌子上。房柴程一惊，连忙小声说："报告首长，我重写，立刻重写。"

俊达纳被这一幕吓了一跳，站在门口手足无措。正要抽身离开时，傅厚章一扬全是严肃的脸，说："你也是来交稿的吧！站在门口干吗？手里拿着什么？让我看看。"俊达纳支支吾吾地，进也不是，退也不是，僵在门口。然而，首长已经发话要看材料，俊达纳只好硬着头皮走了进去，将手中的一沓文稿呈递给了傅厚章。

傅厚章随意翻看了一下俊达纳撰写的《思想反映》，抬头对俊达纳说："你是新调来的干事吧？"俊达纳猛地直起身，做了个有力的立正姿势，声音洪亮地回答说："报告傅副政委，是！我是新调来的俊达纳。"

"喔呵呵，报告词不准确，正确的是傅副政委同志，职务加同志嘛。"傅厚章严肃的脸上浮起了让人难以觉察的笑容，以威严的语调问道："金达莱！朝鲜的花、朝鲜的歌、朝鲜的诗！你是朝鲜族人吗?"

"首长同志，我是汉族人，不是金达莱，是英俊的俊，接纳的纳。接受首长批评，我今后一定学好普通话。"俊达纳声音洪亮，豆大的汗珠从帽檐流下来，流到了腮帮子。

"嗬！反应很快，也很简练嘛。学好机关干部'三会'（会写文章、会办事情、会出主意）更重要！"傅厚章说，"你写的稿子放我这，我改改吧。"

"是！"俊达纳答应着，紧张感依然没有消除。房柴程将文稿从办公桌上取上，与俊达纳一前一后逃也似的离开了傅厚章的办公室。

第二天下午，政治部索主任来到了俊达纳办公室，把俊达纳交给傅厚章的《思想反映》文稿拿给俊达纳，交代说："马上誊清，然后交给傅副政委。今晚下班前完成。下班前誊不完，你加个班。"

"是！"俊达纳说着，拿起稿子一看，他拟写的文字整页被叉掉了，从头至尾，一页未留，一字未用，在稿纸的留白处用红笔重写了一些文字。俊达纳脸皮发烧，心情很复杂，半天也平静不下来。誊稿子时，一页还未抄写完就错了好几处，俊达纳只好重新誊写。

当晚，俊达纳加班到深夜。

誊完稿子，俊达纳认真琢磨着傅厚章的谋篇布局、观点和遣词造句，越琢磨越觉得领导的水平高超与精妙。

后来，俊达纳也成了政治部的一支笔，写过无数的大材料，但他始终保存着傅厚章为他改的在机关第一次写的那篇《思想反映》，时不时拿出来琢磨一下，每次琢磨都有新收获，每每回忆此事，他对傅厚章都肃然起敬！

（2014 年 3 月 3 日）

灵机一动

子棕多在市外事部门工作，是个很机灵的人。

有一次，市外事办接待一个西方国家代表团来访，原计划从第一参观区到第二参观区是乘车前往。尽管只有300多米，但两个参观区并不相连，中间隔着商业街，担心会出什么岔子和意外，乘坐车辆比较可靠。要知道，这次来访的代表团十分庞大，人数很多，接待很复杂。外事无小事，所以，在安排访问计划时，尽量考虑周全一些，安排周到一些。

可是，来访代表团团长执意不坐车，要整个代表团步行去第二参观区，并说顺道参观一下真正的中国闹市街，感受一下中国的街市风情和文化。在代表团团长的强烈要求之下，市外事办也就同意了。

访问当天，代表团结束第一参观区的所有活动后，便步行走出大门，沿闹市街向第二参观区进发。刚出门，子棕多就发现，在前方100米远的地方，不知道从哪里涌出来十多个乞丐，有的是成年人，有的是八九岁的小孩子，衣衫褴褛，蓬头垢面，手捧钵子，蹲在街边，等代表团走近时便一拥而上，讨要钱物，企图利用想象中外宾的慷慨大捞一把。原来，这条街根本没有乞丐，这些乞丐都是境外敌对势力特意花钱雇人装扮的，想利用这种假象来丑化和妖魔化中国，企图达到其不可告人的目的。因此，这是次有预谋的行动。

子棕多觉得，一旦这么多乞讨人员拦住代表团的去路，纠缠着外宾，将会带来混乱局面，又会在代表团中产生负面影响。在这紧急关头，子棕多灵机一动，猛然冲进乞丐群，从两个中年乞丐的手中夺过钵子，叠在一起抱在怀里，往大街里的小巷子深处跑去。乞丐们见同伴钵子被抢，全都跟在中年乞丐的后面追子棕多，企图将钵子追回来。子棕多跑了几分钟，估计代表团已经走过闹市街了，便气喘吁吁地停了下来，把两个钵子还给乞丐，然后又掏了一把零钱，在每个乞丐的钵子里放了些钱。

子棕多原路返回，走到闹市街，代表团早已走过闹市街了，正在第二参观区参观访问。子棕多也走进了第二参观区，正巧碰到外国代表团团长问外事办主任："听说雅得尔市有很多乞丐，刚才穿过闹市街时怎么没有看到，难道是道听途说吗？"

外事办主任并不知道刚才子棕多灵机一动的"抢劫"之举，但他的回答很巧妙："团长先生，中国有句俗语，叫作'耳听为虚，眼见为实'嘛！"

（2014 年 3 月 5 日）

春是兴奋的情绪

　　春，人们一直把它当成季节。其实，春天不是季节，而是万物兴奋的情绪。现代散文巨擘朱自清告诉人们，春是小草兴奋起来的情绪："小草偷偷地从土里钻出来，嫩嫩的，绿绿的。……坐着，躺着，打两个滚，踢几脚球，赛几趟跑，捉几回迷藏。风轻悄悄的，草软绵绵的。"而且，在朱自清看来，春并非一棵小草的情绪，是所有小草的兴奋心情，难道不是吗？朱老先生说："园子里，田野里，瞧去，一大片一大片满是的"，或坐或躺或跑或打滚的嫩绿的顽皮劲儿。与朱自清有异曲同工之妙的是唐代大诗人韩愈在《晚春》中描述的，春是花草的另一种情绪，他说："草树知春不久归，百般红紫斗芳菲。"草儿跟树木一样，知道春天不久就要回来了，心情不由得兴奋激动，惹得花儿百般姹紫嫣红，在一起争奇斗艳。春是草儿兴奋的情绪，却影响、催化、引起了花儿和树儿情绪的变化。可见，春天里，草儿兴奋的情绪是多么热烈啊！

　　春使了性情，草当然要招惹花儿！也许春压根儿就是花儿兴奋的情绪。可不？唐朝现实主义大诗人杜甫在《江畔独步寻花七绝句》中说："繁枝容易纷纷落，嫩蕊商量细细开。"毫无疑问，繁枝当然是兴奋不已的花枝，这句优美的诗句告诉人们，春天让花枝抑制不住地兴奋，从而繁艳起来，这种繁艳由于太强烈，容易凋落，花儿的嫩蕊将此看在眼里，记在心里，不得不抑制住春带来的冲动和激情，与春天深情交流，热情沟通，用一种细细的心情悠悠地绽开原本属于春天也属于自己的美丽。这是多么浪漫的情绪啊！同是唐朝诗人，王涯在《春游曲》中诗云："万树江边杏，新开一夜风。满园深浅色，照在绿波中。"赵嘏在《喜张濆及第》中说："春风贺喜无言语，排比花枝满杏园。"两位唐代大诗人都在说春是杏花激动的心情，不论是江边的杏树，还是园子里的杏林，只要春风那么轻轻一吹、一摇、一抚摸，便会春情荡漾、春心萌动、春意盎然。

春是什么样的季节啊！春天一到，花儿兴奋的心情就不由自主地绽放，春就成了花儿心中的诗，成了花儿心中的歌。不仅杏花如此，各种各样的野花也是如此。正如有篇散文中描述的那样，"春天来得好快"，虽然，在"悄无声息、不知不觉中，草儿绿了，枝条发芽了"，但花儿却并不在意它们的悠然自得，而忘我地向大地抛洒自己心中的诗情画意，"遍地的野花、油菜花开的灿烂多姿，一切沐浴着春晨的曙光，在春风中摇曳、轻摆，仿佛少女的轻歌曼舞，楚楚动人"。

在春天，花儿就像初恋的少女，恋情如酒，春情如酒。少女踏着春曲曼妙轻舞。舞着，舞着，心儿醉了，情儿醉了。正如朱自清的《春》中所说："桃树、杏树、梨树，你不让我，我不让你，都开满了花赶趟儿。红的像火，粉的像霞，白的像雪。花里带着甜味儿……野花遍地是：杂样儿，有名字的，没名字的，散在草丛里，像眼睛，像星星，还眨呀眨的。"它们都醉眼蒙眬。

春光最明媚，春风最柔情。春不仅是草儿、花儿兴奋的情绪，而且也是树儿激动的心情。"山楂树上开满了美丽、洁白而又明媚的小花，在绿色叶子的衬托下，显得格外美丽、娇艳。"

不仅是桃树、山楂树、杏树，柳树也是季节的性情之物，春一来到，就兴奋不已，手舞足蹈。元代文学家胡祗遹在《赏春》中写道："梨花白雪飘，杏艳紫霞消。柳丝舞困小蛮腰……野桥，路迢，一弄儿春光闹。"他在《阳春曲·春景》中这样描述春招惹树的情绪："几枝红雪墙头杏，数点青山屋上屏。一春能得几清明？三月景，宜醉不易醒。……一帘红雨桃花谢，十里清明柳影斜。洛阳花酒一时别。春去也，闲煞旧蜂蝶。"

春让树木兴奋，春让树木激动，春让树木多情，"春天里，树木吐出了小叶子，在雨水的滋润下显得亮晶晶的，绿莹莹，像一把把绿色的小雨伞，给小小的蚂蚁挡雨"。树木用细腻的深情，把春一样的温暖、春一样的关爱献给小蚂蚁，传达了春一样的情感。"漫山遍野的青松，像是一片绿色的海洋；在绿色的海洋里，一株株年轻的松树碧绿滴翠，亭亭向上"，这份春情，热烈、醇香、醉人！

春的这种情绪在大地弥漫开来，花草树木欢呼雀跃，情绪亢奋，让整个世界花团锦簇，热闹非凡，美丽无比。不仅仅是植物们的美丽情绪在畅快地表达，动物们也心情激动，春情激荡，热情激昂。杜甫在《江畔独步寻花七绝句》中说："留连戏蝶时时舞，自在娇莺恰恰啼。"都是春惹的祸，彩蝶才这般多情，恋恋不舍地嬉闹，盘旋飞舞；黄莺才这般快活，张开柔美圆润的喉咙，深情歌唱，婉转啁啾。可见，彩蝶和黄莺在春天里总是兴奋忘情，轻松沉醉。

春像天外飞来的美丽仙女一样，迈着轻盈的步子在人间徜徉，在大地上播撒出一片生机勃勃的景象，整个世界恰似刚从一个漫长的睡梦中苏醒过来一般，是那么的浪漫、温馨。对此，宋朝诗人徐元杰情不自禁地在《湖上》中吟道："花开红树乱莺啼，草长平湖白鹭飞。风日晴和人意好，夕阳箫鼓几船归。"他为我们展现了这样一幅春景：在那开满了红花的树上，欢跃的群莺在不停地鸣叫。西湖岸边已长满了青草，成群的白鹭在平静的湖面上翻飞。风暖晴和的天气，人们的心情真的好惬意啊，趁着夕阳余晖，伴着阵阵的鼓声箫韵，划着一条条船儿尽兴而归。这似乎也载回了一船的兴奋。唐朝大诗人杜牧的《江南春》描绘的又是另一种春的情绪："千里莺啼绿映红，水村山郭酒旗风。南朝四百八十寺，多少楼台烟雨中。"江南那花红柳绿的世界，到处莺歌燕舞，到处绿树红花。那傍水的村庄、那依山的城郭，尤其是那迎风招展的酒旗，像是在为黄莺的歌唱击掌打拍子。南朝遗留下来的许多佛教建筑在春风春雨中若隐若现，更增添了扑朔迷离之美。在诗人看来，深入翠绿垂柳和绿红艳花丛中，莺啼的是春回千里江南的兴奋和激动。春雨潇潇的寺庙里，黄莺幽咽的啼叫，给人的感觉是对春朦胧诡异的情绪、情感，使春这个迷人的季节多了层神秘色彩。

春的情绪多彩也罢，神秘也罢，河流、小溪可不管那么多，"春天来了，融化的冰水把小溪弄醒了。'叮咚、叮咚'，它就像大自然的神奇歌手，唱着清脆悦耳的歌，向前奔流……"这是在歌唱生命，歌唱生机，歌唱生活，"那柔曼如提琴者，是草丛中淌过的小溪；那清脆如弹拨者，是石缝间漏下的滴泉；那厚重如贝斯轰响者，应为万道细流汇于空谷；那雄浑如铜管齐鸣者，定是激流直下陡壁，飞瀑落下深潭。至于泉水绕过树根，清流拍打着卵石，则轻重缓急，远近高低，各自发出不同的音响。这万般泉声，被一根看不见的指挥棒编织到一起，汇成一曲奇妙的交响乐。在这泉水的交响之中，仿佛能够听到岁月的流逝、历史的变迁，生命在诞生、成长、繁衍、死亡，新陈代谢的声部，由弱到强，渐渐展开，升腾而成为主旋律"。这般浓烈的情感，谁听了，都会"心神犹如融于水中，随泉而流……又好像泉水汩汩滤过心田，冲走污垢，留下深情，任人品味，引人遐想"。如此说来，春也是人的情绪，是人对生命感悟的情愫凝结！

正因为这样，春才如此充满生机，让万物抑制不住地兴奋！

（2014 年 4 月 22 日）

结巴之美

　　现实中，大多数人口齿伶俐，少部分人说话却结结巴巴。人们普遍认为，结巴是一种缺陷，使其语言功能失去了美感和效率。然而，世上的事情就是具有多样性，普遍的认识有时也不一定正确。说话结结巴巴，说不定是一种长处，是一种美——从中能体验到语言韵律极具个性的美感。我不是胡说八道，有诗为证：

　　　　结结巴巴我的嘴
　　　　二二二等残废
　　　　咬不住我狂狂狂奔的思维
　　　　还有我的腿

　　　　你们四处流流流淌的口水
　　　　散着霉味
　　　　我我我的肺

多么劳累

我要突突突围
你们莫莫莫名其妙
的节奏
急待突围

我我我的
我的机枪点点点射般
的语言
充满快慰

结结巴巴我的命
我的命里没没没有鬼
你们瞧瞧瞧我
一脸无所谓

　　写这首诗的诗人叫伊沙，此诗的题目就叫《结结巴巴》，我多年前读过，且感到诗写得很美。从那时起，我就确信结巴是一种美。

　　我相信，读了这首诗，人们会有一种感觉，那就是口吃也能吟诗，也能把诗吟得很顺畅。这样，绝不会再否认结巴也是一种美了。

　　结巴不仅是一种美，而且还会让拥有它的人更美。在一次宴会上，我遇到一位美女，长得确实高雅漂亮。特别是她的那双大眼睛，太有神了，目光很纯，却又灼人，能把人融化。然而，宴会三个多小时，她全用眼睛说话，没用嘴说一句话。我欣赏她的年轻、她的美丽，说良心话，对她真的没存半点非分之想，把她当作珍贵高雅的艺术品赏析，把我的眼睛"养"得爽呆了，因而对她始终未说话没在意。

第二天，她在一位娇小玲珑的姑娘的陪同下，专程拜访了我，她欲考研，听说我在研究生培训机构当过小头头，让我帮她参谋参谋，出出主意。

她要向我表达的意图和要求，都是那位陪她一起来的姑娘代她说的，她时不时地点头认可。当她摇头时，陪同她的姑娘就换一种说法，直到她点头为止。有一个关于研究生招生专业考试的问题，陪同她的姑娘说了一遍又一遍，她都摇头。我看着着急，就对她说："你自己说吧。"她的脸倏然间通红。她向陪同她的姑娘使了个眼色，陪同她的姑娘明白了她的意思，就对我说："她说话结巴，不好意思开口讲话，请谅解。"我听了哈哈大笑起来，说："结巴有什么不好意思，结巴是一种美！我很喜欢听结巴那种语言的韵律。"她以为我这样说是在揶揄她，便把头放得很低，眼泪几乎都溢出眼眶了，她用双手捂着眼，身体蜷曲在椅子里。

我连忙真诚地说："我并不是开玩笑，而是真的。不信我给你吟一首诗。"于是，我就将伊沙的《结结巴巴》朗诵了一遍。我朗诵的话音刚落，她便抬起头来，眼睛很亮，面颊挂满了甜蜜的笑。我趁机劝慰她："结巴没有什么，你也朗诵这首诗吧，一定很美的。"于是，她站了起来，很顺畅地朗诵了伊沙的《结结巴巴》，确实非常有韵味。接下来，她就用她有点口吃的语言，与我交谈了两个多小时。

这一晚，我们讨论了考研、结巴、诗歌等很多问题。最后她说，她从来没有直接与不太熟悉的人这样痛快地交谈过，是因为自己的口吃。从此以后，她再也不为自己说话结巴自卑了，她再也不用娇小玲珑的姑娘代言了。看着她高兴的样子，我也受到了感染，高兴了起来。

（2014 年 5 月 13 日）

夜,深吗

　　此时此刻,月亮睡觉了,好像没打鼾。星星进入了梦乡,真的做了个美梦吗?呵,正在做哩。那个梦却是个美女,时髦、俏丽、窈窕、春情,在月亮轻眠里,在天地朦胧中,在一片寂静下,在这空空的街上,活泼地、欢快地边走边舞,轻盈翩翩,飘逸彳亍。

　　街静得好像有点湿润,似乎有咚咚心跳为她蹦蹦跳跳地伴奏着。路灯像是在揉着惺忪的睡眼,乜斜的神情羞涩得朦朦胧胧,万般风情。蹦蹦跳跳的梦影渐渐地狂野起来,曼妙迅飞,机敏如风,柳腰劲摆,娥臀抖晃,"珠缨炫转星宿摇,花鬘斗薮龙蛇动"。如此狂舞,那月儿起了轻雾,那星儿也起了轻雾,空旷的街被她舞得波波烟浪,街边的梧桐被她舞得驰思于杳远幽冥。在癫狂之中,那个婀婀娜娜的舞影褪下蕾丝,在小腿间荡婉柔靡,一上,一下,从中舞出一条纤腿,又舞出另一条纤腿,挑在手上挥摇,摇得山欲倾其峨峨之势,水欲漫出荡荡之情,风醉了,灯醉了,夜也醉了。

一对情侣像双飞的蝴蝶一样，飘进了一片茂密的树林里，让树儿忍不住地娇喘起来。突然，不知从什么地方扑出一壮汉，奔向空街上热情似火的舞影，猛地搂住这位让整个世界都迷离疯狂的曼妙舞姿，把粗犷的气息摁在她如酒的小唇上，狂吻了起来。这个突袭并没有让她迷乱，她倏忽间收起了迷驾彩鸾、芙蓉斜盼的手舞足蹈，猛甩玉臂，狠狠地抽了汉子一记脆响的耳光。

这一抽打，把那汉子的头击离了脖子，飞落在灯光妩媚的空地上……

梦，陡然惊醒了。

睁开惊恐的眼睛，夜如漆黑的纱，万籁俱寂，包裹着余悸未消的思绪。

也不开灯，起身走去拉开窗帘，残月躲在柔和似絮、轻软如绢的云朵里，似乎发不出光亮来，街灯撒下了幽静迷离的光，暗淡地照着密密的雨丝……午夜的街依然寂静，同刚才的梦之前和之后一样空荡。呵，那不是一个春梦，因为真空超短裙的曼舞，并不是属于风情的放荡和欲望，而是生活故事的想象，渴望着紧张后的释放和张扬。难道不是吗？把那记耳光抽得震天响，就是对梦最好的注解呀！

凭窗而立。玻璃似乎像盛夏的天气这样燥热，外面下雨了，"风不大，轻轻一阵立即转换成淅沥雨声，转换成河中更密的涟漪，转换成路上更稠的泥泞"。记不住是谁的文章了，只觉得写的是梦后的心情。"此时此刻，天地间再也没有什么会干扰这放任自由的风声雨声。你用温热的手指划去窗上的雾气，看见了窗子外层无数晶莹的雨滴。新的雾气又腾上来了，你还是用手指去划，划着划着，终于划出了你思念中的名字。"可是，这一切，又有什么意思呢？何况，夏日的玻璃是不会起雾的，划不出那个思念了。

　　尽管是夏天，夜依然是柔软的。被雨淋湿的风，轻轻地、柔柔地飞翔着，抚摸着不属于思念的夜，抚摸着万般暧昧的梦，抚摸着静夜和雨夜的一切、无梦和有梦的一切。

　　啊，夜真的很深吗？

（2014 年 6 月 30 日）

人不可貌相

他是位货真价实的帅哥。

这位帅哥不仅帅，而且很有才，二十几岁便在报刊上发表文章，成为当地小有名气的文学活跃分子，成为实打实的帅哥型才子。

一天，当地一所大学的文学院学生会请帅哥去交流座谈。帅哥按时到达约定地点，等待着学生会派人来接他。学生会前来接帅哥的是位美女副主席，才上大二，与帅哥不熟悉。临来时，也忘了向联系帅哥来校交流座谈的学生会主席要帅哥的电话，便无法联系。美女副主席只好在街口耐心等待。

好一会儿过去了，美女副主席按捺不住了，打电话向学生会主席索要帅哥的手机号码。

手机打通了，帅哥和美女接上了头。

美女见帅哥太帅了，觉得面前帅哥那种帅的长相、帅的气质、帅的装扮，让再娴静的女子也会心动流鼻血，也会控制不住地发晕站不稳（不见得他帅得如此夸张，但对她来讲却是这般的印象，帅是因人而异的），倏然脸潮红，心跳加速，慌张起来。她好不容易控制住了情绪，情不自禁地说："人不可貌相啊！"

"啊？"帅哥云里雾里，不知美女所云。

原来，美女认为，才子都是其貌不扬的，只有那些不学无术的花花公子才又帅又酷。这次来学生会交流座谈的是当地的才子，理所应当也是那种歪瓜裂枣的模样。因而见了帅哥也不去搭腔询问。帅哥本想与美女搭讪，只因美女高傲地对他避而远之，便认为她不是来接他的那个人，从而使两人近在咫尺却互不相认。见面后，帅哥的长相颠覆了美女的最初想象，自然引发了她"人不可貌相"的感叹。

可是，帅哥怎么会懂得此成语被美女这般使用，理所当然地做出疑问的回应。

"下一句？"美女意识到自己的慌张，连忙掩饰，便说，"下一句，'人不可貌相'的下一句怎么说？"

"海水不可斗量。"帅哥回答，"怎么啦？为什么要问这个？"

"你答对了。对，对，对……是'海水不可斗量'。"美女说。

"在对暗号吗？"

"是呀。"美女说，"凡是来文学院的男士，遇到文学院的女生都要这样对暗号的。"

"呵呵呵，人可不貌相？"帅哥若有所思地说，觉得这个暗号挺蹊跷，但也不好多问什么，便跟着美女上车走了。

（2014 年 7 月 4 日）

贪便宜必尴尬

秋日的一天，雨淅淅沥沥地下个不停。建筑工地停工了，建筑工人李自若无事可做，就去逛商场，想给女朋友买件礼物。

他来到了一家服装店，有一款女式衣服的样式挺新潮，颜色也挺好看，就产生了买的念头。他从衣架上取下这套衣服，仔细一看，标价要 800 元，觉得太贵，犹豫了一下，又把这套衣服挂回原处。此时，他见一高个小伙子磨磨蹭蹭地走到了一位漂亮姑娘的身边。姑娘正在聚精会神地挑选衣服。高个子使劲贴近她，从她拎着的名牌坤包里偷偷用手指夹出了钱包，迅速地塞进挂在衣架上的一套女式上衣的衣兜里。这套衣服正是李自若看上的那种款式。

李自若本想告诉姑娘，有人偷了她的钱包，但又怕高个子打击报复。万一身材高大、强壮彪悍的高个子恼羞成怒，对李自若大打出手，李自若绝不是他的对手。因此，李自若便决定不管这个闲事，隔岸观火，看看事情如何往下发展。

姑娘选好了衣服，欲掏钱去交款，这才发现钱包不见了，不由得一声惊叫："哇！我钱包丢了！"随即又沮丧至极地说，"那里有 3000 多块钱哩！"店老板连忙走过来说："小姐，啥时丢的？你赶紧报警吧！"姑娘抽泣着说："报警有啥用？倒霉死了。"说完，站在那里，眼泪止不住地顺着面颊往下淌，显得很无助的样子。稍过一会儿，她就很伤心地走了。

姑娘刚离开服装店，高个子拿起那套装着姑娘钱包的衣服，对店老板说："这套衣服我买了。"说着就去付款。可是，高个子说自己身上只带了 500 元，就与店老板讨价还价起来。高个子费了半天口舌，店老板就是不让价。高个子急了，狠狠地说："这衣服你给我留着，我回去取钱来买。"说着，便急不可耐地扭头跑走了。

看着高个子离去的身影，李自若心中升起了一种阴暗的想法。他走过去用试探的口气对店老板说："这套衣服我能买吗？"

店老板说："能呀！衣服摆在这里就是为了卖的呀！"接着又说："我这个店卖出去的衣服，是不允许退换的。你想好了，这衣服可不便宜啊！"

李自若心想，虽然这套衣服挺贵，但它兜里可是装着 3000 多元哩。赚钱的买卖，傻瓜才不干哩！他便理直气壮地说："不退换就不退换，我买了！"

李自若付完钱，一边提着衣服往外走，一边在心中暗喜，看来隔岸观火真不错，不仅不会给自己带来麻烦，而且还给自己带来了意想不到的财富。李自若出了服装店，立刻就想拿出买来的衣服，看看兜里的钱包是不是装着 3000 多元现金。就在此时，高个子手里攥着钱，气喘吁吁地跑了回来，冲进了服装店。李自若听到店里传出的两人大声的对话。

"我要买的那套衣服呢？"这是高个子的声音。

"刚被人买走了。"这是店老板的回答。

"谁？人呢？"

"刚走。你换一套吧！"

"不换！我去把那个人追回来！"

李自若听到这里，便顾不上查看钱包里是否有3000多元钱了，急中生智，奔向停在服装店门口的一辆出租车。没想到，从出租车里相继下来了四个警察。三个警察向服装店里直奔而去，另一个警察拦住了李自若，说："小伙子，你见到扒手在偷别人的钱包，不仅不见义勇为，反而隔岸观火，从中捞好处，是吧？"

李自若声称自己只是买东西，对警察的指责，拒不认账。

警察说："小伙子，你不要辩解了，我们对这里进行了很长时间的侦查，店内发生的一切，我们都看得清清楚楚。"

李自若心虚了，低下头来支支吾吾地说："本来也想……只是……他身强力壮……后来姑娘又走了……唉——我一时鬼迷心窍……"警察说："你隔岸观火，想从中发不义之财，没想到他们用'火'烧的却是你吧？"警察见李自若愣在那里，似乎不明白他说的话，又解释说："那姑娘、高个子与店老板都是一伙的，他们在设陷阱诈骗那些隔岸观火、贪图不义之财的人，你就是其中之一。"说着，警察从李自若刚买的衣服兜里，取出钱包，打开一看，里面空空如也。警察告诉李自若："你买的这套衣服，第一百货商店只售168元，他们却收了你800元。你不觉得他们太黑了吗？"

原来，这家服装店的老板叫韩泉，绰号痞子，因生意不太好，就想出这个花招来坑害顾客：他让表弟秦未朝（就是高个子）假装小偷，让秦未朝的恋人咪咪儿扮演购买衣服的姑娘，表演李自若所看到的"偷钱包"与"被偷"的那出戏，故意让顾客发现，以便让贪财的人上当受骗。

　　他们已经骗过很多人，但并不是所有人都上当受骗。昨天，一位女大学生来买衣服，他们又表演那个"双簧"，企图骗她。哪知道她不仅没上当，反而勇敢地站出来，将秦未朝偷咪咪儿钱包的事告诉咪咪儿。令女大学生不解的是，咪咪儿只是愣了一下，连说"没事"。女大学生哪里知道他俩是在演戏，她以为咪咪儿胆怯，不敢承认。无奈，女大学生就去斥责秦未朝，并拿出手机要打110。没想到"被偷"的咪咪儿又站出来为小偷秦未朝说话，并死活不让女大学生报警，她告诉女大学生："他是我男朋友，他在与我开玩笑。请你不要多管闲事好吗？"接着，她又把女大学生奚落了一番，弄得女大学生灰头土脸的。事后，女大学生越想越觉得这其中有蹊跷，在社会责任感的驱使下，她立即将此事报告了警察。

　　李自若被警察带进了服装店，看见了韩泉痞子和秦未朝正被其他警察讯问。咪咪儿也由一个女警察陪伴，正从楼梯往下走。警察让韩泉痞子将800元钱退给了李自若，又对李自若进行了一番教育，就让李自若回去了。然后，警察把韩泉痞子、秦未朝和咪咪儿三个人从服装店带走了。没过几天，报纸上刊登出一则消息：韩泉痞子、秦未朝和咪咪儿三人被作为诈骗嫌疑犯，受到了起诉。李自若在看这则消息时，想到了自己，脸上不由得一阵阵发烫。

（2014 年 9 月 18 日）

这里面……

"哇！吓死了，吓死了……高跟鞋，鞋上没有人，跟在我后面。吓死我了，哎呀，太吓人啦！"原来，安珂在这里值夜班，深更半夜，她去洗手间，独自走过长长的、灯光幽暗的走廊，只听身后不远处，有脚步声跟着她。她快，那脚步声也快；她慢，那脚步声也慢。她的心猛然悬了起来，紧张得咚咚狂跳。她猛一闪，躲进楼梯口耳房里，伸出头朝脚步声的方向偷偷张望，只见长廊不远处，有双红色高跟鞋在往这边走。走几步，停一小会儿，便向刚才来的方向折返回去了，发出那种让空气都颤抖的脚步声，渐渐远去，消失在夜色中。

安珂是颛恩的同事，这个故事是颛恩说给大家听的。

娥蒙说，她去过这里面，虽然夜晚的情况她不知道，但白天的情况她再清楚不过了。白天大多是阳光明媚的，里面也挺亮堂，但空荡荡的，非常安静。她向深处走去，突然，地板上面传来一阵咚……当当当当的声音，很急促、很短促，拖着长长的尾声，便消失在空荡荡的空间里。她惊悚得汗毛根根竖起，拔腿就跑，飞奔出了这个奇静的地方。

罗曼不相信娥蒙讲的故事，她说，这里面她很熟悉，白天一直都是游人如织，人声鼎沸，热闹非凡，并不像娥蒙说的那样。她的那种说法，一定是幻觉，要不就是她太寂寞，产生被寂寥笼罩的心理，导致无端地疑神疑鬼，因而身在闹处却视而不见，充耳不闻。然而，这里虽然热闹，秩序井然，但却很神秘。有一天，这里聚集了很多人，猛然间，众嗷地大叫一声，扭头就跑，四处逃散。她不知道发生了什么，想去打探打探，刚走到那里，就看到男男女女重新向那里涌去，刚才四处逃散的人们也都往回走，似乎什么也没发生一样，恢复如常。所以，她觉得很奇怪，但问谁，谁都说不知道。

佣克却是另一种说法，他觉得这里并不神秘，而是很浪漫。他是这里的常客，因为他十分喜欢这里的氛围，繁华而不喧闹，恬淡而不单调，安静而不寂寞，一切都是张弛有度，温文尔雅。有一次，在悠扬的音乐中，一对情侣在忘情地热吻，虽然旁若无人，但却姿态优雅，神情陶醉，这是一幅让人感动的美丽画面。他羡慕地瞥了一眼，正要掏出手机拍张照，却有一阵幽香扑了过来，一位很美丽、很摩登的红衣女郎，捧着他的脸，在他嘴唇上印了一个令人心醉的香吻，然后莞尔一笑，妩媚地走了……听说好多人都像他一样，在这里有过非常浪漫的艳遇，而且过程很值得回味。

古岚认为佣克是胡编乱造，他一说到这里就心有余悸。他说这里的那个长廊宽窄不一，有几段笔直，也有几段曲里拐弯，且拐弯处有乱石、破旧家具，还有私拉乱扯的电源裸线耷拉着，稍不留神就有被绊倒、触电的危险。他曾亲眼看到一个花季少女触了电，浑身抽搐，口吐白沫，有几个好心人奔去救她，把她抬到救护车上，不知送到医院后怎样了。这里还有很多陷阱，不少人在这里过得很艰难，好人遭到暗算，尤其是弱势群体，遭受着这样那样的苦难。不仅如此，这里还有鬼，颟恩就遇到过。那个深夜，有一双像鬼火一样蓝莹莹的高跟鞋尾随在他身后，嗒嗒嗒地走在长廊里，却看不见穿着鞋的人，那不是鬼是什么？

安珂的故事又不一样，她说，那个情况，有可能是鬼，有可能是隐身人。现在高科技能让光线弯曲，绕过身体，就看不见人啦。颟恩对邢伍说过，他在夜深人静时看到过一双白色高跟鞋不快不慢地走着，时而还在若明若暗处停一会儿，时而又折回头来，时而跟在夜场回来或起夜的人身后，不声不响地。尤其是喜欢跟在年轻美女的身后，人要是胆小的话，早就被这个怪现象吓破胆了。她还听古岚说过，罗曼看到过一双男皮鞋，像狼的眼睛一样，在深夜发着绿莹莹的光，在过道里走，光是鞋啊，在那里咚咚地走啊，好像大楼都不敢喘息，多么阴森、多么紧张啊！

邢伍觉得，这里好像是个很有特色的酒吧，中西结合，昼夜营业。白天来的大多是中老年人，品酒聊天看书，还有下棋玩牌的哩，好不开心啊！每个人的脸上都挂着阳光般温暖的微笑。夜晚聚集在这里的大都是年轻人，时而随着强劲的音乐劲舞，时而举杯豪饮美酒，时而满场欢呼为某个舞者喝彩……有情侣相拥窃窃私语的，有情不自禁跳上舞台展示性感身材的，有拥在一起热情奔放地对舞的，甚至有在角落里旁若无人地爱爱的……好不热烈，好不疯狂，好不畅快啊！这样的地方哪有鬼呢？

……

故事还有很多很多，每个故事都不一样。邱君便对颟恩、娥蒙、邢伍、安珂、罗曼、古岚、偶克等人说，干脆在同一时间一起去看看吧，然后讲起故事来，情节就会八九不离十了。于是，他们说走就走，搭肩挽臂地在这里逛了一遭。

从第二天开始，他们便讲在同行过程中看到的、遇到的故事，啊呀，竟然也是一人一个样，毫无相同之处！

"这里面……人们天天经过的这里，到底是什么样的呢?"安珂问大家。

大家面面相觑，答不出来。

（2014 年 10 月 20 日）

陪伴，人生也坚实

有位女作者叫小蔷，在介绍她父母感情生活的文章中，她是这样描述的："他们两个人，语言没有交集，生命各有各的状态，总像是相互容忍着才能把日子过下去。"就这样，她父母在一起生活了40多年，竟然在花甲之年的时候，"妈妈突然当着我们的面，抱怨爸爸从不牵她的手，过马路也不牵。当时，我很不以为然……一辈子没牵手都过来了，现在才在意，太晚了吧？"此后，"相遇在一起的时候，他们就互相指责对方：'你妈又买了一堆没有用的东西回来！''你爸吃饭太慢了，总嫌菜不下饭，他自己来做好了'"。

类似这样争争吵吵的夫妻，老年人群体中有，中年人群体中也有，在中国恐怕具有一定的普遍性。轩旷和曼旎这对夫妻就是比较典型的一对。轩旷是中年才改行为数字化工程师，是IT男，工作之余爱好雕塑。数字化这个行业压力大是众所周知的，经常加班加点。除此之外，无论在雕塑，还是在编程时，要么面对电脑苦思冥想，要么手拿刻刀专心致志，很不喜欢被他人干扰，因此回家后，轩旷不是坐在电脑前一声不吭，就是独自雕刻一块石头，很少与曼旎说话。

曼旎是个长相清瘦文雅实则粗俗的女人，生活中的人情世俗、礼尚往来懂得很少，属于那种拧不清之人。对于轩旷这种编程男的做态，她当然不理解，也不知转圜，要么摔东掼西地横加干涉，要么凶神恶煞地怒目训斥。这样一来，与轩旷要么你吼我叫地争吵，要么互相厌恶地冷战，三句话都撂不到一个壶里，何能情深意切、爱意浓浓地谈心交流？

不知从什么时候起，曼旎嫌弃轩旷睡觉打鼾，也忍受不了他夜猫子的生活，要轩旷另居一室。轩旷时常在书房里敲键盘到深夜，索性就在书房里支张床，日起夜寝。原本轩旷在上海浦东工作，房子也在浦东。后调到浙江平湖就职，便在平湖买了三室二厅的房子。开始轩旷独自在平湖时，居在主卧，女儿也在随后带到平湖上学，居次卧。由于曼旎调过来晚了一年，这期间她来看女儿，既不愿意与轩旷同住主卧，也不愿意与女儿在次卧挤，还不愿意独住书房，嫌书房太小了，便在客厅大沙发上睡觉。后来，曼旎正式调来平湖，就一直这样住在客厅。女儿劝其在书房里睡觉，不受干扰，能休息得更好。

曼旎说："凭什么他睡那么大的卧室，我睡这么小的书房，让我吃亏呀！"

女儿说："以前在浦东你占着大卧室，他蜗居在小书房，那么多年了，你怎么不说啊！"

"以前是以前，现在是现在。"曼旎振振有词。

轩旷和曼旎就这样磕磕碰碰地过日子，他们买了房买了车，在外人看来，他们生活得很幸福，过得很滋润。可是，真正的生活状态却并不为人所知。

在女儿眼里，轩旷和曼旎根本谈不上感情，正如前面提到的女作者小蓄在文章中描写的那样："我从未觉得自己的父母间是有爱的。"

然而，爱在不在磕磕碰碰的生活里边，在不在争争吵吵的夫妻之间，倒也确实看不出来，说不清楚。就像轩旷和曼旎那样，他们的女儿曾一度担心，他们会将婚姻走向尽头，会把一家的日子过散伙了，试图介入中间，帮助父母消除隔阂，弥合差异，可是她根本就改变不了现状，只好随他们去吧。反正自己逐渐长大，对生活有自己的观察，有自己的理解，有自己的方式，顺其自然，随遇而安吧！

毫无疑问，女儿的态度是正确的。虽然父母在生活中时不时争吵，时不时磕碰，但日子却一直朝前过。小蓄的父母共同生活40多年了，轩旷和曼旎走到一起也近30年了。按照小蓄的说法，这种几十年如一日不断继续着"长的是人生"，那些今天明天断断续续地磕碰"短的是故事"，"故事填充的只是些微小的空隙，人生大段的空白需要包容和陪伴"。有的夫妻，诸如小蓄父母、轩旷和曼旎等，虽然做不到包容，但能够彼此陪伴，这就难能可贵，就会终成正果。

这个方面，小蓄深有体会：去年她妈妈突发脑溢血，虽然被抢救过来了，但"手术后，妈妈只能说出只言片语……能缓缓站立，能用一只手吃饭"。可是，"她却能认出爸爸来……只要爸爸在，他都会帮她挤牙膏刷牙，为她梳头……几年来，爸爸每晚都为妈妈做头部按摩……妈妈的主治医生上门来看她，感叹说：'你们照顾得太好了，真没有想到她能恢复得这么好'"。很显然，这些生活细节既充满深情，也十分感人，与先前"长的是人生"那些岁月的磕绊形成鲜明的对照。然而，这恰恰是那些岁月在磕绊中延续到达的站点，风景很美的站点。如果没有这么多年的陪伴，岁月就不可能将感情快车开到这里，也不会有这样情意绵绵"短的是故事"。

如此说来，陪伴也会获得坚实的人生。

（2014 年 11 月 23 日）

丰富多彩亦有趣

神奇的生活阳光

在我看来，文字不仅有生命，会呼吸，会心跳，而且有活力，会歌唱，会跳舞；不仅有感情，会爱昵，会愤恨，而且有思想，会感触，会省悟。只是，不同作者写出的文字，生命力不同、活泼度不同、情爱量不同、思想性不同罢了。

我的文字当然也是伸胳膊踢腿的，也是活蹦乱跳的，只是舞得有点笨拙、扭得有些生硬罢了；我的文字自然也有喜怒哀乐，也会茅塞顿开，只是情调幼稚一些、感悟浅薄一些罢了。

我觉得，我的这些文字，虽然笨拙、幼稚，但都是我沐浴着生活的阳光，用温暖的心情写下的，恰似生活的阳光像一只只蝴蝶飞落过来那样，在纸上、电脑屏幕上欢呼雀跃，憨态可掬。正因为如此，它们就像是我经过十月怀胎而分娩的婴儿，有一种无论如何都无法割舍的母爱，对它们倍加呵护，生怕有丝毫的闪失。于是，就有了《阳光的舞步》。

《阳光的舞步》是我这一年半时间笔耕的歪瓜裂枣。2011年五一以后，我每周有两三个晚上都会徜徉在文字这种神奇的生活阳光里，我的喜怒哀乐都变成文字，随着生活阳光的律动而翩翩起舞。因为这期间，我在松江新城有了住处，无须每天都早出晚归地在上海的东北角五角场与上海的西南角的松江新城之间往返了，尤其是偶尔在松江参加各类应酬，难免要与朋友酌酒几杯。开车不喝酒，喝酒不开车，这一点我毫不含糊地绝对遵守。因喝酒无法开车，我只能在松江住下。这种有一时、无一时的单居独处，也是一种生活享受，是那种清静恬谧的享受，好不惬意啊！另外，我不爱打牌，不痴迷电视、上网，也不喜欢别的什么活动，生活情趣便是读书、写文字啦。算得上有几分雅致吧！也就是说，我属于能静得住的人。每当这时，这些原本就会呼吸，让人心跳的文字，就哗啦啦地涌到了我指尖，敲打在电脑上，散发着阳光的芳香、月亮的甜美、晨露的清冽，送走了一个又一个温馨而安详的晚霞，迎来了一个又一个平静而坦然的晨曦。

眨眼间，一年半过去了，生活阳光的舞步，定格成天际边一抹又一抹锦缎般的朝霞；生活阳光的舞姿，定格成原野上一溪又一溪涓涓流淌的清泉；生活阳光的舞韵，定格成荷塘里一朵又一朵清雅幽香的莲花；生活阳光的舞魂，定格成蓝天中一只又一只自由飞翔的喜鹊……虽然字句成歌，段落成画，篇章成景，但它们杂乱无章地堆积在生命的年轮里。幸运的是，我遇到了《松江报》副主编许平和上海文艺出版社著名编审修晓林两位老师，在他们的帮助、指导下，才使得这些如同闲放在大杂院里柴火家什的文字，出落得恰似淡描蛾眉的村姑。为了她，修晓林老师挑灯熬夜，通宵达旦地看稿子。书稿拿到手不到一周，修晓林老师就精细地全部看完了，表现出了崇高的专业精神和敬业精神，着实让我感动。许平老师认真审阅了书稿的大部分章节，还对书稿的目录与编排给予了精心的指导，为此书的出版付出了巨大的心血，尤其是她还热心帮助联系德艺双馨的丁锡满先生为本书作序，着实让我充满感激。毕竟《阳光的舞步》有着诸多的先天不足，即使两位老师有华佗起死回生的高招奇术，使出浑身解数，进行浓妆淡抹，也不可能将村姑变为西子。然而，正是两位老师巧夺天工的雅正和诚心诚意的帮扶，村姑《阳光的舞步》虽然粗野土俗，但却善良本分；虽然生来腼腆忸怩，但却真诚实在，倒像是一位陪读者说草根笑话的、类似于闯进散文大观园中的年轻刘姥姥，也许会让读者忍俊不禁，或带来一点小小乐趣。在此，我由衷地感谢修晓林老师，感谢许平老师。

《阳光的舞步》是我的第一部散文集。我在整理文稿时，想起一个故事：

很早以前，有个叫万生的孩子到了上学年龄，去私塾，老先生第一节课教了三个字，即一横为"一"字，两横为"二"字，三横为"三"字。万牛很兴奋，原来写字这么简单。放学后，万生便向父母提出，第二天不去私塾读书了。母亲问他为何不去上学，万生答道："所有的字都会写了，没有必要去私塾见先生了。"母亲听了也很高兴，便说："那你把你的姓写给我看看。"万生说："这有何难，我马上写。"万生研好墨，铺好纸，提笔便写，结果写了一夜也没有写好。原来，万生认为，一横为"一"字，两横为"二"字，以此类推，"万"就是一万横，他一夜才写了九千多横，当然未将"万"字写成啦。问明原因后，母亲哭笑不得。对于用文字创作文学，我就像万生一样自以为是、自作聪明。我原本是个在机关起草公文的普通工作人员，写散文这个活儿，虽然很早就尝试过，大约在 20 年前，我就在一个名不见经传的都市杂志上发表过散文《住院》和《排座》等，也出版过一部长篇历史小说，但这么多年了，对于撰写散文，我依然是东施效颦。但是，毕竟生活像海洋一样辽阔无边，有着无穷的魅力，文字也如海洋般辽阔无边，有着无限的表现力；毕竟生活给了我太多的东西，我一直以阳光快乐的心情和心态面对人生的酸甜苦辣；毕竟散文是最自由、最活泼、最率性的文字，是作者最真挚感情的流露和最能表现生活体验的文字。这个集子，尽管有这样那样的缺点，却如同从我身上掉下来一团肉似的孩子，我没有理由嫌弃它，能够出版，我当然非常开心和自豪。

这部出自我这样一个在文学界默默无闻的草根之手的散文集，得到了上海和全国文学界、文化界大师级老师们的厚爱和鼓励，我感到无比荣幸。著名散文家、《解放日报》原总编、上海市委宣传部原副部长、全国楹联学会顾问、上海楹联学会会长、上海炎黄文化研究会会长丁锡满先生不吝为本书作序，让我格外感动。在此，真诚地向丁锡满先生表示深深的感谢！

毫无疑问，《阳光的舞步》是个粗鲁无羁的乡野"土孩子"，文字表述难免有"世外人法无定法"的粗俗和偏颇，敬请读者包容和谅解！

（2013年1月31日，此文为散文集《阳光的舞步》的后记）

人文一家

　　楹联是中华民族的文化瑰宝，拆字联是楹联中瑰丽的艺术奇葩，是将汉字的字形各部分拆开，使之成为另几个字（或形），并赋予各字（或形）以新的意义。这是汉字特有的艺术品质，千百年来深受人民群众的喜爱。

　　正因为拆字联把汉字的字形美、建筑美、意境美等表现得出神入化、淋漓尽致，因而在书卷记载中、在民间传说中，留下了无数脍炙人口的故事。

　　有一次，乾隆皇帝在观看一位倪姓宫女歌舞时，龙颜大悦，兴致勃勃地拟出上联，将"妙"字拆成"少女"，把"倪"字拆成"人儿"：

　　　妙人儿倪氏少女

　　皇帝的上联精巧至极，哪知倪氏少女文才也极佳，立即随口对出下联：

大言者诸葛一人

下联，将"大"字拆成"一人"，把"诸"拆成"言者"。不仅对得工整贴切，而且也表明了倪氏为人处世的鲜明态度，即不献媚像皇帝这样至高无上的权威，却崇拜像诸葛亮那样满腹智慧的人物，体现了她不畏权势的铮铮铁骨，不禁令乾隆皇帝拍案叫绝，也给后人以启示。

拆字联的艺术美，也使它在现实生活中有着强大的生命力，被人们所喜闻乐见。在一次文化人聚会活动中，有个才高八斗的朋友出了个上联，另一个朋友也很有才，一听便知其中之意，马上对出下联。此联是：

上联：一人工诗书，才高五斗，字中清白，只名中不事张扬，且能文善武

下联：万物点法度，爱满一家，文间无墨，单号里专心主内，又正人垂青

横批：人文一家

上联中，"工"做动词用时，是擅长、善于的意思，"一人工诗书"是指一个人很会写诗文，并暗含着"一"与"工"组成的姓氏，说明耐得住寂寞，是做学问的王者之道。"才高五斗"，是用夸张的手法形容有点小文才。"字中清白"说明文字与文字中间清清白白，没有任何东西。同时也指他的文章都是高雅不俗之作，清白而不染污秽。"只名"中的"只"做副词用时读仄声，是强调限于某个范围，仅仅、唯一的意思，在这里指用的是单名，一语双关，也指只是在名誉、名气这些方面不张扬、不计较。虽

然做人这样低调，但能文善武、文武双全。是此拆字联又一出发点和落脚点。可见，这副对联的出句是称赞一个人的拆字联。尽管给了夸大的美誉，但也与其某些特点有几分贴切之处。

下联中，"点"做动词用时，是指定、暗示、选中等意思，说明世间万物，都有各自的原则、法则和规律。也指"万"在"点"的下面，组成了一个字为姓，比喻只有热爱生活，方可得到生活的惠顾，这样的生活便是充满挚爱的幸福生活，因而引出"爱满一家"的四字句。接下来又是四字句，其意思是只要对家庭有了爱，不需要一点笔墨去说明和解释，都会明白那是一种智慧。"文间无墨"也指两个文字中间没有笔墨，却能让人体会出真情。"单号"也是一语双关，人的名字也称大号，另外城镇的住家有门牌号。因此，"单号"既指单名，也指独在家中（号内）。"专心主内"，把心思都用在相夫教子上。"正人"是指使人正直，做动宾词组用。"垂青"表示尊重爱悦，谓以青眼相看。此四字句意思为她是个正直贤惠和热爱生活的厚道人，令人尊重。很显然，对句是对与男主人相对应的女主人的描述。

横批为"人文一家"，取上下联中各一个字，组了一个词"人文"，是指做人与撰文本是一家子、一回事、一样重要，要把文做好，先把人做好。同时，也指生活中的人义精神，非常巧妙地描述了这是一家有点小特点，男主外女主内、注重生活的普通一家子。

此联采取拆字艺术形式，描述男女主人的基本品质、个性特征，主题集中，用语精当。上联写男主人的才气，并通过对才学的描述，反映其为人处事低调、清白等高雅人格。下联则写女主人的温良，反映其生活态度的宁静、知足等幸福法则。上下联用男女主人所具有的人格、秉性方面的特点诠释生活的意义和生命的价值，使此联的主不禁题得到升华。遣词造句讲究、传神，用词平实、准确，既没有生涩拗口、隐晦难懂的词语，也没有华丽复杂、妖媚艳美的辞藻，字词的表达都惟妙惟肖，贴切到位，给人以意境美。以四字句为主，节奏明快，却又用七字句点缀，达到阴阳互补的效果，上下联都修辞讲究，对仗工整，字数、词性、句法、平仄都较为严格、巧妙，仄起平落，上联以仄声结尾，下联以平声收官，读之，感受到一种艺术美和韵律美。

（2013 年 4 月 18 日）

积攒人生的暖阳

生活中，人们会遇到很多事情。有的事情只是昙花一现，瞬间消失，在记忆中再找不到它的痕迹；有的事情就如长在心肺上，融在血液里，在记忆的显著位置立了块石碑，再也不会消失。有这样一则故事，是好几年前在杂志上看到的，自那以后，这个故事就留在我记忆的海洋里，再也忘不掉，而且时时温暖我的心。这个故事是这样的：

她正值如花似玉的年龄，妩媚动人，像一只美丽的天鹅。她的美丽并不仅仅是相貌和身材，也不仅仅是文静高雅的气质，还在于她有一颗温暖的心。

她是个私生女，除了她母亲，没有人知道她的父亲是谁。母亲生下她后，便将她丢给了外公外婆，然后远嫁他乡，从此杳无音信。这个世界总有心里长着荆棘的人，不可能人人心里都开满鲜花。所以，她在一些人野种、私生子的唾弃声和白眼中慢慢长大。在成长的过程中，不仅有左邻右舍用世俗目光鄙视她，即使是她的某几个亲人，言语之间总是嫌她是家人的累赘，嫌她是整个家族的耻辱，就连同伴们也蔑视她，男孩子欺负她，女孩子孤立她，常常使她处于孤立无援的境地。

但是，出身的阴差阳错和这个社会的种种世俗、种种陈旧观念，带给她的阵阵寒冷并没有使她的心灵结冰，也没有使她的情感冷凝，她感悟的却是曾经温暖她的人和事。这个社会毕竟有和煦的阳光，有艳丽的鲜花，有葱郁的树木。

她记着，有一次放学回家的路上，几个调皮的男孩追着她喊"野种"，她无助地哭着。正在这时，一个陌生的中年妇女厉声呵斥走了那几个男孩。中年妇女的目光非常温柔，和她想象中妈妈的目光一模一样。

她没有忘记，同桌的那个男孩，老是揪她的辫子。有一次，这个男孩竟然在她衣兜里放了两颗大白兔奶糖，那是她第一次吃到那么好吃的糖。

她还记着，总是拿她当出气筒的舅舅去上海出差，带回来两条一模一样的漂亮裙子，一条是给表姐的，而另一条，竟然是给她的。

她时常在心里念叨着，她的外公，那个爱面子的老人，一看到她就会黑下脸来。然而，在临终的时候，他殷殷地嘱托家人的却是，一定要供她念大学。

上大学时，家境并不富裕的她，兜里时常窘迫，老师的信任、关照，使她能够安心学业。

大学毕业了，她时常对人提起这些令她温暖的人和事，说到动情处，她哽咽了。她说，她真的很感激生命里的这些温暖，正是这些温暖，让她感到了生活的美好。

很显然，在她成长的过程中，关爱、温暖和伤害、寒冷并存，而伤害、寒冷并不比关爱、温暖少，她比平常女孩感受到的伤害、寒冷要多得多。但她懂得过滤伤害，积攒温暖；懂得遗忘寒冷，记着关爱。在她年轻美丽生命的一路上，她积蓄了一路上所拾到的细细小小的人间温情、暖意，而这些细小的温馨，在她心中不断积聚，成了一轮冬日里火红的太阳，不仅温暖着自己，而且也温暖着别人。

她揣着大学毕业证，去了儿童福利院工作，精心照顾着那些失去父母的孤儿和被狠心的父母抛弃的弃儿，点亮那些小小年纪就处在寒冷季节的孩子们心中的太阳。

故事情节并不惊心动魄、波澜壮阔，但涟漪轻漾的故事却让我很感动，也许正因为这一点，它深深地刻在我心灵的页面上，以至于我忘记了是哪本杂志、哪份报纸刊载的，对故事细节却记得清清楚楚。它启示我们：心中有热能，生命才有温暖。相反，心里有寒潮，生活就会冰冷。

我们生活在这个世界上，在我们的生命历程中，不可能不遭遇坎坷，不可能不遭遇挫折，不可能不受到伤害，不可能不碰到那些心怀叵测的陷阱等，这些都如同寒冬里的阵阵寒风吹拂着我们的心。但同时，我们也会遇到一些好人，得到一些善待，得到一些关爱、呵护，得到一些帮助等，这如同寒冷中的炭火、寒冬里的太阳。关键是，我们如何对待吹拂着我们心灵的寒风和温暖我们生命的暖阳，是滤去寒冷积蓄阳光，还是遗忘温暖存贮伤害呢？这其实就是一枚硬币的两面，就看你把哪一面朝上，认准哪一面了。不同的选择，就会有不同的生活境界和不同的生命意义。

故事中的女孩在漫长的成长、生活、工作经历中，自始至终在积攒着温暖，才会有她那般阳光灿烂的生活，才会有她那般令人感动的美丽。很显然，我们的生命有多大意义，生活中有多大幸福，经历中有多少快乐，就看我们如何像故事中的女孩那样，积攒阳光，滤去寒冷！

（2013 年 4 月 25 日）

多上一层楼

这几天我在参加培训。

午饭时，我和一位街镇的宣传部部长一同去吃饭。饭堂是三层楼，一楼是超市，二楼和三楼是餐厅。我们来到二楼，由于是就餐的高峰期，吃饭的人很多，打饭的人排得很长。于是，部长提议，我们上三楼看看，说不定人少一些。我接受了他的建议，转身往楼梯走去。

来到三楼，排队打饭的人果然少得很，仅仅七八个人而已。我便向部长发表了一句感慨："仅仅多上一层楼，竟然真的有不小的区别，你真的很有预见性，佩服，佩服。"部长却说："哪有什么预见性啊！谁都会知道三楼人少的。不过，每个人都有一点惰性，做事都想图一点方便。正因为这一点，很多人不想多上一层楼，楼上的人必然就少啦。很多人明明知道三楼的人少，就是图那么一层楼的方便，宁愿在二楼排长长的队慢慢地等待。"

这句话确实揭示了某些事物的规律性，虽然平常，却很深刻，我由衷地赞同。我说："其实，只要多上一层楼，就可以节省排队的时间，说不定更合算、更方便哩。"

部长点了点头，边掏出餐券边说："是的。有时，我们只要克服一点儿惰性，放弃一小层方便，拥有一点点勤奋，处置一点点的麻烦，就能得到一个机会。在现实生活中，人们都在竭力去寻找机会，殊不知，机会就在我们的不远处，或许就相隔一层楼的高度、几步路的距离而已。"

部长的话引起了我的深思，也给我了很大的启示。人的成功，很大程度上取决于机会。在现实中，成功的人毕竟是凤毛麟角，尤其是依靠某个机会获得成功的人更是少数。从这一点看，机会是稀缺资源。正因为稀缺，人们都渴望获得。然而，机会的稀缺性是在某种特定的条件下呈现的。比如，在一种普遍现象之下，机会是稀缺的，就如同人们普遍具有惰性、普遍图些方便时，机会就非常稀缺，获得机会的概率当然非常小，依靠机会取得成功也就十分困难。假如，我们突破了这种普遍性条件，机会就有可能并非稀缺，也许是难以想象的丰富。例如，在普遍现象的另一面，也就是特殊现象。在其中，恰似克服了人们普遍存在的惰性，因而具有比绝大多数人更坚韧的勤奋，或者养成比绝大多数人更具体的细致，机会就不知不觉地多了起来，得到机会青睐的概率就大得多，机会帮助人们走向成功的可能性就高得多。因此，对于机会的不平衡性和选择性，我们不能责怪客观，不能怪罪环境，不能埋怨条件，而要把目光向内，看到自己是否能够突破普遍性，从而具有某方面的特殊性。对于机会的偶然性和隐秘性，我们不能有怀才不遇的失落，不能有羡慕嫉妒恨的心理，不能有随波逐流任机遇流失的倦怠，而要透过人们熟知的普遍现象看到机会的必然性，用冷静、理智的眼光看待机会和机会带来的成功。做到这一点，即使与机会无缘，也算是一种成功。

我和部长很快打好了饭，心情很开朗，我情不自禁地说："要想便捷，还是要多上一层楼啊！"这个感悟，也可以算是这次参加培训的收获吧，我觉得是。

（2013 年 4 月 25 日）

酒之糗事

——说酒之一

　　酒，是粮食所酿，对中枢神经系统具有抑制作用。中国传统观点认为，饮酒能够促进血液循环，消除虚冷，兴奋神经，促进食欲等，因此，饮酒首先引起兴奋，随后抑制兴奋。一般可分为兴奋、催眠、麻醉、嗜睡四个阶段。进入第三或第四阶段，出现意识短暂丧失。即使在第一、第二阶段，饮酒超过一定量，介于兴奋与催眠的临界点，人就会失去意识的自控能力，从而会发生一些匪夷所思的糗事。有个朋友公司的领导，在某次喝醉酒的情况下，开车两次路过家门而未发现，在居住小区大门外的街道上来来回回地开车兜圈子，终于很紧密地"亲"在一辆停在路边的大卡车的屁股上，追尾导致他驾驶的轿车前面严重受损，不幸中的万幸是他倒未受伤。警察赶来处理事故，让他出示驾驶证、车辆行驶证，他却得意扬扬地说："我什么证件都有，就是不给你，嘿嘿……"那时还不像现在有酒驾入刑的法律，警察将其扣留，依法对其处理后，让其单位来人将他领回。如果放到今日，他只有去服刑。

　　大家知道，正因为酒有兴奋、麻醉的功能，导致饮酒不仅使人们情绪高涨，而且还会令饮酒者必须具备一定的酒量，没有相当的酒量，便会被酒麻醉、迷幻。因此，喝酒就有一定的挑战性和竞赛性，挑战与竞赛达到极限，就会给人带来能力超一等、技高一筹等荣耀感，以此吸引对饮者及大家的目光，获得大家的赞赏和钦羡，表示与对饮者的亲密，从而获得内心的满足和快乐。但是，追求极限，往往难以把握恰到好处的临界点，稍不留意就会超过度。这样，饮酒的糗事就发生了。比如，柏轩先生在上海某酒店参加一个气氛热烈的应酬酒会，自然少不了开怀畅饮。中途，柏轩先生去走廊接了个电话，正巧遇到了他十分要好的朋友，一番惊讶、一阵寒暄之后，出于礼节，柏轩先生便去朋友所在的包房里敬酒。经过两轮的推杯换盏、觥筹交错，算是尽了朋友邂逅之礼，欲回自己所在的包房。可是，此时他已经忘记了他原来所在的是哪间包房，隐隐约约、模模糊糊记得他在某酒店，眉头一皱，计上心来，"聪明"的柏轩先生走到饭店门口，招手在街上拦了一辆出租车，坐上后说去上海某酒店。出租车司机很惊讶，说这里就是某酒店。柏轩先生吃惊不小，回答说："师傅你开车速度太猛了吧？这么快就到啦！"说着从衣兜里掏出一张百元大钞，啪地拍在了出租车司机的手里，说："师傅，别找零了，下次开慢点，注意安全。"然后跳下车，重新冲进了某酒店，把出租车司机弄得无所适从。

　　这两件让人啼笑皆非的酒的糗事说明：过量饮酒不仅对身体有害，而且有损自身形象，更为严重的是，过量饮酒会误事，甚至违章、违法，闹出大事故和难以估量的严重后果，使本来助兴增谊、渲染气氛的酒，变成了祸害。所以，美酒虽醇，切莫贪杯啊！

（2013 年 6 月 22 日）

酒之神奇

——说酒之二

　　酒，不仅是能让人兴奋的饮品，而且是神奇的精灵。酒的神奇在于，既可以让人精神抖擞、神采飞扬，也可以让人木讷呆板、萎靡仓皇；既可以让人炽热似火、肆行无忌，也可以让人沉默如石、冷酷如霜；既可以让人温柔如兔、缠绵梦萦，也可以让人勇猛似虎、刚毅张狂；既可以让人超脱旷达、风流倜傥，也可以让人原形毕露、放荡无常；既可以让人口若悬河、才华横溢，也可以让人丢掉面具、巧舌如簧；既可以让人忘却忧愁、无烦无恼，也可以让人愁上加愁、愈加悲伤……

　　报纸上刊登了一个故事，觉得既有趣，又神奇，还有点不可思议。吴非在某地参加活动。晚餐时，身边一位副官，忠厚木讷，坐在那里，一言不发。吴非看他尴尬，主动搭腔，发现他说话结巴，明显有语言障碍。一会儿，正官说累了，开始劝酒，副官的强项终于显出。他站起来，拿了一个酒瓶，绕桌一圈，依次客套并敬酒。待他逆时针走回来，手上拿着的已经是另一瓶酒。他的表情变得生动鲜活，话也多起来了，而且非常顺溜。有关集团的产品与企业的业绩，各种数字一串串地从他嘴里吐出，带着酒气，也不知真假，但有一点可以令人佩服，至少喝酒让他克服了语言障碍，给了他自信。

这个故事告诉人们：饮酒会在体内产生生理和心理反应，获得一种只有饮酒才会具备的激情和能力，从而让人们感受到了酒的神奇。这种神奇是酒独特的自然性所带来的。

所谓酒独特的自然性，就是酒能够兴奋神经，使人情绪越来越高涨；麻醉神经，使人思绪得到某种陶醉；催化神情，使人的感情向他人传递并互相感染；烘托气氛，使人的交往意愿更加强烈等，从而成为一种文化性的饮品。

酒的这些独特的自然性，是茶、咖啡、果汁等饮品所不具备的，因而茶、咖啡、果汁等饮品也就不具有酒在社会生活、社会交往中的某些独特功用，从而使酒与茶、咖啡、果汁等饮品有着不同的文化寓意、内涵、形式和功能。正因为如此，茶、咖啡、果汁等饮品在有的社会生活和社交场合中，无法代替酒。

中国是酒文化之邦。古往今来，在中国，饮酒的意义远不止口腹之乐，而是社交的需要。在许多场合，酒作为一个文化符号，传递的是礼仪、情趣、尊重等信息，是人们增进感情的一种方式。

所以，在一些重要的场合，却少不了酒，可谓无酒不欢。

（2014 年 6 月 6 日）

酒之艺韵

　　——说酒之三

　　自从人类有了文明，酒就如血液一般在中国文化的脉络里涓涓流淌。也许，酒在成为一种文化之始，便有了艺术之韵，就与文学、书画、表演等艺术结下了不解之缘，表现出某些艺术的神韵。许多诗人以酒作诗，以诗歌酒，诗酒同风；许多文人借酒喻理，以文论酒，文酒同道；许多画家饮酒作画，泼墨画酒，酒画相融；许多书家借酒挥毫，书韵在酒，酒书同妙；许多表演艺术家把酒摹态，曼姿诠酒，神酒共魂；许多歌唱家行酒伴吟，引吭歌酒，曲酒一调等。

　　古往今来，诗与酒之缘不外乎因酒成章与咏酒成诗两类。因酒成章，或以酒作诗的故事不胜枚举。最脍炙人口的就是唐代大诗人杜甫以诗句描述"诗仙"李白的诗酒缘，杜甫在《饮中八仙歌》中写道："李白斗酒诗百篇，长安市上酒家眠。天子呼来不上船，自称臣是酒中仙。"诗中告诉人们：酒对于李白来说，是激发灵感的琼浆玉液，喝上一斗，便有百篇好诗吟出，豪气纵横，狂放不羁，桀骜不驯，皇帝呼来也不理会，哪管他三七二十一！当然，杜甫自己也因酒出诗，酒成好诗，他在《独酌成诗》中这样评价自己："醉里从为客，诗成觉有神。"读之觉得他并无谦辞。与杜甫有异曲同工之妙的是苏轼，他在《和陶渊明饮酒诗》中说："俯仰各有志，得酒诗自成。"似乎诗不在人，而在酒。可见，酒对于诗、对于诗人是何等的重要！

以酒作诗的有之，以诗歌酒的更多。最早歌咏美酒的诗要算《诗经·周南·卷耳》："我姑酌彼兕觥，维以永不伤。"诗歌传达了酒的美妙之处在于真挚深情"永不伤"的寓意，给人以遐思。最擅长、咏酒诗作最多的应该算李白。其中最豪放的当属《将进酒》，诗曰："五花马，千金裘，呼儿将出换美酒，与尔同销万古愁。"何等的豪气，何等的霸气！在这种豪放的霸气中，透露着对酒的酷嗜迷恋。为什么李白如此喜欢酒呢？他在《月下独酌·其二》把答案告诉了我们："天若不爱酒，酒星不在天。地若不爱酒，地应无酒泉。天地既爱酒，爱酒不愧天。已闻清比圣，复道浊如贤。贤圣既已饮，何必求神仙。三杯通大道，一斗合自然。但得酒中趣，勿为醒者传。"在他看来，酒乃天地之浆，只有爱之才不愧于上天，酒取天地之精，其中之趣不醉者何能知晓，又何能口授身传？这样的咏酒诗篇，传情达意，令人拍案叫绝。最哀婉凄恻的咏酒诗词大概算是宋代词人李清照的《声声慢·寻寻觅觅》了，她在词中说："寻寻觅觅，冷冷清清，凄凄惨惨戚戚……三杯两盏淡酒，怎敌他晚来风急。"表达了她善饮与善咏酒之妙的哀怨情愁，读之深受感染。写出想象力最丰富、艺术手法最夸张的咏酒诗篇可以说是陆游，他在《红楼吹笛饮酒大醉中作》曰："许愁亦当有许酒，吾酒酿尽银河流。酌之万斛玻璃舟，酣宴五城十二楼……一饮五百年，一醉三千秋。"有文章认为，这种夸张达到了登峰造极的地步，堪称历代咏酒诗之冠。

人们记述诗酒在一起缠绵得难舍难分的事例时，已经隐隐约约感觉到了，酒与文缱绻悱恻的瓜葛。资料上记载：世称"初唐四杰"、唐代诗人王勃每次写文章前都喝酒，喝很多后蒙头就睡，睡醒之后提笔写作，便得佳篇。上元二年（675）秋，王勃前往交趾看望父亲，路过南昌时，正赶上都督阎伯屿新修滕王阁落成，重阳日在滕王阁大宴宾客。王勃前往拜见，阎都督早闻他的才名，便请他也参加宴会。阎都督此次宴客，是为了向大家夸耀女婿吴子章的才学。让女婿事先准备好一篇序文，在席间当作即兴所作，书写给大家看。宴会酣畅之时，阎都督让人拿出纸笔，假意请诸人为这次盛会作序。大家知道他的用意，都推辞不写，而王勃以一个二十几岁的青年晚辈，借酒壮胆，竟不推辞，接过纸笔，当众挥笔而书。阎都督很是不高兴，拂袖而去，转入帐后，叫人去看王勃写些什么。听说王勃开首写道"豫章故郡，洪都新府"，阎都督便说不过是老生常谈。又闻"星分翼轸，地接衡庐"，沉吟不语。等听到"落霞与孤鹜齐飞，秋水共长天一色"，阎都督不得不叹服道："此真天才，当垂不朽！"1300 多年过去了，王勃在宴会上把酒之作《滕王阁序》依然是散文家园中的不朽名篇。

酒与文章结缘，还表现在以酒喻理。蒲松龄的《聊斋志异》中有篇《酒狂》的文章，写缪永定酗酒而死，在阴司仍嗜酒如命，喝得酩酊大醉，"顿忘其死"，靠了阴司里当酒店老板的舅舅行贿，得以复生。然而，缪永定还阳后，又因为花钱买酒喝而舍不得给阴司里的舅舅花几两银子买纸钱，最后又被揪回阴司。很显然，蒲松龄借酒说事，讽刺那些忘恩负义之人和作恶得恶、恶有恶报的应有下场。北宋文学家欧阳修的《醉翁亭记》，是一篇脍炙人口的写景、写情、写酒、写乐的散文名篇，尤其是"醉翁之意不在酒，在乎山水之间也。山水之乐，得之心而寓之酒也"的名句，由"醉翁之意不在酒"引出"山水之乐"这一全文的核心命题，表达了"醉能同其乐，醒能述以文"的思想情怀，也将酒与文的同缘揭示得贴切醇香。

酒文共缘还在于以文述酒，此类文章浩如烟海，比如有春秋战国时期的中国第一部古典散文集《尚书·酒诰》，东晋庾阐的《断酒戒》、戴逵的《酒赞》、刘伶的《酒德颂》，南朝梁刘潜的《谢晋安王赐宜城酒启》，北魏高允的《酒训》，唐代王绩的《醉乡记》、皮日休的《酒箴》，宋苏轼的《书东皋子传后》，明周履靖的《酒德颂和刘伶韵》，清代黄周星的《酒社刍言》、程世爵的《笑林广记·酒品》、蒲松龄的《聊斋志异·酒友》等。尤其是刘伶的《酒德颂》，宣扬老庄思想和纵酒放诞之情趣，堪称是酒癫之贤狂。

当然，酒之艺韵不仅在于诗文，也在绘画和书法艺术中，酒画相融也妙趣横生。据传，清代画家、文学家、"扬州八怪"之一郑板桥的字画不易得到，于是求者拿美酒与狗肉款待，企图用醉意来使郑板桥慷慨出手。郑板桥也知道求画者的用意，但他抵挡不住酒肉的诱惑，只好写诗自嘲："看月不妨人去尽，对月只恨酒来迟。笑他缣素求书辈，又要先生烂醉时。"无独有偶，唐朝著名画家、中国山水画的祖师、被后人尊称为"画圣"、素有"吴带当风"美誉的吴道子，作画前必酣饮大醉方可动笔，醉后为画，挥毫立就。元代画家、"元四家"之一黄公望也是"酒不醉，不能画"，有人在《天池石壁图》上题他是"平生好饮复好画，醉后酒墨秋淋漓"。晚年的黄公望，生活旷达浪漫，常酣饮游乐，醉握画笔，以画寄情。

　　画与酒的缘如此，书与酒的缘亦如此。古人常喜酒后作书，苏轼自谓："吾醉后辄草书十数行，觉酒气拂拂从十指间出也。"唐朝著名书法家怀素非常好饮，每当饮酒兴起，不分墙壁、衣物、器皿，任意挥写，时人谓之"醉僧"。李白称他："吾师醉后倚胡床，须臾扫尽数千张。飘飞骤雨惊飒飒，落花飞雪何茫茫。"怀素《自叙帖》是其酒醉泼墨留下的墨宝，其神鬼皆惊的"骤雨旋风，声势满堂"宏大气势的作品，"忽然绝叫三五声，满壁纵横千万字"的美妙境界，乃是书法之绝作，无人能比。在唐朝与怀素齐名、为大唐"三绝"之一、"饮中八仙之一、"吴中四士"之一、以草书最为著名的张旭，生性好酒，不仅如此，他更好酒后疾书。据《旧唐诗》记载：张旭"醉后号呼狂走，索笔挥洒"，时人称张颠。张旭每醉乃下笔，奋笔疾书，从担夫争道、歌女舞剑上获书法变化意蕴，又在"纵使晴明无雨色，入云深处亦沾衣"中得书法化意秘籍，还在酒醉中自以为神助，其书"不可复得也"。于是便为世人留下了"挥毫落纸如云烟"的《古诗四帖》。东晋时期著名书法家、有"书圣"之称的王羲之醉时挥毫而作，更是被传为佳话。东晋穆帝永和九年（353）农历三月三日，王羲之和谢安、孙绰等41人在绍兴兰亭修禊时，众人饮酒赋诗，汇诗成集。王羲之趁着酒意，即兴挥毫为此诗集作序，这便是有名的《兰亭序》。此帖"遒媚劲健，绝代更无"，其中有20多个"之"字，写法各不相同。宋代米芾称之为"天下第一行书"。而王羲之至酒醒时"更书数十本，终不能及之"，可见酒与书画之缘是多么微妙啊！

　　酒不仅在诗文书画中有着"化艺"的美妙，在表演艺术上也有曼姿诠酒，神酒共魂之韵。最能体现这一特点的是著名京剧《贵妃醉酒》。《贵妃醉酒》是梅派最经典、最杰出的一出歌舞并重的传统京剧。著名京剧表演艺术家梅兰芳在舞台上展现贵妃醉酒时，手、眼、身、步脉络相通，从杨贵妃的初醉到沉醉，嗅花、卧鱼、衔杯、云步醉舞等，都表演得惟妙惟肖，传达出一种令人曼妙、陶醉的姿态美感，从而通过身体语言，把杨贵妃内心的情感淋漓尽致地表现出来，塑造了一个栩栩如生的醉美人形象。可见，酒与艺术有相通共韵之妙。

酒与表演艺术的相融，不仅艺术家借酒来传达内心深处的情感，而且将饮酒、醉酒的形象炉火纯青地展现出来。电影《醉拳》《南北醉拳》和《蛇形刁手》等都将酒醉姿态与拳的套路融合在一起，展现出出神入化的拳艺，让人叫绝。

所以，有人说，酒激发了艺术家蕴藏在心中的丰富情感，是艺术家灵感的种子。反之，不具有艺术家气质的人，便也不是酒的知音。看来，这句话本身就是美酒"化艺"的经典之言。

（2014 年 6 月 14 日）

美人鱼与鱼美人的启示

——感情与交流系列之一

　　有这样一个故事：某杂志主编先生，在杂志上出了一道题：假如你是男士，在一个荒无人烟的孤岛上，仅有两个异性：一个鱼头美女身（即鱼美人），另一个是美女头鱼身（即美人鱼），请问你想和哪一个结为伴侣？

　　问题刊出后，有 30 个男士在第一时间做出了回答，其中 27 位选择美女头鱼身，3 位男士选择鱼头美女身。而且都给出了选择的理由，在为什么选择美女头鱼身的问题上，26 位男士表示：美人鱼可以说话，从而能够相互沟通，这个很重要，占总数的 96%。21 位男士表示：美人鱼可以用来欣赏，占总数的 78%。只有 1 位男士认为美人鱼可以亲嘴舌吻，免强占总数的 4%。可以看出，男人选择异性，注重两个方面：一是互相交流，二是美貌。男人把交流放在第一位，第二位才是美丽。

　　在为什么选择鱼头美女身的问题上，1 位表示自己是一个成熟男人，喜欢下半身。1 位表示鱼头可以用来做剁椒鱼头，下半身还可以用。还有 1 位表示鱼身上可以挖个洞。可以看出，这个选择大都是从性上着眼，把生理的需求放在了优先的位置，把爱建立在性上。这是男人中的少数，只占总数的 1/10。

从这个故事中，我们清楚地看出，女士要想获得男士的爱，着重点应该放在与男士的交流上，而良好的交流，能使感情稳固和不断深化：一是交流能够使双方不断地加深了解，从而建立情意，缺乏良好的沟通，彼此就不能够深入了解，心贴心的局面就很难形成；二是交流能够使彼此展示各自的才华和学识，展示各自的生活经验和经历阅历，展示各自对问题的理解力和处理水平，展示各自的生活态度和处世原则，在展示中互生倾慕，建立爱的情感；三是交流能够使双方得到快乐，排解孤单。交流是彼此陪伴的重要形式，使双方有心的依靠和情的传递，带来心的充实、情的温暖；四是交流能够使彼此互相分享生活经验，分享优势，从而使双方互相帮助、互相呵护，获得爱的甜蜜和幸福。

很显然，交流在爱中确实是必不可少的。

除此以外，女士要想获得男士的爱，还要把注意力放在美丽上。一方面，虽然男性第一位的体验是交流，但在有良好交流的基础上，男士都倾慕于美丽、漂亮的女性；另一方面，漂亮的女性更能引起男士与其交流的兴趣和欲望，更能激发起男士与其交流的动力和热情，因而使互相交流更加顺畅和持久。需要指出的是，外表的美丽确实很重要，因为外表美能够给男士良好的第一印象。外表美包括美丽的长相和美丽的妆饰。

也许父母给予的长相不能改变，但可通过妆饰来扬长避短。因此，别小看了对外表的适当修饰和得体的穿着，这些都对一个女人外在形象起着很大的作用，女士们应该给予足够的重视。

在注重外表美的同时，尤其要注重内在美。气质高雅的女人特别能够吸引男士的目光，获得男士的倾心。毫无疑问，美丽还体现在心灵美上，温柔、善良、细腻、贤惠等是女人的撒手锏，不仅能够俘获男士的真心，而且能够让男士持久地倾心。

（2013 年 7 月 4 日）

在灵魂里交心

——感情与交流系列之二

可澎妮是大家闺秀，相貌美丽，身材高挑，气质高雅，多才多艺。再稳重高傲的男子，见到她都会心颤不已。很多优秀男士都想结交可澎妮，通过各种途径靠近可澎妮，而可澎妮矜持有度，落落大方，待人得体，使心有爱意的男士总觉得有几分失意。康其德和瓦葛天是可澎妮的朋友，与可澎妮交往比较频繁，令可澎妮周围的优秀男士们好不羡慕和嫉妒。

相比之下，康其德要比瓦葛天在可澎妮面前更受宠一些。康其德虽是"纨绔子弟"，但做人低调本分，勤奋好学。他父亲是某地炙手可热的政治明星，官居高位，康其德本人也是前途无量的"后备人才"。可澎妮遇到难办的事情第一个想到的肯定是请康其德帮忙，平时康其德在可澎妮跟前忙前忙后的机会比瓦葛天多得多，这一点令康其德倍感荣耀。正当人们都认为康其德会成为可澎妮的白马王子的时候，在一个晚会上，可澎妮竟然在大庭广众之下热吻了瓦葛天，并向众人宣布，她早就投入了瓦葛天的怀抱，与瓦葛天共同享受着爱的甜蜜和幸福。可澎妮在介绍与瓦葛天的关系时，那种醉人的甜蜜神态和陶醉表情，让康其德和在场所有的男士心碎欲焚，恨不得把瓦葛天"千刀万剐"了。

康其德的自信受到了极大的打击，他宣布在不远的未来，一定会从瓦葛天手中夺回可浍妮的爱，并信誓旦旦，志在必得。现实是残酷的，尽管康其德使出了浑身解数，动用了自己所有的资源，可还是以失败而告终。

虽然失败了，但康其德想知道自己输在哪里；众人也对他的情场失意感到不解，也想找到可浍妮选择瓦葛天的理由。于是，康其德就在优秀白领佳丽中开展调查，了解众优秀女士心目中好男人的具体素质。康其得通过心理测试、问卷调查、游戏观测、女士漫谈等方式进行深入调查，然后对获得的信息进行汇总、梳理、分析、研究后，得出的结论是：优秀女士第一倾心男士的是渊博的学识与才干。第二看重的是与男士的交流，尤其是在交流中表现出来的深邃思想和风趣幽默，更令女士们倾心。第三重视的是男士对女士的可靠呵护，第四看重的是男士的稳重而又浪漫的行为举止，第五才是注重男士的外表。

这个结论出来后，康其德对自己输给瓦葛天心服口服，他在学识、能力两方面确实不如瓦葛天，尽管康其德有与可浍妮较多的接触机会，并能很好地帮助、照顾她等方面的优势，但这个优势仅排在女士青睐男士诸因素中的第三位。心结打开了，心里也就亮堂了，康其德的受伤感一下子就减轻了很多。

从这个故事中可以看出，女士和男士选择爱侣的聚焦点，既有相同点，也有不同点。不同点体现在：男士选择女士的侧重点，是放在女性的美丽上，而女士选择男士的侧重点，则放在男士的学识上。相同点也十分明显，男士和女士选择爱侣的侧重点都十分重视彼此的交流，把互相交流作为互爱的重要基础。

由此，可以得出这样的结论：无论是男士，还是是女士，要想得到心仪异性的倾心，都应该提高自己交流的本领。

提高自己交流的本领，最重要的是要真诚，以心换心，才能交流深刻；彼此了解，才能拉近彼此距离，获得倾慕。在真诚的基础上要善于捕捉交流的共同点，使彼此讨论的兴趣尽量重合，激发沟通的兴奋点，为交流不断提供热能和动力。在交流的同时，不能忽视语言的重要性，也就是说，要增强语言表达的艺术性，以丰富的思想内涵、幽默的现场对白、细腻的情感倾注、谦和的个性认同、富有个性化的流露等语言系统，展示个人的风采。这样的交流，必然能达到良好的沟通效果。由此可见，只要具有良好的沟通交流本领，就一定能获得对方的认可！

（2013 年 8 月 20 日）

魄门之痛

　　这几天魄门发脾气了，而且没想到其脾气如此之大，让我备受其苦。苦之烈、痛之剧，只有我自己知道，没有领教过魄门大发脾气之痛苦的人，是难以想象的。

　　魄门是个不起眼的毫尾之地，因"魄"为"粕"的通假字，魄乃粕，送粕出门，中医称魄门。《黄帝内经》说："魄门亦为五脏使，水谷不得久藏。"正因为魄门是五脏的使者，因而魄门启闭要依赖心神的主宰、肝气的调达、脾气的升提、肺气的宣降、肾气的固摄，方不失其常度。因此，老子认为"谷神不死，是谓玄牝。玄牝之门，是谓天地根"，他形容魄门是天地的根本。

　　说实话，不是这次它给我颜色看，我还真的没有更多注意它的重要价值和功能，因而也就像对指甲一样仅仅关心其卫生，其他便不太重视。大概是一直以来只用其之功，不护其之器；只劳其之能，不养其之累，从而导致其在三天前便开始暴跳如雷。开始我虽感觉其威，但尚能坚持，与其僵持着，想以顽强的毅力逼其让步。然而，我错误地评估了形势。周五凌晨 3 点多，它就把战火烧到了异常激烈的程度，让我既无招架之功，也无还手之力。在招架不住的情况下，周六上午9时，好友青总急忙驱车把我送到中心医院，并帮助联系了医生。开了药，领了医嘱，回家休养。一到家，马上就行动，该服的药丸立刻服，该洗的药水马上洗，该涂的药膏即刻涂。满指望像医生说的那样，用上药后，很快就会有好转，心中充满期待。

然而，事情的发展并不像医生所说的那样简单，症状不仅没有减轻，而且情势在逐渐恶化。青总是够朋友的有心人，一直惦记着我的魄门之扰。来电询问其状况，得知不见好转，下午便买来中药参芦，用中西医结合的方法，看看能否尽快见效。我当然十分欣慰，也心存温暖。

这次魄门真的火大了，不饶人了。朋友的感情它也不理会，火气依然越来越猛。两天来，粒米未进，直至让我坐不能坐，卧不能卧，靠也不能靠，只能双膝跪在床上，撅着高高的臀部，即便这样也痛不欲生啊！

顶不住，顶不住了。周日青总又把我送进一家部队医院。

从上午10点，一直折腾到现在，已经下午3点多，才稍有好转。

此事件给我感受很深：如果没有经过身体不适，就不知身体重要；如果没有经历出生入死，就不知道生命的神圣。所以，身体是人生一切的根本。平时工作再忙碌，前途事业再重要，也要先保重好身体。留得青山在，不怕没柴烧啊！

还得继续打吊针，不写了。

（2013年7月14日）

小恙剧苦

　　我是个闲不住的人，尤其是手闲不住。即使在医院打点滴，手上扎着针管，魄门剧烈胀痛，几个指头依然在触动手机，把折磨着肌体的痛楚一笔一划地写在触摸屏上，点击进手机里。手一痒，就将这段所谓魄门之痛的文字点击上了微信，一下子引来亲朋好友、同事战友在微信上嘘寒问暖，发来一串串的关心关怀，让我倍感温暖。当然，更有趣而又温馨的是，有个朋友调侃我说，原本通常的"毫尾之恙，出口之痛"，竟然在一阵肿痛之中，被表述得这么文绉绉的，写成了"五脏的使者"在发脾气，真是个奇葩。我也觉得自己确实很奇葩，自以为曾以国防体格打造出坚强的人，竟然让一个小小的"尾气口"小恙轻易打倒，在医院里躺着打了好几天吊针，够奇葩的。奇葩归奇葩，这次我真正领教了什么是病来如山倒，病去如抽丝啊！

　　由于"出口"不畅，"内销"无解，来到医院的第一件事就是灌肠。然而，即便是从内部灌洗，但依然"出口"不畅。我向医生建议，再灌一次。医生看了看大汗淋漓且摇摇晃晃的我，同意了。我对身边穿着白大褂的白白净净的帅小伙说："再灌一次。"又一次把液体灌进去，然后去洗手间，可是只有疼痛，没有多少实质性物质"出口"。原来两天未有实质性食物"进口"，大概内部经济运行并没有多少物质用于"出口"，说明这个魄门之恙已经牵一发而动全身了，就像美国次货危机造成世界金融危机，进而引起世界经济危机，至今也没有走出经济危机阴霾那样，也引起了肌体进出口循环受滞了。无奈，医生说，先做物理治疗，再将针剂药剂跟上，尽快消肿止痛，减轻痛苦吧。医生万岁，他太理解我啦！虽然进行了一整套治疗，也打了四瓶吊针，痛稍轻一点，但痛楚依然让我不堪忍受。剧烈疼痛中，我才感悟到，别认为自己有多么强大，一个小小的病痛就能将你击倒。

双休日是多么美好的时光，结果过得天昏地暗。在打吊针的时候，我强打精神跟邻床的病友开玩笑，身上某个部位再不起眼，也会让人趴下，像个狗熊一样窝囊地趴在床上。所以，肌体上的任何一个小部件都得重视，都得善待啊！

说实话，对待病痛，医生、病人、亲友、他人四者的感受是不一样的。医生对病人和病情见得多了，会理智地按疾病治疗规律来对待病痛。病人对病痛有着直接的、最深切的感受，痛越厉害，就越渴望急于解除或减轻病痛，恨不得即刻见效。亲友由于同病人的特殊关系，尽管并没直接感受到病痛，但也带着焦虑的心情，期望医生尽快给予最有效的治疗。他人就是旁观者了，一般只根据以往经历、经验判断病痛，在此基础上给病人一些同情。说实话，我是小恙者，但对痛楚消除的急切心理甚之又甚，指望一次治疗就能有极大好转。所以，我理解邻床小伙子的痛苦，才这般开玩笑的。

玩笑归玩笑，我急切的心情却是实实在在的，而现实的可能性并非急切心情所能达到，小恙只能一点点朝着好的方向转变，但那种疼痛还是要延续一个时期。从这一点来说，平常保养、保重最重要。

来此医院的首次治疗让我感到疗效已经显现，但病痛并没有减轻太多，周日的夜晚依然是坐不能坐，卧不能卧；依然疼痛不止，无法入睡，原想周一去上班的计划看来泡汤了。次日一早，我虽提着公文包，却去了医院。因为，这般坐卧不能的状态，即使去了单位，也无法处理任何事情。由于"出口"依然一蹶不振，我主动要求灌肠，于是，新的一天的治疗再次以灌肠拉开帷幕。在同前日一样的治疗项目和程式中，我依然感到动弹一下都艰难。唉，我只有萎靡不振地叹息着，身上这么个小地方发生点情况，居然如此厉害，就像一台复杂的机器，一个小螺丝损伤了，就可能导致机器罢工。正在这时，放在床头柜上的手机响了，我正在打吊针，忍着疼痛挣扎起身，伸手却够不着手机，坐在对面椅子上的一位清秀姑娘见之，起身帮我拿到手机。打完电话，她告诉我，邻床躺着正在打吊针的那个长得阳光帅气的小伙子是她老公，也是魄门之痛在这里动的手术，她是来陪伴的。她的帮助让我感到人与人之间的友善。我对自己这般羸弱大为感叹，是啊，拥有健康不代表拥有一切，但失去健康就代表失去了所有。要想拥有美好的生活、事业，就必须拥有健康。所以，在人生的数字中，健康是1，其他一切都是1之后的0，只有这个1存在，后面的0才有意义，0越多数字才会越大。如果缺了健康这个1，人生的数量和质量拥有再多的0也没有用，依然是0，这是痛中之悟！最后，在家里贴了一张篮球架的照片，让它以后时时提醒自己，千万不能好了伤疤忘了痛，一定要多运动，健体魄，并把这一点作为生活的必需！

（2013 年 7 月 16 日）

钓鱼的有趣事

——钓鱼意趣之一

　　钓鱼既是一项体育健身活动，也是一种文化娱乐活动。毫无疑问，钓鱼是充满乐趣的。据我观察，钓鱼爱好者，大都是对大自然无限热爱、对生活充满情趣的人。他们十分喜爱生机盎然的广袤原野，十分乐意亲近赏心悦目的湖光山色，沐浴阳光的芳香，身披微风的清新，从日常的繁杂中脱开身，从城市的喧嚣中走出来，时而在河边，时而在湖畔，时而在海里，时而在深溪，在钓线静静垂悬中期待收获，在钓竿微微颤动中提起激动，在鱼儿摇头摆尾出水时抖动欢乐，只要一竿在手，性情暴躁的人也会静如处子，枯燥寂寞的人也会神采飞扬，迫不及待的人也会沉稳如山……由此看来，钓鱼之趣并非仅仅来自活动，而是来自内心；并非仅仅来自实惠，而是来自体验；并非仅仅来自斩获，而是来自过程，因而，垂钓之乐，乐在自得。

　　我也是一个喜欢在钓鱼中自得其乐的人，当然也有不少趣事。

　　第一件钓鱼趣事是有人请我去钓鱼，结果有了一件"他用我家的锅灶食物，烹饪出美食来招待我"的有趣故事。记得那是一个星期天，正好我有空，闲在家里正想着，到底是打开电脑写点东西，还是去室外拍几张照片呢？犹豫之时，朋友打电话给我，邀请我去钓鱼，我便欣然答应了。一会儿，朋友就将车开到了小区门口，车上坐着朋友的搭档。接到我后，我问去往何处，他俩神神秘秘地说："我们再去接一个人，到了地点你就知道了，一定是个好地方，不然我们也不敢邀请你。"

"那好吧。"我相信他们，也就随遇而安地上车了。

朋友开着车接到了另一位大哥型朋友，他是钓鱼高手，然后我们便开上了出城的公路。车子没有上高速公路，在普通道路上曲里拐弯地往前开，越开我越没有方向。过了大约 40 分钟，便是柳暗花明又一村，开到了我工作的区域，来到了我所在系统的鱼塘管理处门口。原来，他们到我所在系统的鱼塘里钓鱼。于是，我便跟他们开玩笑说："你们啊，请我吃饭，竟然跑到我家，用我家灶台，用我家柴米、我家油盐、我家酱醋、我家茶水，做我家的饭菜招待我，你们也太有才了，哈哈哈……"

我的这些揶揄，把他们给逗乐了。一起参加钓鱼的朋友，都觉得钓鱼尚未开始，趣味已经有了。

还有一件钓鱼趣事，是一位朋友总结的，叫作"左右五六"。当然也发生在我的身上。

钓鱼者都知道这样一句话："钩轻放，少语言；避身影，鱼不烦；静心等，鱼会餐。"按理说，钓鱼是锻炼人沉得住气、稳得住神的活儿。在垂钓的过程中，人一定要耐得住性子，一定要静得下来。不能抛钩以后，手脚好动，不停地东跑西窜，不停地提钩拉线，不是把鱼儿吓跑了，就是鱼不上钩。所以，钓鱼者要静静地坐着或站着，眼睛死盯着浮漂，只有等到浮漂有动静，鱼儿咬住钩了，便以迅雷不及掩耳之势，将钩儿提起，把鱼儿钩住，把鱼钓上来。然而，在钓鱼者中我是个另类，将穿上鱼饵的钩子抛进水里，把钓竿架好，用块石头压住，也就不管了。向左走"五步"，到附近的垂钓朋友跟前吹牛聊天，待上一会儿，觉得应该回去看看，却发现浮漂没有了，一提竿便是一条鱼。再穿上鱼饵，放进水里，然后向右走"六步"，到另一个钓鱼的朋友身旁说会儿话，几分钟过去了，我又回到钓竿处，提起钩，又是一条鱼。就这样，我不停地东跑西颠，一会儿到这儿聊聊天，一会儿跑到那儿讲讲话，自始至终"左右五六"地窜来窜去，却丝毫没有耽误钓鱼，而且，钓鱼的数量和大小比当天一起垂钓的某些朋友多得多、大得多。于是，这便成为钓鱼圈子中的趣谈，时常被钓鱼高手大哥调侃，从而有了"左右五六"钓法之说，让人忍俊不禁。

还有一次钓鱼的经历，被钓鱼界人士广为传播，成为趣谈。这一次的钓鱼阵容非常庞大，开了三辆轿车、一辆小面包，一支垂钓队、一支烧烤队，还有一支啦啦队，某位朋友把他的老岳父、一位退了休的老基层干部请来当啦啦队队员兼队长。这支队伍在一位专家型钓鱼高手的带领下，浩浩荡荡地出发了。

到达垂钓的湖，水的面积很大，视野很开阔，湖中间还有小岛，周围湖堤塘埂杂草丛生，看起来确实是个非常好的野外钓场。湖塘里已经有零星几个人在垂钓了。向湖塘的管理者付了每人50元的垂钓费后，大家便各自选个位置拉开了架势。我原本就是自由钓鱼者，并非这方面的专业人士，钓鱼一贯都是随着性子，不会那么认真。在他们扎线、做漂、架竿之时，我却绕着湖塘的堤埂兜圈，遇到三四个正在苗圃挖树的工人，便问他们这个湖塘里鱼多不多、好不好钓。他们惊讶地告诉我说："你们怎么到这里钓鱼啊？前不久这里的水全部抽干了，进行清淤，然后又重新灌满水，一尾鱼苗都没往里放，哪里有鱼呀！"我听之，将信将疑，要眼见为实。但也不可不信，毕竟他们对此地了解。于是，我回来后便不去钓鱼，而是参加了一群女士正在忙碌的烧烤队，帮助她们烧炭、切菜、翻烤，不亦乐乎，边烤边吃，好不享受啊！其间，分派她们给正在垂钓的朋友送去烤熟的食物和啤酒。那位专家型钓友颇为感叹，说此顿是他垂钓生涯中享受的最丰盛的午餐。我们等待着他们钓上大鱼来烧烤，可就是迟迟等不到，他们一条半尾也未钓上来。直到下午两三点钟，只有一位朋友钓上来一条大概几寸长的小鱼，其他的钓鱼者皆是空空如也。那位将其老岳父也拉来观钓的朋友，一条鱼也没有钓到，其岳父叹曰："哎呀，看漂看得眼睛都现重影，也没有见到有鱼。"无奈大家只好收拾家伙，打道回府。此时，我才把那几个苗圃工人上午说的话告诉他们。于是，他们大呼上当，并说为何不早告诉他们。我回答说："他们的话早先我也不敢信呀，你们带我来，我没有理由不信你们而相信他们呀。再说，来这里是早已计划好的，而且已经到达这里，烧烤队也在这里摆开了场子，不能说走就走吧！即使另选他地，目标又在何处？话又说回来，垂钓嘛，重在钓的过程而不在钓多少鱼。你们今天经历了差不多一天的钓鱼过程，虽未钓到鱼，但也获得了钓鱼的乐趣，领悟到了钓鱼的真谛，不是更好嘛！"说得大家不得不认可。

也有朋友不服气，他说："你啊，本是个最半吊子的钓鱼者，却保住了'英名'。我们这些真正的钓鱼高手，却在啦啦队面前丢分，你何等狡猾啊！"

其实啊，这次钓鱼趣事给我的感悟是：无论做什么，都离不开调查研究，只有弄清情况，然后付诸实施，才会取得成功。

当然，钓鱼可以说是法无定法的活，钓鱼之乐也是法无定法的享受。虽然"以客待客"有些唐突，"左右五六"不合正法，"空塘深钓"稀里湖涂，但都不失垂钓之乐，至今在朋友圈里还常被大家津津乐道，这就是钓鱼的别有意义之处吧！

（2013 年 8 月 20 日）

钓鱼文雅说

——钓鱼意趣之二

钓鱼原本我是不喜欢的。小时候，我生活在农村，那时会去稻田里、水塘里、河堰里抓鱼，有时赤手空拳，有时弄个小网，抓到鱼便非常兴奋。那时的兴奋更重要的不是体验抓鱼的刺激，而是拥有美味的期待和满足。那时钓鱼的经历和体验也很浅薄，记得有一次，自己把大头针折弯做了个钓钩，系在竹竿上，穿上蚯蚓，到鱼塘里钓鱼，现在回忆起来，好像毫无收获。自那时起，我就觉得钓鱼是件很难的事。后来到了部队，当然没有机会钓鱼。直到我军校毕业，当了军官，在一个周末，受在机关当通信参谋的战友阿程之邀，去某营鱼塘里钓鱼，才真正有了钓鱼的经历。那次钓鱼印象深刻，鱼钩也是自己用大头针做的，钓竿是自己砍的竹竿。不过，却钓了不少的鱼，大概有几十条鲫鱼，弄回来做了一桌鱼宴，战友们一起饮酒狂欢，大醉而归，但此次钓鱼依然停留在为了舌尖之需上。

中国钓鱼的历史可以追溯到新石器时代。陕西省西安半坡村发现的骨制鱼钩和黑龙江小兴凯湖岗上出土的骨制鱼钩，距今大约有 6000 年的历史，是我国发现最早的钓鱼文物。在神农晚期，就有从事钓鱼活动的记载。据传，炎黄子孙钓鱼的第一人是舜帝。舜在青年时代就被推举为小首领，他拿钓鱼竿出巡，饿了，就钓鱼充饥。他出现在一些混乱的地方，人们谁也不知道这位其貌不扬的渔翁是自己的头领，他就能听到真话，看到实情，使他能够有效治理，从而使其领地的人们安居乐业。后来尧帝知道了，将他提升到部落联盟协助工作，最终还将帝位禅让给了舜。

除了这个传说外，在《诗经》里就有钓鱼的诗句："籊籊竹竿，以钓于淇。"意思是钓鱼竹竿细又长，用它垂钓淇河上。今人有时干的用竹竿当钓竿之事，2500 多年前的古人，也会干了。可见中国钓鱼之事，源远流长啊！

其实，在那时，钓鱼已不仅是一种猎食之技，而且是一种文化活动了，并将其渗透到政治、经济活动之中。姜太公钓鱼就是他实现政治抱负的一种手段。

姜太公姓姜名尚，又名吕尚，是周朝的大功臣。他在没有得到周文王重用的时候，隐居在陕西渭水边垂钓。姜太公的钓钩是直的，上面不挂鱼饵，也不沉到水里，并且离水面三尺高。他一边高高举起钓竿，一边自言自语道："不想活的鱼儿呀，你们愿意的话，就自己上钩吧！对你说实话吧！我不是为了钓到鱼，而是为了钓到王与侯！"后来，姜尚辅佐文王，兴邦立国，还帮助文王的儿子武王姬发，灭掉了商朝，被武王封于齐地，实现了建功立业的愿望。可见，姜太公利用钓鱼文化来宣示政治理想，是钓鱼文化的一种外延和内涵上的扩展和延伸。

无独有偶。范蠡则是把钓鱼作为经济发展的一项重大举措。春秋时期越国大夫范蠡，自吴越争霸结束离开越王勾践后，驾驶一条小船到了洞庭湖中的钓洲，由于遇到大风浪，他就停舟靠岸，在钓洲钓鱼，钓到大鱼熟而食之，钓到小鱼则生还湖里。后人为了纪念范蠡，把它放生的鱼称为范蠡鱼。再后来，范蠡定居于无锡的太湖之滨。他曾提出"种竹养鱼千倍利"的主张，齐威王召见他，问道："公任足千万，家累亿金，何术乎？"范蠡回答说："夫治生之法有五，水畜第一。水畜，所谓鱼池也。"范蠡著有《养鱼经》，这是我国第一部养鱼专著。由此可知，在此时，钓鱼已经不仅仅是满足舌尖之需了，而是一个国家的经济战略，因而，此时钓鱼已经是有着深厚人文积淀的文化现象了。

自那以后，钓鱼便不断出现在文人墨客的诗文中，《楚辞》就有《渔父》的章节，描写屈原与渔父的对话情节。白居易在《垂钓》诗中写道："临水一长啸，忽思十年初。三登甲乙第，一入承明庐。浮生多变化，外事有盈虚。今来伴江叟，沙头坐钓鱼。"表明诗人用垂钓来驱赶精神的苦闷，获得精神上的慰藉。杜甫在《江村》中生动地再现了唐代小渔村的田园生活美景，诗曰："清江一曲抱村流，长夏江村事事幽。自去自来梁上燕，相亲相近水中鸥。老妻画纸为棋局，稚子敲针作钓钩。"李白在《行路难》中用"闲来垂钓碧溪上，忽复乘舟梦日边"的佳句，表现喜爱垂钓的生活情趣，使人感到亲切和温馨。柳宗元的《江雪》一诗："千山鸟飞绝，万径人踪灭。孤舟蓑笠翁，独钓寒江雪。"恐怕最为脍炙人口，家喻户晓。南宋大诗人陆游十分迷恋垂钓，甚至到了想当渔夫的地步，他在《鹊桥仙·一竿风月》词中写道："一竿风月，一蓑烟雨，家在钓台西住……时人错把比严光，我自是无名渔父。"他晚年回到故乡绍兴鉴湖边，把"闲时钓秋水"当作生活乐趣，给人很多联想和感悟。著名文学家苏东坡在所作的《画鱼歌》中，把自己描述成十足的爱钓鱼之人，诗曰："一鱼中刃百鱼惊，虾蟹奔忙误跳掷。渔人养鱼如养雏，插竿冠笠惊鹈鹕。岂知白挺闹如雨，搅水觅鱼嗟已疏。"其诗情一直感染着后人。清代书画家、文学家、"扬州八怪"之一的郑板桥，在《道情十首》里盛颂钓翁的闲逸生活，用"老渔翁，一钓竿，靠山崖，傍水湾，扁舟往来无牵绊"的诗句，来赞美老渔翁的生活态度和情趣。清代诗人王士禛在《题秋江独钓图》诗中，为我们展现出一幅秋钓美景："一蓑一笠一扁舟，一丈丝纶一寸钩。一曲高歌一樽酒，一人独钓一江秋。"文人墨客喜爱垂钓不足为奇，就连至高无上的皇帝，也对钓鱼情有独钟。明朝开国皇帝朱元璋对钓鱼有着特殊的嗜好，经常出宫来到花红柳绿的湖边垂钓。一天，他命才子解缙陪他去御花园荷花池钓鱼，解缙开竿后连连得手，而朱元璋的钓竿却纹丝不动，不见鱼儿上钩，解缙见状吟诗一首："数尺丝纶落水中，金钩抛去无影踪。凡鱼不敢朝天子，万岁君王只钓龙。"朱元璋正在恼怒中，他一听此诗顿觉自己至高无上，满腔怒火抛到九霄云外，立刻转怒为喜，一直钓到夕阳落山才打道回府。清朝乾隆皇帝享年89岁，在位60年，十分喜爱钓鱼，经常去宫外游钓，有人称他为钓鱼皇帝。乾隆三十九年（1774），乾隆在望海楼休闲垂钓时，挥毫泼墨，亲手御笔"钓鱼台"三个正楷金字，使钓鱼台名传千古，如今成为重要的名胜古迹。

古人如此，今人传承。当代著名画家张大千于1935年画了一幅《秋水闲钓图》，并在画中题诗："闲钓溪鱼鱼满串，旋沽村酒酒盈尊。归来记得挂船处，秋水斜阳树一根。"大师以钓鱼为题，诗画合一明丽，意境契合隽永，钓鱼的文化底蕴跃然纸上，令人叫绝。凡此种种，千百年来，钓鱼早已经成了人们精神和情趣的载体，让人们渐渐淡化了它的猎食意义，强化了它的陶冶意韵作用，从而使其高雅起来！

自从领悟到了钓鱼文化之后，我喜爱钓鱼便有了一种文化自觉，从而在钓鱼中享受到了人文熏陶，不仅使我的舌尖得到享受，而且使我的心灵得到宁静，真是受益匪浅啊！

（2013 年 8 月 22 日）

钓鱼糗事记

——钓鱼意趣之三

钓鱼是雅事，对其有雅致，融入雅情，便有雅趣。钓鱼之雅，进入了学生的教材，某省的《中学生阅读（高中版)》就有一篇《钓鱼的故事》。

不过，但凡事物，有雅也有糗。钓鱼的糗事恐怕并不比雅事少。著名作家高晓声曾写过一篇短篇小说《鱼钓》，就讲述了北岸钓者、"贼王"刘才宝的两件钓鱼糗事。一件糗事是刘才宝用唱山歌的方式讲给南岸钓者和读者听的："黄梅落雨妹发愁，情哥捉鱼在外头。深史半夜不回来，饿坏肚皮要短寿。黄梅落雨妹发愁，情哥捉鱼在外头。深更半夜不回来，小妹怕他轧姘头。"很显然，像钓鱼这类雅事，也会有被诸如妻子、像小妹般情人等亲朋好友的误会和不理解的尴尬。另一件糗事是北岸钓者、刘才宝夜里泅水到河对岸偷南岸钓者的鱼。"贼王"偷的是那条被绳子穿住鳃口，就像苏三上了枷，系在木桩上，牵养在河里，十一二斤重的草鱼。他把系着草鱼的绳子打了个葫芦结，套在自己的脚踝上，腾出双手，便于划水，再泅水洄游。未料那草鱼向河心激流里挣扎，在湍急的水流中与刘才宝展开了一场殊死搏斗，刘才宝终因无力解开脚踝上的那个绳结而沉入水底。在窒息昏迷时，他变成缠绕着鲶鱼的水蛇，被鲶鱼展开利刺划成几段，然后被鲶鱼吃掉而一命呜呼。钓鱼无收便去偷，鱼未偷成把命丢，事体如此之大，确实糗到底了。

　　小说写的钓鱼糗事颇为精彩，现实中的钓鱼糗事，同样也十分精彩。我认识一位朋友，是位令人羡慕的为人师表者。他原本不会钓鱼，在一位高手的怂恿和带动下，一下子喜欢上了钓鱼，先是经常跟着朋友外出钓鱼，后来一有时间便独自去野外垂钓。先是白天出去钓鱼，后来便又喜欢上夜钓。先是他钓回很多鱼来，妻子很高兴，一边表扬一边杀鱼烹熟，一家人美美地享受一次鱼餐。后来他钓的鱼太多，都塞满冰箱时，妻子便不高兴了，甚至有些厌烦，不仅不再加工成为诸如红烧鱼、清蒸鱼、糖醋鱼的美味，而且责怪他钓鱼弄得冰箱无处盛他物。照理说，像他这样高学历、高智商的人，应该很具有理性，然而他觉得钓鱼是雅事，雅事当投入，因此钓鱼让他着迷，甚至到了痴迷的程度，有一点点时间就都用在研究和实施垂钓上，哪能腾出时间来陪伴妻儿。尤其是他特别喜欢夜钓，经常让娇妻一人在宽大的别墅里独守空房，使原本与他恩爱有加的妻子怨声载道。

　　秋季有一天，天高气爽，是个绝佳的夜钓时光，他便带着一整套夜钓鱼具，悄悄地溜出家门，开车到野河浜垂钓。他那天运气特别好，鱼儿不停地上钩，让他觉得很过瘾；钓的鱼儿不仅数量多，而且样子好，都是真正的野生鱼，让他觉得很得意。尤其是钓到一条垂钓史上最大的青鱼，重达20多斤，让他觉得很刺激。这次夜钓他感觉那个爽啊，难以言表，但他不得不顾及妻子对他过分痴迷夜钓的反对态度，直到凌晨3点多才依依不舍地收摊回家。当他兴冲冲地准备向妻子汇报战果、畅谈感受之时，发现卧室里空无一人，妻子已经带着儿子走了，卧室里的那张大床上，他经常睡的那一侧空着，妻子经常睡的那一侧摆满了从冰箱里拿出来的鱼，像个整齐的鱼阵。妻子这样做的意思很明白，那就是他这么喜欢钓鱼，干脆他就和鱼儿同居一床算了，让他好不郁闷和尴尬。很显然，这是件钓鱼的糗事，糗就糗在他对垂钓的无节制痴迷上。

　　另一件是发生在我朋友身上的钓鱼糗事，也让人匪夷所思。这位朋友是钓鱼高手，他不仅自己喜欢钓鱼，而且带了不少的"徒弟"，发展了很多原本不会钓鱼者，指导过不少钓鱼爱好者的钓技，建立了一个钓鱼组织，经常开展诸如钓鱼比赛等活动，可谓是位在钓鱼界声名显赫的人物。这样的钓鱼大家，一旦垂钓，其收获当然了得。每次外出活动，鱼都钓得很多，自己家吃不完，没地方放，让他头疼。于是，他垂钓回来，除了留少数几条鱼之外，就把鱼儿无偿地赠给亲朋好友、左邻右舍。开始，每当他送鱼去，受惠的亲友和邻居都会很开心，诚挚致谢，也真诚称赞。可是，时间久了，他送给亲友们的鱼儿太多了，害得亲友和邻居餐桌上见不到其他荤菜，全都是鱼，冰箱里满满地冻着的也是各种各样、大大小小的鱼，简直是在闹"鱼灾"了。这样便导致亲友和邻居对待他垂钓回来无偿赠鱼态度来了个一百八十度的大转变，由过去只要听到他钓鱼回来的消息，大家都会不由自主地打开门，等待他送鱼上门，转变为现在只要估计他垂钓快返回家了，就会赶紧把门关上，生怕他送鱼过来，弄得亲友和邻居防他就像防贼一样，怕他就像怕抢劫犯一样，让他颇失面子。他夫人每每看到这一幕，就叹息："都是钓鱼惹的祸啊！"

　　像钓鱼这类的雅事，弄不好就变成了糗事，并不是钓鱼的蹊跷，倒是法度的原因。一件事情，这种做法、这样的维度上是雅，但在那样的方式、那样的程度上就是糗。就像真理与谬误只有一步之遥一样，在雅与糗之间，多跨了一步，就像高晓声笔下"贼王"刘才宝那样，钓鱼反而被鱼钓，发生了颠覆性的逆转。毫无疑问，雅事不一定就能做得雅。要想雅事做雅，就必须准确地把握好度。只有这样，那才是大雅，才是钓鱼的意趣。

（2013 年 9 月 13 日）

呼唤驾乘文明

　　时代发展到了今天，汽车迅猛地进入了家庭，国人已经进入了汽车时代。然而，进入了这个时代，人的素质是否也同时进入，真不好说。最近，所见所闻两件停车之事，让我颇多感慨。第一件事发生在某小区，虽然建设时预留的停车位挺多，但依然不够使用。面对车辆多、停车位少的矛盾，小区物业管理部门并没有无奈地叹息，而是加强了人性化、科学化管理，较好地营造出良好的停车环境和氛围。有一天早晨，朋友驾车去上班，却发现雨刷下压了一张让其交费的通知，并让朋友脸红了好一阵子。原来，这个免费停车的小区在夜间一旦有不按规定停车的，必须要交停车费，而遵守规定停车的，不仅免费，若时间达到一定长度还可获得奖励，奖励的内容是为其日常生活提供优先帮助和服务，使其感到十分光荣。所以，这个小区的业主一般不乱停车，而且形成了乱停车可耻、互相礼让光荣的风气。在这个小区居住，便会感到有一股人与人之间和谐温馨的情意在心中荡漾。

　　第二件事就发生在上述小区的对面，只隔一条河，也是个新建的住宅小区。这里的停车位其实并不十分紧张，只是业主停车的随意性大，车位不固定。中秋节期间，业主君俊下班回来，由于自己购买的车位被先其回来的车辆占了，便只好在旁边的停车位停车。没想到的是，到了晚上 10 点左右，一辆红色荣威牌轿车横着停在君俊的车前面，拦住了君俊的车子。君俊下楼取报纸看到这一幕，以为此荣威车只是临时停一小会儿，也就没有在意。没想到第二天早晨上班时，此荣威车仍然霸道地拦在君俊的轿车前面。君俊只好找到了保安。保安说是君俊没有将车停在自己的车位上，占用了相邻的车位，使得相邻车位的车主故意这样停放，以此表示愤怒。君俊听到此，虽然感到自己有错，确实没有在停车时找到保安，让其清理出自己车位上的车，再按规定停好车。但是，即使君俊错了，也不能因前一个人错了，下一个人也继续错，而且采取对立、极端的方式，以牙还牙。保安甚至在明知业主连环犯错的情况下，依然听之任之，不及时处理、纠正、调整，直到次日临上班时，大家都着急的情况下，才以傲慢的姿态指出众人的随意性，一推了之。

　　上述这两件事正好形成了鲜明的对比。联想到当前社会上出现的种种停车、行车、乘车等怪现象，说明国人亟须建立驾乘文明规范和车德体系。比如，停车不仅要执行规定不乱停车，而且还要体现泊车绅士、淑女风范。曾经看到一则报道：瑞典沃尔沃总部有 2000 多个停车位，早到的人总是把车停在远离办公楼的地方，天天如此。有人问："你们的泊位为什么离办公楼最远？"他们答："我们到的比较早，有时间多走点路。晚到的同事或许会迟到，需要把车停在离办公楼近的地方，能够节省走路的时间。"看完这则报道，我在想，主动与人方便并不是犯傻，而是一种根植于内心的素养，是发自人们内心而关乎人格的一种人文精神，一种值得我们学习的高尚车德。

人们在社会生活中、在人与人的关系中、在社会角色扮演中，都在呼唤正义，呼唤高尚，殊不知，正义和高尚就体现在看似微小的我们每个人的行为上。在我们每个人的意识里，只有把正义和高尚放在内心深处，不需要别人的提醒和监督，自觉自愿地恪守我为人人的做人信条，不文明行为必然会减少。

当然，文明还需要制度加以涵养。正如本文举的第一个例子，其小区的停车管理制度就带有明显的扬善导向，在这一规则的引导下，人们自然会将遵守规定视为光荣，从而约束自己的行为。人人恪尽本分，驾乘文明就不是什么难事了。

毋庸讳言，与我国已经进入了汽车时代不相称的是，无论是车德，还是相配套的规则等都还十分缺乏，比如开车争先恐后，毫无礼让可言；随意停车，丝毫没有优先为他人提供方便的意识；不按规定停车，在马路上、街边违规占道，乱停乱放；不守交通规则，闯红灯，走非机动车道；高速公路违规倒车等行为时有发生；堵车时不守秩序，随意变道，强行加塞；行车时卫生意识差，随意向车外抛物、丢垃圾；开车粗鲁，开霸王车；不守车德，稍有不满就开斗气车，甚至恶言相向，大打出手等，这些不文明违法现象并非个例，有的还比较严重，而且不少国人视而不见，事不关己，高高挂起。长期任其蔓延，其结果不仅给众多车主的车生活带来较大的影响，而且还会侵蚀社会的整体文明，与我们所处的时代严重不符，应该引起全社会的重视，并立即行动起来，加以纠正。

（2013 年 9 月 22 日）

数字中的人生哲理

11月11日是光棍节，来源于数字，有四个1，意为单独或者光棍。如今是数字化时代，数字与每个人的生活息息相关。人们也习惯于用数字来反映问题，解读自然，描述人文。其实，自人类诞生以来，数字就描述着人生的某些规律，反映人生的某种哲理。

人的一生用什么方式、什么状态去生存和生活，决定着人的价值。如何衡量人生，有很多数字方法和手段，比如，数字就能反映人生的过程、走向、结局等。年初，一副被誉为"年度最强对联"的对联，就是由数字组成的算式：

上联：2+0+1+3+1+4=11（光棍）

下联：2-0-1-3-1-4=-7（夫妻）

横批：201314（爱你一生一世）

这副用数字和算式拟写的对联，有着深刻的寓意。上联的算式说明，做人不能只在自我上用加法，也就是对社会、对他人只索取，那样的话，其结果就是孤家寡人。下联的算式说明，与人相处要用减法，讲奉献，人生就不会孤单，在家庭中一定会有相爱的伴侣，在朋友中也会有深厚的友谊，永久不变。

最近，我又在报纸上看到几组用数字启迪人生的数学题，其中一组是：

1 的 365 次方等于 1.

1.01 的 365 次方等于 37.8.

0.99 的 365 次方等于 0.03.

解读这组数学题很有意思。在这一组数学题中有三个数字，其中 365 代表一年的 365 天，1 代表每天的努力，0.01 代表一点点。这样一来，1.01 表示每天多做一点点（即 1＋0.01），0.99 代表每天少做一点点（即 1－0.01），就会带来三个得数，那就是 1、37.8 和 0.03。这三个得数告诉人们：一个人的努力程度不同，他的进步、成功或者成就就会大为不同。如果一个人只是保持着 1，也就是原地踏步，一年以后还是那个 1，"依（1）然如故"，"一（1）成不变"。如果每天进步一点点，那么 365 天后，就会增长到 37.8，进步远远大于按部就班、原地踏步的人，是他的近 38 倍。相反，如果你每天退步一点点，那么 365 天后，就会减少到 0.03，不要说与每天进步一点点的人相比，即使是与原地踏步的人相比，也远远小于他的进步或者成功，不管怎么说，他依然保持着 1，而退步一点点的人仅仅是原地踏步者的 3%，再与每天进步一点点的人相比，那么就更悬殊了，是他的 1/1260，也就是说 1/1000 都不到，远远被人抛在后面，终将"一（1）事无成"，

"一 (1) 无所获"。

由这组数学题反映的生活哲理，我想到了一个朋友。他比较喜欢阅读，看了很多的书，知识面很广，也很博学。他的生活、工作同大家一样繁忙，按理说他并没有多余的时间来进行阅读。由于他知识渊博，他在自己爱好的文学写作方面就得心应手，往往会在一年左右的时间里写出近 20 万字的书稿并由一流出版社出版。大家都觉得好奇和不解，他毫无保留地道出了自己的秘诀，原来他的看书只是在每天睡觉前的 30 分钟或 20 分钟，多年来坚持不懈，因而使他的阅读量非常大，也使他在文学创作方面获得了相对的成功。他开玩笑地说："20 分钟的坚持，就有 20 万字文章的发表，集腋成裘。"

报纸上的这篇文章在论述这组数学题所描述的人生时指出："积跬步以至千里，积怠惰以致无成。不同的选择，初看无异，一年后令人瞠目结舌，进步一点点是退步一点点的 1260 倍。起点相同，结果为何不同？差异在于选择（努力与否）。人生的路很长，坚持一点点地做，日积月累，美好的根基就会筑就。"可见，这组数学题中的人生道理不可谓不丰富，不可谓不深刻，不可谓不惊人！

前面两组数学题是从个人的角度，来反映个人的努力与成功的关系，或者是个人对他人和社会的索取和奉献带来的结果，而另一组数学题则既可以从个人角度去解读人生，也可以从团队、群体来描述人生。这一组数学题是：

$$0.9 \times 0.9 \times 0.9 \times 0.9 \times 0.9 \times 0.9 = 0.59049 \approx 0.59.$$

$$90\% \times 90\% \times 90\% \times 90\% \times 90\% = 59\%.$$

从团队的角度来说，如果把 100% 视同 100 分，那 90% 就是 90 分，一个人什么事都做到了 90 分，已经非常优秀了，这确实是一个足以让人自豪的分数，然而用乘法进行运算，连续五个优秀（90 分）产生的结果竟然是 59 分。也就是说，如果有五个人都很优秀，什么事都能做到 90 分，放到一起去做某项工作，却是一个不及格的分数，这就是大分数的连乘现象，越乘越小。从个体角度来说，做某一项工作、参加某一场考试等，你很优秀，会得到 90 分，五轮下来，最终带来的结果却是 59 分。五个 90% 的乘积，给人的警示是深刻的。如果一项工作的各个环节都是 90 分，那么五个环节下来，这个工作的总成绩就会是不及格的 59 分了。多项工作中，每一项工作都是 90 分，仅有 10% 折扣或不足，合在一起的成绩和成效就差得多了，不会及格。所以，中国有一句古话："行百里者半九十。"走 100 里路，走了 90 里才算走了一半。说明做事越接近成功越困难，越要认真对待，执行任务的时候每一个人、每一个环节都不能打折扣。团队的每一个人，作为其中的一个乘数，都要用 100% 的精力，按照 100% 的标准百分之百地去执行，这样才能达到 100% 的目标。否则，"留一手"或"放一放"，甚至"推倒重来"，则目标空矣。由此看来，数学题中蕴含着深刻的人生哲理，值得我们去仔细领悟和琢磨。

当然，我们从数字中、在数学题中感悟人生哲理，并不能教条地去理解，搞数字迷信。社会上有一种现象，那就是数字迷信，有的人迷信 8，认为 8 寓意着发，某组数字（比如手机号码、门牌号、楼层数等）中有 8，或者 8 越多，就预示着越会发财、发达。还有就是人们普遍不喜欢 4，其原因就是 4 与死谐音，有了 4 就不太吉利，这些都没有科学依据，只是生拉硬扯地联想，甚至胡乱联系。

在数字和数学题中感悟人生，从中获取正能量，给人以启迪，给人以奋进，催人向上。如果搞数字迷信，只能让人颓废，对人生无益，所以要加以避免和克服。

（2013 年 11 月 11 日）

感情的正确维系

　　人与人之间建立某种关系，比如朋友、恋人、同学、战友、同事关系等，实际上是某种感情的反映。维系这些关系，也就维系了某种感情。保持和维系关系，彼此认同非常重要。即使以血缘作为纽带所建立的父子母子、兄弟姐妹、叔侄姨侄关系以及其他关系，感情的亲疏厚薄依然由彼此认同起作用。因为，彼此在心理、兴趣、价值观上的认同等，是关系密切的基础和纽带。从这个角度上说，维系人与人的某种关系，必须在心理上强化，在兴趣上联络，在价值观上沟通。如果在言行上敷衍、疏忽、隔膜，导致心理上淡化、兴趣上相异、价值观上相悖，那么人与人之间的某种关系就随之疏远，甚至消弭。

　　现实中，人们之间建立某种关系后，往往会有认知上的惯性或不对称。具体来说，虽然某种关系已经越来越疏远了，甚至不再有维系的基础了，但是，关系人的某一方却依然认为关系密切，从而导致对关系距离认知的不一致，带来矛盾，甚至严重冲突。比如，恋爱关系，本来感情已经淡了下来了，严重的已经不复存在了，某一方准备不再爱下去了，可是另一方却要继续相恋，不同意分手。假如对方执意要结束恋爱关系，另一方就会死缠烂打，一哭二闹三上吊，闹腾得鸡飞狗跳，鸡犬不宁。

有这样一个例子，鲁珠珠原本是班里的才女，在很多期刊上发表过文章，给人的印象就是很淑女、很理性。但是，她为了挽留他的男朋友居然要跳楼。原来，她家住在郊区，而男朋友住在市中心，和她分手是因为他爱上了别的女人，然而鲁珠珠咽不下这口气，半夜里打电话给男朋友，让他到她家来，否则她就从六楼跳下去。男朋友一听便吓得半死，连夜打车过去，后来110也出动了。鲁珠珠见男朋友来了，就说只有他不和她分手，她才会下来。要不然，她就不想活了。如此威胁，男朋友为以防不测，当时答应了她，把她从六楼顶上哄下来。然而，男人答应归答应，但在心里对她已经没有爱的感觉了，没过多久，男朋友又要与她分手，她故技重演。男朋友不仅对她没有爱的感觉和冲动了，而且对她产生厌烦的情绪，感到受够了，就不再理睬她。最终两个人都弄得遍体鳞伤，心力交瘁，两颗心越来越远，到头来还是分手了。然而，以这种方式分手，使得两人由爱生恨，恋人做不成，朋友也做不成，从此两人如同仇人，给双方都带来了很大的伤害。

现实中，类似鲁珠珠采取这种做法的不乏其人。在这个例子中，鲁珠珠采取了完全错误的方法试图挽回已经不复存在的恋人关系，其结果如何？无须明说。殊不知，这样折腾，只能葬送也许尚有一丝的温情。正确的做法是要拿出行动，拿出真诚，以此来增进感情，增进爱意。要在培养共同兴趣上下功夫，增强彼此心与心靠近的纽带，激发互爱互恋的热情；要在价值观认同上进行修炼，使共同理想成为爱的火焰，强化爱情的甜蜜度、持续性和稳定性等。

　　采取正确方式、方法维系和增进业已建立的人与人之间的关系，一个非常重要的方面，就是要克服情感认知惯性，要随着感情运行和发展的阶段、过程所呈现的实际状态，正确判断双方关系的紧密度、依存度，并以正确判断为基点，用增进彼此认同的言行来朝着亲密的方向加以努力，使双方建立的感情联系更牢固。

（2013 年 12 月 11 日）

普通并非寻常

　　德祉是个很优秀的学生，上的是名校，学习成绩在学校名列前茅。尽管这样，德祉母亲还是给他报了好几个才艺班、兴趣班，大提琴已经考过六级了，书法在少年环保书画展获鼓励奖，在学校体育俱乐部学击剑，还在少年宫每周学两个小时的围棋。德祉学习很繁重、很繁忙，一年到头，想喘口气都很难得。

　　这是个星期天，德祉刚从老师家练琴回来，妈妈就要送他去书法兴趣班上课。德祉太累了，不想去。可是妈妈不同意，很严厉地说："现在学是为了将来有出息，没有出息哪来好的生活呀！"

　　其实德祉早就不想上这么多的兴趣班了，妈妈每次都这样逼他，德祉拗不过妈妈，只好像个陀螺，不停地旋转，没有办法停歇。

　　妈妈驾着车，德祉坐在副驾驶位置上，向书法家开办的兴趣班驶去。路上，德祉忽然郑重其事地问："妈妈，假如我被大火烧伤了，重伤，很大面积皮肤烧坏了，需要植皮……"

没等德祉说完，妈妈便接过话："妈妈会让医生将妈妈身上的皮移植给你，孩子，妈妈不会犹豫！"德祉说："这个我知道，我说的是假如，假如世界上只有妈妈的皮肤与我配型成功，唯独只有妈妈的皮肤能移植，而且皮肤移植手术只能在供皮者清醒时进行，供皮人昏过去或被麻醉，采的皮都无效，妈妈怎么办？"

妈妈毫不犹豫地说："那还用说，妈妈就不打麻药，忍痛让医生采皮呀。"德祉说："我也知道妈妈为了我不怕剧痛。可是……可是，医生不打麻药采皮，所有的人都会疼痛得昏迷过去，妈妈也会的，采的皮没有用，也无法植皮，妈妈光有爱心，光乐于奉献也无能为力，怎么办呢？"

妈妈愣住了，吞吞吐吐地说："如果那样……那样，那样可怎么办啊？妈妈想不出办法来。"

"有办法。"德祉说，"有个妈妈可伟大了，她选择了不打麻药，并且要求医生在她昏过去时把她唤醒，一次又一次，一点一点地采皮，最终把皮移植到儿子身上去了。"

"啊！我怎么就没有想到这个办法呢？妈妈也能做得到呀！"妈妈说。

"好多妈妈都能做到，可就是想不到。"德祉说，"这是报纸上登的故事，《读者》还转载了。妈妈，你知道登在报纸上的这个故事中，那位妈妈怎么回答她儿子的吗？"

妈妈说："你告诉我，妈妈很想知道。"

"嗯。她说，我们都是普通人，也许一生也遇不到那样生死考验的事情，无法上演那样荡气回肠的故事，我们能够给予最亲的人不过是那一点儿人间最寻常的爱，那一蔬一饭、一言一语、一寸寸光阴，是我们能够付出的最卑微却最温馨的爱。"德祉说。

"孩子，这位妈妈说得对。"妈妈很认同。

　　"那么，妈妈，我也是普通的孩子，是普通妈妈您的孩子。我可能没有机会，也不希望妈妈给我世界上最荡气回肠的爱，上演那样的故事。妈妈虽然只能给我一点一滴、一日三餐的普通而卑微之爱，但这本就是世界上最伟大的爱。我也像妈妈一样，只要过好一时一日、做好一事一物普通的生活，就是好孩子，妈妈您说是吧!"德祉侃侃而谈。

　　"呵呵，妈妈的好孩子，是的。"妈妈觉得，尽管孩子年龄还小，但也有老成的思想，孩子的这段话令妈妈深思。

　　"那么，妈妈我不去学书法好吗? 我也是普通的孩子，只要天天快乐，一日三餐，健健康康，这也是妈妈希望的好孩子，是吗?"德祉终于说出自己的真实想法。

　　妈妈听了这番话，愣了一下，然后右打方向盘，把车靠在路边停了一会儿，坐在驾驶位子上一声不吭……好几分钟过去了，她边挂挡掉头，边说："孩子你是对的，咱也别想着将来多么出人头地，有多大出息，只要快乐地过好每一天，过好属于自己的普通生活，就很了不起了。因为，我们本来就是普通人，别奢望太多，别存不切合实际的幻想。走，回家!"

　　从此以后，妈妈再也不逼德祉上那么多的兴趣班了。

（2014 年 1 月 12 日）

源远流长三春晖

岁月如梭，父母年纪一年比一年大了，一年比一年更需要陪伴。

马年春节到了，当然要返乡过年！作为游子，今日回到了母亲的身边。有道是"回家一寸草，淡饭四季春"。吃上了母亲做的饭菜，觉得格外美味。

一年又一年，年年如此，今年更甚。

这种源远流长的感觉不断积淀，从而使得母亲的饭菜，已经远远超过食物的意义。

人的生命源于母亲的十月怀胎，而生命的源远流长则来自母亲的无私至爱。古今中外，概莫能外。口嚼着母亲做的美味佳肴，不由得想起了一个古人的故事：

东汉明帝时期，会稽吴县（今江苏苏州）有位名叫陆续的人，虽然仅是底层小吏，官位卑微，但他品行端正，才能高超，因而被人称为能人贤士，声名远播。天有不测风云，人有旦夕祸福。有一天，突然祸从天降，他不明不白地被朝廷打入大狱，遭到严刑拷打，奄奄一息。

原来，楚王刘英心怀不轨，企图谋反，欲推翻明帝。野心勃勃的刘英在蓄谋阶段，就暗地里将各地英才贤人的奇功宏绩汇编成《天下英才录》，以便将来谋反成功后收到麾下，为己所用。不料阴谋败露，刘英被诛，这份《天下英才录》被朝廷抄获，许多人被牵连进去，遭受牢狱之灾。陆续位卑官小，没有机会向皇帝辩白，怎么可能免于大刑摧残呢？

陆续母亲获悉儿子身陷囹圄，急匆匆从家乡赶到京师，试图营救。因陆续是朝廷要犯，家人不得探见，母亲只好为儿子烹制了一份可口的饭菜，托狱卒转送。陆续看到狱卒送来的饭菜，大哭不止。审讯官问他如此号啕是何缘故，陆续实话实说："吾母年高，远道而来，不得相见，悲愤难抑，因而痛哭。"审讯官以为狱卒私传消息，要召来审讯定罪。陆续不愿连累狱卒受不白之冤，就如实招来："母亲平常做饭，切肉必方，切葱为段。肉方三厘，葱段一寸。我看到送进来的菜和汤里的肉是方三厘的，葱是寸段的，就知道母亲来了。"审讯官通过明察暗访，发现果然如陆续所说，很受感动，便上书如实陈说陆续的正直品行和孝廉事迹。汉明帝明察秋毫，下诏赦免了陆续等人，使他们得以性命无虞。

这个故事告诉我们：天下母亲做的汤羹饭菜，便是天下母亲对子女的独特大爱。虽然各有不同的方厘段寸，但都是母亲几十年如一日无怨无悔的垂恩泽惠。也许，在我们的生命历程中，遇不到像陆续那样的深冤大难和天灾人祸，但不顺、坎坷、尴尬或郁闷等在所难免，每每此时，只要尝一口母亲做的家常便饭，只要回味一下融在血脉里亘古不变的母亲做的饭菜香，就有一种温暖、一种开朗、一种力量、一种坚强。作为子女，生命的起始在于母亲温暖的腹腔孕育，生命的成长在于母亲甘甜的乳汁喂养，生命的延续在于母亲味美的饭菜抚育。子女生命的源远流长，每时每刻、每段每程，无不根植于深厚无比的母爱。母爱高于山，深于海，此恩与日月同辉，切不可忘怀！

"谁言寸草心，报得三春晖。"请记住母亲饭菜中厘方寸长的真爱，以饮水思源的情怀向母亲报恩吧！

（2014 年 1 月 29 日））

祥马奔腾年味浓

　　这过年啊，是节日，也是欢乐；是团圆，也是亲情；是气氛，也是交流；是风俗，也是文化；是传统，也是情感……所以，在中国，人们对过年尤其重视。今年过年，全国有三四十亿人次大迁徙，候鸟般地回家过年。往年也有数以亿计的人次，为了回家过年而辛苦在途中。

　　有人抱怨，现在过年，年味儿越来越淡了，正如某大作家在控诉旧时代时描述的那样："过年，在感觉中已经有些遥远，甚至没有太多的期盼。在繁忙的都市里，在行色匆匆的人群中，年味越来越淡，有的时候马上过年了，才想起来……"这种抱怨似乎得到很多人的认同。殊不知，与其说年味儿淡了是时代或大背景的错，还不如说是自己的错。现代人只愿意过节，不愿忙碌；只在乎自我，不愿交流；只想拥有欢乐，不愿投入；只愿寻求刺激，不愿沉淀……如此这般，又能从何处找到过年的感觉呢？也就是说，不把自己的情感、体验融入过年之中，让身心躲在过年的外面，离过年远远的，做过年的旁观者，使全部的味觉、嗅觉、视觉、触觉都不与过年接近、碰撞，过年的感觉和韵味当然就传导不到心里去。反过来讲，只要用心过年，把自己沉浸在过年之中，过年的味道就会渗透到身心的深处，那种感受啊，依然十分浓厚。

其实，过年是一种感觉，是一种对根文化体验的欢腾。人们在营造气氛中感受气氛，在忙碌中感受欢乐，在团圆中感受亲情，在交流中感受情感，在风俗中感受传统……比如此时，我在老家过马年春节，"依偎"在父母身边，"围绕"在父母膝下，觉得年味儿似乎浓得化不开了。可不是？从弟弟贴窗花贴对联的身影中，我感受到风俗中的传统寓意；从妹妹们做年饭的喜悦中，我感受到忙碌中的幸福欢乐；从与妹夫弟弟们推杯换盏的火热情景中，我感受到亲情的浓烈醇厚；从母亲喜气洋洋包红包、发红包的笑容中，我感受到了传统文化的源远流长；从街上传来阵阵的鞭炮声中，我感受到氛围的热闹火爆……这一切一切的感受，你能认为年味儿不浓吗？

这么说来，年味浓，浓在自己，浓在内心，浓在体验。只要尊重风俗，传承传统，亲人团圆，真情交流，就会品尝到年味儿。反之，你不善待年，年何善待于你？

过年了，一家过年，家家过年，全国过年。在我家，弟弟贴窗花贴对联；妻子话不停，拉家常；孩子聚一块，叙感情；母亲包红包，喜拜年；父亲忙采购，备年货；妹妹做年饭，热腾腾；家人忙不歇，乐融融；亲友同举杯，不言醉……在你家，是这样；在他家，也是这样；家家是这样，各地都这样。哇！真够热闹的，这就是过年的真味儿，一个字："浓！"还有一个字："爽！"

（2014 年 1 月 30 日）

过年了……

过年，起初是一个拜祖日，起源于殷商时期年头岁末拜神拜祖活动。后来，过年成为中国人最重要的一个节日，1914 年被定为春节。今天的过年，就是过春节。

过年是节日，更是亲情荟萃的日子。在中国，亲情十分重要，正月里，利用过节这个机会，正好走走亲戚会会朋友，向亲朋好友拜年，联络联络感情。俗话说，走亲戚，越走越亲，不走不亲。从过年走亲戚这个角度来说，这个年啊陆陆续续地要过到正月十五，闹完元宵，才算过完年。但严格说来，过年为三天，农历新年的前三天，即正月初一至初三。我国法定假日中，春节也是三天。春节七天假，其中四天是双休日调休的。今年除夕没有调休放假，尽管遭到全国网民吐槽，但过年后，可以多休息一天。

今天是年初三，大年初三又称"赤狗日"，与"赤口"同音，通常不会外出拜年，传说这天容易与人发生口角争执。不过这个习俗早已没有多少人知道了，有个朋友发来了一条微信："今天初三了，该拜的都拜了，一会儿找个没人的地方，对着镜子，给自己磕三个响头，然后对自己说一声：'爷，您辛苦了，去年您真的很不易，过年您更不易。过完年了，今年对自己好点！'"这条微信让我忍俊不禁，同时也提醒我，今年这个年啊，似乎已经过去了。

早晨起来，拉开窗帘，天空一片雾霾。尽管室外如淘米水一样的奶白朦胧，但我心里还是很清爽，口中禁不住地念叨着："过年了，过年了。真的，过年了。"也不知道是在说正在过年了，还是指年已经过了。我在洗漱，家人有包饺子的，有拖地板的，还有睡觉的。各忙其事，各得其所，与平常好像别无二致，又好像并不相同。

打点一阵，坐下来，拿起手机准备写点什么，我心中还是涌起了"过年了"这个感觉，便在屏幕上写出这三个字。边写边等着饺子包好，煮水下饺子，想吃这新包的"好口福"。可是，直到9点半多，饺子皮还有好厚的一叠，不知要包到什么时候，我等不及了，就起身去看望父母。昨天，老人家的侄、孙、曾、玄等四代血亲来向二老拜年，好家伙，济济一堂，挤挤的两大桌，何况还有来孙、晜孙两个最低辈的血亲未来拜年。在家族中，父母已经有子、孙、曾、玄、来、晜等六代子孙，是七代同堂的老福人，父母身体还很健康，再活几十年，就会有仍孙、云孙、耳孙，可谓是福满祥宅。是啊，祖宗十八代，鼻、远、太、烈、天、高、曾、祖、父，前九代最高祖为鼻祖；子、孙、曾、玄、来、晜、仍、云、耳，后九代最低孙为耳孙。能与耳孙同堂，那真是享到了祖宗十八代的洪福啊！今天，老三从南京回来，兄弟姐妹六个小家庭每家三口全要聚集在父母的新宅，恐怕两桌也挤不下。

　　我走到路口等出租车，然而左等右等，就是等不到。过年了，都在走亲戚，出租车里可是都坐着乘客，哪有空车啊！唉，过年了！等吧。

　　不一会儿，妹妹开车来了。妹妹来不及等着妹夫和外甥女起床，先和我去父母家，佳肴美味需要有人做呀！她决定忙一阵子再回去接妹夫和外甥女。

　　不出所料，老三按计划到达，晚宴果然开了两桌。好家伙，酒酣耳热，似乎要拥有整个世界。是啊，过年了，不醉待何时？是啊，父母长寿，不醉待何时？是啊，全家安康，不醉待何时？是啊，酒醉了，豪语不热待何时？是啊，耳热了，不醉酒又侍何时？是啊，是啊，过年了！

　　　　　　　　　　　　　　　　　　（2014 年 2 月 2 日）

切勿等待

在微信上，很多人都在转发这样一个段子：一个人，一辈子最重要的事情，其实就在永远等待着来到身边的那个你。

炊烟起了，我在门口等你。

夕阳下了，我在山边等你。

叶子黄了，我在树下等你。

月儿弯了，我在十五等你。

细雨来了，我在伞下等你。

流水冻了，我在河畔等你。

生命累了，我在天堂等你。

人生老了，我在来生等你。

而且，几乎所有的人，在转发时都表达了对个段子的感觉：很喜欢、非常喜欢、太喜欢了……

为什么这么多人喜欢这个段子呢？大概有这样一些原因吧。

先是段子中的"等待"表达出一种浪漫的诗意，美的意境能让人心理产生亲近、亲切和温暖的感觉。还有，很多人心中都有一个渴望人等待的梦，把自己的角色放在"你"的位置上，觉得有人等待是一种幸福和欣慰。而且，在生命的各个阶段、各个时期、各种状况，那个叫作"我"的人都在合适、温馨而又浪漫的地方等待着叫作"你"的自己，着实让人开心，让人感觉美好。再有，诗一样的段子，描述两个人，他和她。也许"我"是他，也许"你"是他；也许他在等"我"，也许她在等"我"。他和她之间当然是那种爱的等待、恋的等待、相思的等待，由等待而引起的爱情在门口、山边、树下、月下、伞下、河畔、天堂里荡漾，无论是"你"，还是"我"，无论充当哪个角色，都拥有着爱的充实、爱的快乐、爱的甜蜜，这样的爱情故事怎么可能不让人喜欢呢？

然而，我却没有转这个段子。因为我不太喜欢它。

诗一样的语言，美丽，按道理应该喜欢。可是这么美丽的语言描述的仅是等待，被动地等待，缺少点主动，让我十分喜欢它，难！

很浪漫的意境，温馨，按道理应该喜欢。可是如此温情的意境刻画的只是等待，无奈地等着，缺少点畅快，让我真那么喜欢，难！

很温情的梦境，美妙，按道理应该喜欢。可是如此美妙的梦境演绎的竟是等待，虚幻地等待，缺少点实在，让我太多的喜欢，难！

如此美的爱情，真挚，按道理应该喜欢。可是如此真挚的爱情表达的却是等待，默默地苦等，缺少点性情，让我如何的喜欢，难！

总之，不太喜欢的理由多多。

我在想，人生何必只是等待呢？干嘛不主动，干嘛不去行动，干嘛不去追求呢？在现实中，无论是爱情，还是友情；无论是情感，还是生活；无论是收获，还是付出，都来源于主动，来源于追求，来源于行动。相反，很多事情，都因为等待，一次又一次地等待，傻傻地等待，耽误了，错过了，丢失了，延缓了，给人生、给情感、给生活带来了诸多的尴尬、被动、遗憾、缺陷和损失。因此，人生不能只是等待，必须行动，立即行动，用扎扎实实的行动，用紧迫积极的行动，用充满激情的行动，创造美丽的生活、美好的感情、美妙的境界。所以，对我来说，这个段子会这样去写：

炊烟起了，我去门口迎你。

夕阳下了，我到山边找你。

叶子黄了，我在树下抱你。

月儿弯了，我在十五爱你。

细雨来了，我在伞下吻你。

流水冻了，我在河畔暖你。

生命累了，我去天堂梦你。

人生老了，我在来生陪你。

这样，在生命的各个阶段、各个时期、各种状况，"我"都拥有"你"，踏踏实实、真真实实地给"你"爱，获得"你"的爱，付出这样的行动，"我"和"你"是多么快乐、多么美丽，会拥有多么充实的人生啊！

（2014 年 3 月 11 日）

跟随生活朝前行进

得悉获奖消息，我喜出望外。此次获的是文学奖。

那么，文学是什么呢？

文学是个神奇的东西，有故事为证。刘能与文学上山采蘑菇，挖野灶煮之充饥。刘能说，颜色鲜艳的有毒，不能吃。文学说，先给狗吃，看看有事没。结果狗吃了没事，摇头摆尾出去溜达了。他俩见此，也就把野灶里的蘑菇全吃了，它鲜啊！早馋了。文学解馋后，也像狗一样，出去溜达了一圈。突然，文学慌慌张张跑回来说，狗死了。这下把刘能吓坏了，赶紧把肥皂水、大粪水往肚里灌，呕吐得死去活来。缓过来以后刘能问文学，狗死得惨不？文学说，死得老惨了，一出门就让大卡车压死了！

文学从来就是这样，永远都只是把生活的情节告诉人们。有时告诉人们整个情节，有时只告诉人们某个情节，有时还告诉人们某个不好的情节等，但它的用处绝对不是让人们对号入座地洗胃排毒，而是在于让人们在吃饱饭后，摇头摆尾地出去溜达溜达而已。要说有什么绝妙之处，那就是必须跟着生活前行。

正因为文学有这种神奇的绝妙，我也小心地玩起了文学。原先我觉得文学太高雅高深，阳春白雪，很不好玩，欣赏别人玩，欣赏作家的精彩玩法就可以了，自己愚笨玩不了。然而，不知怎么回事，我把哪根筋搭错了，稀里糊涂地也跟着刘能上山采蘑菇了。假如要追本溯源，我不由得想起南京学者、某研究所所长王学富在《何为选择的力量》中讲的一个故事：

曾经，一群阿拉伯人去寻找他们想要的生活。旅途中，要经过沙漠和戈壁。在戈壁的乱石滩上，他们看到各色各样的石头，就捡了一些装进口袋，背在身上。由于旅途坎坷漫长，后面的路程变得越来越艰难，石头在他们肩上变得越来越沉重。于是，有的人把石头扔掉了，有的人保留了一些，也有倔强愚傻之人，死心眼地把石头全都背在身上，舍不得丢下，一直负重往前行进。最后，他们走出了沙漠，穿过了戈壁，到达了目的地。当这群阿拉伯人坐下来打开口袋的时候，他们惊喜地发现，他们一路扛过来的石头竟然变成了黄金。

王学富指出：这个故事告诉我们，跟随生活朝前行进，经过艰辛的历练，人的坚持就会发生一种转化，变成生命的财富和资源。在我看来，跟随写作朝前行进，经过艰难的锤炼，人的路途就会获得一种升华，成为生活的感悟和生命的价值。

我觉得，我们非常幸运。我们遇到了伟大的时代，伟大时代带给我们无限的激情。我们生活在美丽的松江，松江热火朝天的宜居乐业现代化环境给了我们无限的感染；我们拥有无比深厚的根文化，"上海之根"的人文精神给了我们温暖的浸润……起初，在寻找自己所谓喜欢的生活途中，无意中捡起了写作这块石头，虽然坚硬、虽然粗糙、虽然磨手，但是一直舍不得扔掉，背在肩上，揣在怀里，辛苦地向前行走。毫无疑问，走过的路途当然十分遥远、艰难，而且愈往后愈发难以舍弃。尽管，尚未穿越沙漠；尽管，尚未到达彼岸；尽管，依然在跋涉途中；尽管，没有出现阿拉伯人到达目的地惊喜的石头变金……尽管还有很多尽管，但我们不能辜负火热的生活、伟大的时代、美丽的松江。

跟随生活朝前行进，我已经或多或少获得了某些启迪、某些领悟、某些理解，当然也有快乐。这次云间文学奖给予顽皮地捡乱石、倔强地背糙石的行为以极大鼓励和鞭策，必将带来点石成金的激励力量，催我继续前进。在此只有表示诚挚的感谢，方能对得起那些能被点化的石头、能磨炼意志的戈壁和被我急促呼吸的空气。我将怀着一颗吃水不忘挖井人的心，以高度的社会责任感，去进一步感受、记录、讴歌火热的生活、伟大的时代、美丽的松江，弘扬时代的主旋律，传递时代的正能量！

我知道，今天的我万里征程才迈出了第一步，到达石头变金的目的地还非常艰难。但我没有退缩的理由，我决心继续保持着傻帽不开窍和死心眼的愚拙，背着写作这块石头，带着领导、朋友给予的强大力量，向着梦想的生活彼岸前行，继续前行，无论路途多么坎坷艰难，都无怨无悔！

（2014 年 5 月 15 日，在云间文学奖颁奖仪式上的发言）

感情甜蜜度

感情，狭义一点吧，单指爱情，是有各种味道的。其中之一就是甜的味道，叫作甜蜜。

甜蜜有浓有淡。甜蜜浓淡的程度，称为甜蜜度。爱的甜蜜越浓，甜蜜度就越高；爱的甜蜜越淡，甜蜜度就越低。

爱的甜蜜度与情侣间亲密程度有关。

一般情况下，情侣之间越亲密，爱的甜蜜度越高。爱的甜蜜度是靠情侣双方调制的，双方要懂得互动。

斯亦凌被一家大公司录用，虽然单位离家很远，上班乘车单程要两个小时，但他很珍惜这份工作，为了争取好的表现，他加班加点，每天总是很晚才回家。冬天很冷，寒风凛冽，公交站离斯亦凌家还有约十分钟的路要步行，妻子黛茜心疼丈夫，每天斯亦凌出门时，都叮嘱他晚上下班回家打的，别步行挨寒风吹，以免感冒。斯亦凌答应得好好的，但是他还是舍不得 12 块钱的起步费，总是冒着寒风独自走回家。

这天晚上，北方的强寒流来了，气温特别低，西北风如刀子一样，刮在脸上像刀割一般的疼痛。斯亦凌跳下公交车，惊奇地发现，黛茜怀抱着他的羽绒服，正在车站等他，路灯下，她被冻得瑟瑟发抖。看着妻子挨冻，斯亦凌心头一阵发酸，心疼地把她拥在怀里，嗔怪道："这么冷的天，你怎么还来接我？"埋怨之后，他又怜惜地说："你真傻，怎么不把我的羽绒服穿上？至少可以挡挡寒风呀！"

黛茜撒娇地说："我偏不穿你的羽绒服。我穿上了，接到你时，你会心疼我，不让我脱下来。再说，你舍不得打的，我就过来接你，看你还舍得让你老婆在寒风中挨冻！"

斯亦凌看着黛茜娇媚中露出得意的笑容，鼻子酸酸的，怜爱和感激的热潮在心里翻滚。他什么也没有说，招手叫了辆的士，拥着黛茜钻进了温暖的轿车里……

在这个故事中，斯亦凌和黛茜这对夫妻恩爱和睦，情深意切，感人至深。很显然，斯亦凌和黛茜夫妻爱的甜蜜度很高。其实，爱，更多的不是表白，而是行动。黛茜对斯亦凌的爱，虽然用反复关心、一再叮嘱来体现，但更难能可贵的是，她在斯亦凌为了小家的建设而宁愿披寒风、挨霜冻的情况下，用陪冻的方式，"逼迫"斯亦凌不去亏待自己，在这个行动中，爱被真正地凸显出来了。

由此可见，增强爱的甜蜜度的第一因素是爱的行动，行动越积极、越及时、越到位，爱的甜蜜度就越高。

付出是一种爱的行动。真正的爱，就是为了对方而舍得付出，并不是为了自己而去索取。向对方无私地付出自己的努力，是爱对方的内在和外在的体现。毫无疑问，黛茜的陪冻就是无私的付出，她并不想从付出中换取什么，只想以自己的付出，"逼迫"丈夫爱护他自己。如果不愿意付出，甚至是向对方索取，则是不爱对方的另一种表达，无论是对方和自己，都感受不到双方的亲密和温暖，这样的话，爱就会失去甜蜜滋味，爱的甜蜜度就很低。

从这一点上看，影响爱的甜蜜度的第二因素是爱的方向，即由己及彼（付出），而非由彼及己（索取）。方向不能弄反了，如果方向反了，甜味就变成苦味了。

当然，付出后要得到回应。如果一方总是付出，另一方总是坐享其成地享受对方的付出，而不给对方的付出予以回报，爱的传递始终是单向的，两人的感情要么是畸形地存在着，要么就不能长久。其实，感情是两个人的事情，缺少任何一方都不行。黛茜对丈夫的付出，斯亦凌也用同样的深情给予了反馈，虽然对方爱的付出是无私的，并不想索取回报。但是作为己方只享受对方付出，而不愿意付出自己的爱，拿不出自己爱的行动，说明自己不爱对方，对方和自己都感受不到爱的快乐、温馨和甜蜜，这样的爱是缺乏甜蜜度的伪爱。

这样，就可以得出一个结论，影响爱的甜蜜度的第三个因素是互动，它反映爱的双向性与情侣间的关系。

爱的甜蜜度来源于三个要素——行动、方向、互动！现实中，很多情侣对于感情生活有一种抱怨，那就是随着时间的推移，生活越来越平淡，爱情的甜蜜感越来越低，这就是因为其没有把握好爱的甜蜜度三要素。如果把握好这三个因素，爱的甜蜜度一定会高。

（2014 年 6 月 4 日）

打印活人的童话

　　一次饭局，有昂先生、庞欢等三四个非常熟悉的朋友，还有三四个不太熟悉的朋友。昂先生带着 10 岁的女儿昂蕙雅。于是便有了一个打印活人的故事，这个用打印机打印的活人就是昂先生的女儿。

　　不知如何引发的，话题转到了 3D 打印技术上，庞欢便向大家介绍中国 3D 打印技术发展的最新动态。他说，大家可以去看 2014 年 8 月 22 日的媒体报道，上海盈创装饰设计工程有限公司的十幢 3D 打印建筑在上海张江高新青浦园区内正式交付使用，作为当地动迁工程的办公用房。这说明建筑 3D 打印技术真正从实验室走出来，进入实际应用。

　　这个介绍，引起了昂蕙雅的好奇，她便问："喂，叔叔，打印机打字、打图、打画，还能打房子啊，是人到房子的图画里办公吗？"

　　"小雅，3D 打印技术不是打印机哟。这么对你说吧，它实际上是利用光固化和层叠等技术的最新快速成型装置，是一种快速成型技术，它以数字模型文件为基础，运用粉末状金属或塑料等可黏合材料，通过逐层打印的方式来构造物体。"庞欢对昂蕙雅说。

席间还有一位大学里的领导，他对 3D 打印技术很关注，也很了解，补充说："3D 打印技术出现在 20 世纪 90 年代中期，它与普通打印机的工作原理基本相同，打印机内装有液体或固体粉末等打印材料，与电脑连接后，通过电脑控制把打印材料一层层叠加起来，最终把计算机上的蓝图变成实物。这种打印技术称为 3D 立体打印技术。"

"噢，是这样。还有啊，3D 打印技术是如何打印出青浦园区那里的房间呢？造的房子怎么样？好不好住啊？"昂蕙雅问。

"青浦园区这些打印出来的建筑墙体是用建筑垃圾制成的特殊油墨，按照电脑设计的图纸和方案，经一台大型的 3D 打印机层层叠加喷绘而成，十幢房屋的建筑过程仅花费 24 小时。其中第一栋房屋，仅用了不到 3 小时就整体打印完成。由于原材料是高强度混凝土和玻璃纤维，这种房子并不比传统建筑的强度和安全性差。因此，高层建筑也可以采用 3D 打印技术。另外，我还告诉你，建筑 3D 打印技术具有缩短工期、节省成本、减少人工、绿色环保等特点，建筑 3D 打印技术的应用，将会颠覆整个传统建筑业。"

这样解释，昂蕙雅似乎明白了，她又问："那么，3D 打印技术就是盖房子、建大楼的技术吗？"

"当然不是，3D 打印通常是采用数字技术材料打印机来实现的。常在模具制造、工业设计等领域被用于制造模型，后逐渐用于一些工业和生活等产品的直接制造，比如，使用这种技术打印而成各种各样的零部件。该技术在珠宝、鞋类、工业设计、建筑、工程和施工、汽车、航空航天和医疗产业、教育、地理信息系统、枪支以及其他领域都有所应用。据报道，3D 打印技术可以打印武器，可以打印汽车，可以打印医疗器官，还可以打印一个缩小版的人偶、动物、人的骨骼……也就是说，3D 打印技术无所不能。"庞欢耐心地向昂蕙雅解释着

"人的骨头 3D 打印技术也可以做啊！"昂蕙雅觉得不可思议。

"是啊，印度一家 3D 打印公司使用 3D 打印技术帮助医生完成一个 4 岁女孩的颅骨手术。印度小女孩患有颅缝早闭症，颅骨形状独特，给手术增添了不少的麻烦，经过慎重考虑，医生们决定使用 3D 打印技术进行预手术，也就是先把小女孩的头颅模型打印出来，进行手术细节的规划。在经过对 3D 打印颅骨模型进行预手术后，医生对手术过程了如指掌，也就知道在比较复杂的颅骨结构中该如何下手。小女孩的手术非常成功，这也促使 3D 打印技术在医疗界的应用。"庞欢很愿意用细致的介绍来满足昂蕙雅的好奇心。

"噢……是这样啊！"昂蕙雅听得很认真，对于这么高深的新技术，只能听个似懂非懂，她说，"那么，那么……骨头是长在 4 岁小女孩的头上吗？"

"没有呀，印度这家 3D 打印公司打印的颅骨，只是为了手术前的操练。不过，使用 3D 打印技术制造的骨头也有长在人身上的，我们国家就有。日前，世界首例应用 3D 打印枢椎的椎体置换手术在北京大学第三医院完成。接受手术的患者已于 2014 年 8 月 18 日出院。此次接受手术的患者是一名 12 岁的男孩，患有一种罕见的脊柱原发恶性肿瘤尤文肉瘤，癌变处位于枢椎。此前治疗该病的一般方法是进行手术切除，并将被侵蚀的枢椎全部去掉，这会使患者缺少一节颈椎。为此，医生会为患者填充一段钛

合金网笼，后果是可能造成患者吞咽困难及相邻的椎体塌陷。术后患者还需在头部和肩胛打上钉子以固定。患者不仅忍受手术的巨大痛苦，而且手术有效性、可靠性都存在着风险。为了消除这些缺陷，北京大学第三医院骨科主任、北京大学医学部教授刘忠军领导的团队使用钛合金粉末 3D 打印技术，制造出模拟枢椎复杂形态的孔隙金属结构，可使骨细胞长入金属空隙内，进而固定住植入物。病人术后不再需要使用钛板辅助固定，极大地降低了传统钛网导致并发症的可能性。"庞欢这段话讲得很专业。昂蒽雅显然不能完全理解，但她懂得 3D 打印技术做的骨头能长在人的身体里。

"噢，嗯……嗯……叔叔啊，既然 3D 打印技术能打印人的骨头，那也能打印人吧！"昂蒽雅的想象显然同她的好奇一样活跃，她问道。

"也能打印的，用电脑扫描某个人，就能用 3D 打印技术打印出来。而且打印出来的人，同扫描的那个人一模一样。"庞欢说。

昂蒽雅把头转向庞欢，问："那么……那么……打印出来的人能活吗？会说话，会有思想吗？"

"理论上讲，只要按照人的全部生物构成，使用 3D 打印技术打印出来的人，应该是活的，而且能够说话，能够有思想，不然，打印出的人叫模特，就不能叫真人。"庞欢解答道。

"哦呵……呵呵……嗯……打印真的人，用的是什么材料呀？"昂蒽雅打破砂锅问到底。

"用 3D 打印技术制造真的人，材料只能是细胞。人的肉体、骨骼、血液等都是由细胞组成的。细胞是人体的结构和功能单位，共约有 40 万亿~60 万亿个，细胞的平均直径在 10 微米~20 微米之间。所以，用活细胞这种生物材料就能打印出活人来啦。"

庞欢说。

"噢，从哪弄到这么多活细胞啊，用 3D 打印技术可以打印细胞吗?"昂蕙雅提出一个非常深奥的问题。

"可以的，以蛋白质、核酸、糖类、脂类等有机细胞和水、无机盐等无机物以及酶与生物催化剂打印出活细胞，再用活细胞打印出人呀。"再难的问题也没有难住庞欢。

"那么，打印出来的人，怎么和原来扫描的人一模一样呢? 打印个不一样的人可以吗?"昂蕙雅提出的问题越来越深奥。

"可以的，不同的基因，人就会不一样。用 3D 打印技术打印活细胞时，要以基因为材料，打印细胞中的脱氧核糖核酸，如果用扫描的人那种基因序列打出来的人，就会与扫描的人一模一样; 如果用另一种基因序列打印出来的人，就不会与那个扫描的人一模一样了。因为每个人的基因组图谱都不一样。顺便告诉你一个有趣的事，以后人生病了，把那个有病的基因取出来扔掉，用 3D 打印机打印一个同样的基因安装上去，病就好了。"庞欢回答得也很深奥。

"人体基因组图谱好比是一张能说明构成每个人体细胞脱氧核糖核酸的 30 亿个碱基对精确排列的地图。科学家认为，通过对每一个基因的测定，人们将能够找到新的方法来治疗和预防许多疾病，如癌症和心脏病等。该图谱非常形象地把基因家族的基因片段描绘出来。"一直在旁边听他俩对话的大学领导，也饶有兴趣地补充说。

"噢，噢……是这样啊!"昂蕙雅若有所思。

"你要乖哟，听话哟。不听爸爸的话，爸爸就用 3D 打印技术打印一样的昂蕙雅做我的女儿。有了她，就不要你了。"昂先生借机吓唬女儿，企图"逼迫"她百依百顺。

"不许你再打印一个我。"昂蕙雅打了昂先生一拳，撒娇地说，"爸爸别打岔，我还有问题要问。"接着，她又提问："假如用同样的基因打印另一个人与扫描的人一模一样，那么，那么……爸爸妈妈等周围的人能认得出哪个是原来的，哪个是打印出来的吗？"

"应该是分不出来的，基因都一模一样，不可能会是两样的。"大学领导说。

"那……怎么办啊！分不出来，哪个是爸爸妈妈的亲生女儿都不知道了。"昂蕙雅说，"还有，还有……打印出来的两个人说话声音也一样吗？"

"也一样的。"庞欢说。

"想法也一样吗？"昂蕙雅追问到底。

"想法……想法……那倒不一定。因为想法是后天生活经历形成的，刚刚打印出来的人与原来扫描的人生活经历肯定不一样，想法也就不会一样。"庞欢耐心地解释道。

"既然想法不一样。那么，打印的人和原来的人还是不一样，爸爸妈妈还是能分辨出来哪个是亲生的，哪个是打印的嘛！"昂蕙雅很睿智地说。

"哈哈哈……"大家笑了。

这笑声告诉人们，最终还是昂蕙雅彻底地解答了3D打印技术复制活人童话的秘密。

（2014 年 8 月 21 日）

羊肉烧酒起大早

凌晨4点半起床，和屏鉴、日月、海微澜等几位兄弟，驱车去一拐角旮旯的小区，在以底楼一套两室一厅民房做店面的、无招牌、无装饰、无吆喝的羊肉烧酒店家，体验传说已久的羊肉烧酒。

尽管大伙儿起了个大早，5点准时集合完毕，到达地点才清晨5点半，但店里几乎已是食客满座，只有角落有几个空位，坐不下我们一行五人，店老板便在门口小院平台的葡萄架下摆了一桌，兄弟们就这样静坐开箸了，尽管有兄弟反复小声感叹："啊，真早，头一次如此早；早酒，从来未喝过；路上担心太早店家不开门吧，哪知客已快满了。"我们劲头十足，兴趣盎然。

然而，在我的经历中，来此已有好几次。这不是最早的一次。最早的是第一次来此，凌晨3点出发，3点28分到达。即使如此早，也只是赶上了第一波，未赶上第一个，谁知还有比我们更早的。在我们之前，已有三五位早来的客人在有滋有味地啖啜着滑嫩嫩的羊肉，优哉游哉地酌饮着热辣辣的烧酒。

那次来品尝羊肉烧酒，虽然兴致勃勃地起得如此之早，但并不是对其情有独钟，也不是因为羊肉烧酒有补身之说，而是朋友的蓄意"阴谋"。是利用我数次春节回老家都遭遇堵车之困而起的"不良居心"。今年春节，因担心再遭遇路上堵车，不敢再开车回老家了，便让海微澜帮我去抢票。没有想到，在春运期间动车票十分紧张的情况下，这位海仁兄为我抢到了早晨6点钟从上海虹桥枢纽发车的动车票。拿到票，我便向他叽咕："这么早，我要几点从家出发啊？"

"大哥您凌晨两点半起床，其他就别管啦！"海微澜竟然如此调侃忽悠啊！6点钟的票已让我感到有些难以忍受，还让我两点半起床，那可是睡觉最香的时候，此时爬起来多痛苦，不是在折磨我吗？当时觉得海微澜这么说只是吓唬吓唬我而已，并未当真。然而，起程的前一天，海微澜在向我通报送站车已安排妥当的同时，反复强调："次日凌晨两点半起床，3点准时出发，绝不开玩笑，务必务必。"这位仁兄我交往多年，对他还是了解的，看来凌晨两点半起床是逃不了了，但并不是此时就去送站，而一定是在玩什么花招，既然他订好票就开始筹划，那就听从他的安排吧。

果然，次日凌晨两点半，海微澜、啸航两位兄弟前脚跟着后脚地打来电话，催促我起床洗漱。3点钟，数九寒天之夜，漆黑，啸航驾驶着别克商务，同海微澜一起来到我家，帮忙把行李搬上车便出发了。直到车停靠在羊肉烧酒店门前，才知这两位仁兄要的这个"重大阴谋"是带我来品尝羊肉烧酒。

一到店中，我便十分满意也十分喜欢他俩这种神神秘秘的"阴谋"。有汉代史料记载："田家作苦，岁时伏腊，烹羊炮羔，斗酒自劳。"在上海市郊的很多地区，如松江、闵行、金山等，凌晨有吃羊肉烧酒的风俗。虽然这个风俗如何得来无从考证，不过民间有"四季吃羊，健康壮阳"和"胡羊一碗汤，不用神仙开药方"的民谚。凌晨吃羊肉，再加上喝烧酒，吃后全身热乎通畅，能驱散五脏积热，释放体内毒素，是很好的养生之法。况且，羊肉晶莹如凝、膏脂洁白、滑嫩鲜美，是极好的美味，一直以来，我都十分喜爱。看来起大早来吃羊肉烧酒，真的是个不错的、非常合我口味的活动。

更让我中意的是，这里虽然顾客盈门，但并不喧闹。顾客中，有独自一人切盘羊肉或羊蹄或羊杂等，倒杯烈性白烧酒，静静地享用，悠然自得；有两三个朋友同来，吃着羊肉，啜着白酒，窃窃私语；也有五六个人同来，围在一桌，羊肉佐酒，小声交流……各类食客都表现得很安详、从容、沉稳，整个气氛都内敛和静谧。我们三人在此酌酒欢叙长达一个半小时，酒足饭饱，心满意足，上车去了虹桥枢纽火车站。他俩陪着我，一切安排妥当，在站台动车旁合张影后，才转身返回。

有了这一次印象极为深刻的起大早赶羊肉烧酒之后，我便时常向朋友们吹嘘这项起早活动的有趣，也组织过几次"半夜鸡叫"的羊肉烧酒。尽管朋友们从美梦中被闹醒时哈欠连天，但一番羊肉烧酒后，直呼超爽，大喊过瘾。

今日是星期天，当然不能轻易放过，有了羊肉烧酒这么好的美味，怎么可以不起早，却把时间留给晨梦呢？不去享用更待何时！

当然，今日起早，以后也会起早；我要起早，朋友也会起早，皆为羊肉烧酒。

呵，爽哉，羊肉烧酒起大早！

（2014 年 9 月 14 日）

感情如一碗蛋汤

　　陈春妮自认为找了一个好老公，叫常公俊。在陈春妮的眼里，所谓的好老公并不是常公俊有多么出众，而是她太爱他了。

　　在生活中，陈春妮天天腻着常公俊，像牛皮糖一样，黏得很紧。吃饭的时候要坐在他的怀里，躺在沙发上看电视时头要枕在他的大腿上，走路时要他挽着她，上班的时间几乎是两个小时就打一个电话，要听到他的声音。他如果有应酬她便死缠烂打地要做跟屁虫。常公俊的工作性质决定，虽然很少出差，但也会偶然碰到一次远行，这时陈春妮就备感煎熬，仅仅几天时间都会把她想疯了，到了无精打采、茶不思饭不想的程度。陈春妮对铁杆小姐妹杨鹏鸥说："我真的离不开他，心全在他的身上。每天晚上他要是不把我搂在怀里，没有他的爱抚，我都会心烦气躁，坐卧不宁。"不仅如此，陈春妮见不得常公俊与任何女士近距离接触，哪怕是说几句话，陈春妮都会妒火中烧，常常委屈得泪流满面。

　　时间久了，常公俊对妻子这般疯狂的霸占，并不感到幸福和快乐，恰恰相反，而是感到痛苦和烦恼，也产生了厌恶的情绪，埋怨地对陈春妮说："你想天天把我拴在你的裤腰带上，我能做好工作吗？能够打拼世界吗？能获得单位和社会的认可吗？"

很显然，陈春妮对常公俊的爱过分了，她的那份感情"味道"太重、太咸了。一般来讲，很多时候常公俊都是强压着自己的脾气，哄着、让着、宠着她。直到有一次，常公俊忍受不了，脾气就爆发出来。一天，常公俊非常礼貌地与一位举止得体、仪态大方的公关女经理握手寒暄，被陈春妮发现了，嫉妒的心让她闷闷不乐，并生气地"绝食静坐"，让常公俊大伤脑筋，在百般哄逗都不奏效的情况下，常公俊失去了耐心，生气地摔门而去……这一突如其来的愤怒，让陈春妮无所适从，愣在家里伤心欲绝。

幸好这时杨鹂鸥赶来了，苦口婆心地劝慰她，却仍然不能说服她。于是，杨鹂鸥就为陈春妮做了碗蛋汤，让饥肠辘辘的陈春妮恢复体力。她在这碗蛋汤中故意多放了点盐。陈春妮喝了几口，便大呼："很咸，太咸了。"

"太咸了，那就加点白开水吧，冲淡了就好喝了。"杨鹂鸥说着，就把开水壶递到了陈春妮的手中。

陈春妮往蛋汤里加了点白开水，喝了一口，果然味道很好，便咂巴着嘴说："这样正正好，正正好啊，真好喝。"

杨鹂鸥笑了笑说："爱也是这样，像这碗蛋汤，咸淡是可以自己调的，调到正正好的程度，便很甜蜜，否则会苦的。"接着，她补充道："你对常公俊的情也是太咸了，婚姻生活的味道并不好，也得加点水，冲淡冲淡呀！"

"加点水，怎么加水？"陈春妮若有所思，一本正经地问。

"很简单呀，就像往这碗蛋汤里加水一样地加呀。"杨鹂鸥面带微笑，眨了一下眼说，"赶明儿我带你去参加婚外私语派对吧，那里有的是白开水，可以在你和常公俊的感情里掺一点呀!"

在杨鹏鸥的带动下，陈春妮经常出入一些女性社交场合，诸如品茶派对、插花派对、赛歌派对、时装派对、书友派对等，渐渐地，她对常公俊不再那样黏着腻着了，对常公俊与其他女性正常的交往不再那么醋意大发了，"醋酸"明显下降，使得夫妻双方都感到轻松了不少。

是啊，在爱情中，确实需要根据自己的口味适时添加调味品，有时候哪怕是一杯白开水，便可以获得味美感觉。同时也要顾及对方的口味，适时地添加些不可缺少的油、盐、酱、醋等调料，不能对婚姻爱情的咸和淡熟视无睹。

有位哲人说过："天下没有两片相同的树叶。"至于往婚姻这碗蛋汤里加什么调味品，是盐还是加水？加多大剂量，是一勺还是半瓶？那需要在婚姻爱情中的人自己好好想想，准确把握了。如何游刃有余，那就是生活和爱的艺术，得靠自己去悟吧!

（2014 年 10 月 30 日）

一路花生香

2014年11月8日，一帮文人赴扬州采风。早晨，大家乘大巴车前往。

别看大家是文人，对人性、社会的观察思考很深刻、细致，却也不失对生活充满情趣和闲适。虽然从大处、高处俯瞰生活，但也很注重对生活细微之处的打理。有人带来了一大包炒瓜子和炒花生等零食。半途中，散文家忱放泰提着这些瓜子和花生，挨个给大家分发。有的人抓了一把两把，有的人却一粒不取。

据我所知，这些一粒不取的文人并非全部都是不喜欢吃或不想吃的，有的是因为花生、瓜子壳没地方扔而只好作罢，也有的是因为怕口干而不吃这样的炒货。

我的邻座吉月间是花生迷，很喜欢吃花生，闻着周围吃花生飘来的香味，咽了一下口水，稍后，再咽了咽口水，忍不住向大伙儿问了一句："有马甲袋吗？"众人说没有。他无奈地摇了摇头，只好又咽了一下口水，自言自语道："那就不吃了。"

吉月间旁边坐着"五文二十"君，把吉月间的神情和心思看在眼里，心中涌起了赞许的潮热，对吉月间的定力较为欣赏。因为，他经不住丝丝缕缕飘扬在鼻孔边花生香味的诱惑，把手伸进忧放泰双手拉开的口袋里，抓了一把花生。可是，"五文二十"君左顾右盼后，看了看抓在手里的花生，束手无策，只好这般傻傻地握着满手心的花生，念叨着："麻壳子，红帐子，里面睡了个白胖子。"毕竟车上有人咀嚼花生散发的焦香味太挑逗味蕾的神经末梢了，让人不得不涌起欲罢不能的冲动。过了一会儿，"五文二十"君便把手里的花生装进笔挺的西装衣兜里，腾出手来小心翼翼地掰花生，生怕花生壳碎了漏出手缝。掰开花生壳后，"五文二十"君将花生的红衣与白仁一同送进口中，免得薄薄的红衣飘飞到地上。

"五文二十"君将留下的花生壳放在另一只手里，继续有滋有味地细嚼慢咽着焦香扑鼻的花生米。掰了五六粒花生，手里的花生壳便握不下了，他就放到另一个西装兜里。

"这么好的西装，花生壳也往衣兜里装啊！壳上有干炒时的灰尘哩。"吉月间对"五文二十"君说。

"嘿嘿……下车后将花生壳掏出来，扔到垃圾桶里，衣兜翻过来拍拍就可以了。"温和的微笑在"五文二十"君脸上荡漾，话也如微笑一样温和，"呵，你想掰花生吃吗？壳有地放了，我这兜里反正已经装了。"

"谢谢仁兄，车已过润扬大桥，马上到了，还是算了吧。"吉月间说着，又咽了一下口水。

说话间，大巴到了目的地，领队招呼大家下车用午餐。"五文二十"君一下车便急吼吼地跑了，他去找垃圾桶。

一帮文人全都下车了，司机师傅拿着扫把，准备清扫文人们吃花生、瓜子不小心掉下的壳皮等垃圾。然而，全车地板干干净净，司机师傅也就放下扫把，锁好车门，去吃饭了。

　　扬州到了，一路上伴着花生香。午餐后，采风便真正开始了，风中免不了会飘着文墨香。

　　　　　　　　　　　　　　　　（2014 年 11 月 15 日）

流年平凡方有悟

细节的误解

现在社会上有一句话很流行，那就是"细节决定成败"。说的是，做事情一定要注意细节。还有人把这个观点进行了系统的阐述，写成了书，叫《细节决定成败》。其实，这句话很片面。论细节有什么样的作用，我们都不应该将其绝对化，教条地理解和形而上学地套用。

于右任先生是我国近现代著名的政治家、教育家、书法家，不仅学术上造诣高深，堪称大师，而且有一把漂亮的大胡子。有一天，于先生遇到一位小女生，女生对于先生的大胡子很感兴趣，便问于先生："您睡觉的时候，这把胡子是放在被子外面呢，还是放在被子里面呢？"于先生一时被问住了，想了半天，也想不起来睡觉的时候胡子放在哪里，只好对小女生说："改天我再告诉你。"那天晚上，于先生失眠了。他先把胡子放到被子里面，感到不对劲；又把胡子拉到被子外面，也觉得不对劲。他一个晚上就这样把胡子拉来拉去，还是不知道胡子平时到底是在被子外面还是在被子里面。

很久以后，于先生才明白，他睡觉的时候胡子在被子外面还是在被子里面这样的细节并不重要，太注重这样没有意思的细节，会把事情弄糟。

无独有偶。著名作家巴尔扎克早期做事并不细致，在学校读书时，做作业很粗心。巴尔扎克成名后，在一所大学做早期教育与成才的演讲，他说："从小看一个孩子有没有出息，看他的作业簿就知道。如果作业认真细心，书写工整，那么这个孩子就有出息，否则就没有出息。"巴尔扎克走下讲台时，一位老太太迎上去，递给他一本作业簿，并打开问道："请您看看，这个孩子的字写得如何？他将来有没有出息？"巴尔扎克不假思索地说："老人家，恕我直言，这孩子粗心大意，书写潦草，将来不会有什么出息。"老太太把作业簿合上讲："伟大的作家，请您仔细看看这是谁的？"巴尔扎克接过来一看，不由得大吃一惊，作业簿上分明写着自己的名字，这不正是自己小时候的作业簿吗？他感慨万端，再仔细端详着眼前这位白发苍苍的老人，突然激动地颤声喊道："老师！您……"老太太平静地说："没什么，我为你保留了20多年，今天还给你。"巴尔扎克早年做事不细致，并不影响他在文学上的巨大成就。

由此可以得出，"细节决定成败"只是在特定条件下必须贯彻的。那么，什么时候注重细节，什么时候不注重细节，怎么把握呢？在我看来，要从两个方面来把握：一是从事的角度上看，局部的、具体的工作要十分注重细节，各个环节都要细之又细。因为细节决定着工作的质量和水平。有一句话我非常赞同，那就是"做工作要做得滴水不漏，写文章要写得山穷水尽"。全局性的工作和大局上不能太计较细节，要以大局为重。太注重细节，会把水搅浑了，会把进程搞乱了。二是从人的角度上看，对于做微观事务的人，细节很重要，某个细节没做好，可能就会导致前功尽弃，从这个意义上说，细节有时可能决定成败。但对于做宏观事务、进行宏观决策的人，要的是把握全局的能力，不能在细枝末节上花太多的精力，那样会影响宏观决策。在这种情况下，细节就显得非常不重要了，应该提倡忽略细节。对于一些从事创新性事务的人，那要具体情况具体分析，该细的时候一定要细，不该细的时候千万别事必躬亲。凡事都细，也会影响对创新的思考，会导致前怕狼后怕虎，束手束脚，难以前进。

因此，我们对任何一个问题都要全面地、辩证地去看待，并不能将其教条化。教条地对待事物，就会使真理变成了谬论。对"细节决定成败"这个命题，不能以偏概全，形而上学地用，而要活学活用，只有这样，才能获得成功！

（2013 年 2 月 17 日）

溜须拍马生"主义"

　　我老单位有个在机关工作的朋友，长期以来，做什么事都不张扬，为人处事、待人接物都很低调。前年，他当上了领导，依然谨言慎行，谦逊平和。但是，接触他的人，无论是他手下的中层干部、各类职员，还是社会上比他职级低的各级官员、各类人员，都对他表现出非同寻常的尊重和礼遇。

　　以朋友聚餐为例，没当领导之前，他通常会找宴席中一个不起眼的位置坐下，每每都会被认可，没有人会注意和重视到他，他也没有不被注意和重视的感觉。从当上领导的那一天起，这个情况就改变了。他的座位一定会被安排，当他是职务最高的时，他一定会被安排在首席上；当有比他大的领导在时，大都按他的职务排序把他安排在恰当的席位上。起初他很不习惯，不愿意，是真心地不愿意，但在场的所有人都不同意。有一次，安排席位者郑重其事地说，这个座位您不坐，全世界人民有意见啊！上面的位置您不坐，大家都不好坐了。如此这般，每次他只好服从安排。渐渐地，他也就习惯了这种被安排！再往后，随着被安排的习惯逐渐强化，便成了一种自觉，只要是朋友聚会，不需要安排，他就会主动坐在首席或按自己职级选择相称的座位。随着在首席上被众星捧月地前呼后拥良好感觉的逐渐产生、形成、强化，如不让他坐首席或与职级相称的席位，他心里便隐隐约约有种失落和酸楚。开始没有意识到这种不良情绪产生的原因和后果，突然有一天，他出席大家都不熟悉他的宴会，虽然他职务较高，但席位却被安排在角落处，那种失落感不由自主地涌进心里。为了安慰自己，他在心里想，以前还不习惯坐那个席位哩，如今坐不坐无所谓。这样想了之后，他便隐隐约约地发现了其中的某种微妙，便把注意力集中到这上面来了，渐渐地这个微妙便明朗起来。这时，他猛然吃了一惊，觉得自己与以前比，变化是如此之大，在不知不觉中，他十多年来一直保持着的平和低调的心态正逐步消退。这可不是个好兆头，甚至是非常可怕的兆头！正因为这个幡然醒悟，他胆战心惊，忐忑不安起来。宴会结束后回到家里，不顾夜色已很深，他连忙打电话给我，向我倾诉，并发出感叹："官僚的狂妄虽然内因是决定因素，个人主观修炼不到位是关键，但常人厌恶的官员狂妄，恰恰产生于人们过分地对其职位敬而拍之。官员的这种狂妄，表现在生活上是举手投足的过于自信，表现在工作上就是当官做老爷的官僚主义。"

是啊，我的这位朋友当领导了，成了官员，即使是日常生活的小节，也是他产生官僚主义的土壤。这一点引起了我对官僚主义的重新认识和思考。

现实生活中，只要一提到官僚，大家都会认为是指那些拘泥于陋规琐则、条条框框或高高在上、作威作福的官老爷。其实，官僚并不是指脱离群众、做官当老爷的有职有权人物，而是指从事社会管理的人们。官的本义是"以宀覆众，则有治众"。《说文解字》解释为"官，吏事君也"。《礼记·王藻》注："官，谓朝廷治事之处也。"也就是为皇帝或者朝廷（国家）做事的人，称作官员，古代叫官吏。僚是指僚属、幕僚，是下属、佐助人员的意思。官僚，从广义上说，就是在社会所有机构中从事管理、协调、组织、保障、决策的人员；从狭义上说，中国古代指在衙署办事的官吏，后常指在政府担任职务的人，通常称政府官员。由此可见，只要有国家、有组织、有机构，就有官僚。说到底，官僚只是一种社会职业、一种社会分工而已。不同的是，官僚手中会有各种各样大大小小的决策、分配、调动、指派等权力，这些权力是社会对他们进行委托和让度，以便于他们决策、分配、调动、指派等各种行动能够达成。

由于官僚主义的出现，"官僚"一词逐渐演变成贬义词，常常作为官僚主义的代名词，泛指那些不负责任的政府官员。官僚主义的形成，与官僚的职业特点有关，因为官僚手中掌握着对社会资源处置的各种权力，往往会在实际工作中产生公与私的利益冲突。在社会管理过程中，社会上的某些人为了获得特殊利益，便去巴结官僚，让官僚利用职务之便对某些人行"顺手人情"，从而形成了官僚高人一等的社会潜共识和做官至上的职业文化。长期积淀，便助长了官僚的高傲自大心理，形成了官僚主义。

所谓官僚主义，《辞海》里的解释是："指脱离实际、脱离群众、做官当老爷的领导作风。如不深入基层和群众，不了解实际情况，不关心群众疾苦，饱食终日，无所作为，遇事不负责任；独断专行，不按客观规律办事，主观主义地瞎指挥等。有命令主义、文牍主义、事务主义等表现形式。官僚主义是剥削阶级思想和旧社会衙门作风的反映。"由此可见，官僚主义其实是一种作风，是官僚在其职而不谋其政的不负责任的领导作风。作风是某个人或某些人在思想、工作和生活等方面表现出来的比较稳定的态度或行为风格，并不是职位、职业本身，但一定是在某个职位、职业中形成并表现出来的。

因此，官僚主义与官僚的职业特性息息相关，只要有官僚的地方，就有可能产生官僚主义，只是"主义"轻重程度不同罢了。也就是说，官僚天生并不带有"主义"，但"主义"一定是在官僚中产生。只要有利益博弈，就会有巴结、取悦、权力寻租的土壤，就会催生官僚们的那种"主义"。

官僚主义除了具有社会职场上各种"主义"的普遍性之外，还有官僚职业的特殊性，那就是官僚职业内部的"主义"文化和积习。最明显的就是僚属、下级为了获得自己被提升等利益，对"主义"的热衷和拥戴，对上司、领导的溜须拍马，有力地促成某个官僚讲究排场、高高在上、繁文缛节的作风和做派，形成官僚主义。《杂文选刊》上有篇杂文叫《谁当第一》，对僚属、下级等办事人员"培养"官员的官僚主义作风刻画得入木三分。其中有这样一段："议来议去，组委会形成了一致意见：这次横渡黄江，还是让领导当第一。坦率地说，不让领导当第一，横渡黄江有什么意义？"首先，"关键是群众不能有意见。万一哪个生瓜蛋子冒出来，游到前面去了，把领导甩到后面了，领导的脸儿往哪搁呢？那就做群众的工作，让群众按照以往的惯例，不当第一"。"于是，就召开了专题的群众会议，明说这件事：领导是我们这个城市的象征，电视台要录像，领导上岸后要题词，等等。群众代表都笑了：'别说了，这个事，我们都理解。多少年了，理解的要执行，不理解的也要执行，在执行中加深理解。不就是让领导当第一嘛，这个事情我们支持。'听到群众代表这个表态组委会的人眉开眼笑：'我们的群众太好了，通情达理，有思想觉悟。'"其次，做通了领导的工作。"当然，领导不愿意当第一。有一次，领导问：'两千多人游泳，比我游得好的人，没有吗?'"尽管"领导不同意当第一，也必须让他当第一"。于是，选一个"既要敢于直言，又要能言善辩；既能晓之以理，又能动之以情"的人去做领导的工作，"只有把领导说服，让领导心甘情愿地当第一，横渡黄江才能正常举行"。如此这般努力地做工作，最终横渡黄江活动如期拉开帷幕，也就如期炮制出了一个形式主义，同时也就培养了领导"凡事都是第一"、时时都要高高在上的官僚主义作风。

当然，溜须拍马者是按照领导的喜好行事的。有的官僚正因为对溜须拍马、前呼后拥有良好的感觉，才会把利益回赠给了溜须拍马者，从而众下属、幕僚为了争取好处，竞相对上司溜须拍马，忙得不亦乐乎。上下一拍即合，官僚主义就成了顽症，横向是世界各地，纵向是历朝历代，官僚主义都盛行不衰，其根本原因就在于此。

由此可见，反对官僚主义，既要从官僚主义的社会性成因入手，更要从治理官员、下属的飘浮作风入手，什么时候把下属的溜须拍马的陋习根除了，官僚主义也就根除了。既要从清除下属因利己居心而投其所好入手，更要从消除官员狂妄自大的心理入手，什么时候官员真正痛恨对他溜须拍马的心理形成了，官僚也就没有"主义"了。

这是"主义"以外的心得！

（2014 年 2 月 22 日）

孩子是人

关于孩子的教育，可是热点。社会上几乎所有的人都在诟病，但也仅停留在"君子动口不动手"的层面，说说而已，该咋样还咋样，并没有采取实际行动来改变，大多数人都是以其昏昏，使人昭昭。凡是说到孩子的培养教育，都一古脑儿地把责任推给了学校，似乎学校对孩子成长无所不包、无所不能。与今天的国人相比，看看下面这个故事会不会有所启发呢？

去年暑假，一个朋友把自己 13 岁的儿子送到了澳大利亚珀斯的朋友玛丽家，说要让儿子见见世面，请玛丽照顾一下。玛丽就开始了她对一个未成年男孩的照顾。

刚从机场接回男孩，玛丽就对他说了一番话："我是你爸爸的朋友，你在澳大利亚一个月的暑期生活，你爸爸托我照顾你，但我要告诉你的是，我对照顾你的生活并不负有责任，因为我不欠你爸爸，他也不欠我，所以我们之间是平等的。你 13 岁了，基本生活能力都有了，所以从明天起，你要自己按时起床，我不负责叫你。起床后，你要自己做早餐吃，因为我要去工作，不可能替你做早餐。吃完后，你得自己把盘子和碗清洗干净，因为我不负责替你洗碗，那不是我的责任。洗衣房在那里，你的衣服要自己去洗。另外，这里有一张城市地图和公交车的时间表，你自己看好地方决定要去哪里玩，我有时间可以带你去，但若没时间的话，你要弄清楚路线和车程，可以自己去玩。总之，你要尽量做好自己的事情，解决好自己的生活问题。因为我有我自己的事情要做，希望你的到来不会给我增添麻烦。"

13 岁的小男孩眨着眼睛听着这位不许叫她阿姨，坚持要他直呼其名——玛丽的一番言语，心中不由得有所触动，因为在北京的家里，他的一切生活都是爸爸妈妈全盘负责。

最后，当玛丽问他听明白了没有的时候，他回答说："听明白了。"

是啊，这个阿姨说得没错，她不欠爸爸，更不欠自己，自己 13 岁了，是个大孩子了，已经能做很多事，包括自己解决早餐，以及自己出门，去自己喜欢的地方游玩。

一个月之后，他回到了北京的家。

爸爸妈妈和其他家人惊讶地发现，这个孩子变了，变得什么都会做。他会管理自己的一切：起床后会叠被子，吃完饭后会洗碗筷，清扫屋子，会使用洗衣机，会按时睡觉，对人也变得有礼貌了……他的爸爸妈妈对玛丽佩服得五体投地，问她："你施了什么魔法，让我儿子一个月之内就长大懂事了？"

中国的父母们经常会犯一个严重的错误：不把孩子当成人，而是等同小猫、小狗一样的宠物。对孩子一定要说人话，告诉他们应该怎样做人。这是必需的，因为他们是人，他们不是小猫、小狗，光需要宠爱就够了。

相比之下，玛丽才是在真正地培养、教育孩子，而中国的父母，没有把孩子当作是一个人来对待和培养，只作为自己的私有财产，视同一个宠物，进行溺爱和喂养，主观地认为"宠物"什么都不会干，只好一切都由主人代替来干；"宠物"什么都不懂，只好一切都应由主人做主；"宠物"没有社会性，一切都属于私有财产，同自己的其他财产同属一类，以物以类聚的心态来对待，正如中国的孩子问爸爸："我们很有钱吗？"爸爸会不假思索地回答孩子："爸爸有钱，今后还不是你的吗？"根本不会像外国的父亲，会毫不客气地说："我有钱，你没有。"

孩子虽然小，但他也是人，应该具有自我实践、自我做主的权利，父母可以给予指导和监护，但没有权利剥夺孩子的这些权利。更重要的是，这种自我实践、自我做主能够促进孩子的成长，让孩子逐渐脱离幼稚，走向成熟。这是任何学校教育都无法代替的培养和锻炼。可是，中国的父母恰恰将这些丢弃了，反而对以知识性传授为主的学校要求过多，横加指责。

在美国，中国父母对待孩子的态度和做法，被称作"亚洲家长"（在我来看，应该称作"中国家长"），这是一种"颇有点哀其不幸怒其不争"的讽刺和贬称。正如中国父亲刘为在美国所经历的那样，"亚洲家长"的形象就是：

They expect all" A" s（他们要孩子考试都得 A）.

They want their children to play piano,or violin,or both（他们要小孩弹钢琴，或者拉小提琴，抑或二者兼而有之）.

They want their children to be doctors and lawyers（他们希望孩子成为医生和律师）.

They themselves are doctors and lawyers（他们自己就是医生或律师）.

They like to embarrass their children（他们常让自己的孩子难堪）.

They are slightly naive（他们有点天真）.

cheap and generous（既节约又大方。指的是买个便宜货开心得津津乐道，但聚餐时大家喜欢争着付钱）.

To praise someone else´s child, to their children（拼命夸别人的孩子，贬低自己的孩子）.

这些做法对孩子的教育影响力、对孩子的性格塑造力，都比学校教育大得多，但家长都不予重视和身体力行。还有，在学校教育中，采取多种方法来达到行为规范的目的。可是，家长却带着孩子乱扔纸屑、乱穿马路等，在孩子面前乱吐口水、公共场所大声喧哗等。学校的养成教育费了很大的劲，可是，一旦学生回到家里，回到父母面前，不少都前功尽弃。有的学校进行素质教育，而部分家长却只盯着考分，只想让孩子考 100 分，考全班第一，却指责学校学生课业负担太重。前几天，媒体报道了一个打小抄的例子，更加典型。

"咋样？抄着了吗？"家长问。

"哈哈!哈哈!"学生回答。

这是 3 月 22 日下午 4 时多,记者在某州市某中学门口看到的一幕。家长问得急切,孩子答得爽朗。原来,时值全省高中会考的日子。一位某州市某中学的考生告诉记者,作弊用的小抄是在学校买的。

这个例子说明,只要考试成绩好,诚信可以放在脑后;只要考试排名靠前,荣辱观可以放在一边;只要考试能过关,多么功利、多么短视也无所谓。这样的过程暗示和结果示范,会把孩子培养成什么样的人呢? 这样的经历体验和家长鼓励,会把孩子的人品引向何方呢? 不能不令人扼腕和担忧。

所以,我们的家长再也不能把孩子当作宠物来溺爱和喂养了,应该把孩子看作是与家长平等的人,是具有社会性的人,是一定要走向社会而独立面对时代的人,家长要用社会的要求,对孩子说人话,在孩子面前做人事;教孩子说人话,教孩子做人事;让孩子说人话,让孩子做人事。千万不可仅要求学校做,而家长不做、家庭不做、社会不做。那样,只能是家庭教育、社会教育与学校教育的背离与脱节,从而毁掉我们的孩子!

(2013 年 3 月 26 日)

爱与教子的答案

上课了。

教授面带微笑走进教室，对同学们说："我们来做两道题，请同学给出真实的答案。"

第一道题是：他很爱她。她细细的瓜子脸，弯弯的蛾眉，面色白皙，美丽动人。可是有一天，她不幸遇上了车祸，痊愈后，脸上留下几道大大的丑陋疤痕。你觉得，他会一如既往地爱她吗？

请选择一个答案：

甲、他一定会。

乙、他一定不会。

丙、他可能会。

第二道题是：她很爱他。他是商界的精英，儒雅沉稳，敢打敢拼。忽然有一天，他破产了。你觉得，她还会像以前一样爱他吗？

请选择一个答案：

甲、她一定会。

乙、她一定不会。

丙、她可能会。

一会儿，同学们就做好了。试卷收上来，教授一统计，发现：第一题有11.3%的同学选甲，29.6%的同学选乙，59.1%的同学选丙。第二题呢，33.5%的同学选了甲，26.2%的同学选乙，40.3%的同学选丙

"看来，美女毁容比男人破产，更让人不能容忍啊。"教授笑了，他接着说，"做这两道题时，潜意识里，你们是不是把他和她的关系定位在爱人或者恋人关系上呢？"

"是啊。"同学们齐声回答。

"这从同学们给的答案中也能看得出。可是，题目本身并没有给出他和她是恋人或爱人关系的条件啊。"教授意味深长地看着大家说，"这说明，他和她的关系有多种可能，有可能是恋人、爱人关系，也有可能是兄妹、姐弟关系，再有可能是同事、同学关系，还有可能什么关系都没有，就是个陌生人等，如果给出某一种关系的条件，答案是不是会一样呢？"这一问，提醒了同学们，引起了同学们的深思。

教授在同学们的关注和渴望的目光中，又说："从同学们潜意识地把他和她的关系定在爱人或者恋人的情感上，说明这个世界上，不论地域、文化、风俗、阶层，每个人对异性之间的关系最关注、最重视，最想了解、最愿意解答的是爱情。所以，爱情是永恒的话题，对于我们的幸福快乐及事业家庭有着至关重要的影响，这一点需要引起同学们的认真思索和正确对待。"教授稍

停顿一下又说："其实，除了他和她是爱情连接的夫妻、恋人这一普遍关注的关系以外，还有一种关系永远是世界上最亲密和无私的亲情关系，也是我们生活中最重要的关系，那就父母和子女的关系。现在，我们来假设一下，如果，第一题中的他是她的父亲，第二题中的她是他的母亲。让你把这两道题重新做一遍，你还会坚持原来的选择吗？"

试卷再次发到同学们的手中，教室里忽然变得非常安静，一张张年轻的面庞变得凝重而深沉。几分钟后，问卷收了上来，教授再一次统计，两道题同学们都百分之百地选了甲。

教授的语调深沉而动情："这个世界上，有一种爱，亘古绵长，无私无求；不因季节更替，不因名利浮沉，这就是父母的爱！通过这两道题我们可以看出，无论我们的父母如何窘迫、如何丑陋，只要是负责任而善良的父母，我们都会爱着他们。更重要的是，我们做孩子的不管如何窘迫、如何丑陋，父母也会对我们深爱有加，当作手心里的宝。这就是百分之百的真理，正如你们给出的答案，百分之百的唯一选择，没有人怀疑。"

于是，同学们纷纷表达更加爱父母的心愿，纷纷表示要铭记父母的呵护之恩、报答父母的养育之恩。

这是一个我并不熟悉的朋友发在微信里的故事，他发这个故事是想说明，父母的爱是无比伟大的；通过这个故事，激发子女对父母的报恩与孝心。我看了后，很受触动。没想到，过了几天，有家晚报也刊登了这个故事，只是在结尾处加上了四个爱的公式：

　　　　爱＋爱＝更多的爱

　　　　爱－爱＝归零的爱

　　　　爱×爱＝无限的爱

爱÷爱＝自私的爱

告诉人们："爱别人和接受爱，是我们唯一的选择！"

其实，这个故事并非到此就结束了，它给人的启示也远不止于此。

最近很多家长都在学校招生之时，为孩子的上学忙碌奔波，孩子教育成为大家谈论的一个热点。从这一点出发，我们再回到教授在课堂上讲的那个故事里。教授是个很懂得启发学生的好老师，他通过这两道题引出话题，在课堂上循循善诱。之后，他又提出新的思考："其实，这两道题都是开放性的命题，所引发的启示也是开放性、多侧面、多维度的。比如，刚才所列举的他和她有那么多种关系的可能性，如果把我们答题者与题目中他和她的关系再做些假设，答案又会是什么样呢？同学们请回答。"

"不，不……不知道……"同学们三三两两地怯声回答。

教授进一步把题目涉及的问题引向爱情与亲情相交织的方面，把由父母爱情派生出的亲情放在同一个时空里，语气坚定地对同学们说："我们以题目中他与她是夫妻关系为前提，那么，把我们答题者加进去以后，就形成他是她的丈夫，又是你的父亲；她是他的妻子，又是你的母亲。两道题目都是这样的假设，同学们再做一下。"

试卷第三次发到同学们的手中，同学们一拿到试卷，不假思索，毫不犹豫地立即选好了答案。试卷又一次收了上来，教授又做了统计，两道题同学们都百分之百地选择了甲。教授反复核对统计结果，试图找出不同的答案，但他确实找不到。他也十分清楚，他无论怎样反复仔细地去寻找，根本就不会出现其他答案。他在讲课中，做过无数次的测试，都会是这样的答案，绝没有第二种答案的出现。故事讲到这里，我们就不再介绍教授的精彩分析了。因为，我的注意力只能投入学生们最后给出答案所带来的深切感触上。

这个深切感触就是：每个孩子都希望自己父母的爱情坚不可摧，无论发生什么情况，都不要受到影响。因此，父母彼此的爱，在孩子成长中起着重要作用。我在想，父母在想方设法为孩子的教育辛苦奔忙的时候，是不是更应该关注一下对孩子成长更起作用的东西呢？比如，父母之间的感情如何，对孩子的成长是有着很大影响的。父母之间的感情深厚、稳固、持久，孩子就在一种稳定的氛围中成长，反之则不然，给孩子的成长带来的影响当然就不同。

其实，任何教育要想在孩子的心灵上积淀，化作稳定性的活动模式，都必须是在孩子内心世界非常轻松活泼的情况下达到的效果。如果失去了轻松活泼的内心条件，外在的教育影响都是很有限的，搞得不好，很可能会弄巧成拙。孩子对父母（无论父母的哪一方），希望他们彼此恩爱，感情深厚。只要父母之间的感情和睦甜蜜，孩子的内心世界就不会受到恐惧、烦恼等因素的干扰，就会是宁静、轻松活泼的；只要孩子的内心世界是宁静、轻松活泼的，对父母投放来的教育影响就会最大限度地接受，变成自己的精神营养；对学校、社会投射过来的教育影响也会最大限地接受，从而成为孩子的明媚阳光和温暖雨露，滋润着孩子的心灵，并能结出美丽的硕果。

下课铃声响了，教授的课也正好讲完。学生们下课了，可是看完这个故事后，我们的思想却不愿意下课，也无法下课……

（2013 年 4 月 6 日）

规则更重要

在中国，有一句经典名言，流传了 3000 多年，依然常听常新。这句名言就是："治大国若烹小鲜。"语出老子《道德经》第六十章。

早在夏商时期，伊尹见商汤是个贤德的君主，便向他提出了自己的治国主张。一次，伊尹见商汤询问饭菜的事，说："做菜既不能太咸，也不能太淡，要调好佐料才行；治国如同做菜，既不能操之过急，也不能松弛懈怠，只有恰到好处，才能把事情办好。"商汤听了，很受启发，顿觉相见恨晚，当即重用伊尹，任命伊尹为"阿衡"（宰相）。在商汤和伊尹的经营下，商汤的力量开始壮大。

今天说起"治大国若烹小鲜"，便会让我们想起三兄弟分粥的故事：

在过去物质比较匮乏、温饱问题尚没有解决的年代，一户人家有三兄弟，只好靠食粥度日。开始，粥都由德高望重、很有权威的大哥来分，于是另外两兄弟就为了多得一些粥而讨好大哥，大哥也时常有所偏向，大家所分到的粥多寡不均，就闹起了意见。兄弟们商量由老小来分，因小弟对两位哥哥都很尊重，有这样浓厚的亲情，小弟应该可以做到不偏不倚。结果两位兄长为了粥能果腹而讨好小弟，开始小弟还能坚持公平原则，久而久之便同大哥分粥一样，偏向某一方在所难免。毕竟小弟是人不是神嘛。

于是，三兄弟又对"粥政"问题进行改革，采取"轮流执政"的方式，轮着分粥。结果呢？哪一顿谁掌勺时，另外两位就竭力讨好掌勺者，掌勺者也利用所掌握的"粥政"权力，来偏向于最亲近者。这样的分粥方式依然不能做到公平，三兄弟纷争依然不断，就去请教老道长。

老道长得知三兄弟的纷争后说，其实你们谁分粥都不重要，谁分都一样，只是在分好粥后，分粥者最后一个端取粥。如果他分得不一样多，多的会被先端的人取走，最少的那一份就留给他自己，他一定不会分得有多有少，尽量分得一样多，保证自己那一碗有足够的分量。三兄弟满意而归，到家一试便灵。皆感叹老道长的智慧了得。

这个故事包含着深厚的社会管理思想，那就是制度与规则在维护公平上的作用。老道长的智慧在于，调节利益分配、权力分配。制度建设很重要，但是，实现公平，完全靠包括民主在内的某一种制度是不行的，实现公平的最好途径是按照正确的规则运行。

故事中，老大分粥（掌权），建立在权威之上，对权威制约缺失，公平得不到保证。老小分粥（掌权），建立在亲情之上，对亲情制约同样缺失，公平仍然得不到保证。轮流分粥（掌权），类似于西方的多党轮流执政，虽然建立在民主之上，但是，一旦掌勺（竞选成功执政），同样对权力无法有效地制衡，只能用下一次让其轮不上来加以控制，然而，下一次他下去了，而另一个上来的掌权者同样也是如此，就形成了默契更替，同质循环，一个又一个地从起点到终点地轮回，有效的控制和约束依然得不到保证，公平自然就失去了机制的支撑，不可能得以实现。很明显，三种分粥（执政）方式，就是制度的三种形式，无论哪种制度形式，都在控制与约束上有空档，因此不能解决公平公正的问题。在这种情况下，老道长用规则运行的方法解决了分粥的公平问题，其原因就在于确定运行的程序（先后次序）：一共有两个次序，一个是分粥与取粥的次序：分粥在前，取粥在后。另一个是众人取粥的次序：不分者在前，分者最后（分粥者最后一个端取粥）。这样一来，便使实现公平有了前提条件，那就是：如果不公平，利益受到最大损失的，不是别人，就是分粥者（掌权者）自己。这就是对掌权者最有效的制约。所以，掌权者会用自己的权力来维护公平，在这种情况下，公平必然能够实现，并得以长久坚持。

"治大国若烹小鲜。"看来不是民主制度就一定能解决国家管理的所有问题，有的问题是规则出了状况，而不能怪在制度上，更不能用否定制度这个办法来解决，否则，只能给国家的发展带来灾难。

（2013 年 4 月 9 日）

成功的外在因素

　　引发写这篇文章，是我在《读者》上看到一篇散文《比尔·盖茨定律》。文章说："比尔·盖茨世界知名……他的人生颇富传奇色彩：开始是小小的电脑程序设计员，后来成为电脑软件企业家，再后来一举登上了世界电脑软件企业的珠穆朗玛峰。""表面看来，比尔占尽了我们中国人讲的天时、地利、人和。实际上，比尔的出现不是一个，而是一大帮。他们都是中学时就泡电脑的怪才，后来在资讯事业上都有了大出息。我们很多人有个认识误区，好像知识界个人的成功主要依靠智商。但现在我们必须脑筋急转弯：比尔·盖茨是成批出现的，一批人的智商未必一样，可是都获得了成功，这又是为什么呢？"

　　我们说，内因是变化的根据，外因是变化的条件。石头不是受精卵，孵不出小鸡是缺乏内在因素。然而鸡蛋受过精，即具备内因，但缺乏孵化温度，同样也孵不出小鸡。人的成功离不开内在因素，但仅仅具备内在因素，而缺乏外在因素，也是不能成功的。有些时候，即使内在因素并不优越，但外在因素齐备，也能

到达成功的彼岸

在我看来，门槛是一种外部因素，能左右人的成功与失败，因此，成功者常常在限制尚在空白或者较低时，跨过门槛。

门槛就是从事某一项目和进入某一领域的许可条件和准入标准。比如，从事出租车服务的司机，必须要有运营证，申请出租车运营证必须拥有车辆驾驶证、身体健康证等，还要缴纳几十万元的运营费，缴费的金额也是门槛。有的领域从来没有人涉及，没有任何限制，也是门槛，只是这种门槛对任何人都开放而已。

门槛其实是采取社会控制、法规限制和行政管制方式进行许可或禁止，也有观念和文化上认同或反对等条件。除了后者，都是为了解决需求过大与资源紧缺的矛盾，或者是维护社会运行秩序与社会发展可持续性的统一。正因为如此，在社会运行和发展过程中，往往会通过以下几个方面设置门槛：

门槛由制度设置，维护跨入门槛的公平性。当一件事情没有任何人去做的时候，它不存在公平问题。当一个领域没有任何人进入时，每个人都有机会第一个进入，它对每个人都是公平的。此时，不涉及公平问题，因而不会设置限制进入其中的门槛。当某件事做的人多了，甚至是人人都想做的时候，就存在着众人争抢的竞争局面，公平就成了摆在人们面前的问题。当某个领域进入的人很多，甚至大家一窝蜂地往里挤的时候，如何使大家都被公平公正地对待，必然要有管理机制来加以保障，于是就制定制度，设置门槛，用一种公平的、大家都必须遵守的规则，把一部分人挡在门外，让能够跨越门槛的人在这个领域、这件事情上公平地施展自己的才华。这就是制度设置门槛的基本原因。因此，一个人在某个领域、某件事情上的成功，有时与他的才能并没有太大的关系，而与他抢先跨入门槛有着很大的关系。

门槛由程序设置，维护跨入门槛的秩序性。很早以前，没有汽车的时候，马路的十字路口是没有红绿灯的。汽车发明成功，开上了马路，但马路口也没有红绿灯。后来，汽车多了，就有了红绿灯。不仅如此，而且还制定了很多交通规则。再后来，汽车太多，道路资源紧张，交通拥堵，又出现了单行道等。今天虽然考驾照对每个人都是开放的，但相比以前无论是技能方面，还是程序方面（比如交通法规），都要严格得多，这就是程序上的门槛，运用程序来限制和规定人们的行为，先来先得，人满为止，不符合程序，就会被排除在门槛之外，即使个人的素质、能力等多么优秀，也不例外。程序性的门槛设置，既限制了进入其中的个体数量，也保证了门槛内的运行秩序。在不同发展阶段，门槛的高低是不一样的，但不取决于竞争者的能力。对于我们个体来说，能否按照规定的程序跨过门槛，就决定着能否成功。

门槛由条件设置，维护跨入门槛的功效性。现实生活中，很多领域都设置了条件，比如学历、年龄、经历、技术、职称、户籍、区域等，有的甚至设置身体状况条件（身高、相貌、体重等）。大部分条件与个人的能力、素质、品德等内因没有必然的关系，是某种客观性的，既保证了跨入门槛后的功效，也将不够条件的这部分人挡在了门槛的外面，剥夺了不符合条件这部分人获得的权利和机会。

门槛由环境设置，维护跨入门槛的相融性。环境既包括以空气、水、土地、植物、动物等为内容的物质因素，也包括以观念、制度、行为准则等为内容的非物质因素；既包括自然因素，也包括社会因素；既包括非生命体形式，也包括生命体形式。环境是相对于某个主体而言的，主体不同，环境的大小、内容等也就不同。很多人成功与环境因素有关，比如社会环境。曾经有一段时期，国家出台政策推行企业改制，将规模较小的国有企业改为民营或者私营体制，一部分人就是在改制过程中，获得了发展事业的平台，从而获得了成功。企业改制就是当时的政策环境。后来，由于防止国有资产流失，国家禁止进行企业改制，政策环境变化了，门槛提高了，或者封闭了，也就没有了这个获得成功的外部平台。不同时期环境门槛是不一样的。这些与个人的能力无关。环境门槛高了，使一部分人不能进入。

由此可见，一旦跨过了门槛，内在因素就不再十分重要了。

按照文章的说法，比尔·盖茨他们成功，很重要的一点是最先跨入门槛，文章指出："今后能否发展，就靠你的造化了。这个造化说到底，就是比尔们碰上的那些机缘巧合，总的来说也就是大时代所提供的好时机。时机能给跨过了门槛的智商合格者插上高高飞翔的翅膀。比尔进过哈佛，可中途却退了学，但最后获得了大大的成功，这说明了门槛和时机的辩证道理。"

在我看来，机会不单靠内在因素就能创造，取决于外因是否与内因巧合，因此，成功者通常在经意不经意的巧合中，把握机会。

一般来说，机会有一定的时间限制或有效期，时效过后，就再也得不到了。因此，机会有偶然性和随机性。它与内在因素没有直接关系。无论内在因素如何，没有机会将无法施展。有了机会，就有了平台，那些内在因素才会有用武之地。当然，如果有机会，由于内在因素不具备没有抓住，那并不是成功的外在因素所讨论的范畴，另当别论。但内在因素再好，如果没有机会，那你也不可能获得成功。

机会由制度给予，政策上保障和特许。制度有阶段性和地域性，不同时期的制度不同，不同地方的制度、规则也是不同的。

在一定时期、一定区域，制度剥夺了一些人的机会，却给另外一些人提供了机会。比如烟草、盐业专卖，都是制度设置的限制，与个人能力、经营能力等没有任何关系。

机会由区域禀赋，环境上独特和优越。不同地区有不同的环境、自然、经济、人文等禀赋。生活在这个区域里的人，这些禀赋就会给其提供机会；没有生活在这个区域，就不可能获得诸多禀赋中蕴藏的大好机会。比如，比尔·盖茨虽然很早就迷上了当时还凤毛麟角的电脑，但是，使得他在电脑领域走得很远的，恰恰是他正好生活在华盛顿州一个富裕的家庭，父母让他进了私立学校，而这所学校正好在中学电脑教学上非常先进；学校正好有足够的预算给学生付机时费，于是电脑迷比尔·盖茨才有机会泡电脑；宝贵的机时用光后，学校一位同学家长的公司正好需要人帮助编程，于是比尔·盖茨又得以继续泡电脑。假如他出生在其他家庭，上的是别的学校呢？他会有这些机会吗？不可想象！

机会是时代巧合，时间上碰巧和吻合。不同时代有着重大的差距，这个差距就会给不同的人带来不同的机会。以电脑发展为例，世界上最早的计算机于 1946 年诞生于美国宾夕法尼亚大学，1964 年美国研制成集成电路电脑，出现了小型机。这时正好是比尔·盖茨 10 岁的时候，使他对电脑软件着迷有了客观的条件，他 13 岁就开始了电脑程序设计。17 岁的时候，比尔·盖茨便卖掉了他的第一个电脑编程作品，是一个时间表格系统，买主是他的高中学校，价格是 4200 美元。由于他较早就对电脑编程入迷，使他"有了这项准备，一旦风云际会，比尔就如鱼得水。比尔碰上的正好是整个世界对电脑软件的需求，而需要是发明之母，也是发财之母"。其实，这也是时间上的碰巧与吻合。1971 年以后，LSI（大规模集成电路）、VLSI（超大规模集成电路）进入社会的各个领域，出现了大规模集成电路电脑，微机应运而生，这些都给比尔·盖茨和微软提供了发展的大好机会。如果不在这个时代，电脑出现得早一些或者晚一些，很可能机会就不是比尔·盖茨他们的了。

机会是条件偶中，准备上适配和恰遇。文章指出："比尔在中学阶段就大量使用了电脑。对当时的美国人来说，这些也是很难一遇的机缘巧合。虽然当时比尔也许没听到电脑风暴的呼啸，但这些条件使他通晓了程序设计的许多诀窍，为迎接即将到来的电脑大爆炸打下了坚实的技术基础。没有这一基础，比尔本事再大，也什么都办不成。"可以看出，机会的存在或降落到谁的头上，与他正好具备的条件有着决定性的关系。"盖茨上 9 年级的时候，TRW（天合汽车集团）公司的工程师在架设西北输电网络时遇到了问题，一筹莫展。这时候，他们发现了湖滨中学计算中心的一份《问题报告书》，当场打电话给制作这份报告的两位'侦测错误大师'（盖茨和艾伦），希望他们两人能来帮助排除问题。但他们压根没有想到，这两位大师居然只是 9 年级和 10 年级的学生！"这又是促使比尔·盖茨走向成功的一次机会和意外巧合，但这个机会和巧合，恰恰是他具备相应的条件。一次巧合，会带来很多次巧合，比如，"有一家大公司正好需要业余程序员编制工资程序，比尔又被选中去编程；比尔家正好离华盛顿大学很近，而这所大学正好有多余的机时给不相干的人用，于是比尔又得其所哉；在泡电脑的过程中，比尔认识了一位从事电脑专业的'大朋友'，这位'大朋友'正好接到某一大工程负责人的一个电话，说这一工程急需程序员；比尔所在的中学正好允许学生在假期中为外单位编程"。这里还隐藏着他出生于富裕家庭这个条件。这些条件不具备，即使内在因素再好，恐怕也很难碰到机会。

机会具有不平衡性以及随机性、巧合性、突发性、易逝性等特点。机会与知识、素养、技能、经验无关，获得机会后才会与这个人的内在因素有关。正因为机会的这些特点，使得那些机会不好的人，尽管很优秀，但也有可能成功不了。

在我看来，缝隙不依赖于人的素质、能力而客观存在，是一种外部条件，有时它却是成功的一个因素，因此，成功者往往在其开启时，穿越缝隙。

所谓的缝隙，其实就是一个空当，只是较小的、有时被人们忽视的空隙而已。《比尔·盖茨定律》中有这样一段话，很精辟地说明了缝隙在人们获得成功方面的作用："我们常常抱怨'中国教育制度不好'。也有人提出，为什么比尔们都出自美国，不出自别的地方？这也许都不错，但我觉得还没有点到最关键处。仔细瞅瞅上面比尔的经历，与其说是制度使然，还不如说是制度不管的地方使然，或者说是非制度使然。例如，当时的美国教育制度并没有规定中学生必须学电脑，却也没有规定不能学电脑，所以喜欢电脑的比尔才能脱颖而出；堂堂大学的昂贵电脑，制度没有规定不能给旁人使用，于是比尔'大钻空子'；大公司的制度没有说不可以雇用中学生编程，比尔从而得其所哉；比尔的中学没给学生布置海量的、做也做不完的假期作业，反而让这些不受管束的学生进一步'放任自流'……而这些疏放不羁，比尔们都碰上了，也受益了。"

我觉得，要想成功，就要穿越机会与制度部分重叠的缝隙。运气好的人，往往会遇到这样一种情况，那就是他想做某种事情，制度是允许的，恰恰也碰到了干成事情的机会，只要内在因素具备，他就能获得成功。然而，并不是每个人都会有这样的运气。有时候，制度允许，但总是碰不到机会；有时候，机会有了，但制度不允许。这两种情况都会把成功扼杀在摇篮之中。这样看来，机会与制度重叠的那个缝隙很可贵，遇到了，只要穿越过去，内在因素也能足够支撑，成功就是囊中之物了。所以，"'比尔·盖茨定律'的第二点：他之所以出类拔萃，是因为美国教育制度存在许多'空隙'。首先就是制度不硬性反对有机缘的人搭便车，到了下一站，非制度又伸开双臂鼓励他们接着跑下去。这样，他们就有希望在出类拔萃的跑道上，跑出事业的辉煌"。

我认为，要想成功，就要穿越允许与不允许范围之外的缝隙。人们都想获得成功，都用自己的内在素质朝着自己确定的目标去努力，往往会受到各种门槛的限制，也会有没有门槛的自由。社会规则、法律法规、竞争法则、条件标准等设置了许许多多的不允许，也存在达到标准、符合法规、合乎规则等之内的许许多多的允许。但是，社会规则、法律法规、竞争法则、条件标准等不可能穷尽一切领域，很多时候会在允许和不允许之间存在着缝隙，只要从这个缝隙中跨过去，就能到达成功的那块天地，如果内因条件正好合拍，成功就是必然。比如在文科领域，一没有博士学位，二没有论文的陈寅恪，1926年居然被清华大学请去做国学研究院导师；在理科领域，1930年数学家熊庆来把杂货店伙计、只有初中文化程度的华罗庚招聘到清华大学工作，后来华罗庚成了大数学家。"这两位确实出类拔萃，却都不是制度的产物；我宁愿说，他们都是非制度的宠儿。"如果没有这样的缝隙可以入门，社会规则、法律法规、竞争法则、条件标准等不允许，个人的内因条件再优秀，成功也是与之无缘。所以，"我以为，既要考察一种制度保证了什么，还要看它不限制什么，即看它能够为一些'跨过了门槛的人'提供什么样的发展空间"。在今天，大学也好，中学也好，甚至是小学，招聘教师设置学历条件、专业（纯师范）、年龄等条件，那么多的不允许，一定把陈寅恪、华罗庚们排除在门槛之外，说不定连个中学，甚至小学老师都做不了，也就无从谈起他们的成功了。

我发现，成功有时要求人们穿过风险与保险边缘地带的缝隙。风险就是不确定性，不确定性就是风险产生的结果可能带来损失、获利或无损失也无获利。风险的不确定性本身就有缝隙、有机会。风险的不确定性也只是一种可能性，可能性不是必然性，那么也是有机会的。与风险相对应的，就是保险，即稳当、可靠、不会发生意外的情况。某个领域可能风险性很大，必然没有太多的人敢于涉足；但没有风险的领域，人人都想进入，必然会设置门槛加以限制。只有在风险的边缘，也在保险的边缘，在两个边缘都没有覆盖的地带，是一道缝隙，这恰恰就是机会。跨过这道缝隙，并不是内在因素使然，却是一种偶然的巧合，它是一种外在因素，但这个外在因素甚至决定着人们能否成功。

我感到，走向成功，有时不得不穿越文化与愚蒙自觉程度的缝隙。人们从事某项事业，风俗、文化、观念等也会是一种阻碍和限制。比如有的事物，人们对其没有认识前，会采取拒绝或者接受的态度，当人们真正认识其本质后，观念会发生重大甚至是彻底的转变。这样一来，风俗、文化观念等限制之外就存在着认同的可能；在限制与认同之间，会有一道缝隙；在人们对事物本质认识的过程中，也会存在自觉与非自觉的缝隙，这些缝隙就是机会。但这种机会不是任何时候都存在的，有的会在文化发展到一定的高度、认识提高到一定的高度、风俗习惯的不断移风易俗产生新的习俗之后才可能出现，这些变化并不是某个人、某几个人所能完成的，与某人的内在因素没有必然关系，是一种社会发展的客观现象，但它决定着人们的成功。

很显然，缝隙是走向成功的一个外在因素，从事某项事业，可以在门槛缝隙(尚无门槛的领域)、制度缝隙(尚无制度的领域)、观念缝隙(人们未知的领域)中，自由穿行，从而走向出类拔萃。如果跨越不了这道缝隙，内在因素将无法施展，成功也就无从谈起。

内在因素固然重要，但外在因素也必不可少，只有将二者有机地结合起来，才能到达成功的彼岸。

(2013 年 4 月 12 日)

"名言事件"说明什么

　　有媒体报道，2013 年 3 月 22 日，美国网络发生了一起"名言事件"。由于引用毛泽东"对自己，'学而不厌'；对别人，'诲而不倦'"的名言，美国教育部国家教育统计中心网站受到谴责、攻击、批判和惩罚。

　　美国网站上毛泽东的名言被美国网民发现后，随即被分享到社交网站，并引起"高度关注"。一些网民说，"美国的教育部已经被完全渗透了"，此事显然是"里根的修正主义成果"，显示出美国政坛主流价值观的混乱。美国教育部代理新闻秘书表示："国家教育统计中心网站的儿童专区的'每日语录'栏目今天选择登出的名言欠妥，现在这一栏目已经暂停。"美国一位参议员声称，教育部必须解释为何引用"共产主义者"的话。可以看出，这位议员理直气壮地"要求"，着实把一位网站编辑的认知水平爆炒成了一个惊动整个国家的"名言事件"。

　　在遭受八方围攻的压力下，美国教育部国家教育统计中心网站被迫删除了毛泽东的名言，换成了林肯的名言。

乍一看，怎么也想不到，这件事情发生在一直以世界各国的榜样自居，标榜自由、民主、博爱价值观的美国，怎么会将一个真理性名言随意贴上一个标榜"意识形态"的标签，肆意地上纲上线，强势围攻，举国批判，活生生地搞成了一场"路线斗争"呢？怎么能将一句放之四海皆准，并不带有政治倾向的励志名言，看成是带有"共产主义者"的蛊惑煽动呢？怎么能对一个国家级的网站仅仅刊登某句教人向上的名言这么个区区小事，就如此"高度关注"，竟然"惊动整个国家"，并被议员理直气壮地"要求"解释清楚，当成了似乎有着浓厚政治清算火药味很重的大事件呢？怎么能把原本只是例行引用名言，并不带有任何企图的无意之为，就如此轻而易举地断定为国家教育部已经被"共产主义"完全渗透、政坛主流价值观脆弱得仅用一句格言就能彻底颠覆从而造成混乱的事实呢？果真如此的话，世界上的"共产主义者"真应该为自己的舆论威力如此强大、资本主义制度如此弱不禁风而感到无比自豪。其实，仅仅一句并不带意识形态价值取向的、美国政治家和科学家等知名人士也有类似倡导的名言，根本就没有那么大的威力，美国的一些，包括那位"理直气壮"得像个政治斗士的议员在内的某些人士，之所以如此紧张，是因为顽固的冷战思维和价值取向导致过分警觉、神经过敏使然。在他们看来，某一句名言是不是真理并不重要，但是出自谁的口才是关键，他们是典型的"宁要资本主义的草，也不要社会主义的苗"的政治狂热病和意识形态恐惧症患者，而且病得不轻啊！

多年来，人们对美国的"自由""民主""博爱"抱有很大幻想，认为其政治上很宽松，制度上很民主，舆论上很自由，管理上很尊重人权，意识形态上很博爱等，这个例子告诉人们，其实不然。如此沸沸扬扬的"名言事件"，恰恰说明美国在意识形态上控制得很严格，他要求他国在政治上要民主，在言论上要自由，恰恰在这方面不允许在本国所谓的言论自由，一旦你的言论触及其意识形态管制的区域，那种强烈反应、那种危言耸听、那种上纲上线、那种坚决禁止都是始料未及的，这就是典型的"只许州官放火，不许百姓点灯"。

相比之下，当今中国，只要是正确的、催人向上的言论就照单全收了。目前，中国无论是官方还是民间，引用美国总统的名言比比皆是，并没有任何人认为哪里被美国渗透了。这也许是一种自信吧！

（2013 年 4 月 20 日）

由人咬狗想到

　　新闻学一个重要的定义，那就是："狗咬人不是新闻，人咬狗才是新闻。"这是美国《纽约太阳报》19世纪70年代的编辑主任约翰·博加特给新闻下的定义。这种说法被西方报人作为选择新闻的标准一直沿用至今。

　　然而，博加特仅仅是在理论上下了个定义，却一直没有亲自实施过这个定义的具体行动（当然没有这个必要，理论的提炼概括不一定都要亲自实施）。有趣的是，最近，美国艾奥瓦州的一名男子，用自己的实际行动制造了一条"狗咬人不是新闻，人咬狗才是新闻"的新闻。

　　事情是这样的，2013年4月28日，一对艾奥瓦州的夫妇卡伦·亨利和莱恩·亨利正在马德里乡村遛他们的小猎犬，突然一条重达23公斤的杂交拉布拉多犬从附近的院子里跑出来，袭击了这对夫妇。该狗咬了卡伦的腹部和右大腿，抓伤了她的眼睛，咬紧她的鼻子并拉扯了下来。

　　在紧急时刻，莱恩试图帮助妻子阻止猛犬的袭击，却被这条凶猛的拉布拉多犬咬伤了手臂。尽管莱恩对这条袭击妻子卡伦的狗拳打脚踢，但这条狗却不惧怕他的反击，依然没有停止对卡伦的攻击。无奈之下，莱恩不得不咬住狗的鼻子，才使该犬松口，并使其逃之夭夭。

故事中，妻子卡伦受伤不轻，她说："情况本来会更糟。如果我没有戴太阳镜，我敢肯定我会少了一只眼睛。如果狗咬住我的喉咙的话，我肯定没有命了。"这句话有两层意思：一是这条凶恶的狗在她丈夫咬住它的鼻子之前没有咬她的喉咙，只咬了她的鼻子；二是如果她丈夫不咬住狗的鼻子，迫使它松口逃开，说不定它就会咬住她的喉咙。不管怎么说，她丈夫人咬狗救了她一条命。

人们都知道，狗具有狂吠、咬人的天性。当人们一听到狗叫或者一看到狗咬人的事，大都认为这是正常的现象，不值得大惊小怪。但人有别于狗，如果人真的会咬狗，那就令人瞠目结舌了。说起新闻，一言以蔽之，那就是奇，即只有奇才是新闻。这种狗咬人……人咬狗理论，核心问题来自一个"奇"字，此乃"人咬狗是新闻"的原因所在。

这种观点，主要是从新闻价值方面来说的。事件影响的大小是新闻价值的重要因素，越有冲突性、异常性，影响就会越大。狗咬人的事太多了，所以没有什么大的影响，除非是多少只特殊的狗一起出来咬人。但是人咬狗的事极少出现，十分异常，所以就吸引读者，关注度高，因而新闻价值就高。正是因为这一点，莱恩一时间成了全世界的新闻人物，全球的媒体纷纷报道，中国的《参考消息》在 2013 年 5 月 6 日也做了报道。莱恩本来是个名不见经传的普通人，一下子成了世界级的名人。看来人咬狗确实是新闻，有时还是个大新闻。

　　其实，绝大多数人并不是新闻学的专职研究者，所关注的并不是这件事的新闻价值，而是近年来层出不穷的舆论炒作等社会现象。如今媒体十分发达，使整个社会透明化，哪里发生一点事情，迅速就在媒体上传播，使人们的眼球都投向这件事情。所以，有的媒体人、网民、传媒，甚至有的主流媒体经常会传播一些人咬狗的新闻。如果真的是人咬狗的事实，其传播性也符合新闻的特点，倒也罢了。然而，有的事件，并不具有人咬狗那样的冲突性、异常性，也没有新闻价值的影响力，仅仅只是人打狗、狗咬人或者狗咬狗之类的普通事件而已，却被炒作成"人咬狗"，而且情节非常离奇，导致事件的不断发酵，甚至引起轰动，这恰恰迎合了国人"非常相信传言，动辄批判外界，却很少反思自己"等不良文化认知。这样，就违背了新闻自身的规律和固有的属性，必然会造成人们思想上的混乱，甚至是黑与白、是与非等认知和判断上的模糊与颠倒，对此人们必须保持高度警惕！

（2013 年 5 月 6 日）

狩猎，须探明射向

　　每个人手里都有杆"枪"，就连幼儿园里的孩子手里都有，而且可以随时猎杀他人。有部电影叫《狩猎》，讲述的就是一个幼儿园的小女孩用自己手中的"枪"射杀老师的故事：

　　卢卡斯生活在一个小镇上，是幼儿园的一名男老师。虽然他的婚姻不是很顺利，刚刚跟妻子离婚，但性格温和、心地善良，孩子们、同事们以及小镇上的邻居们对他都十分喜爱。

　　卢卡斯所教的幼儿班有个小女孩叫卡拉，卡拉的父亲是卢卡斯最好的朋友。一次课后，卡拉送给卢卡斯一个示好的小礼物，并亲吻了卢卡斯的嘴唇。卢卡斯以老师的责任感告诉卡拉，只有和父母亲密时才能吻嘴唇，对其他任何人只能亲吻面颊，同时，也把小礼物退还给了卡拉。

　　卡拉觉得自己受到了卢卡斯的冷落，心里很不爽，便对老师产生了报复的想法。她随口向幼儿园园长编造了一个谎言，说卢卡斯向她裸露性器官。很显然，作为老师，猥亵女童是不道德甚至是违法的行为。于是，一系列厄运降落到卢卡斯的身上。

他被停职调查，被好友疏远，甚至被镇上的人殴打……原本与前妻就儿子的抚养权纠纷折磨得心力交瘁的卢卡斯，准备开始一段新感情的时候，一个子虚乌有的"猥亵女童"事件使他一步步走向崩溃。

虽然小女孩卡拉是这个事件的始作俑者，但她并不是罪魁祸首，幼小稚气的她完全不知道这个谎言的杀伤力及其所带来的严重后果。

之所以导致如此惨痛的后果，其原因就是小镇上的绝大多数成年人都患有道德强迫症。这些道德强迫症患者根本就不在乎真相，也无意去证实真相是什么。他们好不容易逮住了一个稀罕的猎物，便毫不犹豫举起手中的"枪"，一个劲地往"枪膛"里"压子弹"（添油加醋），扣动扳机射击，以此来满足其猎杀的欲望。

现实生活中，似乎每个人都有可能患上道德强迫症。这种强迫症来源于生活经验和常识。一般性的常理是像卡拉这样的女孩很天真纯洁，不会编造诸如大人裸露性器官的谎言，所以就不会对卡拉的话产生怀疑。这是因为卡拉的这个谎言符合"男人都是好色的，并认为幼童不知道自我保护、容易顺从故不会告发，就会胆大妄为等"的经验和常识。因此，生活经验告诉人们，在这种情况下，好色的男人会做出"猥亵女童"的行为，这才是普遍性的认识，才符合常理；没有做出"猥亵女童"的行为则不是普遍性的认识，是不符合常理的。但是，常理、常识是普遍性的认识，非常理、非常识往往是人们意想不到的。现实生活中，确实存在超出人们常识、超出常理之外的事情，就如一般的小孩子都是幼稚纯真的，不会编造诸如猥亵女童的谎言，可是卡拉恰恰不是一般性的小女孩，她确实编造了谎言，颠覆了人们的正常逻辑。所以人们习惯性地根据生活常识、常理来进行判断，只相信卡拉的话，而不相信卢卡斯的辩白。同时，人们也不愿意去证实当时究竟发生了什么。在按照常识的判断之后，举起了伸张正义的大旗，做道德的维护者和弱者的保护者，拿起手中的"枪"对卢卡斯进行射杀。正因为如此，平静的社会，常常会因为相信某个谎言而引起轩然大波。

《中国新闻周刊》曾刊登过《〈狩猎〉谁是下一个猎物》的文章，指出："为何一个平静而规矩、秩序的社会，它会让一个（诸如那个幼儿园女孩子的）如此之轻的谎言，引发如此严厉的惩罚呢？"原因就在于人们手中都有杆将"子弹"射向他人的"枪"。"而如今的网络，各类消息满天飞，为什么仅凭一段文字、几张图片，所有人都相信他们自己比其他人更靠近真相，更有责任和义务去发表个人意见，行使人身攻击和口诛笔伐呢？"究其原因就是人们习惯于"往更糟糕的层面去想。所谓的善与恶、白与黑，很多人根本就无法真正看清，甚至不愿去探究。有一天，某一杆枪枪口掉转，也许你就会成为下一个猎物"。这一点，不能不引起我们认真的思考，并做出清醒的判断！

（2013 年 5 月 12 日）

别惊扰别人的生活

朋友在微信上发帖，讲了这样一个故事，看了我心里不是滋味。

故事是这样的：

路边有一个地摊，摆地摊的是一个中年女人。岁月的沧桑，在女人脸上留下了深深的痕迹，但是，依然掩饰不了她年轻时曾经的妩媚、窈窕，那种从眸子里透露出来的风情，依然清晰可见。

这时，一个中年男人骑着自行车过来了。他一下车，就歉意地对女人笑道："对不起，来迟了，饿了吧?"

女人抬起头，看到男人，眼睛里闪过一丝亮色，笑道："不急，还早呢。"男人憨憨地笑笑，从自行车车篓里拿出饭盒，坐在女人身边，说道："快吃吧，不要凉了，我陪你一起吃。"

女人含嗔地看了男人一眼，说道："叫你在家吃好了再来，你就是不听。"男人笑道："陪你一起吃，饭吃得香啊!"

俩人吃着饭，头挨得很近，还悄悄地说着话。女人看到自己饭盒里多了几块肉片，就搛到男人的饭盒里。男人又把肉片搛到女人的饭盒里，说道："你辛苦，多吃点。"女人说："不，你辛苦，你应该多吃点。"几块薄薄的肉片，俩人互相谦让着，谁也舍不得吃那几块薄薄的肉片，但俩人眼睛里却溢满了甜蜜和幸福。

这时，地摊前走来了一个肥胖的中年大嫂，她将头伸向女人的盒饭，发出惊讶的叫声："哎呀，我的大妹子啊，你可真苦啊，你吃的这是什么菜啊，一点油水也没有，这怎么能吃得下去啊！"说罢，嘴里还不住地发出啧啧的叹气声。

女人抬起头，尴尬地笑道："噢，是大姐啊！怎么啦？我这饭菜吃得可香甜啦！"

中年大嫂不住地摇头叹息："你这是在糊弄谁啊？说句实话，你吃的饭菜，我家的宠物狗都不会吃的。"说罢，脸上露出讥讽的神色，扭着肥胖的身子走开了。

女人端着手中的盒饭，愣愣地望着胖女人的背影，眼睛里噙满了泪花，眼泪吧嗒吧嗒地滴落到手中的盒饭里。身旁的男人眼圈也红红的，捧在手里的盒饭，再也没有心情吃上一口了。

周遭的气氛仿佛顿时凝固了似的，让人透不过气来。

确实，中午女人食用的是粗茶淡饭，并没有中年大嫂家里盘中的那些大鱼大肉，但生活中并不一定只有大鱼大肉就可口味香。中年大嫂没有必要拿自己的大鱼大肉在中年女人面前炫耀和讥讽。别看别人食用的是粗茶淡饭，说不定幸福指数要比那些吃着大鱼大肉的人要高得多。各人有各人的生活，没有必要拿自己的生活与别人相比。

过自己的生活，品自己的感受，做生活的主人，体悟生活的滋味……

报纸上刊登过这样一个故事：

朋友做某商品批发业务，他的批发价格较低，无论是货源紧张时，还是节假日热卖时，都自始至终一个价，保持价格稳定，因此他赚得相对较少，平均每月也就五六千。他的一个亲戚建议，左邻右舍的批发价格都较高，他也应该适当提高一点价格，使他的收入提高一些。这个朋友没有采纳亲戚的建议。他说："人家收入多少那是人家的事，管人家收入比我高、比我低干什么呢？我觉得我眼下这样批发获得的收入已经可以了，我算自己的账，不算别人的账，做自己的生意，不在乎别人的生意。"他依然以较低的价格批发给客户。由于他的批发价格较低，他的客户源不仅很稳定，而且不断扩大，收入增加只是个时间问题。

只算自己的账，不仅是生意经，更是人生经；不仅没有因外界惊扰到内心，更是一种人生的大智慧……

所以，不惊扰别人的生活，既是一个人的素质，也是一个人的智慧和善意！

（2013 年 7 月 20 日）

七夕节的尴尬

　　七夕节是中国的传统节日，这个节日起源于西汉，也称七巧节、乞巧节。七夕节是由牛郎织女的传说所演变而来的，《诗经·小雅·大东》中有最早关于牛郎织女传说的文字记载，诗曰："跂彼织女，终日七襄……睆彼牵牛，不以服箱。"战国时期，牛郎织女的传说在楚国就出现了雏形，但这些记载和传说比较简单、零碎。最早的关于七夕节完整的文献记载，到了东晋时期才出现。东晋葛洪在《西京杂记》中就有七夕节的有关描述："汉彩女常以七月七日穿七孔针于开襟楼，人俱习之。"后来的唐宋诗词中，妇女乞巧也被屡屡提及，唐朝王建有诗说："阑珊星斗缀珠光，七夕宫娥乞巧忙。"据《开元天宝遗事》载：唐太宗与妃子每逢七夕在清宫夜宴，宫女们各自乞巧等。这一习俗在民间也经久不衰，代代延续，一直传承至今。可见，七夕节的传统在我国有着非常悠久的历史。

　　然而，如今的七夕节却遭遇到了尴尬。这个尴尬来自于几千年延续下来的传统，被当下的青年人所异化、所颠覆，把七夕节当成了情人节，将乞巧寓意变成了情爱寓意。

原本中国是没有情人节的，因为受中国传统文化影响，中国人对待感情是比较含蓄的，不像西方人那么开放和浪漫，但随着西风东进，受西方文化影响，中国人特别是年轻人对西方人过的情人节相当重视。他们不仅在 2 月 14 日过西方的情人节，还派生出了中国的情人节，也就是七夕节。到了这一天，情侣间免不了要庆祝一番，或去饭店吃大餐，或去酒吧歌厅品酒嗨歌……创意迭出。当然，情侣间互赠礼物更是必不可少。这不，广西柳州的李某七夕节送妻子礼物，本来是想讨妻子欢心，结果却弄得头破血流，住进了医院，不能不说是奇葩事一桩。

七夕节那天，丈夫李某为了讨妻子覃女士欢心，花 50 元购买了一枚仿真钻戒。在朋友的怂恿下，他找人伪造了一张金额 8888 元的发票，夹在装着仿真钻戒的首饰盒里。当晚，当李某、覃女士和朋友们一起在娱乐场所包厢里玩时，李某掏出仿真钻戒作为节日礼物送给覃女士。在包厢昏暗的灯光下，覃女士只看到发票上不菲的金额，并没有怀疑钻戒的真伪，她非常高兴。次日下午，覃女士拿出钻戒仔细端详时，怀疑钻戒有假，便追问丈夫怎么回事。李某如实讲述了经过，并说只是想哄她开心。覃女士感到自己受骗了，气愤之下拿起餐桌上的玻璃花瓶朝李某砸去，李某顿时头破血流，覃女士还操起水果刀刺中丈夫的左臂。看到丈夫满头满手是血，覃女士也慌了手脚，慌乱之下拨打 120 求助。李某被送到医院后，医生给他进行了缝合和包扎，幸运的是，伤情并无大碍。

那些没有情侣的单身男女们，在这一天也期望能有一场不期而遇的艳遇。但是真正的艳遇又是可遇而不可求的，于是在他们的眼里七夕节又成了这样的："七夕怎么了？给它脸它就是情人节，不给它脸充其量就是个礼拜二，与我何干？"也有这样自嘲的："所谓的情人节和清明节的区别在于，情人节是说一堆鬼话给人听，而清明节就是说一堆人话给鬼听，所以不过也罢。"还有这样的谑语："今天情人节到了。下午 4 点，花店的老板笑了；傍晚 6 点，饭店的老板笑了；晚上 9 点，夜总会的老板笑了；晚上 12 点，宾馆的老板笑了；次日早上，药店的老板笑了；一个月后，妇科医院的老板笑了……看到这里，我笑了！"

　　当然，把七夕节异化成为情人节，一个推手就是商家。在各路商家五花八门的促销簇拥下，七夕节成了一场情感消费的狂欢。把自己打包成礼物送恋人，这个在影视剧中常常出现的桥段，眼下也成了快递和网购平台精心策划的情人节礼物。今年七夕节，中通快递与聚划算联合推出七夕特制大礼包运送等服务项目，一些保险公司在网上开卖"爱情保险"新产品，一些歌舞厅推出七夕情人节订房送玫瑰、送红酒等促销活动。这些商家搭上七夕节促销，不仅仅像是周瑜打黄盖，商家和消费者一个愿打一个愿挨，而是使得七夕节的文化传统被情爱、情欲、物欲所包围，影响着人们的思想，诱导着人们的行为，从而逐渐变了味。

　　把七夕节异化成为情人节，另一个推手就是网络。当下，网络对人们生活的影响不可小觑。七夕节的消费，很多是通过网络平台进行的，网上商家纷纷出招，掘情感消费之金。另外就是网友在七夕节传播的各种段子、图片、故事等对人们的思想和行为都产生了潜移默化的影响，使得人们跟风、追潮，欲罢不能。

　　七夕节的尴尬，是当今信息时代传统文化被冲击的一个缩影。这种被异化的尴尬恐怕很难扭转，这不能不引起我们的重视。如果我们不从时代的视角来对待文化传承，不能与时俱进，七夕节的尴尬还将继续下去并不断加深。

（2013 年 8 月 14 日）

善乃人之本

做人不能忘记一个字："善。"

常言道："善有善报，恶有恶报，不是不报，时候不到。"

最近看到一个发生在两代毫无血缘关系的中英两国人身上的故事：

一位英国老人汉斯，与刚去英国的中国 19 岁的留学生宋扬偶遇，从而结下了不解之缘。在英国，老人安排远离家乡、无亲无故、人生地不熟的宋扬吃住，帮助他找工作、补习英语等，关怀备至。两人在英国相依为命八年后，宋扬学成归国，因担心汉斯年老体弱，无人照顾发生不测，便将汉斯带回中国，精心奉养六年，履行养老送终的承诺，直到 2013 年 12 月 15 日汉斯老人的生命定格在了 80 岁。宋扬周到地料理完老人的后事后，这段不是亲人胜似亲人的浓浓亲情才画上了美丽的句号。

汉斯与宋扬以善报善，以恩报德，终得善终。

古希腊大哲学家苏格拉底认为，美德就是善，而善是指导人们思想和行为的唯一东西，他指出："一切可以达到幸福而没有痛苦的行为都是好的行为，就是善和有益。"也就是说，善是人品之本，是人的精神幸福之源，其唯一性，无可替代。

《国语·晋语》指出："善，德之建也。"善乃人品之本，是因为善涉及人的品格、品德、品行的各个方面，其内容十分丰富。比如，于人于己、事必心诚的"忠"，推己恕人、知行合一的"恕"，待人接物、一见清白的"廉"，物物之理、分清别浊的"明"，大道方符、济物利人的"德"，行者无私、无偏无党的"正"，见义勇为、成仁取义的"义"，言行不虚、诸事诚实的"信"，心地宏量、包容万物的"忍"，人同之行、天下为公的"公"，爱人人爱、道气常存的"博"，唯孝为先、敬顺长辈的"孝"，仁民爱物、一切众生的"仁"，遇下以宽、品行端方的"慈"，慎独慎行、松柏之操的"节"，天生皆惜、不可荒弃的"俭"，存养至性、虚伪必舍的"真"，升降有序、为何不行的"礼"，一秉和蔼、洽彼万方的"和"等，人世间的真、善、美皆在其中，而且这些内容在待人接物中，一个也不能缺少。善是生命自我行为的标准，与自然规律无关；把善付诸自然，善即是自然规律。善服务于生命，生命承担着善。

总之，善为生命的黄金，乃美、乐之源，毫无疑问，应该作为人生的价值取向和不懈追求。一句话，做人得行善，别作恶！

（2013 年 12 月 18)

谁在银行里下象棋

　　有档电视节目，自称是大型服务类节目，但给人的感觉是娱乐性创意节目。虽然这档节目是在为潮男潮女们当红娘，但那种开出条件、列出菜单的私人定制对号入座的相亲只能是娱人耳目而已，偶尔"瞎猫碰到个死耗子"，真的成人之美，但那实在是小概率事件。

　　前几天，报上刊登了一篇署名黄建如写的爱情小故事《鸡毛信》：

　　说一位租住楼下车库的外地汉子，靠捡破烂和收废品维持生计，日子过得非常节俭和艰苦。有一天下雨，汉子请卖过几次旧报纸给他而互相熟悉的黄先生写封家信给他老婆，因汉子识字少，写不成。黄先生应允了，帮他写了些报平安的家常话。最后，汉子非要加一句："今天买了一只鸡，炖了鸡汤，真好喝！"而黄先生看他吃饭的桌子上，除了一盆土豆丝，其他什么菜都没有，更不要说鸡汤了。问他干嘛要这么写，汉子的脸红了，嗫嚅着说："上个星期我把挣的钱寄给了老婆，昨天收到老婆的信，说过几天就是我生日了，让我买只鸡，补补身体。可我舍不得买。告诉她我吃过了，她会很开心的。"原来如此！眼前这位头发蓬乱、胡子拉碴汉子的似水柔情让黄先生心里涌起暖流，黄先生便按照他的意思写好了信。汉子不知又从哪里找来几根鸡毛，小心翼翼地夹在信里。他不好意思地对黄先生说："这是我从垃圾房里捡来的。这根是鸡脖子上的，这根是鸡翅膀上的，这根是鸡腹上的，这样看起来就像整只鸡了，我婆娘就会更相信了。"说完，汉子憨憨地笑……故事以汉子让人感动的憨笑结束，却告诉人们爱情的真谛：深情，融在血液和骨髓里的浓浓深情。很显然，汉子与他的妻子属于社会的底层，但是物质的贫乏也阻止不了两颗相爱的心，他们的爱并不是依照某种外在因素私人定制所能达成的。

爱的建立是多重因素使然，是非常复杂的内心活动，与价值观、性格、生活态度等有关，真正的纯粹的爱与相貌、门第、金钱无关。最近看到一个故事，对爱情的私人定制做了深刻的刻画：

一个潮女思春欲嫁，可谈了几个男朋友都崩了，便用电脑征婚。她开出的征婚条件：要帅，要有车！电脑帮她搜寻，给出的结果是象棋。潮女不服，又输入：房要大，钱要多！电脑又帮她搜寻，屏幕立刻就有了显示：银行。潮女仍然不甘心，继续输入：要长得酷，还要有安全感！这次搜出的结果更让人忍俊不禁：奥特曼。最后潮女狮子大开口，一锅通吃：要帅，要有车，要有很大的房子，要有很多的钱，要长得酷，又要有安全感！最终电脑给出的结果是："奥特曼在银行里下象棋！"

看来，那种以物质条件、职业职位、家庭状况、身高相貌等进行私人定制的爱情是不结果的花，可能开得艳丽，但结不出硕大香甜的幸福果实。

当然，爱恋之焰的点燃，与人的相貌、财富、门第等也有一定的关系，但并不是决定性的因素，而起决定作用的是双方的价值观、性格、生活态度等因素；只有两情相悦，才是美好的爱情。如果只按照外部条件量身定制，只能是一件漂亮的行头，内心的苦累不足为外人道也。

爱情是私密性很强的内在情感的交融与传递，而娱乐性相亲节目是提供给大众观看的，毫无私密性可言，同爱情在秘密空间传递的特性相悖。在相爱的过程中，尤其是恋爱初期的羞涩、嫉妒等心理表现全都被娱乐等替代或淹没了，也与爱的复杂心理和情境相抵触。通过娱乐性相亲节目选择对象，实质是在制造公共话题，甚而至于有的人就是为了增加曝光率，扩大自身的知名度，与爱情无关。比如有的相亲类节目设置了允许多名女嘉宾共同为男嘉宾留灯环节，表示共同喜欢男嘉宾，而且让最后两个共同喜欢男嘉宾的女嘉宾友好地手牵着手走过男嘉宾身旁。本来是竞争对手，本应是互相嫉妒吃醋的两个女人，在大众面前硬是要装出一副友好的模样，表演的成分可想而知。

当什么真，也千万别把这档子节目当真。因为爱情不是秀出来的，也不是十来八分钟就能决定的，还需要男女双方共同经营。套用一句现在流行的话，晒什么也千万不要晒感情，见光就死。

（2013 年 12 月 29 日）

一马当先说贵族

马年到了，无疑"一马当先"将成为今年使用较频繁的词之一。由此想到了贵族，因为贵族具有一马当先的品质。

有人说，世界上真正的贵族在英国。英国人最绅士，特别是绅士中的贵族，最具有尊贵的灵魂或高贵的精神世界。尊贵的灵魂是贵族的重要标志。那么，什么样的灵魂才是尊贵的呢？答案是责任感和荣誉感。

在英国，有所最著名的贵族学校伊顿公学，坐落在温莎小镇。第一次世界大战期间，伊顿公学的毕业生都奔赴战场，尽管他们是贵族子弟，但没有一个例外，也没有一个退缩。

踏上战场，伊顿公学的学生在每一场战役中，没有一个胆怯畏战的。1917 年，英国军队统计数字表明，当时投奔战场的约有600 万英国成年男子，他们的阵亡率在 12.5%左右，而伊顿公学参战的贵族子弟阵亡率却高达 45%。按理说，伊顿公学毕业的贵族子弟，大都是军官，担任军中大大小小职务，阵亡率应该相对小一些，然而统计数字显示的阵亡率反而远远高于来自于平民百姓的普通士兵，对此有人感到奇怪和不解。为此，伊顿公学的校长给出了答案：在战争中，伊顿公学毕业的贵族子弟始终都是一马当先，冲锋在前，撤退在后，所以阵亡率高得多。这些社会地位十分显赫、家境十分富裕的贵族子弟之所以不怕牺牲，一马当先，身先士卒，勇往直前，为国家奋不顾身，是因为在他们的灵魂里，责任感和荣誉感远远大于生命。

现实中，贵族可能是富豪，但富豪不一定是贵族。产生一个富豪可能只需要几年甚至更短的时间，而造就一个贵族则需要好几代人。能使人成为富豪，但不能使人成为贵族；社会地位和权力可能让人成为名流，但也不能使人成为贵族。因为，金钱、权力都不能使人的灵魂真正尊贵起来，达不到大于生命的高度，所以也就不可能使人成为贵族。

当下，从财富上看，中国土豪比英国的贵族毫不逊色，有的甚至远远超过后者，但从精神层面、对社会国家的担当、个人的素养等方面比较，那就差的不止千里万里了。

金钱的富有并不等于精神的富有，我们的社会需要真正的贵族，而不是除了钱之外一无所有的土豪。

（2014 年 1 月 31 日）

做个文明人

曾在网上看到过一个笑话，感触颇多。

在北京，上下班高峰期，公交车上超级拥挤，有一位穿着入时的女士站在车门口。车快到站了，一个帅哥要下车，他从车中间挤过来，对挡住去路的那位女士说："请让一下，我要下车。"但那位女士充耳不闻，站在那里纹丝不动。帅哥只好侧着身子往车门处挤，不慎踩到她的脚。那个女人好不厉害，不停地超大声斥骂："神经病啊你！神经病啊你！神经病啊你……"弄得全车人都引颈观看。帅哥一直没有说话，临下车时，忍不住回敬了那女人一句："重复那么多遍，复读机呀你！"逗得全车人爆笑。

又一个站点到了，有个小妹妹也要下车。她挤过去胆怯地对站在车门处的那位女士说："我……我……我想下车，我不是神经病！"全车人再次哈哈大笑。此时，那位女士面红耳赤，尴尬万分，一声也不敢吭。没想到又有一个爱调侃的人冒了出来，用一句音量不大的话对那位女士说："复读机不复读了，你是不是没电了？"全车人又一次爆笑不止！那位女士不敢再继续乘车了，便灰溜溜地提前下了车。

那位女士总算逃出了这般难堪局面。她下次还会充当不文明的"复读机"吗？我想不会了。因为，她的"复读机"行为，不仅让她很难堪，而且也让她付出较大的"成本"（无法继续乘车），得不偿失。

看完这个笑话，我很欣赏那个帅哥的幽默。面对对方一而再，再而三的训斥，帅哥并没有用非文明方式来以牙还牙，而是用一个幽默还击对方，有力、有节、有度，也不失礼，值得称赞。

"国无德不兴，人无德不立。"一个人的文明素养是这个人基本素质的重要方面。人的文明素养就体现在每个人的言谈举止上。人们以什么样的态度、方式对待他人，一定程度上反映了这个人的文明素养。

现在有一个误区，强调语言美、行为美、心灵美，似乎是学生和学校的事，其他的公民好像就可以置身事外。最近在深圳就发生了一件很不文明的事：

2014年2月3日中午1时左右，43岁的黄某驾驶白色丰田轿车和妻子张某去仙湖植物园。张某母亲70岁生日，夫妻俩到仙湖植物园是为了给老人祈福祝寿的，不巧的是正好遇上交通管制。面对交通管制，黄某夫妇强行闯卡，妻子张某先后打伤五名民警，叫嚣要"找公安部、省厅、纪委的人来收拾你们"。民警立即依法将涉事人员带回派出所调查，张某依旧撒泼："你算什么东西！""你要是敢关我，出来后弄死你。"警方依法对黄某予以行政警告处罚，对张某予以刑事拘留。次日，记者来到罗湖看守所采访已被刑拘的张某，张某拒绝采访，她给出的理由是："我不想被照相，我不能在我孩子面前丢人，不能让孩子丢人。

我做错了，我不想再丢人了。"在巨大的社会压力及顾及孩子脸面之下，她才意识到自己所犯的错误，但是这样的认识只可惜有些晚了。她的不文明行为，真是令人不齿。

一个人生活在社会上，仅仅有学问、能力是不够的，而且还要有很高的文明素养等德行。德行是人的总"电源"，学问、能力仅仅是运行的"程序"，"电源"不合格，不是"程序"不能运行，就是把"设备"烧坏，是件很可怕的事。

中国素有"礼仪之邦"之称，我们每个人都应该在日常生活中不断提高自己的文明素养，做一个文明人。

良好的社会环境需要我们大家来营造，除了注意自己的行为举止外，对个别人的不文明行为，人人都要有站出来反对的勇气，并纠正其不文明的言行，那么，我们的社会就会变得更加文明和谐。

（2014 年 2 月 12 日）

逼出来的成就

清咸丰年间，吴县人冯桂芬考中进士，以翰林编修进入南书房任职。

一天，咸丰皇帝问他平时看什么书，冯桂芬回答说在看《汉书》。恰巧皇帝也在读《汉书》，便与冯桂芬谈起书中内容。谁知冯原本并没有看《汉书》，只是随口一说地应付皇帝。你想，冯哪能说得出来《汉书》的内容？皇帝恼怒，责令冯桂芬停职回原籍读三年《汉书》再来南书房上班。

冯桂芬回到家乡以后，依然满不在乎，以为皇帝只是惩罚他一下，不久就会把这事忘记了，三年一到，他便返京复职，哪有心思看什么《汉书》。不料这咸丰皇帝是个顶真的主。冯三年后回到京师，皇帝又向冯问起《汉书》的内容，冯还是答不上来，结果皇帝更为恼怒，冯再次被打回老家研读《汉书》。这回冯桂芬再也不敢马虎了，在家闭门苦修《汉书》。这一认真，便从书中学到了治国之道和高深的学问，冯桂芬最终成为晚清著名的思想家、散文家。他最早提出了"中体西用"的治国思想，是公认的具有卓越成就之人。然而，假如不是咸丰皇帝两次硬逼他静心深读《汉书》，研修学问，冯桂芬能有以后的巨大成就吗？答案是显而易见的。我们可不可以这样说，冯桂芬的成就是逼出来的，某种程度上我看是。人都是有惰性的，那种主动进取的人毕竟只是少数，因而能够取得成功的人也只是凤毛麟角。

毋庸置疑，所谓的逼迫，一定是来自两方面的压力：一方面是自我压力，另一方面是外在压力。那种自身进取心高的人是因为善于自加压力，或是其自身改变现状、创造未来的迫切愿望，逼迫其艰苦奋斗，积极向上；或是其肩负某种干一番事业的责任感带来的压力，迫使其殚精竭虑，恪尽职守；或是某种理想点燃了其实现目标的积极性，迫于信念的力量，不达目的誓不罢休等。总之，压力来源于内心，是自己逼自己，这样的坚持不懈、持之以恒逼压会给人带来巨大的成功。相反，那些进取心低的人，不善于自加压力的，若又没有来自外部的压力必然荒废了人生，到头来一事无成。冯桂芬为懒散之人，缺少自我压力，咸丰皇帝三番五次地向冯桂芬施压，不惜将他发配回家闭门读书，才将其逼成颇有建树的学者和思想家。这样看来，冯桂芬有如此的成就，还真是要感谢咸丰皇帝了。

当然，施加压力也是要讲究方式方法：一是强度要适当，过轻产生不了推动力，过重会让当事人无法承受而走向负面，都不能取得良好效果。二是方式要得法，要有一定的艺术性，方能让对象接受并化作进取的动力。三是时机要得当，要正当其时，过早往往不能使对象领悟，产生逆反心理；过晚会造成时间的延误，错过了最佳激发点，效果会大大降低。只要将压力把握恰当，就一定能收到良好的效果。

（2014 年 4 月 24 日）

感受的偏差

现实中，自己所想的、所感觉的，甚至所看到的、所经历的，往往与事物原本的样子并不一样，甚至与事实相悖，这就是感受的偏差。

有这样一个故事：

一天晚上，她在机场候机。为了打发几个小时的等候时间，她买了一盒饼干和一本书。她找到一个位子，坐了下来，专心致志地读起了书。突然间，她发现坐在身旁的一个青年男子伸出手，毫无顾忌地抓起放在两人中间的那个盒子里的饼干吃了起来。

她心怀不悦。她看了看表，离登机还有一段时间。因为等待的无聊，只好用吃饼干来打发时间。每当她从那个盒子里拿饼干吃的时候，就用眼角的余光看到那个"偷"（其实用"劫"更恰当）饼干的人居然也在做同样的动作。她暗自生气思忖："如果我不是这么好心、这么有教养的话，我早就把这个无礼的家伙的眼睛打肿了。"

　　她每吃一块饼干，他也跟着吃一块，全然不在乎她的不悦。当剩下最后一块饼干时，他不太自然地笑了笑，伸手拿起那块饼干，掰成两半，给了她一半，自己吃了另一半。她接过那半块饼干，想道："这个人真是太没教养了！甚至连声谢谢都不说！我没有见过这么厚颜无耻的人。"

　　听到登机通知，她长出了一口气，便急忙把书塞进包里，拿起行李，直奔登机口，看都没看那个"匪"一眼。

　　上飞机坐好后，她开始找那本没看完的书。突然，她愣住了。她这才发现，自己的那盒饼干还原封不动地放在包里！现在要请求那个人的原谅为时已晚了。她心里非常难过，因为她自己才是那个傲慢无理、没有教养的"匪"。

　　很显然，她吃饼干的经历、感受与事情原本的样子是完全不一样的，她当时对青年男子的印象、看法是一种误解。青年男子不仅不"匪"，而且很有教养。与她认为的恰恰相反，真正有些"匪"、显得不够文雅高贵的恰恰是自己。要不是结果反转，这种颠倒黑白的认识她会一直坚持下去。不过，平心而论，她也不是真正的"匪"或没教养不文雅，而是在事情的发展过程中，某个环节造成了"移花接木"的差错，她把自己买了饼干放在包里"移"到了候车室座位的"两人之间"，把自己"没有拿出饼干来吃"的情节"接"在了男青年吃自己的饼干上，这样一来，感受的偏差也就产生了。陶立夏在《孤独岛》中写道："我们每个个体终其一生都在以误解的方式沟通，没有真正的互相理解这件事：一切外在都只是你内心的投射。"这就是哲学上所说的主观背离，我们的感受首先要通过感觉把现实或事物转变为神经信息，传到大脑，通过大脑活动得出被测量、被评估的结果或结论，形成某种感受、印象和判断。测量的结果或评估的结论正确时，大脑活动得出的值就完全符合事物的真实面目；测量的结果或评估的结论不正确或部分不正确时，大脑活动得出的值便与事物的本来面目产生偏差或者完全相反，而这种背离在生活中经常发生。所以，值得怀疑的是我们自己。因此，陶立夏很真诚地告诉人们，既然误解总是不可避免，"所以从接纳'一个人'这个状态出发，你会坦然从容许多"。

因而，生活的智慧不在于我们感受了多少，而在于我们容纳了多少！

（2014 年 5 月 4 日）

警惕旧婚姻思想的影响

中国古代实行的是一夫一妻多妾制。这种婚姻形式有着非常浓厚的宗族文化色彩。

古人认为，妻为嫡，妾为庶，不能僭越。

在古代家庭中，妾这个角色非常特殊，在宗法制家庭中是没有什么权利的，名分上是主子，实际上与仆佣无异。

妾不能参加家族的祭祀，妾被排除在家庭成员之外。妾的亲属根本不能列入丈夫家的姻亲之内，就连妾所生的子女（即庶出），也必须认正妻为嫡母，而生身母亲只能为庶母。这样，妾的亲生子女只呼其为姨娘，而妾呼自己的子女为少爷小姐。

在《红楼梦》中，贾政之妾赵姨娘，不但全府上下主子都看不起她，就连稍有脸面的丫鬟婢女也不把她放在眼里。赵姨娘的亲生女儿探春并不认她为母亲，只认贾政的正妻王夫人为母亲。母女应有的血缘关系在宗法的道德规范下成为主仆关系了。对于妾来说，只是台生育机器而已。由于嫡庶之分甚严，妾的地位非常低下，而且是终身的，即使正妻去世后，男主人可以续弦，而妾不能转正。历朝历代，都有不得以妾为妻的规定。唐代的杜佑，就因为晚年以妾为妻，颇受士林的指责。就连死后，妾与妻也不能平等：妻死可以与夫同椁，而妾则无此待遇。

妾不仅在宗族体系中处于仆人的地位，而且在与丈夫的关系中，也是极为卑贱的。如果说"夫为妻纲"，夫妻之间本来就不平等，那么，妾与丈夫的关系就更不平等了。对于妾，丈夫可随意处置。对于杀妾者，《唐律》和《宋律》也只是处以流刑。《清律》处罚更轻，只是"杖一百，徒三年"。

但如果妾打骂丈夫，则处罚得比妻打骂丈夫严得多，"骂夫，杖八十"。如果打夫，"不问有伤无伤，俱徒一年或一年半"。在家中，妻可以使唤妾、打骂妾，而妾不得有侵犯妻子的行为，妾犯妻与妾犯夫同罪。

一般来说，为夫家生育过子女的妾，其在家庭中的身份、地位、权利往往会随之提高。此外，视门第、家庭教养等的不同，妾的权益也有异。

在社会地位上，妾不如妻，但在传宗接代的责任上，妻妾平等。

由于古代娶妾的目的是为了传宗接代，因此，如果一个男子娶了妾，而不与之发生关系，是会受到谴责的。此外，还规定妾不得与丈夫通宵相守，肌肤之亲完毕后即离去。

中国古代妻妾间的这种不平等关系是终身制的，不像现在的二奶，还可以转正。可见古代的妾没有如今的二奶幸福和充满希望。不过，古代的妾是为了给夫家传宗接代，而如今的二奶就不那么单纯了，各怀鬼胎，成为社会、家庭的不稳定因素。

辛亥革命以后，虽然在政治上推翻了封建帝制，建立了民国，但并没有在婚姻制度上彻底废除妻妾制度。国民党当局仍然延续着这样的婚姻形式，并将其带到了台湾，直到新世纪来临，才真正在法律上废止。新中国建立以后，废除了旧的婚姻制度，建立了一夫一妻制的现代婚姻制度。

虽然新中国建立了现代婚姻制度，但旧的婚姻制度残余仍在影响人们的婚姻观念，表现在今天的社会上，就是包二奶现象。这是个不容忽视的社会问题，应引起整个社会的警觉。

（2014 年 5 月 13 日）

经得起历练渐成熟

中国共产党建立的早期，党的领导人都是一群年轻人。从年龄结构看，陈独秀作为主要创建人具有特殊地位，党的一大选举他为党的领导人，时年 42 岁。除他以外，中央领导人基本上是不到 30 岁的年轻人。瞿秋白、李立三主持中央工作时，年龄分别是 28 岁和 29 岁。主导中央决策时的王明、博古大概也就是二十三四岁。博古 24 岁便被推举为党内总负责人。作为革命家，这种年龄在信仰的激发下，敢想敢干，具有充满活力和激情的优势。而作为政治家，却正是经受历练的时候，自然还不成熟，且他们又显得很自负。博古后来回顾自己担任中央总负责人的心态时说："我做中央负责人的时期，目空一切，看不起任何人，不请教任何人，觉得我比任何人都高明……发展到了刚愎自用，不愿自我批评，不愿听人家批评。"正因为如此，党的最高领导机构也不够成熟。邓小平晚年曾指出："遵义会议以前，我们的党没有形成过一个成熟的党中央。从陈独秀、瞿秋白、向忠发、李立三到王明，都没有形成过有能力的中央。"

　　相比之下，毛泽东年龄稍大一点，但也是很年轻。正因为年轻，他那时的个性也是锋芒毕露，对待不同意见也是针尖对麦芒。1929年在红四军七大上，他没被选上前委书记一职，其中的一个原因就是大家感觉他有家长制作风，脾气大，转而选举28岁的陈毅。一气之下，毛泽东离开了红四军，到闽西特委指导地方工作。三个月后，红四军八大通知毛泽东开会，毛泽东表现出了倔强的个性。他写信说，要打倒八面玲珑的"陈毅主义"。前委据此给了他一个党内警告处分，命令他马上去开会。毛泽东后来也总结过当时自己的一些不足，比如他曾讲到中央苏区时期有一次和毛泽覃争论，气急处举手就要打，毛泽覃说了一句"共产党不是毛家祠堂"，对他触动很大。不少亲历者在回忆中都说到，毛泽东的这种性格是在遵义会议后开始改变的。可见，毛泽东也是在实际工作中不断历练逐渐成熟，才成为新中国的缔造者。

　　"梅花香自苦寒来"，只有经过历练的人生，才能走向成熟。伟人是这样，普通人也是这样，这是个颠扑不破的真理。

（2014 年 10 月 16 日）

爱她自有她可爱之处

　　情侣相爱，感情深厚，不离不弃，除了缘分，就是彼此自有可爱之处，让对方倾心不已。

　　著名作家刘心武讲过他的经历：

　　大秦是那种年过花甲依然可称师奶级杀手的成功男人。但结婚30多年了，无论其他女性怎样主动投怀送抱，他始终都对发妻情有独钟。秦太太虽不丑，但也不美，十足的平常。这让刘心武感到十分蹊跷，秦太太到底有什么魔法，能让大秦30多年死心塌地呢？

　　刘心武经历了一件事后，明白了他们相爱自有道理。一次，在大秦家的派对上，刘心武从裤兜里掏手帕时，不慎将一粒救命的胶囊掉在地毯上，只得捡起来扔到烟灰缸里。有人问他怎么了，刘心武说弄脏了，不要了。第二天，刘心武一起床就觉得不对劲，更没想到的是他把整个小药匣忘在休斯敦朋友家里了。就在他几乎崩溃的情况下，有快递上门，里面有封信，还有个小纸匣。信是秦太太写的："……我想刘兄在客途中，也许所带来的每一粒药都是重要的，所以，我找出家中的空心胶囊，把昨天不慎掉到地毯上的那粒胶囊里面的药粉转移了，一早就让快递公司给递过去，希望对刘兄有用。祝刘兄旅途愉快！"

药到病除，刘心武给秦太太打去电话致谢，也理解了大秦的选择与忠贞。

现实生活中，看似平淡的婚姻，却是像甘醇的美酒，历久弥新；看似平常之人，美好的品德令人钦佩。每一桩婚姻的背后，都有不为人知的恩怨情仇。不爱自有他的千般理由，而爱他自有他可爱之处。

（2014 年 10 月 23 日）

为何不年轻

《组织部来了个年轻人》这部短篇小说是中国当代作家、学者，曾担任过国家文化部部长王蒙的作品，写于 1956 年 9 月，而且王蒙因此被错划为右派，1958 年被发配到京郊劳动改造。

这部小说从北京某区委组织部新调来的年轻人林震的角度，以处理麻袋厂党支部的问题为中心情节展开叙述，塑造了林震、刘世吾等建设时期的知识分子形象，是较早反映社会主义制度下同官僚主义做斗争的文学作品。曾经的青春、理想、激情，在日益体制化的工作环境和生活环境中，会面临怎样的挑战呢？作品在揭露体制内官僚主义的同时，也从个人理想主义的角度对体制性文化和体制化了的人进行了批判。

这部小说问世至今半个多世纪过去了，王蒙在小说中批判的体制内的官僚主义和体制性文化以及体制化了的人深度浸透依然存在。今天重读这部作品，有其深刻的现实意义。

在我看来，《组织部来了个年轻人》与其说是批判官僚主义的作品，倒不如说它是从深层次上揭示了官僚主义源自体制性文化和体制化了的人这一难题。

小说非常成功地塑造了几位建设时期的知识分子形象，尤其是林震、刘世吾两个人物的艺术形象更为突出。刘世吾在小说里被塑造成一个新式官僚主义的代表，正如有评论文章指出的那样："他不光性格比较复杂，而且他身上带有严重的官僚主义作风和习气。可是他并不那么惹人讨厌，有时他还令人感到可亲和钦佩。他知道什么是'是'，什么是'非'，还知道'是'一定战胜'非'，又知道'是'不能一下子战胜'非'。然而他并不热爱'是'，憎恨'非'，且也不帮助'是'去战胜'非'。他取笑缺陷，却并不愤懑，更不想克服它；他欣赏成绩，却没有热情，也并不想去巩固和发展它。是与非、成绩与缺陷，在他心中都不过是'就那么回事'。他经常讲的'就那么回事'，是他的口头禅，又是指导他工作和生活的哲学，因而在'就那么回事'的背后掩盖着刘世吾可怕的冷漠与麻木的心态和病症。他仿佛是一个看透一切的'哲学家'，成了对事业、对生活的旁观者。他没有热烈的爱，也没有强烈的憎。他容忍一切。他整天也忙忙碌碌，但只不过是机械地做着自己不得不做的事。不过，刘世吾绝不仅仅是一个马马虎虎的官僚主义者。他善于对部下启发诱导，有时还能把工作做得很出色，并且还有一套坚固的理论，诸如'领导艺术论''成绩基本论''条件成熟论'等，成为他掩盖和庇护自己的缺点和错误的挡箭牌。"

相比之下，新来组织部的年轻人林震就比较富有朝气和正义："他的理想主义不是从实际生活中产生的，例如他是根据电影里全能的党委书记的形象来猜测党的工作者的，所以会碰壁。他单纯，不免幼稚，和刘世吾等人相比是弱小的，还曾有过惶惑，但没有退却。在讨论麻袋厂问题的区委常委会上，他勇敢地站出来，提出一个人们需要深思的问题：'王清泉个人是做了处理，但是如何保证不再有第二、第三个王清泉出现呢？'并掷地有声地表示：'党是人民的、阶级的心脏，我们不能容忍心脏上有灰尘，就不能容忍党的机关的缺点！'"

小说提出了令人思考的问题，为什么刘世吾这种新式官僚主义的作风和习气会大行其道，他不仅被认为"是一个有智有谋的人，会统筹大局，懂得适可而止，也是对一切事物看得最透彻的一个人物"，而且还是"心里面什么都明白，他有时能把工作做得很出色"的人物呢？为什么林震怀着一腔热情想要改变组织部存在的一些坏习气，勇敢地向上级提出批评；对党支部的歪风邪气不满，他想要通过自己的努力去改变现状，却没有任何人给予理睬。他的正义不被接受，不被认可，而且他身上的年轻人难以避免的"单纯，不免幼稚"等成长中的缺点却不被宽容、不被谅解呢？

究其深层次的原因，恐怕就是体制性文化和体制化了的人使然。

我们从小说中的每个人身上几乎都能看到体制性文化和体制化了的人产生的巨大负面影响。魏鹤鸣和王清泉都是麻袋厂的干部，他们一个是直性子的组织委员，一个是麻袋厂厂长；一个是吊儿郎当的官僚主义作风十足的人，一个是对官僚作风疾恶如仇的人，他俩"一来就吵得面红耳赤"。然而，虽然问题出在厂长王清泉身上，而且早就应该得到处理，王清泉的厂长职务早就应该被撤销，可是王清泉在体制内，是组织里的人，他曾是"我党呱呱叫的情报人员"，原来在中央某部工作，只因为仅仅"在男女关系上犯错误受了处分"被调到麻袋厂，任副厂长，后提拔当了厂长，因而组织上也就对他听之任之。尽管魏鹤鸣与王清泉针锋相对，抵制其霸道作风，但魏鹤鸣被认为"思想上有问题，见人就告厂长的状……"因为他是体制内的人，他与厂长的斗争，被认为与领导有矛盾，是两个人团结有问题，因而他告的状"很难说不真，也很难说全真"。这一切都是对体制内每个人潜移默化的影响，从而使体制内的人逐步被"自觉"、被"价值认同"。在体制性文化和体制化了的人的大环境里，就连在部队朝气蓬勃，来到组织部也热血沸腾地工作的赵慧文也改变了很多。她初入社会的积极性遭受现实的残酷打击，接着在工作和婚姻中遇到挫折后渐渐失去了热情。

现如今，我们体制内诸如官僚主义、形式主义等顽症根除不掉，其根本原因就是体制性文化和体制化了的人所造成的。今天体制内有些年纪轻轻的同志，却"少年老成"，多多少少有着刘世吾式的"精明"和"智慧"，找不到一点年轻人的激昂之情，归根到底也是体制性文化和体制化了的人造成的。这一点，正是小说对此批判的积极意义和价值所在。

对于此，小说运用艺术手法，向人们提供了反对官僚主义、消除体制性文化和体制化了的人负面影响的途径和方法。小说通过塑造充满热情的赵慧文等艺术形象是有所寓意的。赵慧文调来后，对组织部的松懈和部队的严格进行了准确比较，她对许多东西看不惯，也曾提出过许多意见，甚至和韩常新激烈地争吵过。虽然由于体制性文化和体制化了的人使然，"他们都笑她幼稚，没做好工作意见倒是一大堆。她对组织部中的每个官僚主义者和他们的工作态度都能分析得非常透彻"，但是她仍然从林震身上看到了新的希望。她觉得自己又年轻了，知道了"人要在斗争中使自己变正确，而不能等到正确了才去做斗争"。

小说给我们的启示就在于：对于体制性文化和体制化了的人

的负面性，每个人都要像林震那样"年轻"，那样"单纯"，那样像"八岁学跳水，一边听着心跳，一边对自己说'不怕，不怕'"地勇敢站起来，跳出来，不畏斗争的困难，让我们真正年轻。

（2014 年 12 月 16 日）

后 记

生活是故事，散文是记录。

很多人都在写散文。

我觉得，写散文是对生活的一种热爱。因为有了对生活的热爱，就有了写散文的兴趣。

写散文的兴趣是指对散文这种形散而神不散文体的情有独钟，是以认识和探索散文创作需要为基础，推动认识散文创作、探求散文创作和从事散文创作动机的产生，从而成为散文创作最活跃的动力。

当然，兴趣源于喜爱。写散文的兴趣，从表面上看，是对散文的喜欢；从根本上说，是对生活的热爱和对生活的思考。

因为，只要热爱生活，生活的点点滴滴就都是散文。

我在报纸上看到一篇散文，一开头就写了盛夏里三个人的故事，第一故事是："从图书馆借书归来，路过小学门口，尚未至放学时分，一位银发如雪的爷爷正安详地坐在树荫下，戴着眼镜认真地看报纸。不用猜，他正在等小孩子放学，来得太早，于是不如看看报纸，览览这世界风光。"第二个故事为："长裙飘飘的爽朗女生行在林荫道上，右手捧着一瓢西瓜，左手捧着一本小说，吃吃看看，走走停停。艳阳下看得人会心一笑，同时叹为观止。凭空生出羡慕，真是炎夏里一道亮丽的风景线。"第三故事是："一扭头，我又见那边走过豪爽的汉子，手里举着一瓶啤酒，不需要对手，不需要浅斟慢酌，只是头一昂，便痛快地饮开了。单是看着，也觉得消了几分暑意。"这三个故事平常得不能再平常了，我们几乎大大都能碰到。如果是在一个厌倦生活者的眼里，看到的全是失意和悲伤。盛夏天气炎热，已经是银发如雪的老人了，还要接小孩子放学，这种日子过得多么无奈啊。女生走在林荫道上，在炎热的盛夏里，连吃西瓜的空闲和地方都没有，还得边走边看书，这等生活的压力，让人透不过气米。天太热了，汉子只好独自喝闷酒，连陪的人都没有，多么孤独啊，只能是借酒消愁愁更愁！如此这般，并没有什么可得写的。然而，在一个热爱生活的人看来，这些平凡之人、平常之事，就是生活的美，就是幸福和快乐。正如作者所说："就是这样普通的景象令我心生感动。他们看似粗枝大叶，实则心思细腻，在这个蝉噪声声的夏天，他们抓住了时间，将世界都握在掌中。"

　　如果我们热爱生活，那么生活就会惠顾我们。流年平凡的生活，时时处处都是欣喜、温馨和舒畅，"看吧，这条夏天的大路上，到处都是这样可爱的人。看报纸的老人，吃西瓜的女生，喝啤酒的男人。一边走一边做着自己喜欢的事情，即使只是等待也不让时间轻忽，人生岂可空过？"多么接地气的实在啊！

　　这些个人、情景，怎能不抒发，怎能不描述？

　　于是，散文就诞生了。

　　生活就是这样，一个人，"如果对什么都没有兴趣，那么人生将是乏味的。'兴趣盎然'、'妙趣横生'、'兴趣是最好的老师'，这些成语和俗语告诉我们，凡是有兴趣的事情，就不会让人感到枯燥乏味，而是使人废寝忘食，锲而不舍，直到走向成功"。写散文也是这样，有了兴趣，人生就会变得多姿多彩，充满韵致。

　　不过，话又说回来，兴趣仅是先决条件，但是有了兴趣，并不等于散文就大功告成。创作散文，还需要有情、驾驭文字的能力及丰富的生活阅历和渊博的知识。我虽有这样的认识，但是到了真刀真枪创作的时候，往往却又感到词匮语乏，力不能支。《情趣有痕》中的文字就是这样，徒有对生活火一样的热情，离情、文、知俱佳的要求，还有很大的差距。

　　在此书的编辑过程中，山西人民出版社的责任编辑吕绘元花了大量的心血，松江区文联副主席、《松江报》副主编许平，松江区永丰街道韩东吉部长和翰方文化传播有限公司老总张青给予了我很大的帮助，在此表示感谢。

2015年7月3日

岁月的兴致（丛书）

悟鉴无疆

王斌／著

山西出版传媒集团
山西人民出版社

图书在版编目（CIP）数据

　　悟鉴无疆 / 王斌著. — 太原：山西人民出版社
2015.8
　　（岁月的兴致）
　　ISBN　978-7-203-09138-7

　　Ⅰ.①悟… Ⅱ.①王… Ⅲ.①散文集—中国—当代
Ⅳ.①I267

　　中国版本图书馆 CIP 数据核字(2015)第 176432 号

悟鉴无疆

著　　　者：王　斌
责任编辑：吕绘元
装帧设计：张永文

出　版　者：山西出版传媒集团·山西人民出版社
地　　　址：太原市建设南路 21 号
邮　　　编：030012
发行营销：0351-4922220　4955996　4956039
　　　　　　0351-4922127（传真）
天猫官网：http://sxrmcbs.tmall.com　　电话：0351-4922159
E-mail：sxskcb@163.com 发行部
　　　　　sxskcb@126.com 总编室
网　　　址：www.sxskcb.com

经 销 者：山西出版传媒集团·山西人民出版社
承 印 者：山西省教育学院印刷厂

开　　　本：787mm×1092mm　　1/16
印　　　张：30.75
字　　　数：359 千字
印　　　数：1—1000 册
版　　　次：2015 年 8 月　第 1 版
印　　　次：2015 年 8 月　第 1 次印刷
书　　　号：ISBN 978-7-203-09138-7
定　　　价：68.00 元（全二册）

如有印装质量问题请与本社联系调换

自序

这是本散文集。

常听人们说，散文形散而神不散。所谓形散，我觉得，大概是指散文体裁类型十分广泛，现如今，除小说、诗歌、戏剧等文学体裁之外的其他文学作品都归属它，小品文、随笔、杂文和游记等都称为散文。余秋雨的《苏东坡突围》描述了苏轼被嫉妒后的宽容、大难临头后的无畏、人生蹉跎的无奈以及对天地万物的博大胸怀。这篇文章的体裁是小品文。张爱玲的《爱》以跳跃的笔调触碰内心深处的情感，以流畅的文字对两极感受的隐性描写，以蒙太奇来表达理想与现实的无奈碰撞，演绎出一种没有表白的有缺憾的情爱，给人如云如烟、无声无息的审美感受。就体裁而言，《爱》是随笔。郁达夫的《仙霞纪险》抓住了仙霞岭"一面是流泉涡旋的深坑万丈，一面又是鸟飞不到的绝壁千寻"

险的特点，通过幽静互依的神韵描写和险静相生的气氛营造，将作者当时的心境坦荡地表露出来。很显然，此文体裁是游记。著名杂文作家谢逸曾写过一篇《下蛋、唱鸡及其它》的文章，以鸡喻人，用亦庄亦谐、饶有风趣的笔触，批评那些自我吹嘘、弄虚作假、沽名钓誉的人，颂扬那些为人谦逊、默默奉献、淡泊名利的人，有很强的针砭性。毫无疑问，此文是杂文。近现代杂文，以鲁迅最著名，《热风》《坟》《论"费厄泼赖"应该缓刑》《论"他妈的"》等杂文都以极富创造性的文学语言，以非凡的思想穿透力，以反常规的犀利和深刻，锋芒直指时弊和人的灵魂，表现出了不克厥敌、战则不止的批判性和战斗性。凡此种种，都是散文中的精品。

古代把有别于韵文和骈文，凡不押韵、不重排偶等的散体文章都称之为散文，包括小说、戏剧，就连经传史书也囊括在内，换言之，它泛指诗歌以外的所有文学体裁。东晋著名文学家陶渊明的《与子严等疏》虽是一篇写给五个儿子的疏札，有训诫、遗嘱的浓重色彩，读来如叙家常，甚觉亲切。此文无论是在当时，还是在今天，都是散文。南朝齐梁时期的文学家和医药学家陶弘景的《答谢中书书》，以感慨发端，以清丽的文辞，将内心的感受与友人交流，表达了娱情山水的清高思想。毋庸讳言，这篇书信体小品文也属散文。明代"开国第一文臣"、文学家宋濂的《龙门子凝道记》，以寓言的方式，针砭时弊，揭露黑暗，锋利遒劲而又蕴含深沉，这是一篇杂文，当然属于散文。

《悟鉴无疆》的艺术性不可与古今中外的这些经典名篇相提并论。然而，这本散文集子中文章的体裁类型涉及面也比较宽范，既有《"溪山行旅"无穷乐》和《长与短》等随笔，也有《宽容败笔》等杂文，又有《故事内外》等小品文，还有《垦丁跳海》《东滩观堤》等游记，可以说几乎囊括了散文的所有体裁。

形散也指如今的散文题材十分广泛。在诸多文学样式中，我认为就数散文题材多种多样。古代散文如此，如今的散文也是如此。在当下，散文可以描绘社会生活的各个领域，有工业题材的，如程东安的《学徒记》、秦小龙的《冬天的工地》等；有农村题材的，如余继聪的《乡村生命感悟》、柳青的《一九五五年秋天在皇甫村》、周亚鹰的《春日山乡》等；有历史题材的，如鲁迅的《魏晋风度及文章与药及酒之关系》、余秋雨的《一个王朝的背影》和《抱愧山西》等；有现实题材的，如老舍的《我的母亲》、朱自清的《背影》、巴金的《小狗包弟》等；有爱情题材的，如徐志摩的《爱眉小札》、许地山的《笑》和《花香雾气中的梦》等；有写人性的，如张中行的《汪大娘》、杨绛的《老王》、张洁的《拣麦穗》等。这些散文题材来自社会生活的方方面面，可以这么说，世界上所有的事物都可以成为散文的题材。

《悟鉴无疆》这本散文集中的题材也非常广泛，如《大师的胸怀》《度量》《奇葩人奇葩年终奖》《跳楼的惊梦》等是写中国的;《"临门一脚"展魅力》《远"朱"近"墨"》等是写外国的;《密码啊密码》《"土豪"一词的走红》《数字化时代的阅读》等是写当代的;《瑕不掩瑜》《松江,如是伤心地》等是写古代的;《幸福与浪漫》《真诚还是欺骗》《从"心"开始》《忠实于自己》等是写家庭的;《骗局背后的无奈》《做人的责任》等是对社会现象进行反思的;《天人合一的水墨美景》《昨日又去放生桥》等是写风景的;《天高方映霞》《至善至爱王献之》《"相同"的由来》《并无不能弹的音符》《深巷逼仄居大家》《另辟蹊径方成功》《名不见经传育才俊》等是写古今中外名人的;《走天涯,知所处》《真善不易》《不妨糊涂一点》等是写平凡小人物的,不一而足。

形散还因为如今的散文表现手法十分广泛。散文的结构是最自由、不拘一格的,可以叙述事件的发展,可以描写人物形象,可以托物言情,可以发表议论,而且作者可以根据内容需要自由调整,随意变化。如许地山的《落花生》以事件发展为线索,叙述了一个完整的故事,引人入胜。鲁迅在《从百草园到三味书屋》中,剪辑了事件的几个片段进行叙述,倾注了真挚的感情,让人感动。而他的《藤野先生》全篇以人物为中心,抓住性格特征进行粗线条勾勒,把人物的性格和精神面貌准确地加以表现出来。尼采的《我的灵魂》将生命哲理的深邃性和心灵的透辟性进行整合，透过现象深入本质，具有震撼灵魂的审美体验。刘白羽的《长江三峡》在生动的景物描绘中，不仅交代背景，渲染气氛，而且烘托人物的思想感情，寓情于景，情景交融。茅盾的《白杨礼赞》、魏巍的《依依惜别的深情》、朱自清的《荷塘月色》、冰心的《樱花赞》等运用象征和比拟的手法，把思想寓于形象之中，具有强烈的艺术感染力。

《悟鉴无疆》中散文写作手法的精巧和表现力虽然与这些名家名篇相去甚远，但各篇散文的表现手法都不尽相同。《善良的诡异》撷取谢教授退休后买菜、卖废旧品的经历，揭示了谢教授敏感而细腻的心理反应的复杂性。《别叫艳女曼吹箫》由游览扬州瘦西湖看到二十四桥，联想到桥、箫、诗之间浪漫的关联，用夹叙夹议的手法，讲述了瘦西湖景区诸多桥的历史及产生的审美思考。《"失踪"的 10 元钱》用杂文的体裁、随笔的风格，从一个逻辑陷阱的数学题引发思考，揭示当代西方某些观点背后的别有用心。《土菜的反思》由一顿土菜宴引申开来，将如今某些人对土菜的热衷与过去普遍轻视甚至拒绝土菜做了比较，提醒人们遵守食物伦理的必要性。《自悔真难》对知识分子敖乃松在疯狂年代伤害同类而自悔的极端方式进行评说，试图揭示时代给灵魂造成的悲剧原因。《阿里山的红桧》用叙事的手法，讴歌了生长在阿里山上被誉为"神树"的红桧顽强的生命力，鞭挞了日本殖民统治台湾时期对其掠夺性砍伐的疯狂行径，令人深思。

　　神不散是指主题集中，并有贯穿全文的线索。散文表面上是在写人写物，根本上是在写情感体验。如茅盾的《白杨礼赞》表面上描写的是白杨树，歌颂它"参天耸立，不折不挠，对抗着西北风"的生物特性，其实是寓情于物，以白杨树来象征坚韧、勤劳的北方农民，歌颂他们在民族解放斗争中朴实、坚强和力求上进的精神，饱含着深厚的思想感情。金马的《蝼蚁壮歌》讲述了一场森林大火，一群蚂蚁被困其中，它们迅速地扭作一团，虽然外层被灼焦，但蚁国英雄们至死未有丝毫松动，终于突围出火网冲上了河岸的故事。通过这样的描写，表达了被西方殖民主义者诬蔑为"蝼蚁之国"的发展中国家人民只要有"沉着、坚定、团结，不惜个体牺牲，以求得种族生存"奋发向上的精神和毅力，就能实现民族振兴的思想感情。叶圣陶的《稻草人》通过一个富有同情心而又无能为力的稻草人的所闻所思，真实而深刻地描写了 20 世纪 20 年代中国农村风雨飘摇的人间惨状。鲁迅高度赞誉叶圣陶的《稻草人》"给中国的童话开了一条自己创作的路"。魏巍的《依依惜别的深情》、朱自清的《荷塘月色》、冰心的《樱花赞》或直抒胸臆，或触景生情，洋溢着浓烈的诗情画意，即使描写的是自然风物，也赋予了深刻的社会内容和思想感情；运用象征和比拟的手法，把思想寓于形象之中，具有强烈的艺术感染力。可见，这些散文名篇，无不思想深刻、主题鲜明，具有浓厚的情感。

著名散文家、《解放日报》原总编、上海市委宣传部原副部长丁锡满先生对我的散文曾给出了这样的评价："通过讲故事来阐述思想，抒发情怀，是王斌散文与众不同的风格。"前辈名家的褒奖，着实令我在感动之余又汗颜。丁锡满先生确实抓住了我散文写作的风格和特点，我的散文的确有不少篇目是因故事有感而发。如《宽容败笔》通过讲述一个古代和现代的故事，阐述了宽容瑕疵、允许不足这一主题。《不妨糊涂一点》从一个毕业生应聘失败的经历说起，告诫人们对所谓的"内幕"要保持清醒的头脑，对事物做出正确的认识和判断。《走上帝开的另一扇窗》通过三个人的遭遇，说明经过历练人才能逐渐成熟起来，并获得成功。《别叫艳女曼吹箫》用抒情的笔调，将悠扬动听的箫声与雄浑秀丽的桥姿联系在一起，从描写美景的角度，阐释了拒绝浮华、空靡、虚幻之美，沉淀于具体、踏实、自然之美的审美理想和人生态度。

《悟鉴无疆》分三部分：第一部分重点写事，第二部分重点写人，第三部分重点写景。全书 63 篇散文虽然体裁、取材、表现手法多样，每篇都不尽相同，但三个部分有其内在关联性。如此说来，也是形散而神不散的体现吧。

正因为散文"形散"广泛，"神不散"聚焦，因而"悟鉴无疆"！

2015年6月19日

目录

激荡灵性阅经世

滋养雅兴博采风

砥砺性情悟人生

"失踪"的 10 元钱

2013 年 2 月 15 日春节长假的最后一天，正当人们欢欢喜喜过年之时，美国《财富》双周刊网站发表文章，给国人传递了一个非常有趣的信息，那就是中国寂寞的单身汉为中国经济的增长做出了贡献。文章指出，受重男轻女传统思想的影响，中国人性别失衡，产生了大量的单身汉。按该文的观点，这些单身汉至少贡献了 2% 的国内生产总值。文章还对这种结论给出了理由：一是由于存在大量的单身汉，许多女性对她们的另一半精挑细选。为了得到她们的青睐，男性在女性身上大量消费，从而引发了男性间的激烈竞争，促进了经济的发展。二是单身汉为了娶到老婆，有房产几乎成了一个不成文的条件，这样单身汉们就需要拼命赚钱买房，使经济长盛不衰，并且推高了不断增长的房地产市场。在 35 个城市房地产价格上涨数据中，近五成、高达 8 万亿美元的销售额是与男女性别比例失衡有关的，从而促进了经济的持续攀升。2013 年 2 月 19 日《参考消息》第 14 版以《美学者认为中国单身汉为经济增长做贡献》为题，转载了此文。

这篇文章视角确实不同，在人们纷纷为中国人性别比例失衡而忧心忡忡的情况下，美国学者却给大家吃了一颗定心丸，并让人们对中国适龄婚嫁（按照文章的说法为 15~30 岁）男女比例为 1.15：1 喜出望外。这也算是今年过年老外送给国人的一个大礼吧。

那么，这个礼物靠谱吗？这时，我倒想起了很多网友都在转发的一道有趣的算术题：小明向爸爸借了 500 元，向妈妈借了 500 元，买了双皮鞋用了 970 元。剩下 30 元，小明还了爸爸 10 元，还了妈妈 10 元，自己剩下了 10 元。这样，小明还欠爸爸妈妈各 490 元，490＋490=980 元。加上小明的 10 元，等于 990 元。那么，明明借了 1000 元，现在变成了 990 元，还有 10 元哪里去了呢？小明糊涂了，只好求助于众人，让大家帮忙把这 10 元钱找回来。看了这道算术题，我觉得这么简单的加减乘除，还不是小菜一碟，马上就能给出答案。然而，当我开始苦思冥想、搜肠刮肚地想为小明把这 10 元钱找到时，却发现并不那么简单。一时我也被这奇妙"失踪"的 10 元钱搞糊涂了。

我开始怀疑这道题出得不靠谱，但仔细一想，不靠谱的一定是我们的算法。

我最终还是为小明找到了这 10 元钱，竟然用了十六七分钟反复推敲，才得出正确答案。毫无疑问，破解了一道看似简单却暗藏玄机的题目，我情不自禁一阵自豪和兴奋。然而，兴奋劲儿还没过去，我不由得大吃一惊，那就是美国学者关于单身汉促进中国经济发展这个结论里面，似乎有点儿明堂：其中的玄机和吊诡，难道不是和这种"失踪"的 10 元的诡异一模一样吗？

如今西方发达国家类似于单身汉促进中国经济发展这样充满玄机的理论和思维，真可谓是层出不穷。我觉得，国人还是要像对待找出小明"失踪"的 10 元一样，应该毫不含糊地给出正确答案为好。具体地说，就是要树立一个认识事物的正确态度，即既不能以小人之心度君子之腹，又不能对其深信不疑，人云亦云，否则，我们的认识就会误入歧途。

既然找到了那"失踪"的 10 元钱，那么，到底在哪找到的呢？正确答案是：起初，小明向爸爸妈妈各借了五百元共一千元。买鞋后向爸爸妈妈各还了十元，实际上只借了九百八十元。小明买鞋花了九百七十元，所以手里还有十元（恕我在这里不用阿拉伯数字，而用的是汉字数字，这样也是有意义的）。

那么，小明的 10 元钱根本就没有失踪过，只是人们的注意力仍然放在起初借的那一千元的数字上，没有关注后来已经变化到了九百八十元这个数字的实际，因而出现了数字事实上的差异。

由此看来，题目靠不靠谱并不重要，重要的是小明是不是将那 10 元钱一直紧紧地攥在手中。这就给我们一个启示：对待事物，尤其是涉及大是大非的问题，我们也应该而且必须像小明那样，永远把吊诡"失踪"的 10 元钱牢牢地抓在手中！

（2013 年 2 月 21 日）

人文与情趣

　　中国在很多方面与西方发达国家存在着巨大的差异，这是无可辩驳的事实。比如，中国有不曾中断过的五千年华夏之明，这是世界上任何一个国家都无法比拟的，和世界上最发达的国家美国相比，它建国的历史也才200多年，但不可否认的是，论现代文明，中国落后于西方发达国家很多也是不争的事实。从下面所举美国富豪与中国富豪对待生活的不同态度，即可见一斑。

　　格兰是位美国富商，有一座位于纽约郊区从洛克菲勒后人手中买下的古老庄园，里面有山川湖泊，鸡鸣犬吠，一派田园牧歌式的景象。格兰追求自然，注重环保，不穿名牌服装，也不戴名表。兴致好的时候，会买几头牛，从阿根廷运过来，让它们在庄园里闲散地走一走，然后打电话呼朋唤友："我们家的牛到了。"请客人来家里度周末，让大家都来欣赏这道"移动的风景"。格兰是这样，美国其他富豪有不少也是这样。

　　相比之下，中国相当一部分富豪都还停留在对奢侈品顶礼膜拜的阶段。一些暴发户、富二代等，斗富炫富，挥霍无度，过着纸醉金迷、醉生梦死的生活。名牌、美女、豪车、别墅，就是这些富豪的标签。对1万元1斤的长江刀鱼趋之若鹜，全然不顾长江刀鱼濒临灭绝，真是暴殄天物。生活上极度奢华，肆意浪费，好像除了钱就再也没别的追求了。如此这般，举不胜举。

为什么会有这样的差别呢？根本的原因在于，我们的物质生活丰富了，而精神生活却没同物质生活同步发展。这样的不同步发展，直接导致我们中的某些人物质至上，价值观发生改变。

有道是，财富既是精灵，又是魔鬼。既能使人高尚，也能使人卑鄙；既能使人性升华，也能使人性堕落；既能给人带来快乐，也能给人带来苦闷。在中国，少数看似十分体面的富豪，正因为缺乏对高雅情趣的追求，财富使他们肆无忌惮地奢侈生活，同时也为他们套上了枷锁。有一个很有钱的商人，长期焦虑失眠，看见床就恐惧，后来只好去印度一家瑜伽学院学睡觉。人们用婴儿般的睡眠来形容一个人睡得香，折腾了大半生，反而还不如婴儿时期睡得好，这真是人生的悖论。

我们知道，人的欲望是在精神的指引下，通过生理上的调整达到满足的。这种欲望和调整、满足具有边际效应。以食欲为例，吃第一块红烧肉，感觉特别香。第二、第三块的感觉还行，吃到第五块就腻了。物质带给人的边际效应是极其有限的。层次越高，能够实现的满足感越小。

我国的经济总量已是世界第二，财富多了，可是人的精神生活却没有随着物质的丰富而高雅起来，反而变得自私、冷漠、空虚起来，而这一切，就是因为人文的缺失，生活情趣的沙漠化、空洞化造成的。

欲望满足的边际效应，使人始终处于快乐的边缘。靠什么来抑制这种没有顶点的欲望，靠什么来消弭这没完没了的边际效应呢？只有靠在深厚人文熏陶下的人性和心灵的纯净高雅。要使国人在富裕起来的同时，过上有品位、有品质的生活，就必须在继承中国优良传统的基础上，进行人文积淀，使人性纯净起来。

（2013 年 3 月 23 日）

蜗牛壳的启示

　　小蜗牛拍了拍蜗牛壳问妈妈："为什么我们从生下来，就要背着这个又硬又重的壳呢？"妈妈回答说："因为我们的身体没有骨骼的支撑，爬又爬不快，只能依靠这个壳来保护自己！"

　　妈妈的回答并没有说服小蜗牛，他打破砂锅问到底："毛毛虫姐姐也没有骨头，也爬不快，为什么她却不用背着这个又硬又重的壳呢？"妈妈和颜悦色地解释说："因为毛毛虫姐姐她可以变成美丽的蝴蝶啊！天空会保护她呀！"

　　小蜗牛心中的疑惑仍旧没有解开，继续问妈妈："可是蚯蚓弟弟也没有骨头，也爬不快啊！也不会变成美丽的蝴蝶，他怎么也不用背着这个又硬又重的壳呢？"妈妈搂住小蜗牛，亲了他一口，微笑着说："因为蚯蚓弟弟会钻土，大地会保护他啊！"

　　小蜗牛听了，低下头，一声不吭，轻轻地抽泣起来，哭泣着说："妈妈，我们好可怜，天空不保护我们，大地也不保护我们！"

　　妈妈把小蜗牛搂得紧紧的，用触角充满爱意地抚摸着小蜗牛，安慰道："所以我们有壳啊！孩子啊，我们不靠天也不靠地，我们靠自己！这多么了不起啊！我们可以仰望蓝天，我们可以脚踩大地，虽然壳又重又硬，但它是这个世界的另一种美丽、另一种风景，被蓝天所欣赏，被大地所羡慕哩！"

小蜗牛听后，歪着脑袋想了想，恍然大悟，高兴地拍着小手说："毛毛虫姐姐长大了，变成蝴蝶还要天空呵护，好没面子哟，天空可是欣赏我们的坚壳哩；在大地下面钻来钻去的蚯蚓弟弟，也要大地保护，真不害羞呀，大地可是羡慕我们的踏实呢。哈哈，我们太厉害了，我的壳真棒耶！"从此，小蜗牛天天过得都很开心！

这个寓言给了我们一个启示：我们的工作、学习、生活有时也像蜗牛一样背着沉重的壳，背负着沉重的压力和责任，有的时候还要遭遇艰难困苦。面对生活的酸甜苦辣，面对工作中的磕磕碰碰，我们不能像懵懵懂懂的小蜗牛最初那样，看到天空呵护毛毛虫，就与毛毛虫去比较，越比较心理越不平衡，越比较越怨天尤人；看到大地保护蚯蚓，我们就与蚯蚓去计较，越计较心态越不好，越计较越感到世界亏欠了自己许多，从而心存怨恨。我们应该像蜗牛妈妈那样，认同自己，欣赏自己，看到自身的优点和价值；我们应该仰望天空，脚踏实地，快乐地对待社会、对待工作、对待他人，保持一颗平常心，一颗向上进取、自强不息的心，做一个快乐、阳光的人。这样，我们一定会很知足幸福。

（2013 年 3 月 11 日）

英国小伙子上节目

有一天，朋友给我讲了一个英国小伙子哈里参加某相亲节目的故事：

一女嘉宾首先发问："你是独生子吗？"

哈里答："我不是独生子，有个哥，刚结婚。"

数盏灯灭。

又有女嘉宾问："有房吗？"

哈里答："有房，不过是老宅子。"

数盏灯灭。

还有女嘉宾问："婚后住哪？"

哈里答："和奶奶、爸爸、继母、哥哥、嫂子一起住。"

数盏灯灭。

接着又有女嘉宾问："你干啥的？"

哈里答："我是大兵。"

数盏灯灭。

还有女嘉宾举手，然后发问："你爸爸在哪个单位？"

哈里答："我爸正在待业，没工作。"

只剩一盏灯。

最后留灯的女嘉宾问："结婚有宝马、奔驰接吗？"

哈里答："没有……我奶奶肯定不同意，一般是用马车。"

女嘉宾嗤之以鼻，回敬了他一句："我宁可在宝马里哭，也不在马车里笑！"

灯全灭。

正当英国帅哥哈里羞臊难当、准备离开现场时，主持人问他："在你离开现场的最后时刻，有个问题我想求证一下。"

哈里说："好的，我一定实话实说。"

"英国王室有个王子叫亨利·威尔士，是英国女王的孙子，还是英国王位的第四顺位继承人。人们也叫他哈里，跟你的名字一样，你认识他吗？"

哈里说："我就是哈里王子啊。"

众女嘉宾后悔莫及，现场响起一片惊讶的尖叫声。

故事讲完后，朋友以为我会发笑，而我脸上一点儿笑意都没有。他问我："我讲的这个故事不好笑吗？"我回答说："左耳朵听起来是很好笑的，右耳朵听就一点儿也笑不出来了。"他十分好奇，让我解释一下。我说，当作笑话听，调侃一下社会上较为普遍存在的类似女嘉宾们所持婚恋心态和价值观，倒是非常好笑。但是，如果从节目或者这个故事本身所传导出的社会效果和价值而言，那么就笑不出来了，而且令人深思。

显然，这个故事是虚构演绎的，但在类似的相亲节目中，相似的情节时有发生。比如节目中，思想境界很高、生活经历很感人的男嘉宾，尽管表现颇佳，甚至部分女嘉宾为此而感动得泪流满面，但是由于不是高富帅而惨遭灭灯。其实，这些女嘉宾所代表的某些择偶观，应引起人们足够的重视。因为这类节目收视率较高，对受众的婚恋观会产生一定的影响。我们知道，某种价值观、思想理念等的传播，有显性的、直接的方式，也有隐性的、暗含的方式。后一种方式往往在潜移默化中对受众产生影响，有时候甚至会超过显性的、直接的方式，这叫作情节效应。很显然，哈里参加相亲节目，既有过程暗示的功能，又有结果示范的功能，情节效应很强。这样一来，会把我们的婚恋观引向故事中隐含的向往方向和价值取向，这种情节效应比主持人和点评嘉宾的评说效果要大得多。所以，我们的媒体在策划节目、开展活动时，千万别忘了社会的引导功能，不要做成情节效应负面化的节目或活动，以免最终产生的社会影响与初衷相悖！

（2013 年 3 月 21 日）

倒过来思考

曾读过这样一个故事：

有个人非常浪漫纯真，他曾效仿《浮生六记》中的芸娘，把一撮茶叶，藏于午后池子里一朵荷花的花蕊中，欲待其一夜闭合，受来日早晨花蕊的浪漫浸染，获得不一样的茶香。然而，那一次荷花未曾闭合，结果茶叶尽数零落于水中。他知后，不愠反喜，说，一池春茶，汤色正好，与我品来赏去！

这个故事中的这个人给我们传递出的生活态度不仅是乐观、阳光和豁达，而且还有人生的体悟与考量，给人灵性的激发，使人性受到荡涤。故事中，他本想以浪漫的方式，获得一种浪漫的茗香，殊不知，却遭遇了"未获芬芳却失茶"的尴尬。然而，他把尴尬翻了个面、倒了个个，化尴尬为欣喜。虽失一撮佳茗，却得一池春茶；虽丢了一壶好味，却得满目佳景，赏心悦目，何不幸哉？

有一张图片，画面上是位女士，正着看是副很悲伤的表情，如果把图片倒过来看，就是一副很开心的样子。它给了我们与上述故事一样的启示：当我们在生活、工作中遇到不尽如人意的事情时，如果能够倒过来看，反过来思考，便是一道别样的风景。人生如同一枚硬币的两面，有悲有喜，但是人们往往只看重其中的一面，而忽视了另一面的存在，结果要么是乐极生悲，要么就消极颓废。殊不知，任何事物都有其二重性，因果相承。因此，保持不以物喜、不以己悲的心态至关重要，只有这样，才能找到属于自己想要的生活，永葆对生活的那一份美好。

（2013 年 3 月 28 日）

长与短

做学生的时候，最怕写作文，而且最怕写字数多的作文。老师布置作文题，总是要求不少于多少字。真的写起来，刚写几行，就没有什么话可说了。后来，我参军到了部队，在机关写材料，有时提纲拟好了，有骨架，可是肉"肥"不起来。

写文章是这样，讲话也是这样。记得我刚到部队机关担任宣传干事，地方上一个乡的书记带着电影队，在八一建军节期间为部队官兵放电影。临放映之前，政治处主任说，按照职务对等的惯例，放映前的小仪式由负责宣传工作的干事主持，乡书记要讲话，部队方面就由干事讲话。这个干事当然就是我啦。问题在于我这个小干事平常根本没有讲话的机会，现在要我在全团官兵面前讲话，真是大姑娘上轿——头一回。毫无疑问，面对电影场黑压压的人群，我的紧张自不待说。一切准备就绪后，我拿起话筒，用发颤的声音说："今天州西乡郭书记带着乡亲们对子弟兵的深情厚谊，在建军节这个光荣的日子，偕电影队来部队慰问，让我们以热烈的掌声，表示诚挚的祝贺……啊，完了，我说错了，把感谢说成了祝贺。"没想到，我的自言自语也被话筒传了出去。本来大家没有注意到这个差错，听了这句话，仿佛提醒了大家，全场哄堂大笑。这样一来，我就完全卡住了，不知说什么好了。幸好我的反应还算快，对着话筒又说："嗯……嗯，下……下面请州西乡郭书记讲话，大家欢迎！"原本一段完整的欢迎辞，被我给割裂开来。

后来，材料写多了，慢慢地文章也写长了。因为有些领导要求的讲话稿比较长，我要完成任务，必须逼着自己写，原来写不了长文章的痛苦被彻底改变了。现在倒是写长文章不发愁了，我纠结的是如何把短文章写好。往往一不小心，写着写着就成了懒婆娘的裹脚带——又臭又长。看看这段也需要，看看那段也精彩，死活舍不得删除。于是，成稿后的文章依旧长之又长。

对照自己写文章的变化，得出一个结论：先前写不长，是因为自己的积累不够，所以写着就枯了；后来写长了刹不住，是因为自己不懂得取舍，光怕别人看不懂。其实呢，有话则长，无话则短，就是一篇好文章。托尔斯泰的《战争与和平》与莫泊桑的《项链》，你说长好呢还是短好呢？要我说，都好。

（2013 年 3 月 29 日）

故事内外

我在微信、微博上看到很多故事。有的，故事之内有趣；有的，故事之外耐人寻味，比如下面几则：

一

虎欢不喜欢吃鸡蛋，每次家里的鸡下蛋了，他都送给玫伊。

刚开始，玫伊很感谢，久而久之便习惯了。习惯了，便理所当然了。

有一天，虎欢将鸡蛋送给了昕音，玫伊心里就不爽。她忘记了这个鸡蛋本来就是虎欢的，虎欢想给谁都可以。

为此，他俩大吵一架，从此绝交。

虎欢把与玫伊吵架并绝交的事告诉了昕音，昕音听而不语。第二天，昕音把一筐鸡蛋还给了虎欢。从此，虎欢与昕音之间也疏远了。后来，虎欢再也不送给别人鸡蛋了。鸡下的蛋，他就拿到市场卖掉，再便宜、再麻烦，他也坚持这样做。

二

孩子无精打采。老人问："孩子，哪里不舒服?"

"没有，只是觉得累。"孩子一脸疲惫地说。

老人对孩子说："攥紧你的拳头，告诉我什么感觉?"

孩子攥紧拳头："有些累!"

老人说："试着再用些力!"

孩子按照老人说的，用力把拳头攥得更紧，有点颤抖地说："更累了! 还……还……有些憋气!"

老人说："那你就放开它!"

孩子放开攥紧拳头的手，长出了一口气："轻松多了!"

老人慈祥地说："当你感到累的时候，你攥得越紧就越累，放开它，就能释放许多!"

这次孩子没有说话，只是点了点头，他懂了。

三

傍晚，一只羊独自在山坡上玩。

突然从树林中窜出一只狼来，要吃羊。羊跳起来，拼命用角抵抗，并大声向朋友们求救。

牛在树丛中向这个地方望了一眼，发现是狼，跑走了；马低头一看，发现是狼，一溜烟逃了；驴停下脚步，发现是狼，悄悄溜下山坡；猪经过这里，发现是狼，冲下山坡躲了起来；兔子听到羊在呼救，扭头一看狼在咬羊，更是箭一般地窜得远远的……

山下的狗听见羊的呼喊，急忙奔上坡来，从草丛中闪出，一下咬住了狼的脖子，狼疼得直叫唤，趁狗喘口气的当儿，仓皇逃走了。

羊回到家，朋友们都来了，牛说："你怎么不告诉我？我的角可以剜出狼的肠子。"马说："你怎么不告诉我？我的蹄子能踢碎狼的脑袋。"驴说："你怎么不告诉我？我一声吼叫，吓破狼的胆。"猪说："你怎么不告诉我？我用嘴一拱，就让他摔下山去。"兔子说："你怎么不告诉我？我跑得快，可以传信呀……"

在这吵吵嚷嚷的一群动物中，唯独没有狗。

四

庙里住着一对师兄弟和他们的师父。

一天，师弟灌满一壶水，放在火上烧。火烧到一半时发现柴不够，便招呼师兄赶快再去弄些柴。师兄问到哪里弄。师弟说，要么去砍，要么去借，要么去买。总之，你快想办法。

他们的师父一声不吭地走过来，把壶里的水倒掉一些，说："以减求沸，以舍求得。不要总想着柴不够，也要想到壶里水多了。"

五

有个叫故事的人，听别人讲故事。听着听着，就把别人讲的故事变成了他自己的了，因为他把故事都连了起来。比如，每次鸡下蛋，虎欢捡起来就跑到市场上去卖。手握着鸡蛋，攥紧了太累，就轻轻地捧在手上。没想到路上遇到了狗，汪汪吠了几声。虎欢被吓着了，捧在手里的鸡蛋掉到地上摔碎了，他一脸沮丧。

庙里师父见了，对虎欢说："鸡下蛋了，你为什么不从一开始就分散赠送呢？今天将蛋送给玫伊，明天将蛋送给昕音，后天将蛋送给和尚呀，还有老人、孩子，甚至那些动物，只要公平、广赠，就能收获天下。"

故事却回答师父说："咱不在乎收获天下，只在乎，或者只想要散文和它的启示，呵呵……"

师父拍了拍故事的肩膀说："二者并不矛盾，天下在故事之外，散文在故事里面。"

（2013 年 4 月 8 日）

善良的诡异

好几年前，我在报纸上看了一篇题为《复杂》的文章。文章讲的故事很平常，却令人深思。特别是文章的结尾指出："善良的人比冷漠的人体会这些更细腻、敏感些，甚至比事情本身更复杂。"这个观点我非常认同。

这句话点破两层迷津：一是善良的人感情和体会都很细腻、敏感。也就是说，感觉和体悟很迟钝、粗浅的人，岂能指望着他有非常丰富的情感。二是生活本身和生活所在的这个世界都很复杂。告诉人们，复杂的事物必然是细微与宏大的交织、显性与隐性并存。这两层意思又是互相关联的，前一个意思是后一个意思的前提，后一个意思是前一个意思的根源，二者相互依存、相互作用。

关于善良的人感情细腻、敏感和世界复杂、诡异，文章用谢教授的切身体验和经历，来加以说明。文章写道，住在广州的谢教授家本来是保姆买菜的，谢教授退休后为了多走动走动，最近就承担起了买菜的任务。这本来是件快乐的事，结果却让谢教授有点闷闷不乐。原因是这么两件事：

这第一件事和买猪肉有关。谢教授常去一个女人的摊位买猪肉。女人瘦瘦的，看上去很弱小。谢教授感觉这么瘦弱的女人站肉案子真不容易，就奔她的摊位买肉。谢教授喜欢吃肥肉，但他的性格即便是买肉也用不上"挑肥拣瘦"这个词。那天。谢教授指着一块肥多瘦少形状不怎么规则的肉说，给我吧。女人麻利地把肉扔到秤盘上，说，这个给你便宜些，算 10 块 1 斤。广州的精肉价是 14.5 元 1 斤。第二天又去买肉，女人指着两小块品相不佳的肥肉对谢教授说，还便宜些给你。谢教授并不贪图便宜，但他不好意思拒绝，就要了。第三回又是如此。这以后，谢教授来到肉摊前，女人连问都不问，就把那下等的肉往秤盘上拾。谢教授感觉不是那么回事了。

谢教授在大学教的是逻辑学，女人分明使用的是假设推理：买便宜猪肉的都是穷人，谢教授买便宜猪肉，所以谢教授是穷人。想到这里，谢教授恼怒了，虽然女人每次都对他笑盈盈的，回味起来，那笑容分明是施舍式的。没想到好心反而会被人看轻，谢教授觉得在女人面前丢了尊严。

第一件事则是为了保护环境却带来了人际的苦恼。谢教授家里过些日子就要处理些废品，如旧报刊、易拉罐、酒瓶等。谢教授没事就溜达，顺便把废品拿到废品回收站去卖。谢教授家所在的雀笼弄住有很多外来人口，大多是打工的。这天谢教授又出去溜达，两只手各提一个袋子，左手一个袋子是纯粹的垃圾，右手一个袋子是可回收废品。谢教授正往垃圾桶走去，一个妇女同他打起了招呼："扔垃圾呀。"这个妇女也住在雀笼弄，谢教授面熟，但从未说过话，她丈夫好像是个泥瓦工。谢教授笑答："是呀。"妇女指着那袋可回收废品说，这个给我吧，扔了可惜。她以为那也是谢教授要扔的。谢教授不好意思说我是拿去卖的，就给了她，把另一袋垃圾扔了。第二回，谢教授去卖废品，又碰到了那个妇女，她又将他的废品要了去。谢教授觉得不对头。倒不是他在乎那点废品，而是这么一来，他好像专门为她送废品来了，当然不合理。谢教授想了个办法，再去卖废品时从弄堂另一端出去，绕道而行去回收站。卖自家的废品，倒像是做贼似的。

谢教授总结，那个妇女也分明是假设推理：废品不值钱，富人都把废品扔了，谢教授是富人，所以他的废品也是拿去扔的。

两个女人，一个把他当穷人，一个把他当富人，可都叫他感到不舒畅。当然相较而言，要废品的妇女倒叫他觉得舒畅些。但谢教授又想，把自己当穷人就发怒，当富人就高兴了，这分明是很俗气的表现。

文章读到此，让我云山雾罩的。一个人在社会上，别人把你当作穷人或富人，都会让你不开心。这确实太复杂了。那么，究竟让人把你当作什么人呢？当作不穷不富的人就会让你开心吗？

问题的核心并不在这里，而在于当事者对他人态度、状况的体验，善良的人会用细腻、敏感的感觉来对待他人的态度、状况，恶劣的人会用粗暴、冷漠的情绪来处理他人的态度、状况；善良的人会用隐忍、友好的态度来维持和谐，恶劣的人会用简单、敌对的态度进行对抗；善良的人会在意和考虑他人的看法并予以尊重，恶劣的人根本不管他人而自私地我行我素……这样一来，善良的人就显得那么的复杂，心思多多，被人埋怨说"累不累"啊！相反，放弃善良的情怀就立刻能够简单起来，就不会有那么多的心思，也不会招来"累不累"的说辞了。

当然，善良的人可以用复杂、细腻、敏感的心态对待世界和他人，却不必复杂、烦琐、敏感地对待自己。对世界、他人的细腻和敏感，是为了准确地感悟和体会世界和他人，感悟和体会的结果是把世界想明白、把自己想明白，然后用豁达的态度，调整自己的行为，这样会返回到"简单"和"忽略"，也会保持一个健康快乐的心态。

文章在最后这样告诉我们：其实，这两件事在别人看来，根本就不成个问题。一是他完全可以不再去买女人的猪肉，或者看中哪块选哪块，没必要磨不开；二是明确告诉那个妇女自己的废品是去卖的不是扔的，没必要心软。最终，还是谢教授自己找到了问题的症结所在：人生是复杂的，生活是复杂的……问题弄明白了，谢教授的心情也舒朗了。

最后，我想说的是：世界复杂，人生复杂，使你不得不复杂；复杂感受，复杂体悟，让你有不复杂的心态！

（2013 年 4 月 10 日）

跳楼的惊梦

剑宣从十一楼跳下去。他一边向下坠落，一边从各楼层的窗口向室内观看。

看到了十楼平常恩爱的夫妻正在互殴……

看到了九楼平常坚强的皮特正在偷偷哭泣……

看到了八楼阿妹发现未婚夫跟最好的闺蜜在床上……

看到了七楼极其孤独的漂亮少妇在吃她的抗抑郁症药……

看到了六楼失业的阿喜还是每天买七份报纸，在招工广告栏中找工作……

看到了五楼受人敬重的罗老师正在偷穿老婆的内衣……

看到了四楼的萝丝又和男友闹分手……

看到了三楼被病魔折磨得奄奄一息的阿伯每天都盼望有人拜访他……

看到了二楼的莉莉还在看她那结婚半年就失踪的老公照片……

在剑宣跳下之前，他以为他是世界上最倒霉的人，现在才知道每个人都有不为人知的困境和烦恼。他看到各楼层的人都有种种不如意和艰辛之后，觉得其实自己过得还不错。

于是，剑宣在想，刚才被他看到的这些人，现在也许都在看着他，他们也许会同他一样，觉得其实他过得也还不错。原来生活大概如此，在觉得自己不幸的同时，却不知道别人比自己更不幸，当然也就不知道原本自己比别人要幸运，因而不知道珍惜，甚至轻率地放弃生活，摔碎包裹在种种苦恼和不如意之中的幸运。想到这里，剑宣恍然大悟，顿时有一种醍醐灌顶的爽朗：人只有经得起曲折与坎坷，才会珍惜上天赐予的幸运，生活才会是快乐的、美丽的！

这时，剑宣觉得不该跳楼，他要好好地活着，好好地善待事业上的坎坎坷坷和生活中的风风雨雨。然而，他来不及了，他已经坠落得快要重重地砸在地上了。一旦砸在地上，他将会脑浆飞溅，惨不忍睹。此时，他万分恐惧，但他已无回天之力。

啪！他真的砸在了地上……

剑宣陡然惊醒。原来他在很失意、找不到生活方向之时，慢慢地睡着了，做了个跳楼自杀的噩梦。

"没砸在地上。"他有种轻松的快感，"醒了，真好！"

(2013 年 5 月 8 日)

幸福与浪漫

　　俄国著名作家列夫·托尔斯泰说过："幸福的家庭是相似的，不幸的家庭各有各的不同。"但这个大文豪没有告诉我们幸福的家庭相似之处在哪里。生活中，一万个家庭，就有一万桩婚姻；一万桩婚姻，就有一万个过法；一万个生活方式，就有一万种滋味。然而，无论多少种滋味，但凡快乐甜蜜的婚姻，大都是一个模样，那就是充满着浪漫的情调。至于这一点，是娜卿与老公用生活的细节告诉我们的。

　　一天，男友骑摩托车到地铁口来接娜卿，娜卿故意问："师傅，到花园小区多少钱？"男友说："不要钱，只要亲我一下就好了。"于是娜卿亲了他一下，上了他的车。旁边一个摩的师傅傻了眼，好心地提醒娜卿："小姑娘，不要上当啊！"

　　结婚那天，娜卿先到理发店做头发，后来看到老公来了，故意对他说："啊，你也来弄头发啊？好久不见了哦。"老公也很配合地说："是啊，今天我结婚。"娜卿说："哎呀，好巧啊，我也是今天结婚。"一旁的发型师惊讶地说："你们俩认识啊！"

久而久之，生活如似水流年。娜卿的婚姻爱情却超越了流年的平淡，浪漫的小情调，让他们的平凡生活充满着快乐和趣味。

一次，老公陪娜卿逛街。回家的路上，老公在前面走得很快，娜卿在后面喊："前面的大哥给我 1 块零钱吧，我要坐车回家。"这一喊，旁边的一位大叔用很奇怪的眼神看着她。老公很有腔调地转过身，掏出两枚硬币放在娜卿手里，说了句："爷赏的。"旁边的大叔彻底蒙了，一直目送娜卿上了公交车。

还有一次，娜卿跟老公约好在公园门口碰头，她到时，看见老公已经在等自己了，娜卿故作意外地说："咦，你老婆呢？出差了啊？刚好今天我老公也不在，走，今天晚上到我那里！"这时，旁边一个老太太皱着眉头，死盯着他俩……

娜卿与老公的故事在网上广为流传，它告诉人们，幸福的婚姻、甜蜜的爱情不仅有小资情调，而且还有似水流年的浪漫。也就是说，浪漫不是一时新鲜，而是贯穿在生活中的每个细节，经久不息；浪漫并不会因为婚姻久了、年龄大了、激情退了，就销声匿迹了。在现实生活中，一旦爱情的湖面荡漾不起浪漫的涟漪，爱情也就沦落为一潭死水般的枯燥和单调了。

当然，没有一桩婚姻失去了深情、真情，还会有浪漫的鲜花绽放。其实，浪漫的情调，是深厚感情与依恋所激发的。要想自己婚姻幸福，基础一定是感情。没有这个基础，浪漫就是空中楼阁，随时都会轰然坍塌；有了这个基础，再用热爱生活的激情和行动去营造浪漫的氛围，就会喷涌出快乐幸福的清泉，滋润着人们的心田，使爱情之树郁郁葱葱！

（2013 年 5 月 10 日）

"风马牛相及"

　　"风马牛不相及"出自《左传·僖公四年》："四年春，齐侯以诸侯之师侵蔡。蔡溃，遂伐楚。楚子使与师言曰：'君处北海，寡人处南海，唯是风马牛不相及也，不虞君之涉吾地也，何故？'"之后，屈完又进行了数次斡旋，才使齐国等中原八国诸侯放弃了攻楚的计划，并和楚国订立了召陵盟约，各自退兵回国去了。后来，人们就用风马牛不相及比喻事物彼此毫不相干。

　　最近，与著名节目主持人、全国"金话筒奖"获得者陆澄老师小聚，谈起了"风马牛不相及"之词，他语出惊人："让'风马牛相及'就是创新、创意。"此言真妙，立刻让我想到了一个故事：

　　秃子和广告二者之间本是风马牛不相及，但英国男子马特·斯塔福德却让秃子和广告"风马牛相及"了。马特头部患有局部脱发症，2011年5月，他将自己的秃发区域在网络上出售，希望有公司可以将广告印在上面，利用他的秃头发一笔小财。马特将这块秃发区域进行拍卖，起拍价是215英镑，一旦拍卖成交，买家可以将广告印在他的秃发区域，他保证不用帽子、头巾等遮挡头部。马特拍卖秃发区域的消息经媒体报道后，一下子使他闻名全球，他那块秃发区域的广告价值迅速飙升，这给他带来了可观的收益。

这个故事听起来很是另类，但仔细琢磨就会发现，马特的想法非常有创意。我们都知道，秃发会给不少人带来烦恼，然而在有创意、善于突发奇想的马特那里，却成为产生经济效益的"风水宝地"。由此可见，要让"风马牛相及"，就需要一些奇思妙想。

爱因斯坦说过："想象力比知识更重要。"时下也流行着这样一句话："没有做不到，只有想不到。"都说明了想象力的重要性。想象力的更高层面就是奇思妙想，而奇思妙想往往会推进科技的进步和经济文化的繁荣。

当然，奇思妙想能使"风马牛相及"，是因为它不是胡思乱想和痴心妄想。奇思妙想之所以特殊、神奇，就是因为一般人想不到，但它接地气，有现实的依据，并且能够实现。

"风马牛相及"其实就是要使彼此毫不相干的事物关联起来，成为新的事物或者超越其本身。史蒂夫·乔布斯带领苹果公司成为世界上最顶尖的公司，让诗歌与处理器"风马牛相及"，从而改变了我们这个时代及人与人的交流方式。美国著名传记作家沃尔特·艾萨克森在解码乔布斯事业成功之道时说，"他站在人文与科学的交叉点上"，"善于发明创造"。沃尔特认为，把艺术与技术联系起来，把诗歌与处理器联系起来，是乔布斯的特长。正是因为乔布斯的这个特长，使得苹果产品风靡全球，从而还形成了规模巨大的狂热追随苹果的"果粉"。

我们知道，没有创新就没有发展。创新是一个民族进步的灵魂和一个国家兴旺发达的不竭动力。要建设创新型国家和社会，培养创新型人才，我们欢迎更多的"风马牛相及"，推动时代的进步与发展。

（2013 年 2 月 26 日）

向着善的天堂前行

有这样一则寓言故事：

一天，盲人带着他的导盲犬过街时，一辆大卡车失去控制，直冲过来，盲人当场被撞死，导盲犬为了守卫主人，也惨死在车轮底下。

盲人和导盲犬一起来到了天堂门前。

天使拦住他俩说："对不起，现在天堂只剩下一个名额，你们两个中必须有一个去地狱。"

盲人一听，连忙问："我是它的主人。我的导盲犬又不知道什么是天堂，什么是地狱，能不能让我来决定谁去天堂呢？"

天使鄙视这个主人的渺小灵魂，她皱起眉头想了想，说："很抱歉，先生，这里不同于人世间有高低贵贱之别。在这里，每一个灵魂都是平等的，你们只能通过赛跑来决定由谁上天堂。"

盲人失望地问："哦，在哪赛跑？"

天使说："你们从这里跑到天堂的大门，谁先到达，谁就可以上天堂。不过，你也别担心，因为你已经是灵魂了，所以不再是瞎子，而且灵魂的速度跟肉体无关，却与善恶有关，越单纯善良的人奔跑速度越快。"

盲人想了想就同意了。

赛跑开始了。天使满以为盲人为了进天堂，会拼命往前奔，谁知道盲人一点也不着急，慢吞吞地往前走着。从盲人生前的行善记录看，他应该能够跑快，所以这明显是他故意为之。更令天使吃惊的是，那条导盲犬也没有奔跑，它配合着主人的步调在旁边慢慢跟着，一步都不肯离开主人。天使恍然大悟：原来，多年来这条导盲犬已经养成了习惯，永远跟着主人行动，守护着主人。天使看到这种情形，心想，可恶的主人，正是利用了这一点，看来他只要在天堂门口叫导盲犬停下就可以了。

天使看着这条忠心耿耿的导盲犬，心里很难过，她大声对导盲犬说："你已经为主人献出了生命，现在这个人不再是瞎子，也不再是你的主人，你也不用再领着他走路了，你和他的灵魂是平等的。你一直对他忠心耿耿、百依百顺，你比他积德更多，你可以比他跑得更快，你快跑进天堂呀!"

可是，无论是盲人还是导盲犬，都仿佛没有听到天使的话一样，仍然慢吞吞地往前走，好像在街上散步似的。

离终点还有几步的时候，主人果然发出一声口令，导盲犬听话地坐下了。

大使用鄙夷的眼神看着盲人。

这时，盲人笑了，他扭过头对天使说："我终于把我的导盲犬送到天堂了，我最担心的就是它根本不想上天堂，只想跟我在一起……所以我才想帮它决定。"

天使愣住了，她不懂这个盲人在说什么。

盲人留恋地看着导盲犬，对天使说："能够用比赛的方式决定真是太好了，只要我再让它往前走几步，它就可以上天堂了。不过它陪伴了我那么多年，这是我第一次可以用自己的眼睛看着它，所以我忍不住想要慢慢地走，多看它一会儿。如果可以的话，我真希望永远看着它走下去。不过天堂到了，那才是它该去的地方，请你照顾好它。"

说完这些话，盲人向导盲犬发出了前进的命令，就在导盲犬到达终点的一刹那，盲人像一片羽毛似的飘向了地狱的方向。导盲犬见了，急忙掉转头，狂奔向主人。满心懊悔的天使张开翅膀追过去，想要抓住导盲犬，可那是世界上最纯洁善良的灵魂，速度远比天堂里所有的天使都快……

所以，导盲犬又跟主人在一起了，即使是在地狱，导盲犬也永远守护着它的主人。

天使久久地站在那里，喃喃地说道："这两个灵魂是一体的，他们分不开……"

故事告诉人们，只有最纯洁善良的灵魂才能使生命神圣起来，获得他人的尊重。

善来自于本心，就像寓言中的盲人与导盲犬，彼此关爱友善，即使是面对天堂与地狱的选择，只要这善的本心在，灵魂也不会有半点迟疑。让我们往生命的向度靠近，向善的天堂前进。

（2013 年 6 月 14 日）

走上帝开的另一扇窗

很晚了，朋友们依然在刷微信。接近零点，有位朋友贴出了一篇文章《世间最好的报复》。看完后，我感触颇深。

文中讲了三个故事，第一个故事是作者以第一人称"我"的视角，讲述了来一个刚刚参加工作的大学生遇到的事情：

记得大学刚毕业的时候，某电视台请我去主持一个特别节目，那个节目的导播看我文章写得不错，又要我兼编剧。

可是，节目做完以后，领酬劳的时候，导播不但不给我编剧费，还扣我一半的主持费。他把收据交给我说："你签收 1600，但我只能给你 800，因为节目费用超支了。"

我当时没吭声签了字，心想，君子报仇，十年不晚。

后来那导播又找过我，我还帮他做了几次。

最后一次，他没克扣我的钱，对我很客气，因为那时我被电视台的新闻部看上，成了电视记者兼新闻主播。

后来我和这个导播常在电视台相遇，每次他都笑得有点尴尬。

我曾经想去告他一状，可是仔细想想，没有他我能有今天吗？如果我当初忍不下这口气，能获得继续主持的机会吗？

机会是他给的，他是我的贵人，他已经知错，我又何必去报复呢？

第二和第三个故事，讲述了作者两个朋友的事情，第一个朋友是作者在美国工作的同学：

后来我到了美国留学。

有一天，一位已经就业的同学对我抱怨说，他的美国老板"吃"他，不但给他很少的薪水，而且故意拖延他的绿卡申请。

我当时对他说："这么坏的老板，不做也罢。但你岂能白干这么久，总要多学一点再跳槽，所以你要偷偷地学。"

他听了我的话，不仅每天加班，拼命地工作，而且加班后还主动留下来背那些商业文书的写法。甚至连怎么修理复印机，都跟在工人旁边记笔记，以便有一天自己出去创业，能够省点修理费。隔了半年，我问他是不是打算跳槽？他居然一笑："不用！我的老板现在对我刮目相看，又升官，又加薪，而且绿卡也马上下来了。老板还问我为什么做事的态度来了个一百八十度的大转弯，变得这么积极呢?"

他心里的不平不见了。他进行了报复，只是换了一种方法，而且他自我检讨，当年其实是他自己不努力。

作者的第二个朋友是学算命的:

大概五年前，我遇到件有意思的事：一位老友突然猛学算命，由生辰八字、紫微斗数、姓名学到占星术，没一样不研究。

他学算命，当然不是觉得算命灵验，而是想证明算命是骗人的东西。

原因是有一位非常著名的大师为他算命，说他活不到47岁。他发誓，非砸了那位大师的招牌不可。

你猜怎样?

他愈学愈怕，因为他发现自己算自己，也确实活不长。

这时候，他改了，他跑去做慈善，说："反正活不了多久了，好好利用剩下的岁月，做点有意义的事。"

他很积极地投入，人人都说他变了，由一个焦躁势利的凡人，变成敦厚慈爱的君子。

不知不觉，他过了47岁，过了48岁，而今已经53岁，红光满面，朝气蓬勃，比谁都活得健康。

"你可以去砸那位大师的招牌了!"有一天我和他开玩笑说。

他眼睛一亮，问我："为什么?"又笑笑说："要不是那人警告我，照我以前的个性，到了47岁时，确实是非犯心脏病不可，他没有错啊！"

三个故事无非说明了这样一个道理：对于心中不平和有此仇不报非君子的愤恨，这世间最好的报复，就是将那股不平之气，化为自己迈向成功的动力，以成功之后的胸怀，对待你当年的敌人，且把敌人变成朋友，从而避免"冤冤相报何时了"的双败，达到"相逢一笑泯恩仇"的双赢。

的确，在生活中我们每个人都可能遇到过故事中的情形，归根结底，打铁还须自身硬，如果自身有了足够的能力，那么一开始给你穿小鞋的人就会收敛。有时候别人对你的轻视、侮辱、抽剥等，也可以转变为自己前进的动力，活一个真正的自己给别人看。这样，从某种意义上说，所谓的"仇人"也就是你的恩人，是他激发了你内心的斗志，应该感谢你的"仇人"才是。

《圣经》里讲，以牙还牙，但它同时也强调有人打你的左脸，你就把右脸转过来接着给他打。有时候，必要的忍和以退为进还是必要的，是智者的选择。报复的代价只能是两败俱伤。

上帝在为你关上一扇门的同时，也会为你打开一扇窗。正所谓天无绝人之路。可是有的人偏偏就是死心眼、不开窍，固执地站在被上帝关上的那扇门后面自怨自艾，牢骚满腹，被怨恨遮住了眼睛，完全看不到上帝已经为他打开的那扇窗。不撞南墙不回头，结果只能以失败告终。换一种态度，换一种方式，世界可能就会有不一样的精彩。

（2013 年 7 月 21 日）

舍得之禅机

有这样一个故事：

一个牧场主养了许多羊，他的邻居是个猎户，养了一群猎狗，这些猎狗经常跳过栅栏，袭击牧场的小羊羔。

牧场主几次请猎户把猎狗关好，猎户口头上虽然答应，但是并没有采取什么特别的措施，结果没过几天，故技重演，猎狗跳过栅栏，又咬伤了小羊羔。忍无可忍的牧场主就去镇上找法官评理。

听了牧场主的控诉，法官说："我可以处罚那个猎户，并让他把狗关起来，但这样一来，你就失去了一个朋友，多了一个敌人。你是愿意与邻为敌呢，还是愿意与邻为友呢？"

"当然是与邻为友了。"牧场主不假思索地说。

"这样吧，我给你出个主意，按我说的去做，不仅保证你的羊群不再受到袭击，而且还会为你赢得一个好邻居。"于是法官如此这般地交代了一番。

一到家，牧场主就按法官说的，挑选了三只最可爱的小羊羔，送给了猎户的三个儿子。

看到洁白温顺的小羊羔，孩子们如获至宝，每天放学后都要在院子里和小羊羔玩耍嬉戏。因为怕猎狗伤害到儿子们的小羊羔，猎户做了几个大铁笼子，把猎狗结结实实地关了起来。从此，牧场主的羊群再也没有受到袭击。为了答谢牧场主馈赠小羊羔的好意，猎户开始给牧场主送各种野味，牧场主也不时用羊肉和奶酪回赠猎户。渐渐地，两人成了好朋友。

舍得舍得，只有"舍"才能"得"。牧场主先"舍"了三只小羊羔，后"得"到羊群再也不被袭击的结果，还意外收获了猎户回赠的野味及友谊，看似"山重水复疑无路"，换了一种方式，却收到"柳暗花明又一村"的效果。想要得到你想要的，必要的付出是应该的，使他人受益，他人亦会使你受益。

以上是舍得的一种形式，还有一种舍得是在过程中表现出来的，把进行式转变成过去式，把俗情标准的中点作为终点。春秋战国时期越国著名的谋臣范蠡，就是把进行式变成了过去式的典范。他与文种俱为越王勾践的股肱大臣，最终灭掉吴国，成就越王霸业，被尊为上将军。正当范蠡春风得意之时，他向万分器重他的越王勾践提出了自己隐退的想法。勾践极力挽留，并威胁他说，如果坚持要走的话，就会杀掉范蠡及其妻子。但范蠡不为所动，急流勇退，舍弃高官厚禄，辗转来到齐国，改名换姓为鸱夷子皮，在海边结庐而居。他倾力耕作，兼营副业，不久便积累了万贯家产。他仗义疏财，施善乡梓。久而久之，他的贤明被齐王所闻，请他到国都临淄，拜为主持政务的相国。他拜相三年，再次挂印而去。因为他感到，久受尊名，恐非吉兆。

于是，布衣之身的范蠡第三次迁徙至陶，在这个居于"天下之中"（陶地东邻齐、鲁，西接秦、郑，北通晋、燕，南连楚、越）的最佳经商之地，"操计然之术以治产"。经商没几年，范蠡遂又成巨富，自号陶朱公，当地民众皆尊陶朱公为财神。

让我们看看文种的结局。灭吴后，范蠡告诫文种要见好就收，说："高鸟尽，良弓藏，狡兔死，走狗烹。越王为人，可共患难，不可共富贵。"然而此时的文种舍不得高官厚禄，拒绝了范蠡的好意。后来，文种果被范蠡说中，后悔不迭。越王勾践赐文种一剑，并说："子教寡人伐吴七术，寡人用其三而败吴，其四在子，子为我从先王试之。"文种遂自杀。

无疑，范蠡在高峰外两次选择远离政权的中心是明智的，因为舍得，而使自己全身而退。反观文种则不然，位高权重，让越王勾践产生危机感，被赐自杀也就不足为奇了。

两种舍得，两种境界，但结果是一样的。

（2013 年 7 月 26 日）

"溪山行旅"无穷乐

一面巨大的绝壁冲天而起，巍然挺立；一线瀑布从峭壁飞流直下，幻化成轻烟薄雾。高山峻岭下，巍峨巨石，崚嶒嵯峨；绿荫蔽日里，萧萧寺观，隐约可见；嶙峋岩石间，涓涓深涧，清流潺潺；茂密树林中，唧唧虫鸣，如歌如诉……在气势磅礴而又高远宁静的景象衬托下，一行商旅骞驴从密林深处缓缓走来，铿锵的蹄声划破了空谷的沉寂，使深山幽溪更为恬静，人们仿佛随着渐行渐近的蹄声，走进了山里，走到了溪边，被拉入崇山峻岭的怀抱，融入清澈溪水的幽梦中，波澜不惊，任凭那林间的轻风抚去尘世的喧嚣，听任那溪涧清流荡涤着心灵的尘俗……

这是《溪山行旅图》所带给我们的艺术享受。《溪山行旅图》为台北故宫博物院的镇馆之宝之一，问世 900 多年来，人们对它研究了 900 多年，但神秘的面纱始终未被揭开，激发人们继续探寻下去。《溪山行旅图》的作者究竟是谁，一直存在争议。一般认为是北宋著名画家范宽，可是画上并没有范宽的署名。由于找不到确凿的证据，范宽到底是不是这幅画的作者，不少人持怀疑态度。1985 年，台北故宫博物院专家李霖灿在研究这幅画时发现，画面右下角其中一棵树的树叶里面隐藏着两个很小的字："范宽。"这个发现，证实了《溪山行旅图》的作者就是范宽，但是范宽为什么要将署名隐藏起来呢？这还有待于各位专家日后破译了。

在此，我不妨大胆说出我的猜测。范宽将署名隐藏起来，我把它解读为一种寓意，寓示人们在探寻的过程中，找到生活的真谛。

探寻是人类揭开自身与外界秘密的必然之径，在探寻的过程中，一个个谜团得以解开，濯心沐智，不断走向进步与文明，探索生命的本真。

回到《溪山行旅图》，"溪山行旅"，不就是在探寻溪山、探寻世界吗？解此疑，释此难，但探寻的脚步不会停下来。

（2013 年 8 月 5 日）

真诚还是欺骗

在一次朋友的聚会活动中，有位朋友提出，怎样理解善意的谎言，真诚是否完全真实呢？于是大家纷纷发表各自的看法，最后形成两种代表性的观点：一种是真诚就是完全真实，谎言不管是善意的还是恶意的，都是谎言；另一种是真诚不一定就完全真实，确实是出于善意的谎言，只能是真诚的艺术。两种观点针锋相对，谁也说服不了谁。

聚会结束后回到家中，这个问题一直在我脑海中萦绕，经过反复思索，我的观点逐渐明晰起来，那就是真诚并不一定完全真实。

从古至今，善意的谎言比比皆是，但在谎言的背后不失有一颗真诚的心。古时候，有位母亲生重病，很想尝尝肉的味道，但是家里很穷买不起肉，怎么办呢？这可急坏了孝顺的儿子。百般无奈之下，他瞒着母亲，从自己的臀部剜下一块肉，冒充买来的猪肉，烹制了一碗肉汤。当他忍着剧痛跪倒在地将肉汤递到母亲病床前时，由于递不到母亲手中，只好起身站立过去，结果这一个失礼之举招致街坊的讥议，他也只好默默接受。

让我们回到当代。一位母亲的儿子大学毕业时失恋了，由于陷得太深，不能自拔，以至于卧床不起，不得不住进了医院。母亲心急如焚，可是又束手无策。后来，母亲发现儿子渴望看到曾经的恋人的书信。在得知儿子曾经的女友是同班同学后，母亲千方百计打探，终于获知那个女孩毕业后去了深圳。母亲只身奔赴深圳，可茫茫人海，找一个人太难了。不过，有幸的事，母亲在深圳结识了一个朋友，让这个朋友假冒儿子的恋人给儿子寄信，而每次都是母亲假借恋人的口吻写好信寄到朋友那里。就这样，母亲通过书信与儿子"谈情说爱"两年多，终于使儿子摆脱失恋的阴影，过上了正常的生活。

在这两个故事中，一个是儿子，一个是母亲，用善意的谎言，做了最真诚的事。如果儿子告诉母亲是自己身上的肉，母亲会吃吗？那么母亲吃不到肉，对这个儿子而言，就是最大的不孝。在古代，不孝是要被人严厉谴责的，那么在两难处境中，儿子真诚地割下自己身上的肉，用善意的谎言让母亲喝下肉汤来以表孝心。那位母亲如果直接告诉儿子，那恋人不值得爱，死了那条心，重新找一个，儿子必然不能接受。因为儿子此时陷入失恋的痛苦之中无力自拔，只因他还深爱着对方，任何另外的方式都不能让他接受，但是就像戒毒一样，让他慢慢疗伤，心理就会逐渐康复。正是母亲善意的谎言，让儿子重拾生活的信心。

生活中，我们需要这些善意的谎言，因为有了这些善意的谎言，我们的生活才会更加美好。比如你不可能说直接告诉癌症病人病情就是真诚。因为病人一旦知道自己的病情后，出于对死亡的恐惧，心理上首先就垮了下来，会加速病情的恶化。如果是这样的真诚，我们宁可不要。

当然，我们的生活中也充斥着真实的谎言，那么这样的谎言就是另一个层面的问题了，那只能是赤裸裸的欺骗了，除了恶的故意，没有丝毫善的成分。

真诚还是欺骗，对待事物的两极态度，关键是要视情况而定。真诚是我们所提倡的，但是在某种情况下，真诚未必就对；欺骗是我们所鄙视的，但在一定的条件下，善意的欺骗也是真诚，不能用简单的对错来对二者进行评价。

(2013 年 8 月 23 日)

骗局背后的无奈

　　现如今，随着生活水平的提高，人们对延长寿命的渴望也越来越强烈，这样就催生了针对老年人的保健品市场。这个市场不可谓不大，几亿银发族旺盛的消费能力，更是让众多保健品商家摩拳擦掌，跃跃欲试，使出浑身解数让这些老年人掏腰包。君不见各种免费讲座、免费检测、免费试用让众多老年人纷至沓来，殊不知，这些免费的背后却是"暗藏杀机"，待条件成熟时，杀一个回马枪，让这些老人死心塌地，自解腰包，被人卖了还帮着数钱。但就是这样老套的骗局，让无数老年人前仆后继，对子女的劝说置若罔闻。明明是骗局，为什么还有那么多人上当受骗呢？骗局的背后有怎样的吊诡呢？

　　报纸上刊登过这样一篇文章，说一个老人两年来一直听所谓的骨密度的公益性健康科普知识讲座，从未错过免费检测，经常会检查出一堆毛病，断断续续花了四五万买商家推销的保健品。对这种欺骗行为，老人如果说一点儿也没察觉，那也不可能，但是让我们不解的是，明明知道是上当受骗，为什么还要买保健品呢？老人给出了这样的解释：因为商家的售后服务好，不仅免费量血压，而且还对老人嘘寒问暖。定期举行一些活动，让老人们在一起聚聚，甚而至于主动上门做家务，陪老人聊天、吃饭，让人感觉比自己的儿女还亲。

骗子诚然可恨，但老人感到骗子比儿女还亲这才是问题的所在。"明知有骗局，偏往套里钻"，这是很多老人的真实写照。老人傻吗？不傻，老人是在拿钱买关心、买温暖、买慰藉。现在的年轻人成家之后，大多不与老人住在一起，又由于工作、生活压力大，无暇照顾老人，而老人此时手里有钱，又有大把的时间，寂寞无法排解，而此时有保健品推销员的嘘寒问暖极易让老人产生比儿女还关心的感觉，所以此时让老人购买保健品已是水到渠成的事了。有的老人甚至认为，如果他不买一些保健品，推销员连工资也没有。其实，推销员有没有工资，与他又没有一毛钱的关系，但推销员就是掌握了老人怕死、需要关心的心理，成功地实施了骗局。

老人吃保健品、商家推销保健品也并没有什么错，错就错在以次充好的营销手段及畸高的价格。如果能够在一个规范的平台上自愿实现交易，确实为老人的健康着想，这样的保健品完全可以在阳光下运行。除此之外，做子女的是否也应该承担一份责任，多回家看看，让老人不再孤独，让老人的善心不再被人利用呢？

（2013 年 10 月 11 日）

坚持的正能量

　　人在工作、学习、生活中难免会遇到困难和挫折，甚至磨难。这些艰难险阻对于人是一种考验，考验着人的意志、毅力。每当遇到这些考验时，就需要以坚忍不拔的精神来加以坚持。因此，坚持对于人来说，具有正能量。

　　坚持的正能量在于它使你不断地向成功靠近，直至到达成功的彼岸，因此，坚持往往会成为成功的代名词。世界上很多著名的成功人士，其事业的辉煌，都是以不懈的坚持而铸就的。我们知道，如果在被银行拒绝了 242 次之后，霍华德·舒尔茨不再坚持，就不会有今天的星巴克；如果在被出版社拒绝了数年之后，J·K·罗琳放弃了再一次的坚持，就不会有《哈利·波特》的问世；如果在被否定了 302 次之后，华特·迪士尼没有把坚持进行到底，就不会有闻名世界的迪士尼乐园……所以，就算别人拒绝你，就算错过机会，再困难也要咬牙坚持，否则将会前功尽弃。如果每一次遇到困难都知难而退或半途而废，到头来那将一事无成。

　　坚持之所以具有正能量，在于其强大的生命力。有些事物由于其起初弱小，不受关注，甚至遭受排斥，但因为坚持，获得了发展的无限空间和无限可能。正所谓"不积跬步，无以至千里；不积小流，无以成江海"。在现实中，想成一事，必需有坚持不懈的毅力，有永不言弃的精神，积少成多，集腋成裘。

坚持之所以具有正能量，是因为坚持是一个持续的过程，而成功是人要达到的结果，失去了持续的过程，就不可能获得自己想要的结果，因此，没有坚持，就永远没有成功的可能。即使失败，你也要坚持，只有坚持才能寻找到改进的方向；只有坚持才能有调整和改进的思路和方法；只有坚持才会做到不放弃任何一个可能的机会，坚持能够让你从失败中站立起来。

任何人的成功都是坚持的结果，因为任何人做任何事情都不可能一帆风顺，这就需要有持久的热情、持久的关注，用持久的努力来完成。社会学家指出，任何人专注在特定的领域里，持续成长 5 年可以成为该领域的专家，10 年可以成为权威，15 年可以成为世界顶尖，20 年可以成为该领域的世界第一，可见坚持的重要性。即使是凡人，只要坚持做一件事，也会成为某一领域的专家。

当然，如果明明知道不可为而为之，明明知道是错误的还在坚持，那就走向了坚持的反面——固执，而固执可不是什么正能量的东西，它会让你偏离航向，离成功越来越远。

（2013 年 11 月 13 日）

数字化时代的阅读

常言道，开卷有益。高尔基说过："书是人类进步的阶梯。"培根告诉人们："读书足以怡情，足以博采，足以长才。"毫无疑问，阅读能够增长知识，开阔视野，陶冶情操。同时，阅读也能使人的心情获得快乐。有人指出，用读书来为自己放松心情也是一种十分高雅和明智的事情。因此，让读书成为孩子的生活方式，就显得尤为重要。

然而，如今国人的阅读面临着新的挑战，这个挑战主要来自信息的数字化。

我们所处的时代，是数字化的时代，信息量呈爆炸式增长，信息传输高速便捷广泛，信息与经济、社会、文化等高度融合，因而人们对数字化的依赖也会越来越大，同时受数字化的影响越来越大，参与信息化的深度和广度也越来越大，数字化纵横交错于生活的各个环节和每个角落。

在数字化时代，新媒体像推土机，正推平传统媒体高耸的大厦及其公信力。同时，也创造了巨大财富。在美国，谷歌广告运营收入今年预计达 600 亿美元，将超过美国所有报纸杂志营业收入的总和。在国内，仅 2013 年 11 月 11 日这一天，天猫双 11 购物狂欢节支付宝交易额就高达 350.19 亿元。腾讯企鹅帝国的营业收入和利润也抵得上中国所有纸媒的总和。今年上半年，腾讯总营业收入 279 亿元，净利润 77.55 亿元。在这个数字中，微信圈的大批传统客户的消费为腾讯带来的利润还未计算在内。

数字化使人们的阅读习惯发生了颠覆性的改变，人们越来越适应，甚至依赖于数字化信息载体进行快速搜索、快速传播、快速浏览、快速复制和快速编辑。现在相当多的人的生活根本离不开网络就是一个有力的例证，有的甚至在数字化软件帮助下简便阅读。英国 17 岁辍学少年尼克·达洛伊西奥设计的 Summly 阅读软件，能将烦冗的文章精简成几行关键句子。该软件被雅虎以 3000 万美元高价收购，推向市场并被广泛使用。

数字化除了以直观化显示、多样化表现、快速化复制、简便化编辑和快捷化传递等方式，给人们阅读和传递带来极大的方便外，也有着显而易见的缺陷。在数字化条件下，人们的阅读越来越简短，越来越碎片化，同时将人们的思维弄得支离破碎。王蒙在北京国际图书博览会开幕式上感慨：不止一个人宣告纸质的式微、文学的终结、小说的衰亡。如果只剩下快速浏览，只剩下多媒体的直观，将会给我们的精神生活带来灾难。

更为严重的是，数字化的这种缺陷，对包括中国在内的发展中国家的影响更为深刻和直接，严重影响着人们阅读的健康发展。联合国教科文组织的一项调查显示：全世界每年阅读书籍数量排名第一的是犹太人，平均每人一年读 64 本；之后依次是俄罗斯 55 本、日本 40 本、美国 25 本、法国 20 本、韩国 11本……而中国呢，2013 年的数据是，18 岁以上的成年人，每年平均读书 4.39 本，还有资料认为，中国已经工作的群体中，每年人均读书仅有 0.7 本。有人这样调侃当前国人的阅读状况：婴幼儿比小学生读的书多，小学生比中学生读的书多，大学生比上班的人读的书多，上班之后，除了励志书基本不看书……一名印度工程师所写《令人忧虑，不阅读的中国人》一文红遍网络。他说："我坐在从德国法兰克福飞往上海的飞机上。正是长途飞行中的睡眠时间，机舱已熄灯，我蹑手蹑脚地起身去厕所。座位离厕所比较远，我穿过很多排座位，吃惊地发现，我同时穿过了很多排 iPad。不睡觉玩 iPad 的，基本上都是中国人，而且他们基本上都是在打游戏或看电影，没见有人读书。"他还说："中国人并不是不阅读，很多年轻人几乎是每 10 分钟就刷一次微博或微信，从中浏览各种各样的信息。但微博和微信太过于流行……它们会不会塑造出只能阅读片段信息、只会使用网络语言的下一代？"确实如此，在公交车上、地铁里，我们会发现几乎人人都在玩手机、平板电脑，而不是阅读书籍。你我都可能是其中的一分子。我们宁愿对着冷冰冰的屏幕一个人浏览，也不愿意和陌生人说一句话，或者是在那样的时空里，读一本书。我们的节奏越来越快，我们的阅读行为越来越少，结果就是我们越来越不会思考，变得千篇一律。因为我们已经习惯了只是好玩不假思索地转发，我们的阅读，只停留在好玩的水平上。诚然，数字化带来了海量的信息，但也让我们的阅读变得平面化、片段化、碎片化，这也是不争的事实。

真正的阅读不是浅尝辄止，是一个人忘记周围的世界，在文本中感受生命的忧伤与欢唱。正如"有一千个读者，就有一千个哈姆莱特"那样，每个人对文本的理解是不同的，因而也就会激发不同思想的碰撞，不是那些碎片化的信息和夸张的视频可以取代的。有学者指出："当下的中国，缺少那种让人独处而不寂寞、与另一个自己，也就是自己的灵魂对话的空间。生活总是让人疲倦，人们都需要有一定的关机时间，让自己只与自己相处，阅读、写作、发呆、狂想，把灵魂解放出来，再整理好，重新放回心里。"只有这样，阅读的积极作用和意义才能真正地体现出来。

（2013 年 12 月 25 日）

密码啊密码

以往，说起密码，我们的脑海里立即会浮现出战争的场面，耳际会响起情报人员发报时发出的嘀嘀嗒嗒的响声。密码往往成为战争胜负的一个决定性因素。某些时候，因为情报是用密码发送的，所以还真是成也密码，败也密码。第二次世界大战中，交战双方都十分频繁地使用密码。以日本和美国为例，美军一心想破译日本海军的密码，并投入了大量的人力和装备。1940 年，一个名为吉纳维夫·格罗特金的女民法专家发现了一些反复出现的日本语密码，美军破译了这些密码，从而掌握了由日本驻美国大使馆内发往德国和日本本土的情报。针对日本用密码文件部署的对美国进行太平洋战争的计划，美国军队做了充分的准备。令人遗憾的是，日本进攻珍珠港战役的计划却并没有使用这些美军已破译的密码发送，而是使用日本海军的另一套密码进行战争指挥，导致美军在珍珠港战役中失败。珍珠港战役失利后，美军方更加努力地破译日本海军的密码。1942 年，美军中的"日本通"、人称"魔术大师"的情报分析专家约瑟夫·罗切福特破译了日本海军的密码，密码中的 AF 被认为是指中途岛，并推断日本的联合舰队将在 6 月 3 日进攻中途岛。随即美军发了一个假情报，声称中途岛上缺水，来迷惑日本人。最后，美军取得了中途岛海战的大胜。可见，密码在战争中的重要作用。

如今，提起密码，更多的是让人想到银行密码、登录密码等，和战事已没有多大关系。可以说，密码已经是身处网络时代的我们生活的一部分，如果没有密码，或密码泄露，我们的隐私以及财产都有可能受到侵害，带来灾难性的后果。密码是私密性的符号，外人不会轻易得知，能起到保护个人安全的作用，从这个角度讲，密码具有专属性。

密码在给我们带来安全的同时，也给我们带来了一些不便。比如说，由于设置密码的地方多，会常常忘了密码，那么就有可能电脑打不开、银行卡被锁等，正常的工作和交易无法进行，只好再费时间破解密码或挂失。这是多个密码的情况，但是所有的地方都设置同一个密码也很危险，如若一个地方的密码泄露，其他地方的密码都会形同虚设。

看来任何事物都有其两面性，密码在保护我们安全的同时，也会带来一些不便，只是这样的不便与安全比起来，真的不能算是不便了。

最后，说说密码的设置和保护问题。专家给我们支招，生日、手机号码、门牌号、身份证号的一部分如果作为密码，安全系数最低。如果身份证与银行卡一起丢失，犯罪分子极有可能从身份证上的出生年月上试出密码。自己的各种密码要妥善保管，绝不轻易示人。人心隔肚皮，不怕贼偷，就怕贼惦着。用卡消费时，卡内不要存放大量资金，万一密码被盗，损失也较低，不至于剜心割肉。

（2014 年 1 月 2 日）

"土豪"一词的走红

你要问 2013 年哪个词最热，"土豪"无疑最走红。

外国将有钱人称为富豪，中国将某些有钱人戏谑为土豪。

"土豪"一词由来已久，本意只是指地方上有钱有势的家族或个人，或特指乡村中有钱有势的恶霸。此"土豪"与时下网络流行的土豪之意并不完全一致，网民赋予了它新的含义。

今天的土豪指的是修养不够、花钱很猛的有钱人，说简单点就是土得掉渣的有钱人。他们往往靠投机一夜暴富，而文化程度不高，自身修养不够，有钱后不知钱该怎么花，无非就是豪车美女、娱乐场所，一掷千金，挥金如土。钱是花了，阔绰也摆了，但并不能赢得别人的尊重，甚至于是别人鄙视的眼神。

现代的"土豪"一词最早的意思也并不指现实生活中肆意挥霍的有钱人。其实，"土豪"一词是源于一款网络游戏，游戏中有一种职业"剑魂"。"剑魂"攻击伤害对手是靠百分比输出的，也就意味着装备越好，伤害对手越大。但要想装备好起来，要付出的钱也是相当多的，于是这个职业就被称为土豪职业，这些顶级的虚拟装备被称为土豪装备，这些烧钱烧得厉害的游戏玩家也就被称为土豪玩家。"土豪"一词后来逐渐演变为指网络上无脑消费的人。

网络游戏赋予土豪的戏谑性意义，但没有使之流行。"土豪"一词的真正走红，下面这个段子功不可没。

青年问禅师："大师，我现在很富有，但是我却一点儿也不快乐，您能指点我该怎么做吗？"

禅师问道："何谓富有？"

青年回道："银行卡里8位数，五道口（位于北京海淀区成府路繁华地段）有三套房不算富有吗？"

禅师没说话，只伸出了一只手。

青年恍然大悟，说："禅师是让我懂得感恩与回报？"

"不，土豪……我们……可以做朋友吗？"禅师说。

这个段子首次提出与土豪做朋友，把对土豪的戏谑、调侃、嘲讽等语义演绎得比较完整，从而使"土豪"一词被社会普遍接受，具备了流行的社会条件。2013年9月9日，微博上发起与土豪做朋友以及为土豪写诗的活动，再次推动了"土豪"一词的走红，直至成为今天的热词。

"土豪"一词的流行，从某个方面来说，成为中国经济繁荣的一个标志，但也表现出社会面对一部分人先富起来的复杂心理，其中不乏也有某种担忧。网上就有"宁和土豪做朋友，不与愤青做闺蜜"之语。土豪炫富无疑刺激着人们的神经，但"富而不贵"并不能赢得社会普遍的尊重。中国的土豪若想消除人们的既有印象，成功转变为富豪，光有形式上的富有是远远不够的。如何加强自身修养，切实为推动社会发展和文明进步贡献自己的力量，才是赢得社会尊重的关键。

（2014 年 1 月 31 日）

不妨糊涂一点

记得郑板桥写的"难得糊涂"的字幅下，有他题的一行款跋："聪明难，糊涂难，由聪明转入糊涂更难。放一着，退一步，当下心安，非图后来福报也。"这可能就是难得糊涂最有名的出处了，但是要真正做到难得糊涂，我看未必有几个人能做到。

几年前，报纸上刊登了这样一篇文章：某单位招聘一批播音员，一位本科刚毕业、各方面条件都很好的姑娘进入了复赛，且在初赛中名次排在前面。她通过关系找熟人打听其他入围选手的情况。好心的亲友告诉她，别人的情况都不重要，关键是要做好自己。可是她听不进去，还是费尽心机和周折打听到了一些"内幕"：谁的大伯是领导，谁请主管吃饭了，谁又给某主管送礼了等。她一边愤恨地对亲友说着这些"内幕"，一边叹息自己出身卑微。

复赛中，她因为把心思都花在了打听"内幕"上，没有好好准备，结果状态不佳被淘汰出局。当她哭着告诉曾告诫过她的那位好心亲友时，这位亲友对她说："你知道得太多了！是你挖空心思打听到的无关信息消融了你的信心和斗志，把自己逼出了局。"因为，据说有"背景"的那些考生也没有获得关照，同样遭到淘汰。

在这篇文章中，还举了另外一个例子：两个主妇，一个是文盲，一个是知识分子。她俩一起被查出患了某种疾病。大字不识的主妇的病情比有文化的主妇要严重得多。因为她不识字，所以对自己的病情一无所知。因而也没有什么心理负担，医生让干啥就干啥，从来不刨根问底。这个知识女性却不同，想方设法找来资料，收集与自己的病有关的信息，对号入座，并暗自神伤。几年后，文盲主妇的病逐渐地好了，而知识女性的病情却一天天加重，直至去世。

这篇文章认为：在生活中，无论遇到什么事情，我们总愿意了解很多。但事情过后，我们会发现，曾经的那些挖空心思搜罗来的信息不仅于事无补，而且还可能束缚住我们的手脚；相反，没有了那些信息的牵绊，我们或许倒会勇往直前，无所畏惧。这无疑是有道理的。

随着社会的进步，人们的知情权也越来越获得认可，比如说政府提倡的政务公开，作为一个公民，要求知道政府"三公"的支出情况，这是允许的，也是公民的一项权利。再比如说，业主对物业的收支也是有知情权的，因为这涉及业主的利益，哪些钱是该收的，哪些钱是不该支的，业主都有权知道。但是有些事情，就没有必要清楚得很，不妨学学郑板桥难得糊涂。有些事情，你知道得越多，对你自身越不利。

文章中第一个例子中的女孩，显然受社会不良风气的影响，以为干什么都有"内幕"，但这种社会的不公正、不公平毕竟只是少数，大部分还是要靠自身过硬来获得机会。中国人口这么多，真正有背景的能有多少。即使有背景，自己能力不够，能否胜任还是未知数。如果那个女孩把心思花在复试准备上，说不定还有得一拼，结果她却把工夫花在了打听"内幕"上，被淘汰是必然。我们说无知而无畏，正是因为文盲主妇不识字、不知情，让她活了下来。反观那位知识女性，因为懂得太多，知道得太多，再多的治疗也抵不上她丧失的信心，某种意义上而言，她是自己把自己害死的。第二个例子很好地为我们诠释了，有些事情知道得越少越好。

做人呢，就不妨糊涂一些，哪有那么多事情需要较真。

（2014 年 2 月 14 日）

体验快乐人生

　　有文章说，日本一些餐厅和咖啡店，为了满足现代人渴望尊贵的心理，推出了让顾客享受贵族待遇的服务。

　　有家男管家咖啡店，女顾客一进门，一名打领带、穿燕尾服，宛若欧洲贵族家庭的男管家就会恭恭敬敬地上前打招呼："欢迎光临男管家咖啡店，公主殿下。"边说边把闪闪发光的冠冕戴在女顾客的头上。在这家咖啡店里，女顾客只要一摇铃，英俊的男士就会马上过来，单膝跪地，殷勤地询问："我的公主，有什么可以为您效劳的？"

　　男管家咖啡店就是抓住了女性年幼时曾经有过的幻想：自己变身公主，长大遇到白马王子。男管家咖啡店让女顾客梦想成真，却花费不多，因此这家咖啡店生意特别火爆，拥有众多女回头客。

　　最近，日本还兴起了女仆咖啡店。一看名字就知，这家咖啡店是针对男顾客服务的。女仆咖啡店的店内装潢和餐点与一般咖啡店差异不大，最大的卖点则在于女服务员都身着女仆的服装，并称呼客人为"主人"。这种角色扮演般的服务方式，不仅让男顾客的自尊心得到了很大的满足，而且还吸引了不少动漫迷的到来。

无独有偶。在吉林省，大学生开办的动漫女仆咖啡厅正式营业。身穿女仆装的服务员接待客人，用"欢迎回来，主人"这样的话招呼客人。动漫女仆咖啡厅的服务员称作女仆，名字也是用柚井、天舒、猫眼等动漫称呼。动漫女仆咖啡厅源自日本动漫的女仆文化，除了进门叫声"主人"、为客人端咖啡外，还为客人提供打牌、玩游戏等服务。店内有免费的无线网络、桌游。由于客人享受到了良好的服务，所以生意十分火爆。

男管家咖啡店、女仆咖啡店和动漫女仆咖啡厅其实就是让顾客享受一种尊贵的体验。虽然他们的身份也许并不尊贵，但在女仆咖啡店和男管家咖啡店中，就能如贵族在社会上让人尊敬、显示高贵那样得到店家的服务，亲身享受店家的尊贵服务，使得顾客获得了心理上想要尊贵的满足，在满足中体验到幸福与快乐。

据说，现在网络上有那么一群男女，利用网络虚拟平台，组织开展各种各样的演绎活动、模拟活动或者体验活动，进行各种生活、工作、交往等方面的体验，使在现实生活中感情、工作等方面的焦虑、寂寞等心理获得了平衡和释放，重新获得快乐和幸福。

在英国有"经历至上"一族。他们工作一段时间后就会请假，有的甚至干脆辞职，去周游世界，经历各种事物。钱用完了，就再继续工作；有了钱了，就再去旅行，再去经历……有位记者撰文说，英国一位"经历至上"一族的美女，"同她交谈，仿佛是在阅读一本厚厚的《国家地理杂志》，仅中国，她不仅讲得出丽江的旖旎、黄山的秀美、南京的古朴、西藏的神秘、新疆的辽阔，还对各地风土人情、美味小吃如数家珍"。这位记者认为，这样的人在国内、国外越来越多。"他们兴致所至，脚步就向哪里"，"他们中的一些人把所到之处的风土人情、美味佳肴写成了旅行指南出版。有一个厨师，每到一个国家旅行就遍尝美食，然后再把这些美食以及烹饪方法图文并茂地写成书，结果大受烹饪爱好族和自助游爱好者的欢迎，而他自己，则靠着这些各国美食指南的版税，继续周游世界，继续大饱口福和眼福，继续增添人生的经历财富，继续陶醉于富有的经历带来的幸福感"。

看来，经历不仅能体验到幸福和快乐，而且还能带来经济收益。不管是宅在女仆咖啡店、男管家咖啡店，还是走出户外，行万里路胜读万卷书，都是体验幸福和快乐的过程。

让我们多一些这样的体验，放飞心情，增长阅历，提高生活和生命的质量。

（2014 年 3 月 5 日）

控制欲望

　　中国有个成语"欲壑难填"，形容人的欲望没有止境。"欲壑难填"语出《国语》："叔鱼生，其母视之，曰：'是虎目而豕喙，鸢肩而牛腹，溪壑可盈，是不可餍也，必以贿死。'遂不视。"意思是说，叔鱼刚生下来，他的母亲仔细看后，说："这孩子虎眼猪嘴，鹰肩牛腹，溪壑尚有盈满的时候，他的欲望却不会满足，将来必然要贪财受贿而死。于是就不亲自养育。"大自然中，溪壑尚有盈满的时候；人世间，欲望却是永远满足不了的。

　　西方世界认为，欲望是一个空碗，只是被扣过来又揭开而已。安徒生童话里有这样一个故事：

　　一个萧条的夜晚，一对老年夫妇在他们贫寒的小茅草屋里说，遵守上帝的戒律不去犯罪，那是富人们的事情。谁在吃饱穿暖的时候，还去做那些上帝不允许的事情呢？上帝听到了他们的抱怨，便派一个天使把他们接到一座富丽堂皇的房子里。房子外面有美丽的花园，里面有温暖的壁炉和摆放着银质餐具的餐桌。

天使告诉他们："主人要你们在这里尽管住下去。你们不必再担忧衣食。只是……"天使指着餐桌上一个很普通的扣放着的碗，说："任何时候都不要打开这个碗，否则，主人会将你们赶出去，回到你们原来的茅屋里继续过贫穷的日子。"

那对老年夫妇喜笑颜开，天下竟然有这等好事。既然有吃有喝，还住在宫殿一样的房子里，傻瓜才在乎一个倒扣着的碗呢！那对老年夫妇是这么说的，也是这么做的。他们在美丽的花园里度过了一段美好而十分富有的时光，每天吃喝玩乐，并不在意那个碗。可是，任何幸福到最后都会平淡。那对老年夫妇熟悉了房子里的每一个角落，熟悉了花园里的四季变化。总之，他们熟悉这里的一切到了不用掐指计算就知道明天几点钟他们在干什么的地步，唯独那个不起眼的碗，他们没有去碰过。和刚开始不一样的是，他们开始好奇，开始猜测，那个碗里究竟有什么呢？为什么要倒扣着呢？终于有一天，那个老头实在忍不住了，大喊道："不行，再不打开这个碗，我就要疯了！上帝既然给了我们这么多，还在乎一个破碗吗？"于是他打开了那个碗……

然而，碗里面空空如也，什么稀罕物件都没有。这时，天使出现了，对他们说："你们有了曾经渴望的荣华富贵，却还是不能放下一个普通的碗。可见贪婪和贫富是没有关系的。请回到你们自己的家，去赎你们自己的罪恶吧！"

可见，人的欲望就是个无底洞。

有欲望是人的本能，有一定的欲望并不是什么错事，反而能促使人奋进，但是如果永远不满足，不懂得适可而止，知足常乐，人就会被欲望埋葬，因为旧的欲望满足了，新的欲望就又会产生，永无止境。

英国有个女孩凯莉·罗杰斯中了187万英镑彩票大奖，摇身一变成为英国最富有的少女之一。从财富的角度上说，她的欲望获得了极大的满足，但这笔飞来横财，对她来说却是一场噩梦。中大奖之后的凯莉辞去了工作，开始了极度奢侈和挥霍的生活。先是花费 55 万英镑为自己和家人买了四套房子，又豪掷 20 万英镑邀请亲朋好友参加豪华旅行。单是在购买豪车上就花费了 11.5 万英镑，聚会和毒品上还花费了 25 万英镑。金钱让她的欲望急剧膨胀，她先后交了四个男友，纵欲无度。精神颓废的凯莉患上了抑郁症，两次试图割腕自杀。这种无节制的奢侈、挥霍，让她变得越来越空虚，越来越痛苦，她的人生一片灰暗。

像凯莉这样的人外国有，中国也有。

五年前陈某买彩票中了 1000 万元。一夜暴富后，他立刻便和妻子离了婚，代价是 100 多万元的分手费。购置房车花费近 100 万元，赌博输掉几百万元，被不同的朋友怂恿着投资又赔了不少钱，所剩无几的钱被他挥霍得一干二净。身上只剩下 80 元钱的陈某走投无路，心生歹念，干起了信用卡诈骗的勾当，最终让他身陷囹圄。

是欲望让他们陷入迷茫，毁了自己的人生。贪欲是人生的大敌，会给人生带来罪恶和祸殃。叔本华说过，欲望过于强烈，就不再仅仅是对自己存在的肯定，相反会进而否定或取消别人（也包括自己）的生存。因此，需要用理智的调整与节制，摁住欲望顽固而倔强的牛头，牵住欲望难以扭转的牛鼻子，使之不成为洪水猛兽。凯莉在基本败光了 187 万英镑后，她不得不收敛了自己的放荡行为，不得不克制自己挥金如土的欲望。经过艰苦的自我抗争和努力，凯莉慢慢恢复过来。她每天做三份工作来养家糊口，而此时的凯莉感受到了久违的快乐，并找到了她的真爱男朋友保罗。

控制欲望，必须以理智和自控力为核心。我们知道，每个人都有打开那个扣着的碗的欲望。但控制这个欲望，不能仅仅依靠上帝的处罚，而要靠来自于自身的修炼。人生就是一场修炼。有人说过，人生整个过程就像磨刀，生存的目的和价值就在于坚持不懈地付出、脚踏实地地行动、兢兢业业地求道、平平淡淡地做人、认认真真地做事，修身养性，使自己带着纯洁的灵魂完成全部行程，到达生命的终点。如果人们做到了这一点，那就不会被欲望左右而能控制欲望，这样的人生必然闪耀着人性美丽的光芒！

（2014 年 4 月 24 日）

宽容败笔

败笔原指写字、绘画得不好的一笔，或诗文中写得不好的词句，引申为某件事做得不够完美的地方，泛指某个物件中不好的部分，或形容出现不好的状况。

玉姥爷开了一家古玩字画店。那天，店里来了一位衣着得体的客人，看中一幅画，二人一番讨价还价后，决定以 200 两银子成交。客人先付了 100 两银子做定金，剩下的取画时再付。

收了定金，玉姥爷高兴得近乎癫狂，200 两银子，恐怕开三年店也赚不了这么多钱啊！

到了约定的时间，客人带着剩余的银子如期而至。可是，令玉姥爷做梦也没想到的是，客人看了一下那幅画后，竟然不买了，让玉姥爷退还定金。原来，这幅画表现的是一个人牵着驴过小木桥，桥很窄，驴胆怯，不肯过桥，牵驴人用力将驴往桥上拽。只是画上并没有画出缰绳，从牵驴人拽驴的姿势，强烈感受到拖拽的力度。客人觉得，此处不落笔却蕴含着无限的奥妙，可谓神来之笔。岂知，拿了定金的玉姥爷一高兴，又情不自禁地展开了这幅画，突然发现漏画了牵驴的缰绳，担心被客人发现了会反悔，便悄悄地补上了缰绳。玉姥爷自以为做得天衣无缝，哪知他恰恰加了一个败笔，把整幅画的神韵破坏了，只得将定金退还给了客人，让这笔有生以来最大的生意打了水漂。

画蛇添足是败笔，缺胳膊少腿也是败笔。"唯有一点像羲之"典故中的王献之写的那个"太"字，下面一点未写，想必也是败笔，而王羲之添了那一点就是神来之笔。

现实中不光书画中有败笔，就连说话办事也有败笔。

在一次演讲比赛中，按会议议程，领导对每位演讲者进行点评。参加演讲比赛的共有 13 位选手，领导点评总体比较精练，平均每位选手用时 2 分 42 秒，一共用了 36 分钟。主持人在主持时，只把领导的 36 分钟总用时说了出来，其意图是说领导点评讲话并不长，用时平均不到 3 分钟，确实不容易。没想到主持人的用意并未被大家领会，大家一听 36 分钟这个数字，觉得领导讲得时间太长，哄然大笑，领导坐在主席台上脸上挂不住了。这样一来，不仅主持人尴尬，而且把领导搞得也很尴尬。

不难看出，主持人一句话没说是败笔，这句话就是"领导点评精练，平均每位选手用时 2 分 42 秒"；主持人说的另一句话却成了败笔，那就是"领导点评用了 36 分钟"。

造成败笔的根本原因在于，不该省略的主持人省略了，或应该省略的主持人却没有省略，从而让受众出现了理解上的偏差，使主持人与受众在信息传递与接收上背离了原意。由此可见，正确传递信息，一定要有必要的铺垫和说明，不能轻易省略，也不能任意添加，不然就是败笔！

败笔的产生大多为疏忽大意或没想周全造成，并不是有意为之。即使如诸葛孔明神机妙算，也有失手的时候，更何况我们这些凡夫俗子呢。从这个意义上来说，人们和社会都应该允许有败笔，宽容败笔。

（2014 年 6 月 2 日）

土菜的反思

中秋节是中华民族重要的传统节日，朋友聚会当然不可少。如今物质丰富了，人们对大鱼大肉早就不稀奇了，于是土菜便受到了青睐。

我有个朋友，生意做得风生水起。中秋节前夕，他请高朋贵友、金兄铁弟去土菜馆捧杯邀月，共叙婵娟。

满桌土菜，可谓丰盛了得。家烧草鸡、秘制土鸭、红焖笨猪、红烧山鹅、乡烹野鱼、清炖野鳖、土炒野鳝等，大腥大荤、大油大腻依然是主角。当然，青素绿蔬作为配角也必不可少，有清炒南瓜头、蒜蓉山芋秆、鲜炒菱角藤、上汤嫩藕秆等。不可否认，这家土菜馆确确实实土得地道，无论荤腥还是素蔬，不光食材极土，而且烹法极土，山野乡土味儿浓郁了得，色香味俱全鲜美至极。在这些菜品中，让这帮尝遍山珍海味、美味佳肴的吃货们最感兴趣的倒不是那些山禽野畜，反而是那田地村头遍地都有的，当年农家用来喂牲口都不一定轮得上的南瓜嫩头、山芋叶秆、莲藕嫩秆。这些土菜一上家宴餐桌，总被一抢而空，想想真是让人不可思议。

人啊，有时候就是很奇怪。在我老家，早年物资奇缺，食物供应有限，家禽家畜私自多养是资本主义尾巴，要被割之。且家无余款，无法亦无力购买鸡鸭鱼肉。那时的人们，对荤菜那个馋啊，哎呀，真是用垂涎三尺来形容，也一点不为过。见到别人吃荤腥，嗅到荤味香，口水真的忍不住流下来连成串，这样说并不夸张。但让人不可思议的是，那时水田里螃蟹乱爬，青蛙乱跳，黄鳝乱窜，龟鳖乱跑。尤其是田螺硕大乱滚，让人走路硌脚；塘螺成堆成垒，让人捣衣绊手。还有水塘河浜里的水蚌，随手一摸便是一窝。人们却不吃它们，偶尔随便抓点回来，仅仅喂鸭子或当猫食而已。就连虾子，人们也觉得不入口味，不愿食用，有这样一句顺口溜，叫作"有好不吃差，有鱼不吃虾"。一边是馋荤流涎，囊中羞涩；一边是荤腥任取，无人问津。这般情景，现在想想，真的是让人看不懂。

喜荤不馋素是那时的普遍现象，但对荤菜口馋，能说明素菜盈足吗？其实，青菜绿蔬也并非想象的那么充足。那时"一大二公"，每家虽然都有块菜地，但若逢天旱虫灾等年景不好的时候，蔬菜也是不能保证的。记得有一年，家中修造新房，请了不少亲友邻居帮忙，自然少不了供顿伙食。新房修好，菜园子的蔬菜也一扫而光，新一茬的菜籽刚刚发芽，家人只得以咸菜度日，后来连咸菜也不济，便以盐水送饭下肚，可谓艰苦。然而田地里的南瓜藤好不茂盛，多余的枝叶掐断扔掉，却并不将嫩头、叶秆带回家炒熟就饭。还有，野荷茎秆、山芋叶秆到处都是，多余的部分采去沤泥，也不将其摘剥干净，充当蔬菜食用。想想这更让人看不懂。

光阴荏苒，如今20多年过去了，曾经人们并不食用的一些水生陆生动物，在如今这食材供应丰富之时却都成了餐桌上的美味；曾经人们不为食用的一些绿色植物，在如今菜篮子工程已十分完备之时却特意采来做上等时蔬，真的让人匪夷所思。

很多人对此想不通，包括我，一直在问这是为什么。

有人说，乡下人胆小保守，不像城里人胆子大，敢于吃"螃蟹"，便愚笨守拙，宁愿受馋，也不吃那些不是自己饲养的东西。个别非饲养的水产，如湖河中的大鱼，也是守道取之，足够大了才捕为珍馐。

也有人说，那时穷，无钱买油品。那些东西都腥味太甚，没有足够的荤油素油煎炸烹饪，腥味十足，难以入口，所以只好置之不理。

还有人解答，正因为现在的供应丰富，想吃什么就吃什么，因而对饲养的禽畜、种植的时蔬早都吃腻了，便去吃这些原本不吃的东西，才觉得新鲜、稀奇。

又有人说，是物以稀为贵，过去农村山寨这类东西很多，人们当然不稀奇。如今农村种庄稼使用农药、化肥等，将这些东西污染得差不多了，所以那些为数不多的，得以幸存下来的纯天然食材勾起了人们的食欲。

这些说法似是而非，都不能让人信服。其实，在我的理解来看，过去人们不吃这些土菜的真正原因，可能是受中国传统食物伦理观的影响。

中华民族是有着悠久历史的文明古国，文化底蕴十分丰厚，食物伦理同样完备而丰富。《黄帝内经》说："五谷为养，五果为助，五畜为益，五菜为充。"在这众多的食物中以谷物为主，菜蔬果肉为辅，就源于这沿袭数千年的饮食结构和饮食文化。清代著名才子袁枚撰写的《随园食单》，进一步阐述了中国人的食物伦理。关于原料的选择，他说："凡物各有先天，如人各有资禀。人性下愚，虽孔孟教之，无益也；物性不良，虽易牙烹之，亦无味也。"他认为，那些不属于人们饲养或不应该捕获的动物和不属于人们种植或不应该采摘的植物皆为"物性不良"，与人不合，不能食用。因此，人类对食物要有所选择、有所节制，才符合地之理、天之道，人类可以饲养或应该捕获的动物，可以种植或应该采摘的植物，上天早就规定好了，只有严格遵守才能奉天养地，从而植物茂盛、动物繁衍。虽然中国传统的食物伦理有天命说的意味，但其中不乏包含人类食品安全的朴素思想，也有环境保护的天然想法，这一点应值得肯定。

　　如此看来，并不是那时的乡民野居者保守、愚昧，也不是因为那时的动物、植物遍地都是而使人们失去了食欲，只是因为他们受传统食物伦理的约束，宁饥不食罢了，这一点值得今人反思和学习。

（2014 年 9 月 9 日）

激荡灵性阅经世

奇葩人奇葩年终奖

先说奇葩，后说年终奖。

所谓奇葩，本意是指奇特而美丽的花朵，常用来比喻珍贵奇特的盛貌或别具一格而非常出众的事物。而时下人们说到"奇葩"一词，多带有调侃和讽刺的意味，与原本美好出众的事物不同，大多指一些正常人行为和思维以外的，让人难以理解的、匪夷所思的行为。

最早使用"奇葩"一词者，汉代风流才子司马相如应该算其中之一。他在《美人赋》中就用"奇葩"来形容美女的迷人相貌。他写道："有女独处，婉然在床。奇葩逸丽，淑质艳光。睹臣迁延，微笑而言，曰：'上客何国之公子！所从来无乃远乎？'遂设旨酒，进鸣琴。臣遂抚琴，为幽兰白雪之曲。女乃歌曰：'独处室兮廓无依，思佳人兮情伤悲！有美人兮来何迟，日既暮兮华色衰，敢托身兮长自思。'……女乃驰其上服，表其亵衣。皓体呈露，弱骨丰肌。时来亲臣，柔滑如脂。臣乃气服于内，心正于怀，信誓旦旦，秉志不回。翻然高举，与彼长辞。"用今天的话来说，其意思是："有个美女独身居住，娇柔地躺在床上，貌若天仙，奇葩逸丽；性情贤淑，容光艳美。看到我就爱恋情迷，痴狂得莲步难移。她微笑如花地说：'贵客是哪国公子，是从很远地方来的吧？'于是摆出美酒，进献鸣琴。我盛情难却，抚琴弹出《幽兰白雪》的曲调。随着优美的旋律，美女情不自禁地唱起歌来：'独守空房啊无人相依，思念佳人啊心情伤悲！有个美人啊来得太迟，时间流逝啊红颜衰老，大胆托身啊永远相思'……美女脱去外衣，露出内衣，雪白的身体裸露无遗，展现出苗条的骨骼和丰满细腻的肌肤，时而贴近身来亲我，让我感到她的玉体滑若凝脂。面对这样大胆主动的示爱，我却能做到心情平静，心思纯正，守志不移。于是，我毅然远走高飞，与她长别。"

其实，司马相如并不像他文章中标榜的那样面对美女献媚而坐怀不乱，他可是个风流情种，也是个胆大妄为之徒。他勾引美女卓文君并与她私奔，弄得当时豪门旺族的卓家好不尴尬，无奈他们生米已经煮成熟饭，卓文君父亲卓王孙心疼娇女，只好给予钱百万、家童百名。于是，司马相如过上了富裕的生活，遂造一琴台，与卓文君欢娱逍遥；买一口井，以酿酒合欢。司马相如因酒色过度而生病，后经名医调理，才渐好转，作《美人赋》以自铭。其实，司马相如是个十足的奇葩。明明自己好色，用媚琴艳曲《凤求凰》挑逗大家闺秀卓文君，撩动了卓文君的芳心，与其私奔，却又偏偏用一篇散体骚赋，虚构了一个美若天仙的年轻女郎极其妩媚地向他求欢，他却坐怀不乱毅然离去的故事，来美化自己。此文美其名曰是自铭，但他却在得志时欲纳美为妾，放荡风流的本性难改。在我看来，他并不是面对美女的挑逗和献媚而心静如水，真诚守德，而是幻想着天下美女都能对他崇拜着迷，渴望委身求欢于他，都对他春心萌动，谦卑地满足其风流的欲壑罢了。由此看来，司马相如不仅风流轻佻，而且自恋臆想。这般沉醉于春梦臆欢，竟然写出在今天看来都是未成年人不宜阅读的《美人赋》之人，他不是奇葩，那么谁又能算得上是奇葩呢？

说完了奇葩，我们说说年终奖吧。

年终奖源于压岁钱，也称红包。送红包是中国人的传统习俗。据说，古时候有一种小妖叫"祟"，大年三十晚上出来用手去摸熟睡孩子的头，孩子往往吓得哭起来，接着头疼脑热变成傻子。因此，家家都在这一晚亮着灯坐着不睡，叫作守祟。有一对夫妻老年得子，视为心肝宝贝。到了年三十夜晚，他们担心"祟"来害孩子，就拿出八枚铜钱同孩子玩。孩子玩累睡着了，他们就把八枚铜钱用红纸包着放在孩子的枕头下边，夫妻俩不敢合眼守着。半夜里一阵阴风吹开房门，吹灭了灯火，"祟"刚伸手去摸孩子的头，枕头边就发出道道红光，吓得"祟"逃跑了。于是，这对夫妻用红纸包八枚铜钱吓退"祟"的故事传开了，左邻右舍纷纷效仿，逐渐就成了一种习俗。

这种习俗由来已久。压岁钱最早出现于西汉时期，至今已有2000多年的历史。最早的压岁钱也叫厌胜钱，或叫大压胜钱，这种钱不是市面上流通的货币，是为了供人佩戴玩赏而专铸成钱币形状的避邪品。有的钱币正面铸有文字和各种吉祥语，如"千秋万岁""天下太平""去殃除凶"等；背面铸有各种图案，如龙凤、龟蛇、双鱼、斗剑、星斗等。后来就逐渐演变为用真货币来作为压岁钱。传承至今，便成了一种习俗和情感象征。比如长辈给晚辈压岁钱，有祝愿平安吉祥的寓意和表示关爱的情感；亲友初会、相聚互馈红包和婚嫁、生辰等喜庆之事送红包，表示有喜当贺的礼仪；平时或者节假日期间拜访亲友送红包是完全出自内心感激之情的酬谢；给喜娘、道士、僧尼、轿夫、吹鼓手、车夫等送的红包，古时叫作花彩，今天则称为小费，是回馈他人辛劳的情感表达……由此可见，红包体现了中国人礼尚往来的人际关系。

年终奖其实也是红包的一种形式。年终奖除了发放现金、实物外，一些单位还将旅游、保险、车补、房补等作为年终奖发给员工。比如某公司给员工发了休假单和迟到免罚单等红包。据《扬州晚报》报道，某食品公司的员工收到单位给他们发放的一个年终奖：春节期间，公司员工要是陪在父母身边一两天，正式假期过完，只要提出是陪父母的，奖励其延长一周假期。这个年终奖不仅很奇葩，而且还被网友誉为"最暖心"的年终奖。

然而，有的年终奖奇葩得就让人哭笑不得了。比如，某公司给员工发了一种"蹦蹦跳跳"的年终奖，其实就是发了一根跳绳。引起员工们一片哗然，纷纷议论老板太抠门。这可是在小气上的奇葩。

最为奇葩的是将忽悠当年终奖发给了员工。某公司在年终时给员工发了个大大的红包，说是"苹果笔记本"。得知这个消息，员工们兴奋不已，高呼："公司，爱死你了。"然而，当员工们把红包拿到手，打开一看，并非是苹果牌笔记本电脑，而是四个苹果和一个笔记本，失望之情油然而生，而且还有被人忽悠的不爽感觉。这个年终奖确实很奇葩，想出这个点子的老板更奇葩，可谓是"奇葩他妈给奇葩开门——奇葩到家了"。有道是，这样的老板不仅忽悠了年终奖，而且也忽悠了员工，到头来一定是忽悠了企业，忽悠了他自己！

说了奇葩人奇葩年终奖，我忽然有个想法涌上心头：司马相如不是有百名家童吗？到年底，司马大人不知给不给家童发年终奖，他这个原本就很奇葩的人，发的年终奖或许也很奇葩吧。

（2013 年 2 月 4 日）

远"朱"近"墨"

五年前，我就想说说一个人。这个人就是好莱坞著名帅哥布拉德·皮特。

只要你看了皮特五年前的照片，你就能发现一个人的外貌会如何随着内心的变化而改变。

皮特刚出道时，是一张略带伤感而纯情的脸，用美国人的审美观来看，他是典型的金发奶油小生。自从遇上安吉丽娜·朱莉之后，他变为一个目光坚定而沉稳的男人。

他的变化说明，一个女人对一个男人相貌和气质的影响，超过了岁月的洗礼。

近朱者赤，近墨者黑。皮特因为近了如同"墨""朱"那样截然不同的两个女人，所以会有两种完全不同的表现。

皮特最初近的是詹妮弗·安妮斯顿。

安妮斯顿大概是"朱"一样的女人。因为她是典型的美国甜心，娇美温柔。在这样一个女人的面前，皮特只能以一种温文尔雅的形象进入公众的视线，人们才会觉得他们是天造地设的一对。

皮特与安妮斯顿经历了恋人到情人，最后结为夫妻的三个阶段。整个过程，他都表现出一副清雅乖巧、举止得体、笑容可掬、华丽时髦的气质和外在形象。正因为皮特的这种努力，才使得他和安妮斯顿这对俊男靓女成双入对地出入各种体面的场合。他们每到一处，不仅拥有红地毯、镁光灯，而且都能成为极其吸引眼球的一道风景，受到粉丝的追捧，被公认为是一对无可挑剔的金童玉女。美国《时尚》杂志推选皮特和安妮斯顿为名人最佳着装男士和最佳着装女士。皮特迅速累积了巨额的财富，住上了豪宅，开上了豪车，应有尽有，令人羡慕。

然而，好景不长，皮特结识了朱莉，二人感情迅速升温，打得火热，最终与安妮斯顿以离婚收场。

朱莉是好莱坞的另类，一贯特立独行。她是联合国难民署的亲善大使，奔波于非洲、亚洲一些贫困的国家和地区，收养非洲弃婴、柬埔寨孤儿，还将柬埔寨马德望省称为家乡，为出生在纳米比亚的女儿申请了该国护照。与安妮斯顿衣着讲究、举止高雅完全不同，朱莉出镜时携儿带女，衣着简朴，不拘小节。

皮特说过一句台词："我的心里有一只熊在低吼，不知道怎样才能平息。"很显然，这是他与安妮斯顿一起生活时内心真实的写照，他不想做奶油小生。他觉得，朱莉像一瓶烈酒，狂野而不失酷辣，让自己充满了激情，活力四射。只有朱莉才能平息他内心的"熊在低吼"，让心灵在原野上披风沐雨地狂奔，让心得到释放与燃烧。

皮特同朱莉及朱莉收养的一大群不同肤色的孩子组成一个另类家庭，一扫乖乖好男儿的做派，同朱莉一起骑车三个小时到沙漠深处过一个夜晚，骑着摩托车游荡在世界各地……他的内心深处也许就是一只高吼的熊。

　　"有些时候，遇到不同的男人或者女人，就是遇到了不同的命运。"皮特的改变，完全就是因为不同的女人。扫舍在《有一只熊在心里低吼》中说："男人同女人同居一室，最重要的是要彼此分享，大到分享一种价值观、生活理念，小到分享日常细节、审美情趣。"无论是一个男人遇到一个女人，还是一个女人遇到一个男人，都会在对方那里获得"这一种分享"，遇到另外的人，就会在对方那里获得"那一种分享"。不同的分享会使生活处于不同的状态。

　　有人这样评论皮特："与安妮斯顿的离异和同朱莉的结合，是一个男人从纸醉金迷的小世界到苍茫浩荡的大世界的一次投奔。他被一个女人成全，成全的是一个男人对生活的梦想，以及成为父亲、情人、孩子和浪子的心愿。"其实，他并不是被一个女人成全，而是被两个女人成全。无论是安妮斯顿，还是朱莉，都成全了他。安妮斯顿成全了他的"逃出"，朱莉成全了他的"逃入"。无论"逃出"，还是"逃入"，皮特所表现的，都是发自内心对自己的真诚！

（2013 年 4 月 8 日）

从"心"开始

有一个爱玩微信的朋友，在朋友圈里发了一个亚瑟王的故事，我看了觉得很富有哲理。于是，我查阅了亚瑟王的有关资料，才知这个故事出自英国作家托马斯·马洛礼编写的《亚瑟王之死》。故事的经过是这样的：

英格兰国王亚瑟被俘，本应被判处死刑，但对方国王见他年轻乐观，十分欣赏他，于是要求亚瑟解答一个难题，如果回答出来就可以获得自由。

这个问题就是："女人真正想要的是什么？"

亚瑟开始向身边的每个人征求答案，牧师、智者……结果没有一个人能给出他满意的答案。

有人告诉亚瑟，郊外的阴森城堡里住着一个老女巫，据说她无所不知，但收费高昂，且要求离奇。

期限马上就要到了，亚瑟别无选择，只好去找女巫。女巫答应回答他的问题，但有一个条件，就是要和亚瑟最高贵的圆桌骑士之一、他最亲近的朋友加温结婚。

亚瑟惊骇极了，这个驼背、丑陋不堪，只有一颗牙齿，身上散发着臭水沟难闻气味的女巫，怎么配得上高大英俊、诚实善良、最勇敢的骑士加温呢！

亚瑟说："不，我不能为了自由强迫我的朋友娶你这样的女人！否则我一辈子都不会原谅自己。"

加温知道这个消息后，对亚瑟说："我愿意娶她，为了你和我们的国家。"

于是结婚的消息被公之于世。

女巫回答了这个问题："女人真正想要的是主宰自己的命运。"

每个人都知道女巫说出了一个伟大的真理，于是亚瑟自由了。

婚礼上女巫用手抓东西吃，打嗝，说脏话，令所有的人都感到恶心，亚瑟也在极度痛苦中哭泣，加温却一如既往地谦和。

新婚之夜，加温不顾众人劝阻坚持走进新房，准备面对一切，然而一个从没谋面的绝世美女却躺在他的床上，女巫说："我在一天的时间里，一半是丑陋的女巫，一半是倾城的美女。加温，你是想让我白天变成美女呢还是晚上变成美女呢？"

这是个两难选择，加温会怎样取舍呢?

毫无疑问，有两种选择：一种是白天是女巫，夜晚是美女。理由很简单，白天是给他人看的，晚上才是属于自己的零距离。老婆是自己的，不必爱慕虚荣，让他人去欣赏她的美丽而艳羡自己。另一种选择是白天是美女，夜晚是女巫。这样选择的理由是，白天可以得到别人羡慕的眼光，而晚上除了拉了灯美丑一个样外，还可以在外面寻欢作乐。如何选择，就看男人的价值取向了。爱情至上主义者会做第一种选择，而欲望享乐主义者一定会做第二种选择。

　　然而，聪明的加温将问题推给了女巫，他回答道："既然你说女人真正想要的是主宰自己的命运，那么就由你自己决定吧！"

　　女巫热泪盈眶："我选择白天、夜晚都是美丽的女人，因为你懂得真正尊重我！"

　　微信圈的一个朋友在这个故事的最后写了一段评论，他说："加温的选择诠释了做人的真谛，也称作'三大法宝'，即理解、尊重、信任。这个故事告诉人们，人有时候很自私，通常会以自己的喜好去主宰他人的生活，却没有想过他人是否愿意。当人们放弃自我，尊重他人、理解他人、信任他人时，得到的也许会更多。"我认同他的观点。然而，除此以外，我却得到了另一个启示：这个故事的精彩之处在于女巫与女人的变身，这个世界既是丑陋不堪的女巫，也是美丽无比的女人。当你用真诚的、无私的心去对待这个世界的时候，世界就是让人爽心悦目的美女；当你用虚伪的、贪婪的心去对待这个世界的时候，世界就是令人憎恶的女巫。我们生活的世界美好与否，关键不在于这个世界是什么样子，而在于我们的内心美好不美好、纯净不纯净。创造美好的世界和生活，必须从"心"开始，从"心"着手！

　　　　　　　　　　　　　　　　　　　（2013 年 5 月 9 日）

大师的胸怀

大师就是大师，其胸怀是普通人不能比、够不上的。我国著名科学家钱学森不仅在攀登科学研究高峰上享誉世界，而且他的博大胸怀也让世人景仰。

1964年，新疆生产建设兵团农学院青年教师郝天护给钱学森写了一封信，指出钱学森一篇论文中的某处错误。当时，中国的原子弹和导弹研究进入非常重要的时期，钱学森的工作非常忙碌，尽管如此，钱学森还惦记着这封信，仅仅过了两个多月，3月29日，钱学森就给郝天护回了信。钱学森在信中写道："郝天护同志：你在今年1月9日写的信早就收到了，但因有其他的事，未能作答，请您原谅。"钱学森不仅在青年教师面前十分谦逊，虚怀若谷，而且还在信中坦然承认自己的错误，并请郝天护在报刊上发表一篇文章，公开批评和纠正他的错误。钱学森在回信中认为，这样做的目的是："科学文章的错误必须及时阐明，以免后来的工作者误用不正确的东西而耽误事。所以我认为您应该把您的意见写成一篇几百字的短文投《力学学报》刊登，帮助大家。"这既体现了钱学森对科学研究一丝不苟、高度负责的精神，也体现了他宽广的胸襟。即便是诚恳承认错误，欢迎青年人批评，钱学森也是用平等、商量的口气与郝天护交换看法。对于公开指出钱学森文章中错误的做法，钱学森在回信中最后写道："您以为怎样？让我再一次向您道谢并致敬礼！"

无独有偶。1986 年，钱学森在阅读一位学者的科学论文时，提出了一些修改意见。这位学者在发表论文时，准备把钱学森的名字一并署上。钱学森立即回信："把我的名字放在文章的作者中是不对的，我决不同意，这不是什么客气。科学论文只能署干实活的人。要说我曾向您提过一两点有用的参考意见，那也只能在文章末尾讲上一句。这是科学论文的原则。好学风，我们务必遵守！至要，至要！"在这个问题上，钱学森可谓是为学界树立了榜样。现实生活中，有的人在学术上造假，有的人在学术上索贿，有的人在学术上侵占，有的人甚至移花接木，公开剽窃他人作品等，这些人在钱学森面前，显得多么渺小和可耻啊！从这一点上看，钱学森拒绝在他曾提出过建议的论文上署名，更能体现钱学森的学者风范和宽广胸怀。

有道是，胸怀有多大，成就就有多大。有超人的胸怀，才会有超人的成就。只要是真正的大师，胸怀一定是宽广的。只有海一样的胸怀，才能登上大师的宝座。钱学森在治学方面的这两个细节，再一次印证了这一颠扑不破的真理。

（2013 年 5 月 12 日）

走天涯，知所处

人常常为自己从何处来向何处去感到困惑。说到底，只有对自己目前所处的位置模糊时，才会有这个困惑。其实，欲知自己立所处，须当走天涯。

有一个叫艾伦·威尔斯的英国青年，而立之年，事业有成，却爱情无果。2006 年，他决定为爱走天涯。他开通了全球相亲网站，声称只要有愿与他结缘的女孩，无论天涯海角，不分种族国度，他都要前去相亲。于是，他到了加拿大、法国、澳大利亚等 13 个国家，足迹辗转伦敦、巴黎、布达佩斯、芝加哥、温哥华等 50 多个城市。他跳进冰冷的湖水里，与海豚嬉戏，与鲨鱼共舞，饱尝艰辛。功夫不负有心人，最终威尔斯在泰国进行第 53 次全球相亲时抱得美人归。他关掉了全球相亲网站，与克莱尔结为秦晋之好。

威尔斯在与克莱尔交往的过程中获知，克莱尔并不是泰国人，而是他的同乡英国人，而且与他一样，身处伦敦市，更让人不可议异的是他们竟然居住在同一条街。所不同的只是，他俩每天出门上班，一个向左走，一个向右走。人们不由得唏嘘起来：威尔斯为爱走天涯，原来真爱却近在咫尺。"众里寻他千百度，蓦然回首，那人却在灯火阑珊处。"中国的辛弃疾早在遥远的宋朝，就把英国的痴情小伙子威尔斯忽悠了一把，而且忽悠得不轻！

由威尔斯的经历，我想起了埃及的一个古老传说：

有个开罗人，一天到晚想发财。有一天夜里，他梦见从水里冒出一个人，浑身湿漉漉的，一张嘴就吐出一枚金币，并且对这个开罗人说："你想发财吗？那你就得去伊斯法罕，你只有到了那里，才能找到黄金。"说完，这个人就不见了。

这个开罗人醒过来，辗转反侧，再也睡不着了。"天哪！伊斯法罕远在波斯啊，我必须穿越阿拉伯半岛，经波斯湾，再攀上扎格罗斯山，才能到达那山巅之城。我要是去冒险的话很可能会死在半路上。"这个开罗人想，"但是如果不去，我这辈子大概就发不了财了。"经过几天内心的挣扎，这个开罗人还是决定去冒险。

千山万水我独行。这个开罗人千里跋涉，历经了许多艰难险阻，终于风尘仆仆地到达了伊斯法罕。这个开罗人放眼一看，十分惊诧：天哪！伊斯法罕不仅非常贫穷落后，而且正在闹土匪。一路艰辛，体力严重透支导致虚弱，加上陡然间的心情沮丧，他晕倒在路旁。

当地国民警卫队把土匪赶跑，发现了奄奄一息的这个开罗人。警卫队队员喂他东西吃，给他水喝，把这个开罗人救活过来。

"看样子，你不是本地人。"警卫队队长说。

"我从开罗来。"这个开罗人回答。

这次轮到警卫队队长惊讶了："什么？开罗？你从那么遥

远、那么富有的城市，到我们这鸟不生蛋的伊斯法罕来干什么？"

这个开罗人告诉警卫队队长他梦见了神的启示。警卫队队长听完后忍俊不禁："笑死我了，我还常做梦，我在开罗有座房子，后面有七棵无花果树和一个日晷。对，就是日晷，日晷旁边有个水池，池底藏着好多金币呢！"警卫队队长说完，鄙夷地对这个开罗人说："快回去吧，回到你的开罗去吧！"

相比这个开罗人一无所获，威尔斯为爱走天涯，却得邻家女的经历似乎要幸运得多，毕竟威尔斯找到了自己的另一半。有人说"真正的爱情就像打喷嚏，总会在不经意间和你撞个满怀，到那时你躲也躲不开"，何必去走天涯？不如顺其自然。

我倒觉得，威尔斯为爱走天涯的举动值得肯定并让人钦佩。让我们来看看这个开罗人的最终结局，就会有所感悟。

这个开罗人衣衫褴褛、一无所获地回到了开罗。邻居看他的可怜样，都笑他疯了。但是，回家没几天，他就成为开罗最有钱的人。因为警卫队队长说的那七棵无花果树和水池，就在他家的后院。他在水池底下，挖出了成千上万的金币。

这个开罗人守着金饭碗讨饭吃，难道能说这个开罗人的伊斯法罕之行白去了吗？当然不能！虽然金币就埋在自家的一亩三分地，但是如果他不去，那不也白瞎嘛。同理，威尔斯为爱走天涯白跑了吗？同样没有。他没有这一番全球相亲的经历，他与克莱尔依然是咫尺天涯。我们的一生何不如此！没有几十年的奔波、历练，怎能获得生命的体验、人生的真谛呢？

所以，只有走天涯，才会知所处。

（2013 年 6 月 19 日）

天高方映霞

天高晴朗，霞光万丈，情爱的天空也是如此。

在历史的天空中，无论是她这个人，还是她拥有的爱，正如她的名字一样，王映霞都算是天际的一抹霞光。

虽然在民国有"天下女子数苏杭，苏杭女子数映霞"一说，王映霞在当年是"杭州第一美女"，但现在提起王映霞，人们未必知道她。但是，如果我们将她与郁达夫联系在一起，那么在文学史上就会留下浓重的一笔。当然，不是她的文学成就，而是她与郁达夫的婚姻。换句话说，王映霞只有贴上郁达夫的标签，才会被文学史记住。所以，王映霞说："如果没有前一个他（郁达夫），也许没有人知道我的名字，没有人会对我的生活感兴趣……"

郁达夫以自传体的小说《沉沦》而名世，可谓无人不知，无人不晓。他的婚姻生活亦是多姿多彩，他先是于1920年与孙荃成婚，虽对孙荃不满意，但还是很有些依恋。但很吊诡的是，郁达夫初遇王映霞时，身穿的正是孙荃从北平寄来的羊皮袍子，而此时，孙荃正在北平呻吟于产褥之上。1927 年，郁达夫与王映霞订婚，孙荃遂于郁达夫分居。此后，孙荃偕儿女回到富阳郁家与郁母同居，直到 1978 年去世。

1928 年，郁达夫与王映霞在上海结婚。婚后，二人过了十年清贫却平静充实的生活，直到 1938 年二人反目。导火索为郁达夫怀疑王映霞与浙江省教育厅厅长许绍棣、国民党军统特务头子戴笠等有染，因而口角不断。据郁达夫的好友、现代作家汪静之在他的著作《王映霞的一个秘密》中记述，郁、王离婚的主要原因是王映霞与戴笠等人关系暧昧。汪静之还在海外发表文章说，有一次，他去郁达夫家，正逢郁达夫和王映霞吵架。郁说："这个不要脸的女人，她居然和人家睡觉！"汪静之忙安慰说："不会的，你不要相信谣言。"郁达夫马上说："哪里是谣言，她的姘头许绍棣的亲笔信在我手里！"郁达夫一边说一边痛哭，泪流满面……

二人大吵之后，王映霞出走。郁达夫在《大公报》上登《启事》，全文为："王映霞女士鉴：乱世男女离合，本属寻常，汝与某君之关系，及搬去之细软衣饰、现银、款项、契据等，都不成问题，惟汝母与小孩等想念甚殷，乞告一地址。郁达大谨启。"更让王映霞下不了台。后虽经朋友努力撮合，两人勉强复合，但彼此感情的裂痕却自此愈来愈深，终至在南洋交恶。郁达夫在其推出的《毁家诗纪》中，详细谈及王映霞的红杏出墙，而王映霞也以《一封长信的开始》和《请看事实》来还击。在报纸的推波助澜下，二人于 1940 年协议离婚，时年王映霞 34 岁，孤身回国。离婚后王映霞愤怒地评说郁达夫是"在此光天化日之下，竟也曾有这样一个包了人皮的走兽存在着"。可见，王映霞已经失望至极。郁达夫离婚后与儿子郁飞继续在南洋漂泊，直到 1945

年被日本宪兵秘密杀害。

1942 年，由王正廷做媒，王映霞在重庆再披嫁衣。新郎钟贤道是江苏常州人，毕业于北京中国大学，是王正廷的得意门生，当时为重庆华中航业局经理，拥有不错的地位与权力。王映霞与钟贤道的婚礼极尽奢华铺张。郁达夫的朋友、专栏作家章克标在《文苑草木》中说："他们的婚礼是十分体面富丽的。据说重庆的中央电影制片厂还为他们拍摄了新闻纪录片。他们在上海、杭州各报上登载了大幅的结婚广告，而且介绍人还是著名外交界名人王正廷，可见这个结婚的规格之高，怎样阔绰。"著名作家施蛰存还专门为王映霞赋诗一首："朱唇憔悴玉容曜，说到平生泪迹濡。早岁延明真快婿，于今方朔是狂夫。谤书欲玷荆和璧，归妹难为和浦珠。蹀蹀御沟歌决绝，山中无意采蘼芜。"对于这场隆重的婚礼，王映霞本人也是念念不忘。1983 年 7 月 14 日，她在新加坡《联合早报》发文《阔别星洲四十年》，文中回忆说："我始终觉得，结婚仪式的隆重与否，关系到婚后的精神面貌至巨。"

经历了一次失败的婚姻后，王映霞放弃了"天高方映霞"的梦幻，收获了"地沃树成高"的清醒。王映霞与钟贤道结婚后，辞去了外交部的工作，专事家政，与丈夫在芜湖过着朴实无华的生活。王映霞"三日入厨房，洗手作羹汤"。他们育有一子一女：嘉陵、嘉利。1948 年，他们定居上海。在国民党败局已定的前夕，达官显贵纷纷逃往台湾，钟贤道却退了预订的机票，留了下来。新中国成立后，钟贤道任上海航联保险公司副处长，后虽经历了新中国的历次政治运动，但都全身而退，生活富裕安定。

对这样的生活，王映霞直到最后都是满意的，她称这段婚姻让她结束了漂泊的心灵。她深情地说："如果没有后一个他（钟贤道），我的后半生也许仍漂泊不定。历史长河的流逝，淌平了我心头的爱和恨，留下的只是深深的怀念。"这样说来，两段婚姻都是王映霞所需要的，不经历风雨，怎么见彩虹。她在浪漫中经历了风雨，在生活中架起了彩虹，高空飘霞让她流芳人间。她在安于现状中收获了安稳，使生活充满了平静淡雅的清香，并拥有了一辈子的快乐和幸福。这些都是她真心想拥有的，而且她也确实拥有了。一方面，她欣赏自己第一段和郁达夫之间那种"云霞满天"的爱情，于是，她把与郁达夫的经历记下来并细细研究。1986 年，王映霞被聘为上海市文史馆馆员，在友人的帮助下，她收集了郁达夫的书信 49 封，结集成册，出版了极富史料价值的《达夫书简——致王映霞》。又于暮齿之年，据自身的经历写了《半生自述》《王映霞自传》，在中国内地、台湾出版，还编就她与郁达夫的散文合集《岁月留痕》等。另一方面，王映霞又对自己与钟贤道之间"平淡眷属"的生活津津乐道，她曾说过："他（钟贤道）是个厚道人、正派人。我们共同生活了 38 年，他给了我许多温暖、安慰和幸福。对家庭来说，他实在是一位好丈夫、好父亲、好祖父、好外公。"幸福之情溢于言表。2000 年，王映霞走完自己的人生旅程。

无论是"天高方映霞"，还是"地沃树成高"，王映霞的两段婚姻生活给人们这样一个启示：一个人，既要知道自己拥有什么，还要知道自己需要什么；既要懂得经历美丽时的辉煌，还要懂得耐住平淡时的寂静；既要有高远浪漫的梦想，还要有踏实、真诚的情怀；既要会展现让人欣赏的美丽，还要会经营让己快乐的朴素，只有这样，生活才是幸福的，人生才是丰满的！

（2013 年 9 月 29 日）

情难了，爱相随

　　俄国著名作家屠格涅夫与西班牙著名歌唱家波丽娜·维亚多笃情相恋长达40年，直至告别人世，屠格涅夫也未曾移情别恋。

　　有人说屠格涅夫痴情，就像《红楼梦》中的贾宝玉，碰到了天仙般的林黛玉，就变成了"邪痴"。屠格涅夫可不是一个等闲之辈，他是一个世袭贵族的高贵公子，有着富足优越的生活条件和上流社会的教养风度，更重要的是他是一个身材魁梧、仪表堂堂、风流倜傥的美男子。按照今天的话说，他就是一个标准的高富帅，不知要迷倒多少白富美，这么一个钻石般的大帅哥，对波丽娜却是忠贞不渝，一往情深。

　　或许有人会说，屠格涅夫对爱情这般痴迷，是因为碰到了狐狸精便神魂颠倒，智商为零了。就像商纣王遇到了妲己那样，甘受她的魅惑，欲罢不能。然而，波丽娜也非一般女子。她是当时著名的歌唱家，而且很年轻，只有20岁。作为一名正当红的女歌星，崇拜她的男人不计其数，但这位大红大紫的明星，却并非风流之人，与25岁的屠格涅夫在圣彼得堡相遇，彼此一见钟情，情深意切，40 年不褪色。如此说来，波丽娜也是个重情重义的女子。

1843 年的秋天，波丽娜随歌舞团在圣彼得堡和莫斯科巡回演出，他们相逢，屠格涅夫唇上便有了"留有她的甜蜜，连陨落都可以羽化登仙"的吻，爱的烈火就在他们心中轰轰烈烈地燃烧起来。两年后的 1845 年，在一般人的眼里，蜜月般的激情早已消退了，失去新鲜感的情爱理所当然有所退烧。何况这时，波丽娜已经离开俄国，回到了法国巴黎。可是屠格涅夫对波丽娜的热情丝毫没有减弱，因她的离开失魂落魄，茶饭不思。百般的煎熬让屠格涅夫不顾一切地追随波丽娜来到了巴黎她和丈夫路易·维亚多的家。在巴黎东郊库尔塔夫奈尔的古堡里，屠格涅夫白天进行文学创作，晚上就与波丽娜约会，缠绵缱绻胜过新婚燕尔。

在接下来长达 20 年的时间里，屠格涅夫都是这般狂热地迷恋着波丽娜。为了便于与波丽娜幽会，屠格涅夫用尽心思同维亚多交朋友。由于二人均热衷于打猎和文学艺术，屠格涅夫与维亚多建立了深厚的友谊，与维亚多合译普希金的诗和果戈理的作品，以及屠格涅夫作品的法文本，并在维亚多的帮助下获得出版。1850 年夏天，虽然屠格涅夫离开巴黎回到了俄国，但他的心里始终放不下波丽娜。1863 年春天，他再次随波丽娜迁至德国巴登，又一次与波丽娜夫妇过着"三口之家"的生活。这期间，屠格涅夫无论是回到故国，还是在旅途，每逢波丽娜生日的 7 月 18 日，"纵使山高水长，他也必定要赶回巴登去"，他要和波丽娜一起共度这个日子。1871 年普法战争结束后，屠格涅夫随波丽娜一家又返回了巴黎。这一次，屠格涅夫没有再回俄国的意思。他在巴黎近郊小镇布日瓦波丽娜家的别墅旁边，建造了一座俄式别墅，与波丽娜形影相随。1882 年，屠格涅夫的脊椎癌开始恶化。

波丽娜和她的孩子们不间断地守候着他。1883年9月3日，65岁的屠格涅夫在病床上结束了奔波的生命。波丽娜为屠格涅夫张罗后事，她和女儿将屠格涅夫的灵柩运回俄国，1883年10月9日将屠格涅夫埋葬于沃尔科夫墓地别林斯基的墓旁。屠格涅夫与波丽娜这般不离不弃的爱情，真可谓是惊天地，泣鬼神啊！

然而，波丽娜在遇到屠格涅夫之前就是有夫之妇，丈夫是法国文学家、翻译家维亚多。在与屠格涅夫40年的爱情里，维亚多与波丽娜都是合法夫妻，屠格涅夫则一生未娶。1883年屠格涅夫去世后，维亚多与波丽娜白头偕老。可是，屠格涅夫和维亚多两个男人共同拥有波丽娜不可谓不奇特。

人们不禁要问，一个是红杏出墙，一个是甘做"小三"，这样的爱是真的吗？除了道德上应受到谴责外，以我的观点，他们彼此相爱毫无疑问，并最终战胜了重重困难，彼此真实地拥有。

（2013年10月30日）

并无不能弹的音符

莫扎特是海顿的学生。在求学时，莫扎特曾和海顿打过一次赌：莫扎特写一段曲子，海顿肯定弹不了。

海顿十分自信，对莫扎特的狂言不屑一顾。学生写的曲子能够难到何种程度，怎会让在音乐殿堂奋斗了多年、早已功成名就的海顿弹奏不了呢？

莫扎特将自己写好的曲谱交给了海顿。海顿并没有细看，便满不在乎地坐在钢琴前弹奏起来。仅一会儿的工夫，海顿就惊呼起来："我两只手分别弹响钢琴两端时，怎么会有一个音符出现在键盘的中间位置呢？"接下来海顿以他那精湛的技巧又试弹了几次，还是不行，最后他无奈地说："真是活见鬼了，看样子任何人也弹奏不了这样的曲子。"

在海顿眼里，他弹不了的曲子，这个世界上再也不会有人能弹得了，当然也包括莫扎特。

其实，海顿错了，老师做不了的事，学生不一定也做不了。只见莫扎特接过乐谱，微笑着坐在琴凳上，胸有成竹地弹奏起来，当遇到那个特别的音符，两只手来不及移动到中间的琴键时，他不慌不忙地向前弯下身子，用鼻子点弹而就。海顿不禁对自己的高徒赞叹不已。

实际上，"世界上没有不能弹奏的曲子"是创新学推崇的一条座右铭。变不可能为可能，这也是创造型人才必须具备的一种潜质。

在工作中，并没有不能弹奏的曲子。干工作必然会遇到这样那样的困难，有的困难出乎意料，超乎想象，不合常规和逻辑，就像出现在键盘最中间的那个音符，但解决这些异乎寻常的困难仅仅依靠常规手段是远远不够的，需拿出非比寻常的智慧，动用我们的"鼻尖"或者"口中衔着的触棒"，用超常规的方法，解决超常规的难题。

在生活和感情上，同样有不能弹奏的曲子。生活中会遇到各种意想不到的难题，仅仅依靠我们的生活经验和良好愿望是解不开的，这就需要我们像莫扎特那样，动用我们的"鼻尖"，就会使问题迎刃而解。

从这个角度来看，超常规的曲子并不是弹奏不了，而是我们心未到、脑未到。心用到了，任何异常都是正常；脑想到了，任何问题都有解决的办法。如果我们仅仅用习惯了的双手，以常规方式弹奏奇异的曲子，必然会像海顿一样，即使是世界一流的大师也弹奏不了某个令人望尘莫及的音符。

我们知道，弹奏娴熟其实是长期练习使我们的动作固化了，对待"异常"音符不会用"异常"心思来琢磨，不会用"异常"脑筋想出"异常"方法，而轻率地把困难归罪于曲子"异常"的身上。其实，我们每个人都有鼻子，甚至还可以在嘴中衔一根小触棒，这都是我们巧妙应对各方面难题的灵丹妙药。

　　所以，在工作、生活中遇到一些难题，请不要怨天尤人，少一些抱怨，应该俯下身子，动用一下自己尊贵的"鼻尖"。如果有这样的奇思妙想，在面对问题时就不会束手无策，我们的人生就会像莫扎特那样，难题会迎刃而解。

（2014 年 3 月 21 日）

度 量

确实令人十分感慨：方方女士真有度量，让人折服。这个感慨是在看到报纸上刊登方方女士受到批评，甚至是攻击时表现出宽容和大度的文章后有感而发。

报纸介绍说，湖北作协主席方方女士的中篇小说新作《涂自强的个人悲伤》，首发于2013年《十月》杂志第二期头版，随后被很多选刊选载，进入年度排行榜，获得各种奖项，产生了广泛的影响。大概方方没有想到，就在她收获大把大把鲜花的同时，一块"板砖"凶猛地砸过来。2014年初，《新批评》编辑部收到青年评论家翟业军写来的批评这篇小说的文章，题为《与方方谈〈涂自强的个人悲伤〉》，言辞之犀利与他以往的文字一样，下断语不留余地，把这篇小说说得十分不堪。比如读读此类文字："生硬、虚假、不可救药的自以为是……"

不仅《新批评》编辑部，阅读过小说的读者大都认为，《涂自强的个人悲伤》总体上来说是一篇非常感人和吸引人的小说，小说主人公的悲剧命运深深地打动了读者，有两处细节几乎使人落泪。但《新批评》编辑部觉得，"批评中存在'偏见'或'偏激'应该是一个常态，因为批评家手中拿的不是一把可以量化作品的尺子。批评家的见解难免受到他自身生活经验、学养和艺术趣味的影响。我们应该允许这种'偏见'的存在，因为'偏见'与'偏见'的撞击，才能产生更多的思想火花，使我们的认识更接近艺术的本质，或收获更多的'发现'"。只要是批评家做出的独立判断的"偏见"，而不是受利益驱使而产生的"偏见"，便不可怕。所以，《新批评》编辑部经过慎重考虑，决定将翟业军的评论文章发表。翟文发表后，即被新浪读书官方微博全文转发，在读者中引发了热议。尤其令人想不到的是，方方女士把这篇文章又从新浪官方微博转到自己的微博中，并写下这么一段话："这个帮转！人和人之间差异很大。每个人的成长背景、教育背景以及性格气质都不一样。作品发表，有人引起共鸣，有人激起抵触，有人格外喜欢，有人格外反感，都很正常。电脑还有不兼容系统，人更是。正因有各种的不相同和不相兼容，这世界才丰富有趣。我们彼此所要做的是：各自努力把自己的文章写好就是。"这段话，是"如此的大度和睿智。她希望她的几百万粉丝也转发这篇批评她的文章，显示了她豁达的胸襟和自信"。

我曾经在报刊上看到过一个故事：

在美国一个传统市场里，有个中国妇女的生意特别好，这引起其他摊贩的嫉妒，大家常有意无意地把垃圾扫到她的店门口。这个中国妇女本着和气生财的善意，不予计较，反而把垃圾都清理到自家店的角落。

旁边卖菜的一个墨西哥妇女观察她好几天，忍不住问道："大家都把垃圾扫到你这里来，为什么你不生气？"这个中国妇女笑着回答："在我们国家，过年的时候，都会把垃圾往家里扫，垃圾越多就代表赚钱会越多。现在每天都有人'送钱'到我的店门口，我怎么舍得拒绝呢？你看，我生意不是越来越好吗？"从此以后，那些垃圾就再也没有出现在这个中国妇女的店门口了。

后来这个中国妇女成为当地首屈一指的富商。

对于别人有意的欺负、不友好等不以怨报怨，表现出善意和友好是一种包容，体现的是大度量。

美国旧金山世界银行前的雕塑，堪称旧金山的著名一景。这尊雕塑是一个巨大的黑色心肝，被喜欢它的人摸得油黑铮亮。当初银行大楼刚建成的时候，总裁找到一位正负盛名的雕塑家，请他为银行创作一件艺术品，并开出了创纪录的高报酬。艺术家不想放弃这笔丰厚的报酬，又想保住自己不为钱收买的清名，便提出一个条件："无论我雕什么你们都不能干涉。"然后他就用黑色大理石雕成了一个硕大的心肝，暗喻资本家的心肝都是黑的，且坚硬无比。他原以为银行总裁会吃哑巴亏，不敢公开展示黑心肝。岂料那位总裁对雕塑赞不绝口，并大张旗鼓地摆放在自己的大楼前，于是黑心肝的故事也随之不胫而走，每天都吸引着众多的人来看这个黑心肝。且不管这个资本家心肝的颜色如何，是他的豁达、自信和智慧，成就了这件艺术品，反而衬得那位艺术家有些小心眼了。久而久之，这个黑心肝的故事竟传为一段佳话。人们蜂拥而至世界银行前面观看黑心肝，遂使银行人气大旺。黑心肝反而增强了人们对这家银行的信任度。

作家蒋子龙曾经评价过这尊雕塑："金融里有'融'，融会、融合、融通，大道广融。"故事中的雕塑融合了世人对银行、对资本家的看法，也融入了作者的思想，还融入了世界银行总裁的大度量。

这位银行家的豁达与中国妇女的"收钱"、方方女士微博的帮转有异曲同工之妙。有道是"肚有多大量，世界就有多少阳光"。现实中，遇到种种不公对待在所难免，是斤斤计较，还是以德报怨呢？这不仅体现一个人的素质，而且决定着一个人做人、做事的成败。所以，千万别小觑宽容大度的力量。常言道："大人不计小人过，宰相肚里能撑船。"我们以宽容、大度作为支点，来撬动做人这个"地球"，一定会使自己生活得更加快乐！

（2014 年 5 月 7 日）

传说与真相

　　我很欣赏一幅画，此画的名字叫《马背上的戈黛娃夫人》，作者是19世纪英国皇家艺术协会会员、新兴贵族、著名画家约翰·柯里尔。他于1898年创作的这幅油画，现收藏于英国考文垂博物馆。这幅画表现的主题是中世纪一个直接触及裸体但不色情的传说，可以视为是部分贵族好善的美德与教会清规戒律保守的一次碰撞。

　　然而，在欣赏这幅名画时，我的注意力并不在画作的艺术美上，而是集中于画面所表现的传说上。因为，马背上的戈黛娃夫人有个闻名遐迩的传说。

　　中世纪，英格兰盎格鲁—撒克逊的贵族妇女戈黛娃夫人是麦西亚伯爵利奥夫里克的美丽妻子。当时利奥夫里克对考文垂市民众强加重税，令民众的生活苦不堪言。戈黛娃夫人对民众疾苦十分同情，决定恳求伯爵减征税收，减轻民众的负担。利奥夫里克勃然大怒，认为市井草民本性贪婪，而对纳税却装作悲苦饮泣。戈黛娃夫人为了这帮爱哭哭啼啼的贱民苦苦哀求，实在丢脸。戈黛娃夫人反驳说，民众是善良而令人敬佩的，只要伯爵体谅民众的困苦，定会发现这些民众是多么可敬。于是，利奥夫里克与戈黛娃夫人打赌，只要她赤裸身躯，仅披以美丽的长发骑马走过城中大街，假如民众全部留在屋内，不偷看她一丝不挂的玉体的话，伯爵才相信市侩贱民不那么贪婪庸俗，而有几分可爱可敬，便会宣布减税。

翌日早上，戈黛娃夫人赤身裸体，只披着一头秀美的长发，骑上白色的骏马向城中走去，沿街缓缓绕行。果然如戈黛娃夫人所说的那样，考文垂市所有百姓都躲避在屋内，百姓这样做就是为了让大恩人戈黛娃夫人不致蒙羞。只有一个裁缝汤姆违反了民众约定，在窗户上凿了一个小洞偷窥，接着他的双眼便瞎掉了。这个人后来成了英语"偷窥狂"（Peeping Tom）一词的由来。事后，伯爵遵守诺言，免了考文垂市民繁重的税赋。

这个传说讲述的是戈黛娃夫人体恤民众疾苦的善良，令人感动。为了纪念戈黛娃夫人，1678年5月31日，考文垂市将这一天设为纪念日，虽然于1826年停止，但在1848~1887年间又再度恢复，直到现在都是考文垂市的纪念节日之一。如今，在考文垂市依然矗立着裸体戈黛娃夫人骑在马背上的雕塑和铜像。在许多大学的工程学系所、军事工程学部队和其他的工程师团体中，戈黛娃夫人被作为吉祥物，称之为"工程师的主保圣人"或"工程师的女神"。后来迁徙至北美的加拿大学校，如多伦多大学等也保持每年举行戈黛娃夫人纪念周活动的传统。20世纪中期，这个习俗又流传至美国。如今在英国、美国、加拿大等国家，马背上的戈黛娃夫人经常被作为钱币、邮票、巧克力等图案使用，可谓家喻户晓。

那么真实的戈黛娃夫人是怎样的呢？据考证，这个传说的原型戈黛娃夫人在历史上并非善良之辈。1040 年，还是寡妇的戈黛娃夫人嫁给了利奥夫里克，曾资助过一所位于林肯郡的修道院。1043 年，她说服丈夫建造并资助一所在考文垂的本笃会修道院。她也是其他许多地区修道院的女施主。当时戈黛娃夫人所属的家族在英国仅次于戈德温家族，十分富有，拥有统治考文垂的权力。她可能继承了丈夫的许多土地，同时她也拥有自己的土地。许多学者还推测她同样是个严酷的地主，还有记载说她是少数几个在诺曼人征服英格兰后仍能保有土地的盎格鲁—撒克逊人，也是唯一一个被记载的女地主。她大约在几年后去世，被埋在一个大修道院的入口处。

当时的习俗是，戈黛娃夫人以忏悔者的身份要在公开的场合穿着一种直筒连衣裙，类似现代的连身衬裙的无袖白色服装，亦即今天女人的内衣，绕行城镇，使她的子民目击他们所恐惧的女主人丢脸地穿着内衣。因此，学者们推测，戈黛娃夫人的传说很多情节都是在流传的过程中人们按照想象添加的。

看来传说是一回事，真实的情况是另一回事，在流传的过程中发生了很大的变化，而这种变化是人们的有意为之，还是无心之作，就不得而知了。

（2014 年 5 月 11 日）

真善不易

杂志上刊登了刚搬到新泽西海边老旧小屋居住的高先生的一次行善经历：一对知更鸟在廊檐处做好窝，下了两个蛋，轮流孵蛋。然而，鸟窝做在廊檐的正下方。一旦下雨，水流如注，即使不冲散，也会被水泡烂，更不要说在窝里孵蛋了。而且，海边林带，风疾雨多，大雨迟早要来。

高先生是位心善之人，见知更鸟如此做窝孵蛋，不免担忧起来。这天，两只鸟一起找吃食飞走了。高先生觉得机会来了，他要趁鸟儿不在之时帮助它们消除隐患。他把鸟窝所在的那一丛藤蔓稍稍拉了拉，绑在靠里面的粗枝上，使鸟窝离开了廊檐大约3厘米。

为了不惊扰知更鸟，他干得非常小心。枝叶的向背，都力求保持原样。鸟窝稳固如初，连里面的鸟蛋都没有丝毫滚动。高先生放下心来，而且为自己的善举涌起丝丝得意。但是两只知更鸟飞回来后，不像往常那样直接飞进窝，而是停在离窝不远的枝丫上，朝窝里看。一会儿跳上另一根枝丫，从另一边朝窝里看，又看看四周，显然是发现了变化。就这样，两只知更鸟绕着窝上下左右跳跃，很久都不敢进窝，在窝周围焦虑不安，显得十分惊慌和悲伤。最终，两只知更鸟一起飞走了，再也没有回来。

这个结果是高先生始料不及的。他怀着一颗真诚的爱心来帮助知更鸟免遭雨水冲淋等不测，到头来却把鸟儿惊走了，连正孵着的两个蛋也不要了。早知道这个结果，高先生无论如何也不会去移动鸟窝，这让高先生很内疚，也很自责。

但是，这是知更鸟的必然选择。在知更鸟的生存经验里，它们一定相信，变化就是危险，甚至是陷阱和杀戮。高先生根据自己的观察，只知天灾是隐患、危险，却不知道对知更鸟来讲，鸟窝的位置变化也是危险。正因为高先生以己之心去度知更鸟，导致知更鸟的逃离。这让高先生追悔莫及，真是好心办了坏事。

现实社会往往就是如此，高先生与知更鸟的事情天天都在上演。我们往往是从自己的角度，用自己的思维方式去揣度他人，希望他人按照自己的价值标准来行事。殊不知，两只知更鸟尚且有自己的生活方式，更何况居于动物顶端的人类呢。每个人都有自己独特的存在方式，并不能都如你所愿。所以尊重他人，善待他人，也就是尊重自己，善待自己。物竞天择，适者生存。顺应自然的生存法则，才不会做出善行恶效的事情来。

做善人就要做一个真正的善人，但这显然是有难度的，谁敢说自己没做过几件好心办成坏事的糗事呢？

（2014 年 5 月 20 日）

自悔真难

大凡人犯了错误，都会千方百计为自己开脱，这是人之本能，也是人之常情。犯了错，能认识到错，并真心悔过，这种人少之又少。但正因为少，又勇气可嘉，所以令人敬佩。

著名作家从维熙在其文章中就讲述过一个叫敖乃松的知识分子自悔的故事，十分震撼人心。

上海男人敖乃松有着非同寻常的血性。在反右运动中，他被打成了右派。右派改造时，他成了积极分子，昧着良心伤害了自己的知己。然而，在他尚存的良知里，每日都经受着良心的折磨，他对自己的丑恶与卑鄙无地自容，决定用自绝于世的方式来结束行尸走肉般的生命，埋葬自己肮脏的灵魂。

他用一根绳子捆住自己的脚，绳子的另一头拴在水塘边的一棵树上，然后把自己倒栽进水塘里，直至停止了呼吸。死亡手段本身就让人感觉到他的义无反顾和决绝，只要他有一丝向生的想法，两只手用力支撑着塘坡即可免死，可他并没有这么做。

当人们把他拉上岸的时候，发现了他十分简单的遗书，大意是人们只需像拉网一样将他拉上来，不必下水去打捞，因为秋天的水太凉，容易着凉得病，云云。现场的人看了他的遗书之后，都唏嘘不已，就连劳改队队长也为之感叹了好一阵子。

敖乃松的自毁达到了极致，为了灵魂的自洁，他采取了自杀这种极端的方式。正如从维熙在文中所说，"他太清醒了，竟然将其（死亡）当成了一场游戏"，不仅如此，"却又深藏着令人折服的精神升华的死亡仪式"。

宋代朱熹有一句话："体谓设以身，处其地而察以心也。"说的就是一个人要设想自己处在别人的那种境地，才能明白他人的内心，也就是孔子所说的"己所不欲，勿施于人"。在我看来，一个在平时能够设身处地为他人着想的人，就是品德高尚而了不起的人。敖乃松既有为他人着想的善，又有为恶不良的瑕疵。他昧着良心伤害朋友就是作恶，而在行将告别这个世界的绝望时刻，他还担心冰凉的秋水使打捞他的人得病，其心之善也可见一斑！

"人非圣贤，孰能无过。过而能改，善莫大焉。"敖乃松用他自己的方式，对自己的为恶增添了生命的注脚，不能不令人扼腕叹息，是他个人的悲剧，同时也是一个时代的悲剧。

（2014 年 5 月 25 日）

真爱无敌

人生如戏，戏如人生。俄国著名批判现实主义大师契诃夫就是位不折不扣的戏如人生的大师。

很少有剧作家比契诃夫的人生过得跌宕起伏了。他的家族，在祖父和父亲两代人的辛苦努力下，才得以摆脱农奴身份，赎身后获得自由。他父亲开了间杂货铺，不久便负债累累，只好举家潜逃莫斯科去躲债。契诃夫因为在学法语，就留在了家乡，靠一边打工，一边变卖家产，一边还给杂志写幽默搞笑故事，来维持生活和学业。没想到，他写的笑话和幽默故事却大受读者欢迎，从而为他博得了名声。有一位作家鼓励他要把才华释放在更有意义的文学创作上，于是他开始了短篇小说的创作，用文学作品针砭时弊。他创作热情十分高涨，一连写了800多篇讽刺小说。这时，他结识了画家列维坦、作家高尔基、导演斯坦尼斯拉夫斯基，并尝试戏剧创作。此时，他已是一个35岁的单身汉，与母亲和姐姐住在一起。之后几年，他创作了一系列的戏剧作品，并陆续上演。

　　1898 年，38 岁的契诃夫遇到了 29 岁的女演员奥尔嘉。那天，剧院正在排练契诃夫的剧作《海鸥》，由奥尔嘉扮演女主角宁娜。谁也没有料想到，契诃夫来看排练。奥尔嘉既兴奋激动，又胆怯紧张，而且从见到契诃夫的那一刻起，她就觉得自己的生命已与契诃夫连在了一起。她在回忆录中写道："我们大家都被他那不同寻常的微妙魅力所攫获：他的个性、他的朴实、他的不会'教诲'、不会'指示'。他望着我们，一会儿微笑，一会儿忽然异常严肃，还有点儿腼腆，不时揪揪胡子、挪挪夹鼻眼镜。"大家问他该怎么演好《海鸥》，他的回答初听起来好像很随意、笼统，但稍加一想，他的话就顿时"渗入了大脑和心灵"。

　　契诃夫对奥尔嘉的印象也极佳。第二年春天，契诃夫邀请奥尔嘉到乡下他母亲的家里做客，和她一起"度过了充满期望、喜悦和阳光的三天"（奥尔嘉语）。过后，他们开始通信。契诃夫写道："问候你，我生命的最后一页，俄罗斯国家大演员。"从此，契诃夫病恹恹的生命被奥尔嘉点燃。奥尔嘉与契诃夫的母亲、姐姐相处不恰，但依然与契诃夫坠入爱河。1901 年，奥尔嘉偷偷跑到莫斯科与契诃夫成婚。婚后，奥尔嘉在莫斯科演戏，而身患肺结核病的契诃夫此时健康每况愈下，只好离开寒冷的莫斯科去南方克里米亚半岛写作和疗养。1904 年契诃夫病逝，他们的婚姻一共只持续了四年，而这四年两人几乎是分隔两地，只能以炽热的书信传情。两人流传下来的情书有 800 多封，后被改编成话剧《让我牵着你的手》（又名《情书》）。其间，奥尔嘉怀过一胎，但没保住。奥尔嘉此后未再婚，坚守着对契诃夫的深爱，在莫斯科剧院的舞台上，不停地通过演出他创作的戏来回味爱情，直至 80 多岁演不动后，还继续在观众席观看契诃夫的剧作演出。她坚守对契诃夫的爱，直到生命的尽头，追随他而去！

契诃夫与奥尔嘉的爱，真诚、热烈、坚贞，令人感动。在今天爱情变得越来越奢侈、越来越脆弱、越来越物质化的时代，他们的爱情更加令人羡慕和打动人心，他们"执子之手，与子偕老"的真爱，是那么弥足珍贵。

（2014 年 6 月 18 日）

做人的责任

　　人之所以为人，除了和动物一样具有生物性处，更因为人有社会性。如果失去了人的社会性，那么人与动物毫无二致。

　　人的社会性主要包括利他性、秩序性、服从性、依赖性，以及更加高级的自觉性等。现在让我们来说说利他性，也即责任。

　　人的责任不仅体现在关乎人类社会发展的大是大非问题上，也体现在家长里短的琐碎小事上。我在媒体上看到过这样一个例子：当代著名作家余秋雨在写《行者无疆》里的《追询德国》那篇文章的时候，为了更深入地了解德国，他一个人来到那里，深入体验生活。

　　他找了一处出租屋，房东是一位德国老人，和蔼可亲。余秋雨看了看，感觉房子还不错，就想和老人签租住合同。老人笑了笑说："不，年轻人，你还没有住，不会知道好坏，所以应该先签试住合同，有了切身体验，再定是否长住。"

　　余秋雨一听有道理，就和老人签了五天的合同。五天的时间一晃而过，余秋雨住得非常开心，打算与老人正式签订租房合同。

但是，就在余秋雨等待老人面谈的时候，发生了一点小意外，他不小心打碎了一个玻璃杯。他很紧张，觉得这个玻璃杯一定价值不菲，怕因为这个玻璃杯，老人不租给他房子。当他打电话告诉老人的时候，老人说："不要紧，你又不是故意的，这个玻璃杯也不贵，我再拿过去一个。"老人随后挂断了电话。

打了电话，余秋雨也没闲着，把碎玻璃和其他垃圾装入垃圾袋里，放到了外面。过了不久，老人来了，进屋之后，没等余秋雨说话，老人问："那玻璃杯碎片呢？"

余秋雨赶紧说："我打扫完放在门外了。"老人赶紧出去，打开垃圾袋看完之后，脸色阴沉地进了屋，对余秋雨说："明天你可以搬出去了，我不再租给你房子了。"余秋雨感到不可思议，就问："是不是因为我打碎了玻璃杯，惹你不高兴了？"

老人摇了摇手说："不是，是因为你心中没有别人。"余秋雨被老人说得一头雾水。这时候，只见老人拿了一支笔和一个垃圾袋，同时带上笤帚和镊子，来到外面，把余秋雨装好的垃圾倒出来，重新分类。老人挑得很仔细。过了好久，老人把所有玻璃杯碎片装入一个垃圾袋里，在上面用笔写了行字："里面是玻璃杯碎片，危险。"然后把其他垃圾装入另一个垃圾袋里，写上："安全。"

余秋雨在旁边看着，从头到尾除了敬佩，他不知道该说什么。此后若干年，余秋雨不断提起这件往事，每次都是感叹连连。

在我看来，余秋雨的感叹是被德国老人所具有的利他性所折服，同时，也感叹自己与老人的差距。

与人方便，才能与己方便，只有树立这样的责任意识，我们的社会才会是一个和谐的社会。

　　然而，社会上有不少人缺乏责任意识和社会担当，置他人的利益和生命于不顾。极度关心个人的利益，陷入极端个人主义的泥淖，放弃了一个公民对这个社会最起码的良知与责任，缺乏社会公德，唯利是图，损人利己，丧失了做人的底线。高空抛物砸伤、砸死路人的事件屡屡发生，肇事者对禁止高空抛物的警示熟视无睹，置若罔闻，只因没砸到自己。但是话又说回来，保不齐下一个被砸的就是自己呢！所以，这种不利他人的缺德事最好不做。咱们再说说大事。中国的食品安全问题由来已久，国人提起来那是痛心疾首啊，因为关乎生命呀。这不，上海福喜食品有限公司就给咱添堵了。该公司生产加工的食品，所供应的品牌有麦当劳、肯德基、必胜客、东方既白、星巴克、棒约翰、吉野家、德克士、7-11、星期五餐厅、汉堡王、美其乐、赛百味、宜家、华莱士、达美乐等，消费群体广泛而庞大。该公司竟然置消费者的健康于不顾，违法将大量过期的鸡皮和鸡胸肉粉碎、油炸，制成鸡肉制品，或用烂肉充当好肉重新出售，有的小牛排过期长达七个多月，甚至将已发霉变质的肉品再度包装或转冷冻长期保存延期使用，并且违法添加禁止使用的添加剂。食品卫生极差，掉在地上的食材不进行清洁处理便再度加工，让人触目惊心。为应付监管部门的检查，该公司还做了对内、对外两本账。对于这种有悖良知的做法，该公司竟恬不知耻地说多年来一贯如此，其工作人员甚至强词夺理言："过期也吃不死人。"见过不要脸的，没见过这么不要脸的！寡廉鲜耻，视消费者的健康如儿戏，视生命如草芥。不仅不思悔过，而且还蛮横不讲理，将自己的社会责任丢弃得一干二净。这样的公司就应该让它倒闭，相关责任人承当相应的法律责任，否则就起不到惩戒的作用，还起了坏的示范效应。

其实，要做一个负责任的人也很简单，我们每个人把自己应该做的事情做好了，就是对自己负责、对社会负责。学生就是要把学习搞好，教师就是要把课教好，工厂生产合格产品，当官的为百姓做好事，等等，各尽本分，各尽其责，社会就会变得有秩序，变得美好起来。

（2014 年 8 月 21 日）

松江, 如是伤心地

　　一个女人, 美、情、才俱佳, 那她必定是女神。当今如此, 古代亦如此。只是这三样皆占全的女子实在极少。

　　然而, 在松江, 就有这么一位奇女子, 那就是柳如是。

　　柳如是本名杨爱, 字如是, 又称河东君, 与马湘兰、卞玉京、李香君、董小宛、顾横波、寇白门、陈圆圆同称"秦淮八艳", 后被钱谦益以正妻之礼迎为侧室。

　　柳如是虽为风尘女子, 对人却深真意切; 虽为一介草民, 却为大明弃命殉节。她在国破之时, 劝丈夫同她在刀、绳、水三种死法中选其一。其夫面有难色, 柳如是便让钱谦益与其一起投水殉国, 钱谦益沉思不语, 最后说: "水太冷, 不能下。"柳如是"奋身欲沉池水中", 被救, 以身殉国未就。钱谦益降清后, 遭猜忌被逐回乡, 后因黄毓祺反清案被捕入狱。柳如是四处奔走, 次年救出钱谦益。钱谦益对此感慨万端: "恸哭临江无孝子, 从行赴难有贤妻。"此后钱谦益郁郁不得志而终。

　　说她才华横溢, 那是因为她乃明清易代之际的著名女诗人。

她自幼天资聪颖，过目成诵。10岁时，父母相继去世，柳如是被拐卖到吴江盛泽归家院。13岁时，堕入章台（泛指妓院聚集之地），改名柳隐。14岁时，柳如是流落松江，改旧名，自号影怜，表浊世自怜意。

在陈继儒75岁寿宴上，柳如是结识了松江才子陈子龙、宋辕文、李存我、李雯、宋徽璧等人，吟诗作对，尽显才华。松江的湖塘河滨，留下了柳如是的绝美才情及凄美的爱情故事。说松江是柳如是的伤心地，一点也不为过。套用俞敏洪的一句话，我爱松江，松江不爱我。她本意是要觅能唱和的知音，不承想却遇到一莽夫。明代首辅徐阶的曾孙徐三公子痴情于柳如是的美貌，对她死缠烂打。这徐三公子乃纨绔子弟，不学无术，日日博戏斗鸡，夜夜眠花宿柳。此等人物她怎能以情相许？于是，柳如是婉言谢绝，却遭徐三公子百般纠缠。据史料记载，徐三公子曾趁夜强房柳如是，虽然有惊无险，却让柳如是心惊胆战。

柳如是来到松江后，常常与复社、几社、东林党人交往，时常还着儒服男装，与诸子纵谈时势，和诗唱歌。她的美貌与文采，很快就令诸子倾倒。在松江诸子中，宋辕文最早追求柳如是。柳如是的彩舫到哪里，他就追随到哪里。有一次，柳如是的彩舫泊于谷阳门外的白龙潭，宋辕文竟跳入白龙潭深水中，游至彩舫。这让柳如是很是感动，对宋辕文认真起来。但宋母竭力反对，亲自跑到松江府衙门，要求知府方岳贡采取强硬措施，速将"有伤风化"的"流妓"柳如是驱逐出松江。方岳贡受贿于宋母，竟下驱逐令。宋辕文畏于官势，慑于母威，在关键时刻，退缩不前，要与柳如是断绝交往。这让柳如是大失所望，怒对宋辕文说："我与君的情缘自此绝矣！"说完，柳如是便举起砍刀，对着古琴猛砍下去，七弦俱断。怯懦薄情的宋辕文让柳如是伤心之至。

之后，柳如是又结识了云间才子陈子龙。

　　柳如是与陈子龙从相识相知走向相恋，是因宋辕文之母贿逐柳如是所引起的。那时，柳如是并没有离开松江，仍然将彩舫泊在云间河塘水岸。可是，松江衙门的公差不断催逼柳如是。柳如是孤身来此，无依无靠。就在这最困难的时刻，陈子龙挺身而出，亲赴码头，义正词严地对公差说："柳如是并非流妓，而是才女，是我们请来的贵客！"并找到衙门，向知府陈诉柳如是是陈继儒的女弟子、云间女才杰，并展示柳如是的书画、诗作，要求知府取消驱逐令。接着又回到船上，将柳如是接走。陈子龙解危救急，令柳如是很是感动，从此与陈子龙的交往日益密切。

　　陈子龙学富五车，才高八斗，在云间家喻户晓。他 10 余岁就有文誉，为父辈东林人士所器重。稍长，便潜心研究儒道名家之学，兼治诗赋古文之奥，取法魏晋，诗作精妙，赋篇高超。同辈名士夏允彝称赞其"卧子年弱冠，而才高天下。其学自经、史、百家，言无不窥；其才自骚、赋、诗歌、古文词以下，迨博士业，无不精造而横出。天下之士，亦不得不震而尊之矣"。明崇祯初年，陈子龙参加了张溥为首的复社。接着与夏允彝、徐孚远等在松江成立几社，与复社相呼应，成为其核心人物。陈子龙与柳如是交好后，常邀柳如是在南园聚会，两人在此论诗研词，感情日深，坠入爱河。陈子龙为柳如是写《青楼怨》一首，表达对她的炽热爱慕；柳如是作《男洛神赋》，倾诉内心对陈子龙的情深意笃。二人往来酬答，琴瑟和鸣，好一对神仙眷侣。

　　但这毕竟是一段婚外情，注定不会被陈子龙的夫人接受。

　　陈子龙出身于书香门第，5 岁时母亲韩宜人去世，19 岁时父亲陈所闻辞世，21 岁时娶张孺人为妻。在族人眼里，张孺人知书达理，书算女工，无不精熟，是个精明的治家之人。陈氏族支五世单传，张孺人婚后数年不孕，她只得为陈子龙置一侧室蔡氏，也未能生育。张孺人又遣人至苏州，为陈子龙纳沈氏为妾。陈子龙虽然诗才横溢，对柳如是疼爱有加，但柳如是一想到他妻妾众多，难免心酸，所以此时柳如是的心情也十分复杂。她在《江城子·忆梦》中忧郁道："梦中本是伤心路。……都受人心误。"

张孺人门户之见极深，宗法礼教思想极重。在她看来，女子无才便是德。柳如是虽才华横溢，但并非淑德贤良女子，她绝不能容忍丈夫与柳如是相好，决意将柳如是赶走。于是张孺人挟长辈之命来到南园，骄横地要求柳如是从陈子龙的住处立刻搬走！那一夜，柳如是怀着悲愤的心情写下了《寒食雨夜》，其中一句为："惹起鸳河半江水，然人自此不胜情。"柳如是心怀千种离情，万般愁绪，移居松江横云山。是年深秋，柳如是离开横云山回吴江盛泽归家院，继而云游吴越间。虽然与陈子龙偶有诗词往来，但每每读到陈子龙的诗文，柳如是就越显失望和痛苦。从此她锁心闭情，对谈婚论嫁已是心灰意冷，多年不开心门。

七年后，23岁的柳如是离开了令她伤心的松江。明崇祯十四年（1641），时年59岁的东林党领袖、常熟名士钱谦益与柳如是结为连理，致非议四起，用于结婚的船被扔进了许多瓦石。其后，两人同居绛云楼，读书论诗，相濡以沫，钱谦益戏称柳如是为"柳儒士"。清康熙三年（1664），柳如是愤然投缳自尽，终年46岁。

柳如是的一生，短暂而富有传奇。她在最风华正茂、如花似玉之时，辗转松江十年。十年中，因松江人杰，她钟情于松江，但也让她伤心不已。松江让她伤心，也让她绽放，虽是伤心地，却有山河香。

松江，如是伤心地！

（2014年9月9日）

至善至爱王献之

若论为人之善，心中有爱，王献之恐怕要算得上至善至爱之人。

王献之是"书圣"王羲之最小的儿子，字子敬，东晋大书法家、诗人，官至中书令，是晋简文帝司马昱的女婿。

说王献之是至善至爱之人，从其做驸马之事中便可看出。

做皇帝的女婿，是很多男人梦寐以求的事，但王献之屡次拒绝简文帝的好意，只因他心地善良，心中有爱。

简文帝的女儿新安公主名叫司马道福，嫁给了桓济。后来桓济篡兵权失败被贬，新安公主就与桓济离了婚。一直暗恋王献之的新安公主便央求简文帝将自己改嫁给王献之。

王献之不仅品行端正，举止高雅，而且相貌英俊，极富才情，当时被誉为"风流为一时之冠"。不仅新安公主对王献之倾慕不已，而且就连简文帝对他也十分欣赏，但此时的王献之早已成婚。

简文帝不忍女儿伤心，召来王献之，把想招他为驸马的意思告诉了王献之。

没想到，王献之却并不接受新安公主。他想出了既不让简文帝失面子，又能推掉这门亲事的办法。他用艾草烧伤了双脚，自称是行动不便、双脚残疾的男人。

那么，王献之为什么要这样拒绝新安公主的爱呢？难道新安公主长得丑、品行不端吗？答案是否定的。据《晋书》记载："时徐贵人生新安公主，以德美见宠。"可见新安公主德、才、貌俱佳。王献之之所以要拒绝新安公主的爱，是因为他深爱着自己的妻子。

王献之早年已经与表姐郗道茂成亲。郗家也是名门望族，郗道茂本是王献之母亲的外甥女，比王献之大1岁，与王献之青梅竹马。到了婚嫁年龄，王献之赶紧央求父亲向郗家提亲。

王献之在21岁那年，娶郗道茂为妻，婚后二人十分恩爱。不久，郗道茂为王献之生下一女，取名玉润，可惜不到1岁便夭折了，郗氏从此再未怀孕。王献之对此并不介意，与妻子恩爱如初。

为了不得罪简文帝和新安公主，又不负妻子，王献之只能用自残的办法来对付。可见，王献之心地之善、爱之纯真。

可是哪里知道，新安公主是铁了心要嫁他，声称不在乎他的脚疾，即使他的双脚真的不能走路了，也要嫁给他。

在新安公主看来，郗道茂虽为王献之明媒正娶的妻子，但是没有子嗣。按当时的社会风俗和国法律例，人妻没有子嗣，便可废黜。新安公主执意求嫁王献之，又有法理依据，于是她让简文帝下诏，令王献之休妻再娶。

一方面，王献之一直拒绝恐惹恼简文帝；另一方面，新安公主对自己一往情深，一味拒绝也非善人所为。万般无奈之下，王献之只能将对妻子的爱深隐心中，被迫分手，迎娶了新安公主。从一些记载来看，婚后二人感情应该是不错的。新安公主虽贵为皇帝的女儿，却并没有仗势欺人。她对王献之包容大度，深爱有加，比如新安公主能容忍王献之纳妾。王献之有一次去金陵踏青，偶然买到一方古砚台，到了三月三，他捧了砚台去此地。一个17岁的纯净少女见之，说："这是我家的砚台呀!"王献之问之，才知那少女叫桃叶，因家贫将祖传的砚台卖了。王献之为之题诗："三月桃花里外红，黄蜂采蜜在花中。两人来看池中水，不知哪年再相逢。"又到三月三，王献之再到金陵赏玩，见一少女投水，救之，乃是桃叶。桃叶家贫得走投无路，便想投河一了百了。王献之便将其纳为妾，写下了不少与其恩爱的诗歌，其中一首为："桃叶复桃叶，渡江不用楫。但渡无所苦，我自迎接汝。"金陵的秦淮河畔从此就有了"桃叶渡"的佳话。从这件事中，也体现了王献之的爱与善。

尽管有娇妻美妾，王献之心中却始终放不下郗道茂。因为他不仅有对新安公主与妾的善，而且更忘不了对前妻的爱。他知道，郗道茂离开王家后，只能去投奔她的叔父，因为此时郗道茂的娘家已没有其他人了。郗道茂誓不再嫁，终身守节。王献之每每想起寄人篱下、孤苦无依的郗道茂，就十分愧疚。至死他也没有原谅自己，他在《思恋帖》上写道："思恋，无往不至。省告，对之悲塞!未知何日复得奉见。何以喻此心!惟愿尽珍重理。迟此信反，复知动静。"他还写过《奉对帖》，表达对郗道茂的眷恋和追悔，甚至因愧疚而抱病不起。据《世说新语》记载："王子敬病笃，道家上章，应首过，问子敬由来有何异同得失。子敬云：'不觉有余事，唯忆与郗家离婚。'"这段话的意思是：王献之病重，请道家主持上表文祷告，本人应该坦白过错，道家问王献之一生有什么得失过错。王献之说："想不起有别的事，只记得和郗道茂离了婚。"很显然，这种离别的相思和内疚，既是他把爱融入了血液，也是他把善化为灵魂所表现出来的内心真诚的忏悔。

现在有一种爱情观，如果在爱己和己爱之间选择，那么，宁愿选择爱己的。因为只有爱己的，才会无怨无悔地给予自己真爱和幸福。新安公主却偏偏选择的是己爱的，而最初这个男人还一而再，再而三地拒绝自己，这样主动的爱会幸福吗？

关于新安公主婚后的爱情生活，史无确切的记载，但从《世说新语·排调》描写皇族对王献之的评价可见一斑："王敦、桓温，磊砢之流，既不可复得，且小如意，亦好豫人家事，酷非所须。正如真长（刘惔）、子敬比（王献之），最佳。"从这段话可以看出，简文帝仙位后，他的长子、新安公主的哥哥孝武帝继位。孝武帝也把王献之当作选婿的标准。他叮嘱替皇家物色女婿的人说："王敦、桓温是有奇特才能的人，但是现在也没有这样的人才了，即使有一旦得势，就要干预皇家的事。你替我选女婿，拿驸马刘真长、王献之做标准就最好不过了。"这里的潜台词是，如果王献之对新安公主不好，皇室还会以他作为选驸马的标准吗？真相很有可能是这样，王献之伴随着对郗道茂深爱与追悔的同时，也没有愧对新安公主。这也是他对新安公主的爱与善。

在那样一个时代，王献之确实是至善至爱之人。在今人指责王献之做人有瑕疵的同时，若设身处地他那个时代，今人又有几人能做到他那样呢？苛求他人易，责己难，那么就让我们对这位至善至爱的古人多一些宽容吧。

（2014 年 9 月 22 日）

学会转变

　　苏格兰独立公投 2014 年 9 月 19 日晨揭晓，有 84.6% 的苏格兰选民参与投票，支持独立的 1617989 票，占选民人数的 44.7%；反对独立的 2001926 票，占选民人数的 55.3%，这意味着苏格兰决定仍留在英国。

　　这次举世瞩目、影响深远的苏格兰独立公投的始作俑者，是苏格兰政府首席大臣亚历克斯·萨蒙德。

　　萨蒙德出身于苏格兰林利斯戈地区的一个严厉且拥有激进思想的家庭，受家庭影响，他的思想也比较激进。

　　虽然萨蒙德遗传了家族激进的基因，但他很早就懂得转变。他的第一次转变是缘于遭受皮肉之苦之后。据说有一次，萨蒙德因为调皮，被爷爷桑迪·萨蒙德用皮鞭狠狠地抽了一顿。这一顿鞭子把萨蒙德抽上了正道，他先后就读于家乡的林利斯戈学院及附近著名的圣安德鲁斯大学，并以优异的成绩获得圣安德鲁斯大学经济、历史双硕士学位。

　　毕业后，萨蒙德在苏格兰农业渔业部任助理经济师。两年后，他又到苏格兰皇家银行工作，一干就是七年，先后出任助理经济师、能源经济师和皇家银行经济师等。

萨蒙德在大学期间认识了一位名叫赫顿的女孩，她是工党的狂热信徒和支持者。在与赫顿聊天时，萨蒙德表示有意加入工党的想法，结果遭到赫顿的冷嘲热讽："你也配成为工党的一分子？还不如去参加疯子般的苏格兰民族党算了！"这番话极大地刺激了萨蒙德。

思想激进的人，难免会有激进的行动。为解心头之气，萨蒙德立即加入了苏格兰民族党，并很快成为该党在圣安德鲁斯大学的负责人。

一开始，萨蒙德在党内混得并不顺利，周围的人对他的评价是"言辞激进""报复心强""令人生厌"等。一位同事回忆说："我从未听到有人夸奖过他。"入党后不久，萨蒙德便为他过激的政见付出了代价。1982年，苏格兰民族党领导层认定萨蒙德的政见、思想和观点等与该党相左，属于"激进的左翼"，因而将他驱逐出党。

难能可贵的是，萨蒙德并没有气馁。他对自己进行了认真反思，并修正了自己的某些观点。这是他在政治生涯的第一次转变，也是人生重要的第二次转变，为他赢得了东山再起的机会。过了一年，萨蒙德便靠着自己的"无限忠诚"，重返苏格兰民族党。之后，萨蒙德在党内步步高升：1987年，当选为英国议会议员；1990年，又当选为苏格兰民族党全国召集人；1999年，成为苏格兰议会反对党领袖；2004年，成功当选苏格兰民族党最高领导人；2007年，成为苏格兰首席部长。

2011年，苏格兰民族党在议会选举中赢得多数席位，作为该党党魁和苏格兰首席部长的萨蒙德，开始大力推动苏格兰独立公投。2012 年 10 月 15 日，萨蒙德与英国首相卡梅伦签署苏格兰独立公投协议。按照协议，苏格兰独立公投将于 2014 年秋季举行，只要超过 50%的苏格兰人投票支持独立，苏格兰就将成为名正言顺的主权国家。

2013 年 11 月 14 日，在苏格兰议会辩论厅里，经过萨蒙德的公开和私下游说，苏格兰议会议员经过激烈讨论后，通过了《独立公投法案》。11 月底，苏格兰正式公布了独立白皮书，确定公投日为 2014 年 9 月 18 日。根据独立白皮书，苏格兰如果能在公投中达到规定的支持率，将于 2016 年 3 月 24 日宣布独立。

虽然苏格兰最终没有独立，萨蒙德以国父身份率苏格兰加入欧盟的梦想破灭，但英国三大党承诺给予苏格兰更大的自治权。

苏格兰独立被公投否决后，萨蒙德当日宣布辞职。这次转变，萨蒙德会给苏格兰带来什么，让我们拭目以待。

萨蒙德的每次转变，都为他赢得了机会，让他一步步走向成熟，成为一位有影响的地区性领导人。这与他永不言弃、适时转变的政治智慧是分不开的。

学会转变，赢取不一样的人生。

（2014 年 9 月 20 日）

"临门一脚"展魅力

——"蓝光的荣耀"启示之一

2014年10月7日，诺贝尔物理学委员会宣布，获得今年诺贝尔物理学奖的是日本物理学家赤崎勇、天野浩及美籍日裔科学家中村修二，以表彰他们在发明新型高效节能光源蓝色发光二极管方面做出的贡献，被称为"蓝光的荣耀"。

虽然三位日本物理学家获得今年的诺贝尔物理学奖，但最早发现发光二极管单向导电性发光原理的并不是他们，而是苏联人。不仅如此，最早获得发光二极管发明专利的也不是他们，而是美国人。

发光二极管的英语是Light-Emitting Diode，缩写为LED。早在1927年，一向致力于研究半导体的苏联人奥列格·罗塞夫第一个发现了二极管单向导电性的发光原理，但这个发现并没有找到任何商业价值。

28年后，即1955年，在美国无线电公司工作的鲁宾·布朗斯坦发现砷化镓半导体会发射红外线，可惜也没有找到商业价值。

1961年，美国人毕亚德和皮特曼发现，砷化镓在加上电流时会发射红外光。他们申请注册了专利，次年这项发现就被投入应用，家用电器遥控器就是运用这个原理做成的。次年，第一个红光 LED 被发现；1972 年，第一个黄光 LED 被发现，同时，LED 的亮度被提高了十倍。

但是，LED 要想更加广泛地应用，白光和其他颜色的光是不可或缺的。只有红光、黄光和绿光是无法合成白光的，还需要有蓝光。蓝光的波长比较短，只有 450 纳米左右。因此，蓝光 LED 是其全面造福人类的关键环节和"临门一脚"。

20 世纪 60 年代末，赤崎勇快 40 岁的时候，试图实现这"临门一脚"。他开始研究基于氮化镓基础上的蓝光 LED。20 世纪 80 年代，高质量氮化镓的出现帮助他研究出实用的蓝光 LED。此时，他的学生天野浩加入了他的团队。1994 年，在日本日亚化学公司工作的中村修二在赤崎勇和天野浩研究的基础上，用铟氮化镓制出了亮度很高的蓝光 LED，从而使 LED 真正具有了完整的三原色光源，可以合成任何彩色的光，包括用于照明的白色光。

LED 将成为最便宜的光源，假如全世界都用上 LED，届时全世界用于照明的耗电量将减少一半。正因为这样的应用前景，三位科学家获得了今年的诺贝尔物理学奖。

从 LED 的发现到应用，我们可以发现科学成就被人们认可，往往并不是科学发明或发现的第一人，而是善于站在巨人的肩膀上突破关键环节的人。实际应用远远比理论上的发现给人们带来的帮助更荣耀。因此，人们要想获得成功，仅仅具有创新意识和能力还不行，还要有"临门一脚"的功夫。在某种程度上，后者更重要。

（2014 年 10 月 9 日）

另辟蹊径方成功

——"蓝光的荣耀"启示之二

　　日本有一家生产磷化镓、砷化镓单晶的日亚化学公司，坐落在不起眼的小城市阿南里。1988 年，一位普通的职员越级走进公司董事长的办公室，提出要试制氮化镓发蓝光二极管的请求，董事长当即表示予以支持。这位职员不是别人，就是 2014 年诺贝尔物理学奖的获得者美籍日裔物理学家中村修二。

　　三年后，中村修二在《应用物理快报》上发表了生平第一篇英文撰写的论文《一种用于生长氮化镓新颖的金属有机物化学气相沉积法》，立刻在世界半导体产业界和科学界引起轰动，因为这个时候世界上很多大公司、著名大学科研机构都在为半导体蓝光光源薄膜材料的制造工艺头痛不已，而氮化镓正是半导体材料中最具有希望的宽禁带半导体材料。中村修二的论文无疑使大家看到了解决其头痛问题的曙光，蓝光二极管的实质性应用指日可待。

　　为什么当时世界高端研究机构都陷入束手无策的境地时，仅仅是个小职员的中村修二能在这个领域有所突破呢？

　　研究蓝光二极管并非中村修二的轻率、狂妄之举，而是他经过深思熟虑的选择。

　　中村修二深知，那些研究半导体材料的顶级科学家们都知道氮化镓可以制造蓝光二极管。当时世界物理学界关于这种材料的能带结构、二极管导电类型调控以及发光特性等，都有大量的理论和实验上的成果，日本明治大学教授赤崎勇和天野浩已经解决了镁掺杂的氮化镓薄膜利用电子束辐射可以实现空穴导电的问题。然而，真正让人头疼的是，如果要实现这种材料的器件化，必须使基板材料和氮化镓晶格匹配才行。正是因为这个难题难以突破，世界科学界和产业界几乎都把氮化镓淡忘了，一窝蜂地去研究能生长在砷化镓基板上的硫化锌、硒化锌等类型的半导体材料，即便这些半导体材料发光效率并不高，而且使用寿命很短，也在所不惜。

　　中村修二的聪明过人之处就在于，明知山有虎，偏向虎山行。因为"山有虎"，众人都"不上山"，此路就通畅。事实证明，这种另辟蹊径是正确的。正如中村修二后来打趣地说，因为这些大公司的研发力量在砷化镓类的半导体研究领域，云集了非常多的高手，"山头"都被占满了，无法与之竞争，只好另辟蹊径，走别人不走的路。由此看来，这是处于技术劣势的情况下，被逼无奈的选择。恰恰是这个痛苦的选择，给中村修二带来了巨大的成功，一跃超越了那些世界顶级的物理学家，站上了此领域世界的最高峰。

　　一个人走在这条荒无人烟的路上，这确实是一条中村修二自己踏出的路。摆在他面前的，要解决蓝光二极管材料制造工艺的两个重大难题：一个是高质量氮化镓薄膜的生长，另一个是氮化镓空穴导电的调控。没有实验员，没有助手，在短短四年的时间里，中村修二进行了多达 500 多次的试验。他以改进了金属有机物气相生长过程中组分气流进入的方式，终于在普通蓝宝石基片上获得高电子迁移率的氮化镓薄膜，解决了第一个难题；他通过无数次试验，发现只要控制工艺中的氢气浓度就可以大规模地得到镁掺杂材料，解决了第二个难题。中村修二成功了，使蓝光二极管进入产业化生产的阶段，造福全人类，难怪整个科学界都为此感到惊讶。

中村修二另辟蹊径取得成功说明，还是要走自己的路。世上的路有千万条，若都纷纷攘攘往一条路上挤，只能是越走越窄，最后致无路可走。看来，无论干什么，要有所斩获，还是要走好自己的路！

（2014 年 10 月 10 日）

名不见经传育才俊

——"蓝光的荣耀"启示之三

2014 年诺贝尔物理学奖得主中村修二接到获奖电话后，惊喜之余连道："难以置信。"同时，让我惊讶的不仅是他的荣耀，而且还有他读书的学校。中村修二虽然取得如此重大的成就，但他从小学到大学，上的都是日本名不见经传的普通学校，从没有上过所谓的名校。

中村修二出生于日本爱媛县的伊方町，先后就读于爱媛县小学、兵库县尼崎市立桩濑小学、爱媛县立大洲高等学校普通科班、德岛大学工学院等。这些学校在日本都是很普通的学校。1979 年，中村修二在德岛大学获得电子工程硕士学位并毕业，进入日亚化学公司工作。1988 年，他开始蓝光二极管研究，仅用四年的时间，他就掌握了氮化镓成长的关键技术，随后便进行了高亮度青色发光二极管的开发并获得成功，制造出蓝色发光二极管，并使之商业化。这项发明，让世界震惊，因此该项技术被称为世纪发明，曾被认为是 20 世纪不可能实现的难题。除此之外，中村修二获得了一系列荣誉，包括仁科纪念奖（1996）、大河内纪念奖（1997）、日本朝日奖（2001）、武田奖（2002）、英国顶级科学奖（1998）、美国本杰明·富兰克林奖章（2002）、芬兰千禧技术大奖（2006）、阿斯图利亚斯皇太子奖（2008）、第63届艾美奖技术开发部门奖（2011）等。2003年，中村修二入选美国国家工程院院士。

从中村修二的身上，我们可以得出这样一个结论：普通学校也能培养出世界顶级的杰出人才。

由此想到，当下国人择名校热的现象。在教育系统工作的同志都遇到过，每年入学季，有很多家长前来咨询，有很多熟人前来求助，很多亲友前来打探关于孩子上学的事情。几乎所有的家长都有相同的愿望，那就是希望自己的孩子在名校就读。似乎孩子将来有没有出息，就看能不能上名校了。有的家长甚至委婉地表示，只要孩子能上名校，会不惜一切代价，采取任何手段。

然而，并不是名校的每个学生都能出人头地。名校与普通学校之分，只是相对而言。各个学校都有其自身办学的特色和学科优势，没有绝对的好坏之分。对于学生来说，没有最好的学校，只有最合适自己的学校。单纯追求所谓的名校，有可能会适得其反，打击了孩子的学习积极性，让孩子失去自信心，从而带来负面影响，这是我们的社会、家长应该反思的。

中村修二的成功，还给我们用人单位一个启示：在录用人员时，眼睛不要一味地瞄着那些所谓名校毕业的学生。是不是优秀的人才，关键不是毕业于哪所学校，而是毕业生的综合素质和技能特长，若以211、985大学的毕业生为录用条件，既有失社会公正和教育公平，也不可能百分之百地选拔到真正优秀的人才。那些只以毕业院校、学历等作为录用条件的办法应该予以摒弃，而应把人尽其才、才尽其用作为选拔人才的原则，才能既保证用人、选人上的社会公正公平，又能防止人才的浪费。

（2014年10月17日）

民主有时是个坏东西

民主是个好东西，有时也是个坏东西。

老北京城原有两座三洞门，分别位于天安门的左右两侧。新中国成立初期，天安门广场上大型游行集会比较多。这两座三洞门有碍交通，游行队伍经过这里就散了，红旗还得放下来；有三洞门挡着，看不见对面，曾出过交通事故。因此，来自社会各界拆除三洞门的呼声非常强烈。

面对拆除三洞门的诉求，北京市委的态度非常明确，尊重北京市民的意愿。1951 年 9 月，召开北京市人民代表大会，讨论是否拆除三洞门的问题，时任北京市委书记的彭真主持会议。会上发言的人很多，争论也很激烈，主要有两种观点：一种是强烈要求拆除三洞门。参加会议的一位司机在表达意见时，非常激动和愤慨，说三洞门害死过人，等于是反革命，不让拆三洞门就是包庇反革命。另一种是坚决反对拆除，代表人物有梁思成、林徽因和金岳霖等。梁思成十分清楚，拆除三洞门是拆除北京城墙的前奏。他一个人发了三次言，讲了新北京城的结构，主张新北京城应该搬出老北京城，护城河加宽，连接运河。在北京前门外上下船，船可以一直开到杭州，可谓是苦口婆心。林徽因强调，文物是不能复生的，拆了后悔就来不及了。虽然梁思成、林徽因和金岳霖等说的话很中肯，也很正确，但那时人们缺乏文物保护意识，思想比较激进，觉得要建社会主义大街，留这些封建遗迹没有意义，梁思成、林徽因等人的话不被人们理解。争论的结果是赞成拆除的占大多数。会议结束时，通过了拆除三洞门的决定，从林徽因座位上传出了嘤嘤的哭泣声。这时，彭真亲自走到她和梁思成面前，安慰说，建筑专家对文物、对建筑艺术的爱护，令人钦佩。但彭真又强调，要更加尊重民主，不可能不执行会议的决定。

这次会议确实是一次十分民主的会议，不仅发言的人员很广泛，而且正反两方面的意见都是敞开的，激烈的辩论完全体现了民主。然而，少数服从多数的民主并不一定就是正确的，因为真理往往掌握在少数人手里。若干年后，当我们再次回过头来审视这件事情时，发现我们当时的决定是多么的无知。

一般而言，民主确实能集思广益，科学决策，但在一些专业性的问题上，不妨多听听相关专家的意见再做决定，以免重蹈覆辙。有些东西一旦破坏就再也无法恢复，正是从这个意义上说，民主有时也是个坏东西。

（2014 年 10 月 15 日）

福泽谕吉与娼妓经济

福泽谕吉是日本近代著名的启蒙思想家、明治时期杰出的教育家、日本著名私立大学庆应义塾大学的创始人。由于他为日本近代振兴做出了贡献，为表示崇敬，日本政府将他作为最大面值10000日元的人物图案。

说到福泽谕吉，就不得不提到日本近代娼妓制度。无论是在日本国内，还是在国际上，都有一个共识，那就是日本在明治维新之后国家振兴，逐步跻身于世界列强阵营，日本妓女为其做出了巨大贡献。所以，当时的日本人对她们表示敬意，虔诚地向妓女们鞠躬，并献上鲜花。在他们看来，这些妓女从南洋、中国、俄国等寄回了大量资金，使日本摆脱落后而强大，是应受到尊重的。然而，日本妓女对国家发展的贡献，与福泽谕吉启蒙日本思想和推动西方文明有着密切的关系。

福泽谕吉1834年出身于一个下层武士家庭，受尚武精神影响很深。福泽谕吉毕生从事著述和教育活动，形成了富有启蒙意义的教育思想，对传播西方文明、对日本资本主义的发展起了巨大的推动作用，因而被日本称为"日本近代教育之父""明治时期教育的伟大功臣"。

福泽谕吉认为，日本现代化的根本动力不在于获取西方的先进技术，而在于改变日本的政治形态，使全体日本人获得精神上和思想上的解放，把日本人从传统思想的束缚下解放出来，主要标志有两个：一是人心的解放，即人的智德的进步。智德的进步，实际上便是文明开化。他在自传中写道："将东洋的儒教主义和西洋的文明主义比较一下来看，东洋缺乏的东西有二，在有形的方面是数理学，在无形的方面是独立心。""数理学"就是指智，"独立心"则是指德，这两点构成西方文明的本质，即科学理性和人道主义。二是人欲的解放，以人欲的扩张作为文明发展的动力。他说："只有人欲才是文明开化的元素，其欲愈多，心之动亦愈多；其欲愈人，其志亦愈大。"这种人欲就是浮士德式的不断追求的精神及不可遏止的生命意志的冲动。人心和人欲都获得解放，谓之"一身独立"，而"一身独立"是"一国独立"的必要前提，大学教育应让人有独立精神。

福泽谕吉还认为，提倡西方文明的目的就是使日本强大并征服亚洲。他还指出了日本通过实践西方文明而达到强大并征服亚洲的途径。有野史资料介绍，福泽谕吉说过这样的话："日本对付亚洲有两种武器：一是枪，二是女人。"历史研究表明，福泽谕吉最早把欧美的妇女解放思想介绍到日本，并积极倡导娼妓制度。他在1885年出版的《品行论》中指出："穷人因贫困而娶不了妻，富人因为忙于虚礼无暇结婚。要满足这些人的性欲，只有娼妓最为方便。随着文明开化，人们会逐渐抛弃肉欲而注重精神的快乐，但是，思想的开明也会促使独身人数的增加，从而给社会带来麻烦，要保持社会的安宁，唯一的穷极之策便是依靠娼妓。倘若今天世上已无娼妓的踪影，其后果真是难以想象。如果没有娼妓效力，很可能数日之内满街就会兽欲横流，淫乱偷情、私通这些惨相都会出现。"福泽谕吉进一步指出，文明进步的意义在于加强和增加人类的各种行为和需求，为人类欲望找到更多的出口，刺激人类的精神和行动。

福泽谕吉倡导娼妓制度，还通过庆应义塾大学大力推动。1890 年，东京出现过一个以保存公娼为宗旨的"矫风会"，会员大多是庆应义塾大学的学生。

理论上宣扬和思想上解放，为日本娼妓经济的发展创造了文化软环境，而日本娼妓经济的繁荣是日本当时经济、政治、社会发展所推动的。一方面，根据福泽谕吉等日本思想界主流人物的观点，日本强大还需要枪炮，而制造枪炮、推动科技进步需要资金。当时日本还是个非常落后的国家，资金十分缺乏，利用娼妓赚取外汇也是一条快捷之路。另一方面，日本的经济、政治、社会发展战略也为娼妓经济繁荣创造了社会条件。

19 世纪 60 年代，日本受到西方资本主义工业文明冲击，进行了由上而下、具有资本主义性质的全面西化与现代化改革运动，史称明治维新。

这次改革使日本成为亚洲第一个走上工业化道路的国家，跻身于世界强国之列，是日本近代化的开端。

明治维新结束了日本长期闭关锁国的政策，政治制度、经济制度、社会结构等发生了巨大变化，最明显的变化就是人身的自由和现代工业的出现。人身自由的获得，使很多处于社会底层的贫困人群为了生存外出务工，以求脱贫致富。现代工业的出现，需要大量工人，使农民有了出卖劳动力的可能，农民工纷纷涌进城市。有的女性贪图快速赚钱，便出卖肉体，投身于娼妓行业。

日本政府为了赚取大量外汇，便向海外进行劳务输出。

社会条件的成熟，加上日本政府有意用之，再加上日本政府依据福泽谕吉等人的思想体系，充分地利用了社会底层的女性。同时，人贩子的推波助澜，促进了日本娼妓业的极大发展。

人贩子村冈伊平治在《村冈伊平治自传》中写道，经他亲手诱拐的妓女"每月写信并送钱回家，父母放心，邻居有好评。村长听说，来要所得税。……不仅夫家，娘家也富裕起来。不仅这样，在南洋的土地田舍凡是建起女郎屋的，必随之建起杂货店。从日本叫来店员，店员独立开业，成立公司的驻外办事机构……日本的船只到来，那块地方就繁荣起来了"。

很显然，大量的海外日本妓女成为日本赚取外汇富国强兵的工具。人江寅次在《海外邦人发展史》一书中写道，明治三十三年（1900）在西伯利亚一带的海外邦人，往日本送钱金额约百万元，其中，63万为海外妓女的送金。

第一次世界大战中，日本坐收渔翁之利，实现了政治、经济、军事上的强大。于是，日本政府发布了关于海外卖春妇的禁止令。结果却是有令不行、有禁不止，反而暗中鼓励海外日本妓女卖春赚钱，靠她们摆脱之后出现的一系列经济危机。

第二次世界大战时，侵略中国、东南亚诸国的日本军队带着慰安妇，相当一部分是被征用的日本妇女、被强征的朝鲜女性。第二次世界大战日本战败后，以美军为首的联合国军进驻日本，卖春业又一次如雨后春笋般发展起来。这些都说明福泽谕吉倡导的娼妓政策在日本的影响，尤其是文化、观念、社会心理上的影响根深蒂固。荷兰学者伊思·布鲁玛在《日本文化中的性角色》一书中指出："妓女在人类历史上，从来没有像日本的妓女那样，对一个民族的文化造成如此巨大的影响。"日本作家野坂昭如则在小说《色情者》中大言不惭地说："妓女在日本文化环境中对男性具有'母亲'的象征意义。"

如此这般，人们对福泽谕吉的头像至今还印制在 10000 日元钞票上面有了历史的了解，它的文化寓意却不被日本以外的国家所理解。

（2014 年 10 月 29 日）

"相同"的由来

　　法国是个有趣的国家，在于其有很多的浪漫和巧合。就连世界级的艺术大师，都是那么的"相同"。比如克劳德·莫奈和奥古斯特·罗丹，虽然前者是画家，后者是雕塑家；前者是印象派，后者是浪漫派，但是"相同"的地方比"不同"的地方还要多。

　　莫奈出身于小杂货商家庭，罗丹出身于警务信使家庭，两人都处于法国社会的底层；都是1840年11月出生，同年同月；都出生在巴黎，同一地点；莫奈在法国北部港口阿弗尔就学，视学校如牢狱，在悬崖和海边嬉戏的时光多于听课，故学习成绩不佳；罗丹功课也很糟，在姐姐玛丽的支持下，失望的父亲不得不同意把他送进巴黎美术工艺学校。莫奈唯一的爱好是绘画，常常在笔记本上素描，以老师和同学为对象画漫画。罗丹14岁随荷拉斯·勒考克学画，后又随巴里学雕塑。他们都热爱美术。更有趣的是，他们的夫人都叫卡米儿。《绿裙女子》是莫奈以夫人卡米儿为模特创作的名作，罗丹的名作《吻》也是以自己的爱人卡米儿为模特创作的。两位卡米儿均未与其丈夫相伴终身，莫奈夫人卡米儿32岁时，因癌症病逝；罗丹夫人卡米儿，在他们共同生活25年后分道扬镳。更不可思议的是，莫奈的成名作《绿裙女子》，罗丹的成名作《青铜时代》，创作年代均为同一年，即他们26岁时。

为什么莫奈和罗丹有那么多的"相同"呢？大概有这样的原因吧：一是时代对他们的影响大体相同。莫奈是印象派画家中最先获得成功的人。印象派画作极大地冲击了19世纪后半叶占据西方画坛统治地位的官方艺术，从而掀开了西方现代绘画史新的一页。罗丹是旧时期（古典主义时期）的最后一位雕塑家，又是新时期（现代主义时期）最初的一位雕塑家，他的一只脚留在古典派的庭院内，另一只脚却已迈进现代派的门槛，打开了浪漫主义雕塑的大门。他们都以新的创作风格和表现力，为艺术发展做出了重要贡献。二是共同的社会底层生活经历和对生活的相似观察，使他们对艺术有了共同的感悟和理解，从而使他们在艺术的发展上有了那么多的"相同"。莫奈曾经被抽签决定去服兵役。此时，他父亲提出只要他服从父母的意愿，安心在家做生意，就可出钱雇人替他从军。莫奈对此毫不理会，毅然参军，去经受艰苦的锻炼。罗丹曾报考艺术学院而名落孙山，后在巴里门下受教，从事装饰工作。社会底层的生活使他们遭受接踵而来的、社会其他阶层所没有的打击和困苦，练就了他们对艺术追求的韧劲，同时也使他们对传统反叛和颠覆，从而使他们站在了艺术创新的最前列，因此他们走了类似的艺术发展道路和在同一时期获得巨大成功。三是共同的爱好使他们有了共同的追求，激发他们有着类似的艺术激情，在他们看来，美术是他们的天堂，而其他的学习则是他们的地狱，只有在美术的天堂中，才能获得快乐，才会有着无限的激情，而学校的学习则让他们无所适从和痛苦万分。他们不顾父母的失望，也要向着自己的"天堂"奔跑，从而让他们在美术领域投入了极大的热情和心血，成为时代的宠儿和骄傲。

（2014年10月30日）

瑕不掩瑜

　　人无完人，金无足赤。普通人如此，神武英明的皇帝也概莫能外。

　　唐朝是世界公认的中国最强盛的朝代之一，被史学家称为"光辉的时代"。当时生产力高度发展，社会稳定，人民富裕，杜甫在《忆昔》中写道："忆昔开元全盛日，小邑犹藏万家室。稻米流脂粟米白，公私仓廪俱丰实。"由于采取开放的对外政策，唐朝的国际威望也达到了顶峰；对外战争取得接连胜利，疆域极度扩张。除了这些，盛唐的文明程度在当时的世界上也是首屈一指。长安是当时世界的文化交流中心，是世界各国仁人志士心目中的"阳光地带"。唐朝是一个我们民族充满阳刚之气的时代，让我们民族的声威远播四海。自唐以来，欧洲等近代发达国家的人们都把中国人叫作唐人。

　　唐朝的繁荣富强，是由贞观之治、永徽之治、开元盛世、元和中兴、宣宗之治等组成的。每个盛世都由一个杰出的、功绩卓著的帝王所主导。然而，这些创造了丰功伟绩的皇帝毫无例外地是伟大与渺小的结合体。

先说唐太宗李世民。李世民即位后，吸取了隋朝灭亡的教训，采取了一系列措施，使得社会出现了安定的局面，被四方诸国尊为天可汗。在唐太宗执政的贞观年间出现了一个政治清明、经济发展、社会安定、武功兴盛的治世局面，史称贞观之治。这是唐朝的第一个治世，同时为后来的开元盛世奠定了坚实的基础。

与取得历史功绩的李世民相比，生活中的李世民在亲情方面，却被世人诟病，李世民不顾亲情，杀害亲兄弟，逼父禅位。唐朝的建立始于唐高祖李渊。李渊称帝后，定国号为大唐，改元武德，立长子李建成为太子，次子李世民为秦王，三子李玄霸早夭，四子李元吉为齐王。李世民与李建成争夺皇位，发动了玄武门之变，杀了李建成和李元吉，控制长安。李渊深知形势对自己不利，只好禅让帝位，成为太上皇，李世民继位，即唐太宗。为了争夺皇位，李世民不择手段，置兄弟情、父子情于不顾，双手沾满鲜血，多么令人不齿啊。

再说永徽之治。唐太宗死后，李治即位，是为唐高宗。唐高宗李治共在位 34 年，有贞观遗风，使大唐得到了继续发展，史称永徽之治。永徽年间，边陲安定，百姓阜安，唐高宗功德盛大。

然而，唐高宗李治却是个不守仁义道德、寡廉鲜耻的人。他把父亲李世民的小老婆、从辈分上来说是其姨娘的武则天立为自己的嫔妃，后又立为皇后。

武则天 14 岁便被李世民纳入宫中，封为正五品才人。在侍奉唐太宗之际，武则天和李治相识并不顾伦理暗送秋波。太子李承乾被废后，晋王李治被立为太子。唐太宗死后，武则天依唐朝后宫之例，入感业寺削发为尼。唐高宗在唐太宗周年忌日入感业寺进香之时，又与武则天相遇，当日即将武则天纳入宫中寻欢。唐高宗服孝满后，武则天再度入宫。不久，便被拜为二品昭仪，摇身一变，正式成为唐高宗的嫔妃。之后，唐高宗下诏，将武则天立为皇后，把原来父亲的妃子堂而皇之地收作自己的老婆。从辈分上讲，武则天是唐高宗的小妈，娶她做老婆，无论如何有悖伦理，不是什么光彩的事情，被世人所唾弃。

接着说开元盛世。开元盛世是由唐玄宗李隆基开创的。

唐玄宗即位后，一是制定官吏迁调制度。唐玄宗采纳了张九龄的建议，选取京官中有能之士，将其外调为都督刺史，以训练他们的处事才能及培养行政经验。同时，又选取都督刺史中有作为者，将其升为京官。这样内外互调，增进了中央与地方的沟通和信任。二是改革科举制度。唐玄宗在选拔人才方面，限制了进士科及第的人数，以减少冗官的出现。三是大力发展农业。唐玄宗通过一系列措施和努力，唐朝农业大大向前发展。四是大兴节俭之风。唐玄宗即位之初，大兴节俭之风，使唐朝的财政变得丰裕。这一系列措施，促进了整个社会、政治、经济的大发展，开创了历史上非常著名的开元盛世。

应该说，唐玄宗是个励精图治的明君。然而，他也有其丑恶的一面。他登上皇位，是通过两次血腥政变获得的。武则天是中国历史上唯一一位真正意义上的女皇帝，她死后，她的儿子李显继位，是为中宗皇帝。唐中宗懦弱无能，朝政大权慢慢落入韦皇后和安乐公主之手，后来唐中宗被韦皇后和安乐公主合谋毒杀。也就是在这个时期，野心勃勃的临淄王李隆基悄悄地发展自己的势力。景云元年（710），一直静观时变的李隆基发动景云政变。政变成功后，李隆基的父亲唐睿宗李旦重新即位，立李隆基为太子。先天元年（712），李旦禅位于李隆基。此时，李隆基虽然登上了皇位，但其权力受到太平公主等势力的制约。为了坐稳皇位并真正掌握皇权，先天二年（713）李隆基再次发动政变，太平公主见党羽被诛杀殆尽，不得不逃入佛寺，三日后返回。太上皇唐睿宗李旦出面请唐玄宗恕其死罪，被唐玄宗拒绝，太平公主最终被赐死家中，是为先天政变。自此，唐玄宗终于将权力牢牢地掌握在了手中。是年，唐玄宗改年号为开元。唐玄宗为了争夺皇位皇权大开杀戒，极其残忍，暴露出其不光彩的一面。

不仅如此，唐玄宗还强夺自己的儿媳妇杨玉环为贵妃。开元二十二年（734），唐玄宗的女儿咸宜公主在洛阳举行婚礼，杨玉环也应邀参加。唐玄宗的儿子、咸宜公主之胞弟寿王李瑁对杨玉环一见钟情，当年杨玉环就嫁给李瑁，成为寿王妃。婚后两人甜蜜异常。开元二十五年（737），李瑁的母亲武惠妃逝世，唐玄宗因此郁郁寡欢，当时后宫数千，无可意者，有人进言杨玉环"姿质天挺，宜充掖廷"，于是唐玄宗竟然真的把儿媳妇占为己有，将杨玉环召入后宫。为掩人耳目，唐玄宗打着孝顺的旗号，说是要为自己的母亲窦太后荐福，于开元二十八年（740）下诏令杨玉环出家做道士，并赐道号太真，命令杨玉环搬出了寿王府，住进了太真宫。天宝四年（745），唐玄宗遂册立杨玉环为贵妃。唐玄宗对杨贵妃家族大加宠幸，导致安史之乱的发生。从此事可以看出唐玄宗是多么厚颜无耻！

唐朝还有一个兴盛时期就是元和中兴。这个盛世是由唐宪宗李纯创造的。安史之乱后，内因宦官掌权，禁军兵权甚至皇帝的拥立都由宦官决定，宫禁较为混乱。同时，节度使制度出现了问题，导致节度使对地方有独立于中央的管理权，国家管理受到削弱。加上中原战乱地区经济遭到严重的破坏，国力不济。外因吐蕃对唐的侵扰日益频繁，从而使唐朝综合国力大为削弱。唐宪宗即位后，事以祖上圣明之君为榜样，认真总结历史经训，任用贤能。唐宪宗在位15年，勤勉政事，君臣同心同德，从而取得了元和削藩的巨大成果，并重振中央政府的威望。他一方面在政治上有所改革，另一方面暂时平定了藩镇割据，使安史之乱后一度被割据的唐朝再次获得统一，从而成就了唐朝的中兴气象，史称元和中兴。

唐宪宗治世有方，但是唐宪宗也是一位乱伦的皇帝，他娶自己的表姑郭氏为妻，继皇位后，册立其为妃子。唐宪宗贵为一朝天子，竟然在婚姻上不顾人伦，令人匪夷所思。另外，唐宪宗即位也不正大光明。不仅是由宦官扶持，而且他还有逼父篡位的嫌疑。贞元二十一年（805）四月六日，李纯被立为太子。七月二十八日，"权勾当军国政事，即代理监国之任"。八月四日，李纯得父皇传位，八月九日正式即位于宣政殿。这一年，唐宪宗28岁。他从一个普通的郡王到登上最高权力的顶峰，仅仅用了四个月的时间。正是因为这一缘故，唐宪宗的登基伴着唐顺宗的内禅一直被人们所猜疑。有史学家认为，在唐顺宗内禅、唐宪宗即位的过程中，一定有隐而不发的内容。韩愈与宦官俱文珍关系较好，在他所作的《顺宗实录》中也隐约透露出了宦官对唐顺宗相逼的内情，以致唐宪宗即位以后，屡屡说其记载内容不实，下诏要求进行修改。这样做的目的，显然是为了掩盖事实真相。

最后来说说宣宗之治。这是唐朝灭亡前最后一个中兴之世，出现在唐朝晚期唐宣宗时代。

唐宣宗李忱是唐宪宗第十三子，是当朝皇帝唐武宗李炎的叔叔。会昌六年（846）三月，唐武宗病危，李忱成为新的皇位继承人。唐武宗死后，唐宣宗在宦官的协助之下继位。未即位前的唐宣宗表面上容易被宦官利用，但即位以后的他励精图治，首先是收复疆土，使瓜、沙等 11 州又重新回归唐朝。咸通七年（866），肃清河西，使唐廷无西顾之忧。其次是尽力抑制宦官。宦官问题唐宣宗虽终未能全盘解决，然收到了一些成效。再次是整顿吏治。鉴于前朝晋升高官太滥的弊端，唐宣宗对高官的人数予以严格控制，并制定授官爵的原则，不以个人好感相授，不以亲近相授。最后是善于纳谏。唐宣宗曾想到唐玄宗所修的华清宫去放松一下，谏官纷纷上书反对，他由此取消了行程。他接受纳谏的程度，仅次于唐太宗。

历史给予了唐宣宗很高的评价："宣宗性明察沉断，用法无私，从谏如流，重惜官赏，恭谨节俭，惠爱民物。故大中之政，讫于唐亡，人思咏之，谓之小太宗。"

然而，唐宣宗也有不光彩的一面。他善于操弄权术，玩大臣于股掌之间。唐宣宗是庶出，而且是皇叔，依照嫡长子继承制，皇位继承根本轮不到他。唐宪宗之后，先后有四位皇帝，即唐穆宗李恒、唐敬宗李湛、唐文宗李昂、唐武宗李炎，唐宣宗是唐穆宗的弟弟，唐敬宗、唐文宗、唐武宗的叔叔，但是他很会装疯卖傻，被公认为智力有问题。《新唐书》中说："宫中或以为不慧。"《资治通鉴》竟云："宫中皆以为不慧。"也就是说，皇宫里都认为他是痴呆、智障，至少也是弱智。他之所以这样，是他要利用操弄内宫之极的宦官势力，企图夺得皇位。自唐宪宗被谋杀后，谁当天子实际上是由宦官说了算。在宦官的眼里，"弱智"的李忱，就成了继承皇位最合适的人选。让这样一个"傻子"坐在龙椅上，宦官起码不必再担惊受怕，所以宦官将他抬上皇位。唐宣宗虽被史学家称之为"智术治国"，但皇位来得却并不光明磊落。

唐宣宗还是一个偏执、暴戾的人。地方上曾献给唐宣宗一支女子组成的歌舞乐队，其中有位绝色美女被唐宣宗收入后宫意加宠幸。一段时间后，唐宣宗认为这样下去有可能会重蹈唐玄宗与杨贵妃的覆辙，便想从此收手。如果让这位美女重回民间，难免他会朝思暮想。为了断绝自己对这名女子的念想，唐宣宗干脆用一杯毒酒赐死了这个女子，心狠手辣。另外，唐宣宗的二女儿永福公主已经选定于综为驸马，择期就要出嫁，公主也很高兴。偏偏在和唐宣宗同席吃饭时，因为一点儿小事怄气，把筷子折断。唐宣宗大动肝火，当即传旨，令四女广德公主下嫁于综。就这样，永福公主眼睁睁地看着自己的未婚夫被父皇夺去，送给了妹妹。可见唐宣宗是多么偏执、暴戾。

从以上唐朝这几位励精图治，并使国家繁荣昌盛的皇帝身上，人们既可以看到他们高大美好的一面，也可以看到他们人性中阴暗丑恶的一面，他们确实都是了不起、令人崇敬的君王，但他们在某些方面也很渺小和令人不齿，但是与他们开创的那个伟大时代相比，真的是瑕不掩瑜。皇帝虽高高在上，处于权力的顶峰，但同时他们也是一个人，与我们普通人一样，也会有七情六欲，也会犯错，更何况还有当时的形势所逼。用现代的标准来要求古人，恐怕有失公允。

（2014 年 11 月 5 日）

忠实于自己

　　2009 年，时任美国国务卿、民主党参议员希拉里·克林顿访问亚洲，成为人们关注的焦点。希拉里在世界上的知名度极高，不仅因为她这两个耀眼的身份，更因为十年前她的丈夫、时任美国总统克林顿的性丑闻。网上不仅报道了她的亚洲行程，而且还贴出一个十分有趣的段子。这个段子说，希拉里有一次去拜访上帝，看到帝宫里挂着很多钟表，每块表上有一个名字，而且有的表快有的慢。她十分好奇，就问上帝的侍卫官："为什么钟表会快慢不一呢？"侍卫官回答说："这里的每一块钟表都代表一个男人，男人的名字都写在上面，如果这个男人很花心的话，钟表就走得快，反之就走得慢。"希拉里便寻找写着克林顿名字的那块钟表，想看看自己丈夫的表针走得快与慢。她找了半天也没有找到，就问侍卫官："我丈夫的那一块表去哪儿啦？"侍卫官答："被上帝拿到卧室里当电扇去了。"这个段子说明克林顿是个经常拈花惹草的花花公子。

　　撇开政治不说，希拉里在处理夫妻关系上倒是有十分可取之处。1995 年，21 岁的白宫实习生莫妮卡·莱温斯基与时任美国总统克林顿维持了一段 18 个月的婚外情。1998 年 1 月 17 日，美国的一家网站披露了这一丑闻。8 月 17 日，克林顿向全国发表电视讲话，承认与莱温斯基有不正当关系。9 月 11 日，美国众议院公布了独立检察官肯尼思·斯塔尔的调查报告，证实了克林顿不仅与莱温斯基有不正当的男女关系，而且曾与葆拉·琼斯、凯瑟琳·威莉等诸多女性发生过关系。很快，克林克的性丑闻名扬世界，克林顿险些被弹劾下总统宝座。

当然，丑闻也让第一夫人希拉里十分难堪和痛苦，她对媒体坦言："那一刻的感觉就是要疯了，觉得万分沮丧，无比失望，所有这些念头都在脑海中涌现。"然而，希拉里忍辱负重，决定原谅丈夫的不忠行为，她表示："但我知道我不该在气头上做决定，我得三思而后行。"2008 年，希拉里在接受福克斯电视台主持人蒂拉·班克斯采访时，袒露当年心迹："我从来没有怀疑过比尔对我的爱，我从未怀疑过这个信念，也从未动摇过对女儿和整个家庭的承诺……因为我有强大的信念，所以我要冷静下来想清楚，对我以及我的家庭而言，什么才是正确的选择。"

不过，原谅丈夫的出轨与风流，并不是一件简单的事。克林顿的性丑闻使她在总统候选人竞选时，成为众矢之的，时常让她陷入被动。这同样需要巨大的定力，坚定自己已经做出的决定。

这一年，希拉里在爱荷华州举行竞选宣传活动时，为了避免她的对手利用十年前克林顿的性丑闻攻击她，便反守为攻，自嘲地说，美国正面临本·拉登等邪恶之徒的威胁，而她的背景和经历使她有能力来对付坏男人。这番话让台下的听众哄堂大笑。随后她解释说，这只是想开个玩笑而已。虽然她说得轻松，但在公众面前坦荡地面对耻辱，却是难以想象的沉重，但她没有选择逃避。她在回忆录《亲历历史》中介绍，在面对克林顿和莱温斯基的性丑闻事件时，为了保持平和心态，她去听音乐，并不自觉地把椅子向演奏家靠近。

有人说过，人生的最大遗憾莫过于错误地坚持了不该坚持的，轻易地放弃了不该放弃的。那么要我说，人生最大的幸事，当然是正确地坚持了应该坚持的，轻松地放弃了应该放弃的。

希拉里面对丈夫不忠的羞辱和巨大的心理压力，选择了坚持，坚持她应该坚持的。她为女儿保持了完整的家，与克林顿重归于好。

她这样处理，无疑是十分明智的。此后不断有别的女性问希拉里如何面对丈夫的不忠，她都会这样说："我总是说，你要忠实于自己，每个人的故事都不同。我说我不知道你的真实处境，所以也不能把我的判断强加于你，我能告诉你的是你必须忠实于自己，去做对你来说是正确的事情。"这就是对坚持应该坚持的精彩注解。

忠实于自己，让希拉里做出了正确的选择。

（2014 年 12 月 6 日）

悟鉴无疆

滋养雅兴博采风

垦丁跳海

2013 年 6 月 22 日，我们"紫色团"来到位于台湾最南端的垦丁参观旅游。

垦丁名字的由来，据说与清同治时期从大陆来此开垦的一批壮丁有关。垦丁属台湾省屏东县，位于台湾岛最南端的恒春半岛，三面环海，东临太平洋，西靠台湾海峡，南望巴士海峡。垦丁在北回归线以南，是台湾本岛唯一的热带地区，年平均气温 24 摄氏度，终年气候温和，热带植物衍生，四周海域清澈，适宜珊瑚生长繁殖，因此垦丁以珊瑚礁地质为主，在三面环海北依山峦的地形下，加上长达半年的落山风吹拂，造就了垦丁特殊的地形地貌。这里的景观具有多样性，有崩崖、沙瀑、群裙、钟乳石洞，有热带雨林稀有植物、种类繁多的昆虫蝴蝶、长达半年的候鸟迁徙落脚地等。

垦丁公园 1984 年开始修建，占地面积 18083 公顷，是台湾唯一拥有海域和陆地的公园。陆地范围西部包括龟山向南至红柴之台地崖与海滨地带，南部包括龙銮潭南面之猫鼻头、南湾、垦丁森林游乐区、鹅銮鼻等，东沿太平洋岸经佳乐水，北至南仁山区。海域范围包括南湾海域及龟山经猫鼻头、鹅銮鼻北至南仁湾间。距海岸 1 公里内的海域，称作鹅銮鼻公园、猫鼻头公园等，其中鹅銮鼻公园有块巨石酷似尼克松，被当地人称为尼克松石头。

在垦丁镇用过午餐后，我们"紫色团"便驱车来到鹅銮鼻公园。见到海滩，大家便来了兴趣，脱去皮鞋，踩着细沙，迎着海浪向沙滩走去。这天是阴天，气温并不是很高，海风拂面，浑身清爽。海滩上的风并不大，可海浪却有两三米高，打在海滩近处乌黑的礁石上，洁白的浪花飞溅，像一朵朵巨大的栀子花，煞是壮观。我们在一阵阵忽高忽低的海浪中嬉戏着，不停地拍照。有时，更大的海浪涌来，把我们的裤子、裙子都打湿了，但大家兴致不减。正玩得兴头上，有个生性活泼开朗的朋友突发奇想，在海浪冲到沙滩上时，腾空跃起，引发同行的"紫色团"朋友们一阵惊呼，团里的摄影高手韩理事拿起相机抓拍，记录下这个调皮的瞬间。于是，"紫友"们纷纷效仿，一个个在海浪里、沙滩上跳跃，惊呼声、大笑声、相机快门的咔嚓声响成一片。接着大家集体按着发出的口令，一起跳跃，更是开心不已，笑成一团。韩理事身挎两部照相机，不停地抓拍，他的身体都被海水打湿了，依然忙得不亦乐乎，十分开心。良久，大家觉得十分尽兴，便提着鞋上岸，结束了此次垦丁跳海。

返回的路上，"紫色团"成员们依然叽叽喳喳地回味着这次垦丁跳海。透过车窗玻璃向外望去，我不禁浮想联翩。从前，有个人出了名，拜访他的人络绎不绝，使他无法生活，他便搬到别的地方隐居起来，但人们仍然络绎不绝地到他的故居参观。就这样，名人故居就成了供游客参观的景点，名人用过的物品成了景点的展品，而且配备了保安。渐渐地，人们只记得故居景点，而忘记了名人。多年后，名人返回故居，觉得应该将自己从前用过的东西带走。不料，他被故居的保安当作贼擒获，揍了一顿。名人报上自己的姓名，大家都不相信，被当作冒充名人的骗子又是被一顿暴揍。无奈，名人便一去不复返，从此杳无音信。后来，名人的故居成了著名的旅游景区，名人用过的东西也被当作珍贵文物保护起来，并加上了说明："此珍贵文物差一点被冒名歹徒盗窃。"而名人被当作小偷的画像被贴在展室的墙上，人们指着画像议论："瞧这个小偷，伪装得真像名人哩。"因而更加引起了人们参观的欲望。

想到这里，我的思绪突然飞到了尼克松石头上，它虽然有点像尼克松的模样，但叫尼克松石头只是后人想象并强加给它的。也许这块石头是早期垦丁人中的某位，此石与那位垦丁人更加相像，只是人们再也记不起那位垦丁人，才硬拉来尼克松与其石相联系，取了他的名字。

可不可以这样说，当年来垦丁开垦的壮丁似乎就是故事中的那位名人，鹅銮鼻公园就是名人故居？

（2013 年 6 月 26 日）

阿里山的红桧

　　当学生的时候，我在课本里就读到过对台湾阿里山美丽风光的描写，尤其是那令人神往的阿里山云雾。记得课本里有这样一段描述："大概由于刚下过雨，阿里山的千山万壑，全都笼罩在朦朦胧胧的云雾中。有些地方浓雾把一切都遮蔽了，无所谓天，无所谓树，也无所谓高山和深谷；有些地方则显得影影绰绰的，有如笼着轻纱一般；有些地方云雾停留在山谷下面，汇成一片茫茫的海洋，黛绿的山峰有如浮在海面的蓬莱仙岛；有些地方云雾只飘浮在上面，挡住山峰的上半，令你产生翠峦直插云霄的错觉。这时的云雾是静止的，碧绿的千山万壑和朦胧的山间云雾构成了一幅精妙的山水画。"

　　参加工作以后，看到过、听到过诸多关于阿里山的风景介绍，尤其是脍炙人口的《阿里山》和《高山青》歌，悠扬的旋律美妙动听，更让我对阿里山迷恋。因此，我早就有去阿里山观光的冲动，可由于种种原因，一直未能成行。这次总算有机会，能够前往阿里山，一睹她的美丽风采，我的内心充满了兴奋和期待。

2013 年 6 月 23 日上午，大巴车沿着盘山公路开进了阿里山，然后从停车场转乘景区的中巴车至景区，下了车拐个弯往里走，不一会儿就会看到一个个残存的巨大古木树桩。这就是被日本人野蛮砍伐的阿里山红桧古树桩。

红桧为中国台湾省特有树种，又被尊称为"神木"，分布于台湾中央山脉、阿里山、北插天山等海拔 1050～2400 米的针叶林内，生长最茂盛的红桧处于海拔 1800～2500 米之间。红桧木质优良，树干粗壮，是适用于建筑、家具等的绝佳好木。

1894 年中日甲午战争，中国战败，割让台湾等领土给日本，日本开始了对台湾长达 50 多年的殖民统治。1899 年 2 月，日本人石田常平依据邹族原住民的传说，查访发现阿里山的原始红桧林；5 月小池三九郎再度探访，并呈报知事转总督府。因石田常平缺乏林业方面的专业知识，所以史料记载小池三九郎为阿里山森林的发现人。次年 6 月，日本当局派遣石田常平、小田成章、小笠原富二郎、小池三九郎等人，再次深入阿里山原始森林进行调查，共发现约数十万棵台湾红桧、扁柏等巨木，树龄为 600～3000 年个等。为此，1902 年，日本台湾总督府派东京帝国大学教授琴山河合实地勘查，制订了砍伐木材方式、伐木方向、铁道路线等开发计划。之后，日本按照琴山河合的计划，大肆砍伐和破坏红桧和阿里山的原始森林，到 1945 年日本结束对台湾的殖民统治时，日本人共砍伐了 30 多万棵（一说是 40 多万棵）几百年甚至数千年树龄的红桧等古树，阿里山一带的红桧几乎被砍伐殆尽。1933 年，日本政府为表彰琴山河合的贡献，在阿里山建造了琴山河合博士旌功碑。但具有讽刺意味的是，在旌功碑不远处就是树灵塔，建于 1935 年。陪同我们参观的台湾朋友张乔富先

生介绍说，据民间相传，那些千年树龄的红桧都成了树精，谁砍
伐这些红桧，必然遭到报应。日本人认为红桧是极其尊贵的好
树，最适合建造神社，因而专门建造了通往阿里山的高山铁路，
将砍伐的红桧运往日本。然而，第一批砍伐红桧的日本人都一个
不剩地猝死了，日本人对砍伐红桧感到胆战心惊。为了继续砍伐
红桧，日本人建造了这座树灵塔，目的是慰祭树灵，并镇住树精
的报应。这个传说的真实性已不可考，但是这些巨形古树桩、旌
功碑和树灵塔都是日本侵略中国、肆意砍伐红桧的罪证，却是不
可抹杀的。

　　国耻不能忘，看着那一个又一个残存而又令人心痛的古树
桩，在痛恨日本侵略者野蛮盗伐的同时，我们也为红桧坚忍不
拔、自强不息的品格感到骄傲和肃然起敬。

　　红桧的生命力和再生繁殖力都非常强。我们在阿里山看到，
在被砍伐的红桧树桩上长出第二、第三代树苗，并长成大树。三
代同根的红桧，第一代和第二代的巨大树根长满了青苔，根须盘
根错节，树桩上面生长着枝繁叶茂的第三代树干，使人感到这是
一尊生命的雕塑，是一曲生命的赞歌，命运多舛但生生不息。也
许正因为红桧具有这般坚强不屈的品格，才使得它成为名副其实
的"神树"。

（2013 年 7 月 1 日）

昨日又去放生桥

昨日，是秋天来此的第一天，我去了被称为"沪上古代第一桥"的朱家角放生桥。

说起放生桥，自然想到放生。放生，似乎原与春天相关，与秋天无关。殊不知，虽然放生最好的时机是在春天，但是放生并不一定在春天，秋天也可为。因生命在四季都是有活力的，春天会孕育新生命，而在收获季节的秋天里，成熟的生命也需要关怀。秋天放生，也是对生命的敬重，也是心慈向善之举啊！

很多人去放生桥，并不尽然是为了放生。比如我这次去放生桥，倒真的不是去放生，而是去拜谒生命。虽然于放生无关，却与生命有关。因为，在春天，我曾与放生桥上那棵葱郁的石榴树有个约会，到了秋天，当石榴红时，要来探访石榴。

朱家角放生桥具有厚重的历史积淀。该桥横跨于镇东首漕港河上，建于隆庆五年（1571），至今已有 440 多年的历史。要知道，在 400 多年前，欲在水深流急的大江上建造如此之大的桥，极不容易。该桥布局设置为超薄的柔性墩，既大大节省了材料，也使主拱受力大幅度减小，这对当地缺乏矿产资源、造桥石料全靠外运来说，不愧为最巧妙的办法。由于墩薄，加上桥拱自然递增，全桥形成一个缓和顺适的纵坡，自然和谐地衔接两岸街面，显得雄伟而轻盈。放生桥不仅在造型上讲究美观和稳固，而且在建造工艺上也独具匠心。桥拱主拱圈采用纵联分节并列砌法，加强拱石间的联系，使薄墩桥更为坚固。桥台座石也为整块石板，上下拱石间有独块横系石连接，进一步增强了稳固性。桥上的石刻技艺也十分高超，龙门石上镌有盘龙，形态逼真；桥顶四角蹲着石狮，仰头张嘴，栩栩如生。桥壁柱石上清晰地刻有楹联："帆影逐归鸿锁住玉山云一片，潮声喧走马平溪珠浦浪千重。"遒劲秀美的字体，自上而下排列，似山涧飞瀑，颇有气势。它描绘了十里漕港水运繁忙的热闹景象和江河波涛之汹涌，更加突出了放生桥的宏伟气派。去过放生桥的人都知道，放生桥不仅很宏伟，而且很神奇。放生桥究竟有多少级台阶？有人说南是 73 级，北是 72 级，第二遍再数又不是这个数了，据说至今没有人能数正确过。

放生桥不仅古老，而且桥上还有一道独特的景致，就是两侧桥拱上长着六丛枝叶茂密的石榴树，葳蕤葱郁。这种独特的景象，与当时独特的造桥工艺有关。那时，工匠用糯米粉浆拌石榴籽来砌石缝，取石留之意，预示着桥石永留，坚不可摧。有的生命力特别顽强的石榴籽就从石缝中发芽，生根抽枝，长成一大丛树，树根紧紧抓住石块，真的起到了固石的作用。石榴与石桥浑然一体，同样古老。石榴树虽经 400 多年沧桑，但古老的生命依然焕发着青春的活力，枝叶繁茂，硕果红艳。这样的生命力，是何等神奇，何等令人敬仰啊！

我拾级而上来到了桥顶，远眺近望，金秋的水乡风貌尽收眼底。

　　我喜欢秋景，更喜欢放生桥的秋景。在我看来，放生桥的秋天，比春天更加欣欣向荣。石榴花的灿烂，固然是春天的美丽，然而石榴红硕的秋色却透着收获的喜悦；放生桥的秋天，比夏天更加五彩缤纷，翠绿茂密的夏天虽然热烈，可是石榴树叶上一个个紫色斑点的秋色却更让人充满遐思；放生桥的秋天，比冬天更有生机，更为厚重，白雪皑皑的冬天固然皎洁，但是石榴飘香的金秋却更加绚丽充实。秋天来到了放生桥上，桥下的河水似乎更为清澈，在微风中，波光粼粼，微澜潋滟，缓缓地流着，流向远方，把我的思绪从美丽的秋景带到了穿梭不停的船上，也驶向远方。我不由得想起了清初邑人邵珍对放生桥的诗咏："长桥驾彩虹，往来便市井。日中交易还，斜阳乱人影。"心中一如桥拱缝中长出的石榴树在秋景中一般的婆娑、一般的久远，心中有一种像秋天那样无法名状的沉静和充实。

（2013 年 10 月 16 日）

天人合一的水墨美景

一

水墨汀溪是个非常淳朴的地方。

知道水墨汀溪这个地方，是两年前的事。

我有两个好朋友，一个是安徽人，另一个是上海人。也许是缘分使然，他们不仅成为好朋友，而且合伙做生意，成为公司的共同老总，更难得的是他俩配合默契，合作愉快，生意做得风生水起。

有一次朋友聚会，他俩告诉我，有个水墨汀溪的地方，给他俩留下了非常美好的记忆。他们第一次同几位朋友去安徽泾县汀溪乡那片非常原生态的山里，当晚投宿于一家农家乐。还未到饭点，他们信步来到山顶处的一户人家，闲聊时得知，此户男主人是他们投宿的农家乐女主人的姐夫。这样的巧遇，让大家有了更多的话题。

姐夫一家人很热情，招呼他们留下来一起吃晚饭，当地风俗，来者都是客。他们推托不过，欣然入席。席间，大家相谈甚欢，大碗豪饮，大快朵颐。酒足饭饱之后，他们要付账，却遭姐夫严词拒绝，言之少酒无菜，席间小坐，竟然还要付钱，分明是看不起。几番推迟之后，他们很是过意不去。此时，与他们随行的其中一人发现姐夫家有一个大编织袋装满了农家自炒的被誉为"汀溪兰香"的茶叶，便欲高价购买，其意图就是想通过这种方式，把今晚的就餐费迂回地付给原本并不富裕的姐夫。

姐夫听说他们要买茶叶，便说："买什么买呀，这是我自己家茶树上采摘、自己家土灶里炒制的兰香茶，并不是什么稀奇珍宝。你们不觉得土的话，我每人送你们两包。你们给我钱，我觉得太丢人了。"他们的计谋又一次落空了，同时进一步被姐夫的淳朴、豪爽、真诚所感动。看来今天不向姐夫贡献点什么的话，让哥们儿几个无颜回"江东"了。于是，他们中的一个哥们儿说："姐夫，你送我们一两包不过瘾。我们需求量很大，回去给亲戚朋友都送点礼，你这里有多少茶叶，我们全要了。"姐夫见如此说，便同意了，以每斤38元的价格，将家里的十几斤茶叶全都卖给了他们。

他们自以为经过一番"斗智斗勇"，终于通过这种小法实现了回报。然而，就在他们觉得自己"阴谋得逞"时，其他农家乐的店家告诉他们，汀溪镇上收购这种茶叶的收购价也要每斤50元。原来，姐夫只是象征性地收了点钱，重情而不重利。

这次的水墨汀溪之行，让他们难以忘怀，一谈到水墨汀溪，就有一种感动在心中荡漾，久久不能平静。他们向我诉说他们在水墨汀溪遇到的这种感动，极富感染力，也让我的心里流淌着阵阵温暖，好像汀溪的清流一样，那般的纯净，沁人心脾……使我对水墨汀溪也有了一种向往。

二

领略水墨汀溪的纯美，就是前几天的事。

每每对自然景观感叹，让我想起了水墨汀溪。正因为有了这个情结，一个有空闲的双休日，我和他们相约去了水墨汀溪。

周六早晨太阳刚刚升起的时候，我们一行 11 人披着初冬似乎有些含羞的旭日，清清爽爽地出发了。从高速公路宣城出口下来后，往前行驶不久就进入山区。旅行车沿着盘山公路，左扭右晃地在一派秋季美景中匍匐而行，大家妙语连珠，笑声不断，爽朗的心情可见一斑。经过五个多小时的行程，我们顺利地到达了水墨汀溪。在景区接待中心用过午餐后，便从水墨汀溪景区大门鱼贯而入，沿着一条清澈无比的山溪，逆流向景区深处走去。

有人说，原生态是水墨汀溪的风骨，处女地是水墨汀溪的秉性。我觉得，说出这样精妙评价的人，一定很懂水墨汀溪。水墨汀溪的景区面积约有 45 平方公里，区内有 10 万亩原始森林。据考证，这里不仅是江淮大地上仅存的原始林区，而且是中亚热带东北部最后一方绿色净土。我们行走在山间深谷之中近 10 公里长的汀溪边，这幅一派纯生态的"水墨丹青"绝版画卷，最震撼人心灵的是大自然的原汁原味，除了沿溪边为了方便旅客行走而开辟的道路之外，一切都是原生态。我们投入大自然的怀抱，尘世间的那些纷纷扰扰不知不觉地在悄悄消弭，在渐渐远去，如同被纯汤洁液冲淋荡涤一样，似乎有了那么一点返璞归真的宁静和轻松。

我不由得想起汉代思想家、哲学家董仲舒在《春秋繁露》中所说："天地之气合而为一"，"人之为人本于天。""凡物必有合。合，必有上，必有下；必有左，必有右；必有前，必有后；

必有表，必有里；有美必有恶，有顺必有逆，有喜必有怒，有寒必有暑，有昼必有夜，此皆其合也。"正因为水墨汀溪这种"三才（天、地、人）之合"的禀赋和个性，才使得我们游玩时，能够获得与别的景区不一样的感受。一切顺其自然，没有一点造作，人静于境，心静于景，情静于时；安在天时，悦在地利，欢在人和。

虽然水墨汀溪地处深山老林，但毕竟也有分布松散的山居人家。水墨汀溪的开发者们并不像某些著名旅游景区，将区域内的居民搬迁至景区之外，来保持景区所谓的完整和有序。水墨汀溪的开发者们并不认同这种做法，认为景区现有的山居民宿都是在景区开发之前自然形成的，有的是世代在山里居住的，是景区的一部分，"天道曰阴阳，地道曰柔刚，人道曰仁义"。天、地、人三者虽各有其道，但又是相互对应、相互联系的。如果把他们都迁走了，当地就少了生气和灵性。山民们的习俗、民风本身就是景观，就是文化。少了山民，就少了"三才合一"的中心元素，导致景色的残缺。因此，开发者们将景区的每一户山民都建成农家客栈和民俗景观，把山民生活与水墨风景融为一体，为景区添彩，使得水墨汀溪成为一个既淳朴自然，又有人文底蕴的美丽地方。

欣赏着眼前的青山碧水，在一种忘我的境界里，似乎与多彩的秋景有了对话。溪水潺潺，林山潇潇，飞鸟啾啾……正因为如此，使我一走进水墨汀溪，就有了一份眷恋。

三

水墨汀溪是个非常唯美的地方。

　　水墨汀溪的唯美在于它的山水。这里的山水虽然各有特色，四季不同，但组合起来就如一幅极美的水墨画。

　　我们是初冬季节来到水墨汀溪的。虽然已经入冬了，但这里依然是一派秋天的景色。走在山谷中、清溪边、山路上，美丽的自然景观令我们目不暇接。枫叶红，杏叶黄，竹叶翠，杨叶褐，松叶青，茶树绿……悬崖巅，云蒸霞蔚；深谷下，清溪如诉，它们在为生命劲舞，在为大地抒情……

　　说实话，来水墨汀溪之前，我只知道汀溪是当地的一条山溪，山溪边有一个小镇叫汀溪镇。但为什么叫水墨汀溪，却感到懵懂。欣赏过水墨汀溪之景后，我恍然大悟，原来是指这里的自然景观宛若一幅精美的水墨画。

　　然而，我依然觉得水墨汀溪这个名称不够贴切。因为，我觉得水墨汀溪的景色比水墨画要美得多。仅仅用水墨画来形容此地的山青水碧、花红草绿、竹翠石奇，不能体现汀溪的美景和神奇。水墨汀溪的景色要比水墨画色彩丰富得多。因为水墨画只有黑和白两个基色，尽管这两个基色有着神奇的表现力，以浓墨、淡墨、干墨、湿墨、焦墨等色调，画出无数种浓淡不同层次的墨韵，画出别有一番韵味的美，但水墨汀溪的景色在水墨画的黑白神韵之外还有各种五彩缤纷的颜色……这些姹紫嫣红的色彩，水墨画是不能表达和反映的。用水墨画来描述水墨汀溪的美，确实委屈了水墨汀溪。

　　水墨汀溪的这个委屈，使我有些愤愤不平。在快要结束水墨汀溪的行程之前，水墨汀溪旅游开发有限公司的徐克辉总经理为我们饯行，我便用打抱不平的心态向徐总提出，这里为什么叫水墨汀溪，而不叫彩墨汀溪。因为中国画中的进阶水墨画、工笔花鸟画称作彩墨画，色彩缤纷，既有水墨画近处写实，远处抽象，色彩微妙，意境丰富的墨韵，也有赤橙黄绿青蓝紫的缤纷，有着太阳色谱般的美丽。徐总先是为我吟了两句诗："青山无墨千年画，流水无弦万古琴。"他认为，墨即是色，水墨的浓淡变化，不仅仅只有黑白的层次变化，而且有彩色的层次变化与和谐搭配，因而称作"墨分五彩"，也就是说，色彩缤纷完全可以用多层次的水墨色度代替。经他这么一点拨，我如醍醐灌顶，不由得想起北宋沈括《图画歌》所云："江南董源传巨然，淡墨轻岚为一体。"说的就是水墨如同彩墨而胜似彩墨的表现力。水墨比彩墨更加雅致，更能表述水墨汀溪的诗情画意。

徐总还告诉我，我们稍稍来晚了一点，水墨汀溪的秋景已经消退了。要是早十天左右来水墨汀溪，这里的山是七彩的山，这里的水是七彩的水，比现在我们看到的要美得多。不仅如此，水墨汀溪一年四季风景各不同，秋天有秋天的景，山着彩衣，水映锦缎；春天有春天的景，山花烂漫，水汽氤氲；冬天有冬天的景，岭上雪白，冰下水潺；夏天有夏天的景，群山叠翠，清泉如缎。每季的景色都如水墨画般"灵山多秀色，空水共氤氲"地富有诗意、韵味，真是美不胜收。

是啊，我们来到水墨汀溪已是入冬，时令真是晚矣。看来，要想欣赏到四季景色的不同，水墨汀溪还得再来。

四

水墨汀溪还是个有文化底蕴的地方。

这种文化底蕴源于宣纸，因为水墨汀溪是宣纸的故乡。

汀溪之水浇灌着桃岭、九里岭、战岭等山坡谷地，使这里盛产一种树木，叫青檀，其树皮是文房四宝之一宣纸的原料。宣纸闻名遐迩，有极好的润墨性，易于保存，耐老化，经久不脆，不会褪色，不易虫蛀，故有"纸寿千年"之誉，是中国传统古典书画用纸中的珍品。其中，桃记牌宣纸于1915年在巴拿马万国博览会上荣获金奖。宣纸起源于唐代，本来原产于包括水墨汀溪在内的宣城泾县，因以府治宣城为名，故称宣纸。

关于宣纸的产生，还有一个传说：

东汉安帝建光元年（121），造纸家蔡伦死后，他的弟子孔丹在皖南以造纸为业，很想造出一种世上最好的纸，为其师傅蔡伦画像修谱，以表达怀念之情，但年复一年都未能如愿。一天，孔丹偶见一棵古老的青檀树倒在溪边。由于终年日晒雨淋，树皮已腐烂变白，露出一缕缕修长洁净的纤维。孔丹取之造纸，经过反复试验，终于造出一种质地绝妙的纸来，这便是后来有名的宣纸，那条溪就叫汀溪。宣纸中有一种名叫"四尺丹"的，就是为了纪念孔丹，一直流传至今。如今，水墨汀溪边依然生长着大量的青檀树，当地山民每年都砍去青檀树的枝条，剥去树皮用来造纸。我们在水墨汀溪景区里，看到了无数新发很多细长枝条的青檀树桩，可不知树桩中有着这么动人的故事。

我们走在汀溪边、山谷中，似乎是走在宣纸上的水墨画里，只是比《清明上河图》要宁静得多、有野趣得多罢了，使我们既有一种"人在画中走"的感觉，又有一种"画在心中留"的惬意。

我们顺着碧绿而清澈见底，一会儿宽一会儿窄，一会儿缓一会儿急，一会儿高一会儿低的汀溪溯流而上，在溪边走了约三个小时，一路上拍了无数张照片，欣赏了无数的美景，虽有几分累，却心旷神怡。下午4点左右到达战岭农家乐山庄。这是一个建在溪流转弯处的山村农家。河湾是一大块石砾的水滩，河中有两群鸭子在悠闲戏水，河滩上有村妇在洗衣、洗菜。朋友告诉我们，晚上大家就住在这里了，现在大家可以在农家喝茶、嗑瓜子、休息。我们走进了这个主人叫万爱兰的农舍民居，室内收拾得很是整洁，墙上挂着很有功底却是农民书法家自己题写的楹联，颇有诗意。灶房里炉子上炖着鸡，在氤氤袅袅地冒着热气，有着浓郁的生活气息。山庄虽然大门洞开，却无一人，我们喝茶、嗑瓜子等全由我们按照各自喜好自己动手，有一种宾至如归的感觉。也不知什么时候，主人回来了，悄无声息地在灶房做饭、炒菜，不一会儿就将农家土菜摆满一桌。我们围拢而坐，无拘无束地畅饮起来。席间，有的站在桌边，握箸咀嚼着农家土菜；有的举杯邀友，以对饮烈酒表达友谊；有的转身对坐，窃窃私语；有的握着酒瓶，四处斟酒……加上农舍的家居环境，土色土香；农家的电灯，昏黄温馨，整个场景恰似现代生活水墨画版的《清明上河图》，我们似乎就是画在宣纸上走来走去、神态各异的人物，印在时间平面上的现代乡村生活面貌和汀溪岸边夜光渔火的秀丽景象，体现了水墨汀溪人性化的动感美及传承古典的深邃美。不知道是在画中，也不知道是在景中，我们便有了酒不醉人人自醉的舒畅。

这幅水墨画，给我们一种庄公梦蝶的恍惚，使我们不仅拥有欣赏水墨汀溪美景所获得的放松和快乐，而且拥有融入水墨汀溪画中体验的亲切和温馨，让我们有一种"山水丹青杂，烟云紫翠浮"般身临其境的诗情画意，比美酒还要醇厚。看来，今夜一定是要醉的，可能是因为酒，更可能是因为水墨汀溪……

在水墨汀溪，我们乐不思蜀，醉不思归，因为这里太美太美……

（2013 年 11 月 21 日）

老北京小吃

　　元旦前夕，习近平总书记用六个庆丰包子作为一顿午餐见诸媒体后，北京庆丰包子一下子风靡神州，有专程坐飞机去北京吃庆丰包子的，以至于庆丰包子到了台湾宝岛也遭排长队抢购，不得不每人每次限购六个。毫无疑问，庆丰包子就此出大名了，而且在相当长的时期里仍然是小吃界最热最红的"明星"。其实，庆丰包子与习近平总书记那天一同点用的炒肝一样，只是数百种老北京小吃的一种。

　　清代《都门竹枝词》写道："日斜戏散归何处，宴乐居同六和局……凉果糕炸糖耳朵，吊炉烧饼艾窝窝。叉子火烧刚卖得，又听硬面叫饽饽……"这首词告诉人们，老北京小吃自古受老北京人的喜爱。随着改革开放和时代的发展，老北京小吃受到全国乃至全世界食客的喜爱。

　　老北京小吃是传统的地方特色小吃，历史悠久，早期在庙会或沿街集市上叫卖，人们无意中就会碰到，买来品尝充饥，老北京人形象地称之为"碰头食"。随着历史的发展和人们生活习惯的改变，老北京小吃不再是"碰头食"，而是师傅专业制作、商家定点服务的店卖美食。虽然老北京小吃场所、制作、服务正规起来了，但小吃的技艺、风味、原料等都保持了传统。不仅如此，每种老北京小吃都有一个精彩的故事和美丽的传说。比如前面提到的炒肝，原来叫"白水杂碎"，是前门外会仙居独创的下酒小吃。据说有一天，慈禧太后想起早年吃过的"白水杂碎"，还想尝尝此菜。品尝之后，慈禧太后点评道："味道不错，要是去掉心和肺可能会更好。"太后的话当然是懿旨啊，会仙居的厨师怎敢不严格遵从？他们在之后烹制"白水杂碎"下料时，将杂碎中的心、肺剔除不用，只用猪肠和猪肝，然后用蒜末压去腥味，调味勾芡起锅。这样一来，就由"白水杂碎"变成了如今的炒肝。有人戏称炒肝为"无心无肺"。

老北京小吃用料讲究，制作精细，技艺独特，是京味饮食文化的一个重要组成部分，是老北京生活中不可或缺的重要一环。

作为南方人，我对老北京小吃有着另外的感受。中国传统蛇年年底，我与好友兼同事罕豪大在北京参加培训，罕豪大亲戚请我们品尝老北京小吃。那天，在有100多年历史的老字号北平楼点了卤煮火烧、豆汁、灌肠、素油麻豆腐、炒肝、糊饼、炸酱面、豆苗口蘑汤、青菜钵等老北京小吃，好不丰盛。品尝下来，老北京小吃给我的感觉就是一个字："怪！"味道怪、名字怪……就拿豆汁来说，一点豆子的味道也没有，却有一种难以描述的怪味。从名字上看，一种既像薯片又像虾片还像土豆片的油炸片，叫作灌肠，却与灌、与肠毫无关系，不知为何叫这个怪名字。再比如，炒肝这个名字，根本就不是炒出来的，而是熬煮出来的，不知为什么叫炒肝，真是奇怪。总之，老北京小吃确实很怪。

　　据史料记载，老北京小吃融合了汉、回、满、蒙等多个民族的风味，也许这就是味道怪、名字怪的原因之一吧。

　　不过，怪是独特，独特就会受到人们的青睐。

（2014 年 2 月 12 日）

玉成美行

2014年6月21日到22日是双休日，我们兄弟三人去了河南南阳。

尽管在南阳只有两天时间，因中国四大名玉之一的独山玉产地就在南阳，而且南阳镇平县是闻名遐迩的从事玉器加工和交易的地方，我们便抽出一天时间驱车赶了过去。其中阿卿兄弟原本对玉、对南阳、对镇平没有一点兴致，只是陪着同行的大哥们前往而已，且准备在大哥们逛街时，独自躺在车上睡觉。然而，没想到的是，他一到镇平，会见了攻玉之友后，就不知不觉地改变了原来的想法，更不可思议的是，他最先下手淘到了一块浅雕着梅兰竹菊"四君子"图案的独山方玉。在回来的路上，我们兴致勃勃地谈论着独山玉时，他不由得感叹自己这般鬼使神差的举动，却依然找不到促使他做出这种举动的理由和答案。

其实，他的这个举动不难理解，因为在中国，玉文化早已融在人们的血液里，透在骨髓里了，每个人概莫能外。

中国是"玉石之国"，同中国是礼仪之邦一样，中国也是崇玉之邦。中国人爱玉，有着悠久的传统。据推测，早在近万年前的旧石器时代晚期，中国人的先祖就发现并开始使用玉石，可以说是世界上最早的。目前，有足够证据证明，在新石器时代，国人就已经在制作、使用玉了，而且制作水平较高。据对在内蒙古敖汉旗兴隆洼遗址上考古发现的两件绿色玉玦进行科学测定，距今已有8200多年的历史（1982年文物普查发现于敖汉旗兴隆洼遗址，故称兴隆洼文化。1983~1994年，先后对兴隆洼遗址进行了七次考古发掘。1994年10月，在117号居室墓出土的两件世界上最早的绿色玉玦。属于史前新石器时代的这两件玉玦均呈圆环状，一侧有一窄缺口，靠近内侧的边缘被磨薄，起一周棱线，外缘略弧，通体抛光，是人为加工的，且技艺精良）。

在中国，先祖开采、加工玉石，缘于玉的细柔、透润。先秦时期玉以礼器为主，隋唐之后则以装饰、陈设等占据主导地位。无论是礼器，还是装饰、陈设，都蕴藏着深刻的中国传统哲学思想和人生理想，有着深厚的文化底蕴和人文精神。

春秋时期，秦穆公有个小女儿名叫弄玉，善于吹笙，居住的地方有个楼台叫凤台。有一天，弄玉在凤台上吹笙，忽然有人唱和。晚上梦见一个美男子骑彩凤自天而降，立于凤台之上，告诉弄玉："吾乃太华山之主，天帝命我与你结婚，在中秋那天相见。"说罢，解腰间玉箫，倚栏吹之，彩凤亦附和鸣唱起舞。弄玉醒来后，派人到华山寻找。在中秋之夜，一个名叫箫史的男子为秦穆公吹箫，"才品一曲，清风习习而来；奏第二曲，彩云四合；奏至第三曲，见白鹤成对，翔舞于空中；孔雀数双，栖息于林际；百鸟和鸣，经时方散"。秦穆公大悦，遂赐箫史与弄玉成婚。半年之后某天夜里，弄玉夫妇在凤台吹箫。忽然，"紫凤集于台之左，赤龙盘于台之右"，于是，两人便乘龙驾凤，自凤台翔云而去。

这个故事就是典故"弄玉吹箫"的来历，"乘龙快婿"的成语，也是由此而来。

从这个故事中不难看出，中国人的玉文化是以美好相寓意的。玉便代表着高贵、美好、圆满、清雅之意。在关于美玉的故事中，比如《对玉梳》《玉簪记》《紫钗记》《荆钗记》等，无论代表着感情，还是寄托着人生，都把玉作为美好的化身，作为美好的载体。在汉语词语体系中，以"玉"字组成的词语，大多是表示美好，比如金玉良缘、金玉满堂、金枝玉叶、金风玉露、桂玉之地、亭亭玉立、抛砖引玉、玉汝于成、玉树临风、金童玉女、金科玉律、冰清玉洁、珠圆玉润、芝兰玉树、金声玉振、面如冠玉、怜香惜玉、珠玉在侧、如花似玉、冰肌玉骨、软玉温香、美如冠玉、酌金馔玉、守身如玉、琼浆玉液、金口玉言、雕栏玉砌、白玉无瑕、玉树银花、仙姿玉质、金闺玉堂、仙姿玉色、美玉无瑕、玉成其事、琼林玉树、金声玉润、仙姿玉貌、玉洁松贞、玉貌花容、玉成其美、霞明玉映等，举不胜举。所以，自古以来，人们乐此不疲地将玉作为高雅的装饰、陈设和礼器，实质上就是人们追求美好情感，表达对人生的祝愿。

这般看来，阿卿兄弟最先下手"擒"得一块美玉，也是玉文化中的美好寓意和高雅情怀使然。当然，并不是阿卿兄弟一人如此，我和霁栋大哥也是如此。所不同的是，霁栋大哥有着玉文化的自觉，对玉情有独钟，这次去镇平淘玉就是他的竭力主张，而且势在必得一块独山美玉。毫无疑问，他当然不枉此行，在镇平的"玉美人"玉器市场，他淘到了一款精美的独山玉雕刻的壶。那个心情啊，真不是一个"爽"字了得！

最有意思的是，我对玉的感情虽然介于霁栋大哥和阿卿兄弟之间，但是在此次行程中，萌发对玉的冲动却是最早、最强烈的。到了镇平，去了朋友的店铺，看到了两款佛手，一款是雕了只蝙蝠的"福慧具臻"，另一款是雕刻着知了的"一鸣惊人"，我就爱不释手。只因是朋友，不好与之讨价还价，只好强忍着没有出手。到了"玉美人"玉器市场，看到一款用独山玉雕刻的把壶摆件，因这个摆件有处瑕疵，又一次强行地熄灭了冲动之火。来到"荷墩工玉"的玉器店就赖着不走了，直到把"一片冰心在玉壶"的玉器收入囊中才肯罢休。

回来的路上，还在兴奋的我，一路上吟咏着唐代大诗人王昌龄的《芙蓉楼送辛渐》：

寒雨连江夜入吴，
平明送客楚山孤。
洛阳亲友如相问，
一片冰心在玉壶。

（2014 年 6 月 24 日）

玉缘惬旅

人的一生中，总要有几次说走就走的旅行，其目的是朝着快乐奔去。

从来没有去过河南南阳，对南阳没有多少认识，虽然是说走就走的目的地，也没有做任何功课。然而，正因为有了这次南阳"闪电行"，才对那里的人文、风情有了一番感受。

南阳是座古城，是古丝绸之路的源头之一，历史上素有"南都""帝乡"之称，东汉时期曾作为陪都，东汉光武帝刘秀就在此发迹。南阳给人印象最深刻的，恐怕是"名圣"、名玉的盛产地了。中国的"科圣"张衡、"商圣"范蠡、"智圣"诸葛亮、"医圣"张仲景、"谋圣"姜子牙等历史名人都是出自或发迹于南阳。名玉则指的是独山玉。中国有四大名玉，它们是新疆和田的和田玉、河南南阳的独山玉、湖北郧县的绿松石、辽宁岫岩的岫玉。我们这次的南阳之旅最惬意的，就是与玉结缘。

先说与独山玉结识之乐。同行的霁栋大哥是个爱玉之人，对收藏美玉颇有造诣。尽管此行时间极为宝贵，他却执意要去镇平。他是奔着独山玉来的，决意要收藏一块独山美玉才罢休！在他的影响下，我和阿卿兄弟对独山玉有了一些粗浅的认识。

独山玉又称独玉、南阳玉或河南玉，产于南阳城区北边的独山。独山玉雕，历史悠久，早在 6000 年以前，古代南阳人已开采独山玉，安阳殷墟妇好墓出土的玉器中，有不少独山玉的制品。西汉时曾称独山为玉山。据考证，和氏璧就是独山玉，最后被秦始皇做成玉玺。元代，独山玉供给宫廷设的玉院使用。元世祖忽必烈为了大宴群臣，乃命玉雕名匠琢成了盛酒的"渎山大玉海"，为世所罕见的巨型玉器和艺术珍品，使用的就是独山玉。独山脚下玉街寺遗址，为汉代雕刻玉器的地方，其技艺千年不绝。清《新修南阳县志》记载："故县北居民，多治玉为生。"那时，采玉、制玉、售玉已经成为当地的重要经济来源，关系到当地的民生，可见其盛况。

有道是人有人缘，玉有玉缘。玉遇到了人，便使玉有了归主和价值；人识玉，就会使人对玉有了寄托和情思。

当然，玉缘深浅不一。无玉缘的，当然不可能与玉相遇，此乃无遇之缘；人和玉只是相遇，但没有相伴，便是最浅的玉缘；人和玉相遇且相伴而不相知，玉在身边而陌生，玉缘就很一般；人和玉不仅相伴，而且相知，人与玉心有灵犀，可见玉缘又深了一层；人和玉缘分最深的，是相融，玉得到人的呵护和滋养而更加温润细腻，甚至达到不朽和永恒。

这次南阳之行，我们兄弟仨与独山玉不仅有了缘，而且有的还结了奇缘。这个缘是在"荷墩工玉"玉器店始发的。当然，这之前我们兄弟仨在南阳镇平已经相遇了很多玉，但都擦肩而过。只是"荷墩工玉"玉器店陈列的一款梅兰竹菊"四君子"浅雕独山玉与阿卿兄弟不仅邂逅，而且伴旅而归，可谓是一个可遇而不可求的机缘啊！

最先把目光投向"四君子"方玉的是仨兄弟中的佧子阿兄，在立柜里瞅见它就觉得很特别，他便让老板娘将其移至柜台上，不由得赏玩起来。正当与其有几分亲昵之时，霁栋大哥、阿卿兄弟和塞弫团座都围了过来。一番欣赏和评论后，霁栋大哥对"四君子"一眼相中。岂知，一直不吭声的阿卿兄弟坐在"四君子"方玉旁边，一动不动，神情恍惚而迷蒙。

与"荷墩工玉"老板娘敲定价格后，沉稳优雅的霁栋大哥果断做出了包装起来的决定。在大家都认为"四君子"方玉已投身到他的怀抱之时，他却对阿卿兄弟说："你觉得好便付款吧。"想必霁栋大哥早就看透了阿卿兄弟的心思。阿卿兄弟毫不犹豫，立即应允，即使身上未带现金，让霁栋大哥为他先垫付，将"四君子"方玉收入囊中。

与"四君子"方玉无缘相守之后，霁栋大哥的心里最为中意的就是"一片冰心在玉壶"了。可是同样的"悲剧"再次上演，"一片冰心在玉壶"被佧子阿兄拿下。

看来，玉缘并不是最先中意的人，也不是最为中意的人，而是对其最易得手的人。正如张爱玲所说的那样："在千百万人中、千百万年间，不早不晚，正好碰上了，然后轻轻地说一句：'嗨，你也在这儿！'"

不过，霁栋大哥也有自己的玉缘，虽然与两件中意之玉擦肩而过后有点心急，但他最终"擒"得"高洁冰清"壶具。

有道是，玉如其人，人如其玉。在中国古代的道家思想里，缘就有"性分"和"时遇"之说。"性分"就是人的品行，"时遇"是后天的机遇。按照郭象注《庄子》中对人生机遇的说法，那就是每个人都在按自己的目标和"性分"做着自己的事，然而社会中每个人所做的事都会对别人有影响，许多他者的影响聚集在一个人身上，就会成为对这个人的机遇，就是这个人的缘分。换言之，我们对玉的"性分"和"时遇"，就是我们的天性与知遇的反映。

在从镇平回南阳的路上，我们一路欢声笑语。玉缘同人与人之间的缘分一样，从不相识到相识相知，让人觉得像是冥冥之中注定，美好而直叩心扉。"前世五百次的回眸，才换得今生的擦肩而过！"今世偶然的一次邂逅，便会相聚成终身坚守，所有的一切都来自那份机缘。友情也好，爱情也好，玉缘也好，莫不如此！

（2014 年 6 月 24 日）

玉米地的故事

　　不知为什么，东北的玉米很出名，而东北的玉米地并不为人所知。

　　到文学里找找，描写玉米的小说有，散文也有，比如毕飞宇的《玉米》、于文华的《掰玉米》、梁彤瑾的《审视玉米》、刘敬胜的《一株玉米的温度》等，有的还是名作家写的名篇。其中毕飞宇的《玉米》获第三届鲁迅文学奖，并被拍成电影。尽管内容写的是一个叫玉米的女人的故事，毕竟标题就是玉米。然而，写玉米地的不多，或者压根儿就找不到比较有名的篇章。其实，在我看来，东北，尤其是黑龙江的玉米地是非常令人震撼的。

　　东北地广人稀，那大片大片的玉米地，铺天盖地，像一眼望不到边的玉米海，微风刮过，绿浪翻滚，波涛汹涌，此起彼伏，不绝于耳。置身于这样的场景，让人思绪无疆。

　　这次有机会，我和朋友一起去了位于黑龙江省中北部的五大连池，虽然这里有14座独立火山锥的火山群，但给人的感觉还是如同平原那样平整的大地，其因就是每座火山锥并不高耸，最高的也就百米左右，这样的高度，在松嫩断陷盆地上隆起，并不十分遮挡视线。这里盛产玉米。车子在高速公路上行驶，我们所见山坡上、田地里，到处是绿油油、青翠翠、淹没于旷野的玉米。我们来的时候正是夏秋之交，玉米正是结穗棒之际，一棵棵根粗茎壮的玉米，立在那里像一个个整装待发的战士。难怪有人形容：这片"玉米地像一个无边的森林，长满密实的植物。从这块地望不到那块地，从一个村庄望不到另一个村庄，从一条路找不到另一条路。玉米地隐蔽了日常的清晰，遮掩了村庄、树木和道路。玉米地里的蒿草、野兔、飞鹊、野鸡以及溜进去的羊、狗等，还有割草的人、牧羊的人，都被玉米遮挡"。

看着这片一会儿深绿，一会儿嫩绿，一会儿青绿，一会儿浅绿的玉米的海洋，我不由得感叹起来："这么大片的玉米地，走进去该是什么样的感觉啊！"

同行的朋友哈汀，曾经在这片黑土地上生活了五六年，对这里的玉米地有着深刻体验。他说："陌生人走进去，会迷路的，出不来了。"于是便介绍了他的经历。

有一次，他同一位战友钻进了离他们驻守的基站不远处的玉米地，竟然怎么也找不到出来的路了。在玉米林中左冲右突，东奔西跑，依然不知路在何方。无奈，他们就用手机向驻守在基站里的战友们求救。战友们来了，看着一片连着一片的玉米地，也不知道他俩在哪里，就在手机里告诉他俩，拔出一棵最高的玉米，高高举起来，以便战友们发现他们。哈汀一边照着做，一边对着手机问前来营救的战友，是否看到有棵最高的玉米。手机中，战友们回答说，他们看着整片整片的玉米，都是最高的，一波一浪。如此这般地折腾了很久，也没有把哈汀和那位战友引导出那片玉米地。

在无计可施的情况下，战友们想到了一个办法，用基站上的方位仪器来探测他俩的位置。令大家没有想到的是，方位仪测得的位置是他俩置身于台湾海峡方向，让大家哭笑不得。后来，经过一番折腾，他们终于走出了那片玉米地。

不可否认，如同海洋一般广阔的玉米地，自然会有很多甚至超出我们想象的精彩故事，不为人所知，自然也就不为人所描述，因而也就不为文学所刻画了。如此看来，我们的车从玉米地边驶过，就不必停车，真正钻入玉米地去欣赏了。因为我们要急着赶路，时间和艳遇都不在玉米地里啊！

(2014 年 9 月 2 日)

东滩观堤

　　崇明岛是中国第三大岛。自从它形成长江口的一座淤沙岛后，每年都在长，一点点长大。据考，约在 1000 多年前的唐朝，长江口门在今扬州、镇江一带，那时的口门沙岛只是江中的两个小沙洲，称为东沙和西沙，面积亦甚小，数十平方公里。在这以后，崇明岛不断顺江下移，下涨上坍，于宋朝已在西沙西北面涨出了姚刘沙，东北面堆积而成了三沙，而原来的东沙和西沙则渐渐崩塌被冲走。接下来，三沙的命运亦和东沙、西沙一样，逐渐地被冲涨，在其下侧堆积形成了马家浜、平洋沙、长沙等沙洲，其中的长沙即是现在崇明岛的前身。清朝光绪年间，长沙南岸迅速地淤涨起来。后经当地百姓建石塘、石坝等，遏止了淤涨的势头，县城才得以保持下来。

　　2014 年 11 月 2 日是星期天，朋友特意邀请刚转业到松江的战友，我等作陪，在军转大哥的带领下，去了中国人民解放军总参某部崇明站，进行庆祝哈汀兄转业落地"军营一日"活动。部队首长安排大家到崇明东滩参观海堤，让我目睹了崇明长"个子"之事，颇有收获。

东滩海堤有三道，第一道是九二大堤，虽然堤上依然可以跑车，但堤的内外坡都已经杂草丛生，很显然早已弃之不用了。第二道是九八大堤，靠海一边的护坡较为完好，内侧则是一排风力发电机的 90 米高钢柱，风吹着发电机扇叶在旋转，发出绿色电力。大堤防海水、海浪、海潮的使命已经完成。第三道就是正在修筑的大堤，暂且叫最新大提吧。与九八大堤相比，向海里推进了约五六十米。也就是说，从 1998 年以来，才 16 年的时间，此处的崇明东滩长大了 50 多米。

东滩海堤每隔若干年修一道，其原因就是长江冲刷下来的泥沙不断地淤积，成为滩涂，使岛向江海里长了这么多"个头"。也就是说，东滩长大一些，就往前重新筑堤，使长大的滩涂成为陆地，种植、养殖皆可。

据曾在总参某部战斗、在崇明东滩驻守过，这次一起参观海堤的人介绍说，目前崇明岛每年能长出几万亩土地。不过，以后崇明东滩长"个儿"会越来越慢，因随着长江入海口不断淤积成陆地滩涂，水道越来越窄，水流越来越急，泥沙被冲走了，淤积就会越来越少，从而就长得慢了。

新修的海堤更加坚固。整个大堤分三层，最低的那一层是用毛石垫铺的缓坡层，是从海边淤沙处开始，五六米宽。中间层为用六角外形而内为圆空的预制块整齐码砌而成的高低间隔错落的护坡。之所以用内为圆形空心，且错落砌放的预制块阵，是为了减滞海浪冲击荡刷的力量，从而使海水冲堤的浪花不会过大过猛，防潮汛效果更好。最上层是直立的混凝土墙，高约 1.5 米。因涨潮并遇大风大浪时，海浪经过中间层的减滞，涌上最高层的冲击力已经不会太大，混凝土墙便可以阻挡，为节省成本，建筑一道立墙便可以。

　　大堤的内侧面向陆地，只建了拱形石护坡，使其不至于塌方即可。

　　新海堤正在修筑之中，工程规模令人震撼。海堤的长度，一眼望不到头。参观时，正值退潮，我便忍不住走下海堤，越过六角形预制块护坡，再走过毛石块铺垫的平层，站在淤沙上。原以为人会陷下去，没想到潮湿的淤沙远看像水，近看为泥，却比较板硬，站在上面一点儿也不下陷。这时发现了一只蟛蜞（螃蟹的一种，体小，头胸甲略呈方形。生活在水边泥穴中）在淤沙上奔跑，我便探下身去捕捉，一举将其拿下，甚是开心。

　　回到车上，把此趟观堤的收获之一，即抓到的这只螃蜞放到了矿泉水瓶中养着，带了回来。我在心里想，希望能长久地养着它，并看着它慢慢长大。因为，这样就能经常想起新建的东滩海堤，想起一块儿观堤的朋友们！

（2014 年 11 月 3 日）

深巷逼仄居大家

一帮作家去扬州采风，第一站便是朱自清故居。

拜谒朱自清故居，我感受很深。第一个感受是巷子深。朱自清在扬州的故居是安乐巷 27 号，从街面起，先从道台府边上窄窄的小巷子进去，沿着巷子往里走，最少有 2 公里多，而且要转两个弯，方可到达。

第二个感受是故居面积不大，显得逼仄局促。朱自清在扬州的故居是晚清民居，是三间两厢一对照青砖青瓦房子，另客房两间、大门过道一间、天井一方。这样的布局为扬州传统的三合院式民间住宅。进门后，小小院落薄砖铺地，条石镶边，青苔接缝，砖墙细瓦，雕花屏门，古朴大方。右边并列的两间客房，是当年朱自清的书房和卧室，也是朱自清和夫人陈竹隐的新房（1931 年初，朱自清和陈竹隐订婚，后朱自清去欧洲留学。回国后在上海举办了婚礼，然后偕新婚妻子回扬州在此居住）。屋中陈列的书橱、烟斗和文房四宝是朱家后人捐赠的朱自清生前遗物，现在都已成为珍贵的文物，卧室的摆设十分简单，房间不宽敞。

三合院的堂屋正厅为朱家的客厅，摆设有清代木椅、案几、八仙桌等，这些家具都是当年朱家的日用家具，条案上的座钟、花瓶、石屏摆件、烛台和观音像是老扬州居民家中普遍的陈设，寓意一生平安。墙上的"开张天岸马，奇逸人中龙"的对联为清代康有为所撰，山水画是康熙年间著名画家王原祁作品。两侧厢房是朱自清父母及儿女的住处。东厢房的两张床、梳妆台、案几、大橱、桌子及其他陈设，都是当年朱自清的父母和两个女儿的所用之物。墙上的两张照片，一张是朱自清的母亲，另一张就是《背影》里那个慈爱的让朱自清"眼泪很快流下来"的父亲朱鸿钧。西厢房是朱自清庶母的卧室兼朱闰生（即《荷塘月色》中的闰儿）的书房。对照房为女儿的卧室。无论堂屋客厅，还是厢房卧室，每间的面积都不大，甚至有些局促。尤其是东厢房，不仅住着朱自清的父母，而且还在父母卧榻对面靠墙处摆了一张床，住着朱自清的妹妹，看来这也是没有办法的办法了。

第三个感受是保存完好。朱自清在全国很多地方居住过，而扬州的朱自清故居是全国保存最为完好的朱氏旧居之一，其中书房和卧室更是保持了当年的原始面貌。天井、门堂、厢房，红木清漆打造的窗栏、案几、条桌、橱柜、大床和房间里的陈设，让我们想到当年朱家人忙碌的生活场景。

朱自清被毛泽东盛赞为有民族气节。他祖籍浙江绍兴，生于江苏东海县，因祖父、父亲都定居扬州，本人又毕业于扬州的江苏省第八中学（今扬州中学），后又在扬州做教师，故自称扬州人。朱自清从 1930~1946 年在此共居住了 16 年。别看这个故居巷子如此之深，房子又如此逼仄局促，可是此处恰恰是朱自清"生于斯，死于斯，歌哭于斯"的日作夜憩之所。也就是在此，朱自清为世人留下了丰厚的文学遗产及不屈从于外族势力的人格风范。

（2014 年 11 月 8 日）

东关古街宜采风

　　文学采风不仅要看名人，而且要看历史。文化名人本身就是某种文化的代表，而历史则是文化的积淀和记忆。

　　这次采风去了扬州。第一天，既安排了看名人，也安排了看历史。看名人是拜谒著名现代文学家朱自清故居，看历史是参观扬州东关古街。

　　东关古街确实很有历史，距今已有 1200 年。以历史记忆来观察，东关古街是扬州城发展演变的历史见证，也是扬州运河文化与盐商文化的发祥地和展示窗口。

　　整个扬州的历史很古老，那么为什么东关古街是其历史演变的见证呢？那要从东关古街的形成说起。

　　说来你也许不信，这东关古街的形成，却与扬州市花有关。据传，隋炀帝觉得国库充盈，便变得骄奢淫逸起来。有天夜里，他做了个梦，梦见一种非常漂亮的花，但不知叫什么名字、产于何地。醒来以后，隋炀帝命人依他所述画图形，到处张贴皇榜，寻找认识者。当时在扬州见过该花的王世充恰好在京城，便揭榜进宫，告知隋炀帝，图上所画之花叫琼花，生在扬州。隋炀帝听后，立即号令开凿长达千里的运河，建造如宫殿般华丽的龙舟。历时若干年，运河凿成，便在运河沿线遍植柳树，柳绿花开时，隋炀帝偕皇后和嫔妃下扬州看琼花，强令无数民间娇女背纤，自己站立船头观看"细腰纤腿，款款前行"之美姿丽态，龙颜大悦。然而，隋炀帝一路款款一路悠哉，待到抵达扬州时，满树琼花皆落。后人说，琼花乃性情之花，刚正不阿，很讨厌隋炀帝的奢靡，故早早凋谢。隋炀帝此番劳民伤财，一时民怨沸腾，并最终导致隋王朝的灭亡。隋炀帝虽然昏庸，但大运河开通却十分了不起，不仅开通了漕运，使交通发达起来，而且催生了千年东关古街。

隋朝虽然轰然倒塌了，但留下来的运河却极大地促进了漕运和经济的发展。到唐代，由于大运河带来的漕运发达和贸易繁荣，扬州赢得了"东南第一商埠"的美誉，有天下"扬一益二"之称，而利津古渡（即今东关古渡）是当时扬州最繁华的交通要冲。有了码头就有街市，舟楫的便利和漕运的繁忙，催生出一条商贸密集、人气兴旺的繁华东关古街。东关古街经久不衰，至今仍是扬州的商业和旅游重地。

东关古街拥有比较完整的明清建筑群及鱼骨状街巷体系，保持和沿袭了明清时期的传统风貌。它全长 1122 米，街内现有 50多处名人故居、盐商大宅、寺庙园林、古树老井等重要历史遗存，其中国家级文保单位 2 处、省级文保单位 2 处、市级文保单位 21 处。这种河（运河）、城（城门）、街（东关街）多元而充满活力的空间格局，体现了江南运河城市的独有风韵。以前东关古街不仅是扬州水陆交通的要道，而且是商业、手工业和宗教文化中心。街面上市井繁华，商家林立，行当俱全，生意兴隆，

陆陈行、油米坊、鲜鱼行、八鲜行、瓜果行、竹木行有近百家
之多。

　　这次采风，正值细雨霏霏的深秋时分，毛毛细雨更增添了东
关古街朦胧的色彩。与屏兄、吉月间、李靳教等文友一起漫步在
古街上，有一种感觉很强烈，那就是此为传统色彩浓厚的手工
艺、特色小吃和商业老字号的集聚地，前店后坊的连家店铺遍及
全街，如樊顺兴伞店、曹顺兴箩匾老铺、孙铸臣漆器作坊、源泰
祥糖坊、孙记玉器作坊、董厚和袜厂等。据统计，全街共有个体
工商户232家，其中，手工业72家、餐饮业24家、旅游商品经
营户136家，包括19家传统商业老字号，如谢馥春、三和四美、
中国照相馆、协茂大药房等。我们在一家老字号买了包"驴驼
载"草炉酥饼，迫不及待地拆开分享，其酥脆、焦香、味美真的
名不虚传。品尝着东关古街流传至今的好味道，舌尖上留下了世
代相传的味觉记忆，不得不为东关古街的坚韧亘古而感叹。

　　当然，保存完好的千年古街，本身就是人文旅游景点。因
此，东关古街理所当然是游客的热门去处。由街西首出发，途经
逸圃、个园、李长乐故居、华氏园、壶园、谢馥春、汪氏小苑，
还有扬州较早创办的广陵书院、安定书院、仪董学堂和明代的武
当行宫、准提寺等，除此之外，马监巷内还有建于康熙五十三年
（1714）的清真寺，在东关古街西头有香火很旺的财神庙和广储
门街口的砖砌圈门，拱门上镶嵌着"盛世岩关"四个大字，颇具
历史价值。如今在东关古街的东街口又发现了宋大城东门双瓮城
遗址，以及还有诸多像东圈门的刘文淇、江上青、何廉舫，地官
第的汪伯屏、洪兰友，三祝庵的金农，韦家井的熊成基，东关老
宅的曹起蟳等名人故居，都是值得"来此一游"的好地方。

　　在我看来，历史悠久的东关古街拥有鲜明的文化特色，有丰

富的非物质文化遗产，并有着良好的传承，那些古风古韵的文物古迹、历史建筑保存完好，具备一定的规模，确实十分难得。

　　自大运河开通后，这条外依运河、内连城区的通衢大道，逐步成为最活跃的商贸往来和文化交流集聚地。东关古街经过千余年的积淀，街内留下了丰厚的历史遗存和人文古迹，堪称中国大运河沿线城市中保存最为完好的商业古街，也是最值得人们去游览之街，更是我们这些从事码字之人值得去的理想的采风之地。

（2014 年 11 月 11 日）

别叫艳女曼吹箫

去过扬州恐怕有近十次，以园林群景闻名的瘦西湖却从未去过。这次跟一帮文人到扬州采风，游览了瘦西湖，颇觉其是美景绝佳之处，感慨万千，情不自禁地吟道：

深秋扬州绿柳袅，
胖似三月烟花俏。
瘦西湖游吟樊川，
只见药桥未闻箫。

虽是薛蟠体，但吟咏之后，我有一种感觉，瘦西湖很美，就在于有桥无箫。

在现实生活中，原本，桥是桥，箫是箫，一个是过河的道路，一个是吹奏的乐器，二者风马牛不相及。大概因为思念，大概因为扬州，大概因为瘦西湖，把二者扯在了一起。这么一扯，还扯出很多美景，扯出很多韵味，扯出很多浪漫，扯出很多传说了。

在我的文学知识储备里，最初把桥与箫扯到一起的，大概要算唐朝浪漫主义诗人、有"诗仙"之称的李白了。他在《忆秦娥·箫声咽》词中写道："箫声咽，秦娥梦断秦楼月。秦楼月，年年柳色，灞陵伤别。乐游原上清秋节，咸阳古道音尘绝。音尘绝，西风残照，汉家陵阙。"我们知道，灞陵与灞桥是一个地点。从词看，呜咽的箫声把秦娥从梦中惊醒，此时，一钩残月斜映在窗前。可是，柳绿一年又一年，依然是灞桥伤别的回忆。诗人以箫声惊梦忆灞桥的意境，描绘了一个女子思念爱人的痛苦心情，读来凄婉动人。很显然，这里的箫和桥都有特别的寓意。

在李白之后，也有文人把桥与箫扯到一起，作为诗境文情的一种表达方式。较为著名的当属唐代大诗人杜牧。他的《寄扬州韩绰判官》诗脍炙人口："青山隐隐水迢迢，秋尽江南草未凋。二十四桥明月夜，玉人何处教吹箫？"这首描写与朋友真挚感情的诗，不知为什么，最后两句要把桥与箫弄到了一起。二十四桥的夜晚明月依旧，那个玉人，也许是指亲爱的朋友，也许是指美丽的姑娘，你在哪里教人吹箫呢？很显然，诗人这样含蓄地将桥与箫联系在一起，千余年来引发了很多人的遐思和猜测。

南宋文学家姜夔的《过垂虹》诗写道："自作新词曲最娇，小红低唱我吹箫。曲终过尽松陵路，回首烟波十四桥。"既写桥，也写箫，用桥和箫抒发自娱自乐的惬意心情。清人黄惺庵在《望江南百调》词中吟咏道："扬州好，高跨五亭桥。四面清波涵月影，头头空洞过云桡。夜听玉人箫。"清人费轩《扬州梦香词》有云："扬州好，第一是虹桥。杨柳绿齐三尺雨，樱桃红破一声箫。处处是兰桡。"诗人先写桥，后写箫，桥和箫在明月和清波之中呈现幽静的意境，给人一种美不胜收的浪漫感受。近代文学家苏曼殊于 1910 年作于日本的《本事诗十章·选二》曰："春雨楼头尺八箫，何时归看浙江潮？芒鞋破钵无人识，踏过樱花第几桥？"诗人由箫而想到桥，描述对祖国的思念和对生活现状的无奈。

当今也有文人将桥与箫联系在一起的。一位叫风的作者，就写了篇《枫桥听箫》的散文："深夜……忽闻一缕幽幽的箫声传来，凌空回旋，静远和润，入耳透心……缓步踱出小巷，远处枫桥如一弯月牙飞挂在河面上，飘逸出尘，美如梦幻。"这里箫衬托桥，桥衬托箫，桥箫互映，给人一种静谧朦胧的美感。

诗文把桥与箫联系在一起，寓情于景，以景托情，情景交融，从而营造出了隽永深幽、意境无穷的韵味。这般说来，桥与箫体现了一种美，给人以浓厚的浪漫感受和愉悦。然而，这种美是诗文的意境美，而不是桥或箫本身的构造美和旋律美。

比如今天，去瘦西湖，观赏二十四桥，感受到的却并不是那种意境美，而是实实在在的桥之美。所不同的是，意境美在桥身上体现，需要箫的配合，来达到动与静的交融。桥的建筑美，即使没有箫的参与，依然展现出造型、线条的艺术美，是一种实打实的视觉美。

毫无疑问，瘦西湖的美，虽然有柳之美、水之美、亭之美、塔之美、花之美、树之美、山之美等，但一定不能少了桥之美。尤其是二十四桥，这座因杜牧诗而得名的桥，有着别样的美，成为瘦西湖一处闻名遐迩的景点。二十四桥之称，古时或指吴家砖桥，一名红药桥；或指二十四座桥，分布唐时扬州水道；或指隋唐二十四歌女，姿容媚艳善弄箫。尽管如今的二十四桥并不是《寄扬州韩绰判官》中所写的二十四桥，也不是有着很多传说、有着娇女丽人的美艳故事的代名词，而是按《扬州画舫录》记载和清代扬州著名画师袁耀所绘《邗上八景·春台明月》、乾隆《南巡盛典图》等有关史料设计、1987 年 10 月破土动工兴建的仿古桥。二十四桥构造旷奥收放，抑扬错落，转折对景，恰如一幅山水画卷，成为乾隆水上游览线的一处胜景。湖两岸长廊依云墙伸展，陆路与水道并行。整个景区在体现"两堤花柳全依水，一路楼台直到山"的意境中起着承前启后的作用。

如此这般美，全在桥，而没有箫，也不需要玉人吹箫。

还有五亭桥，它建于莲花堤上，是清乾隆二十二年（1757）巡盐御史高恒及扬州盐商为奉迎乾隆帝而建。因为它建于莲花堤上，所以又叫莲花桥。五亭桥具有极高的桥梁工程技术和艺术水准，体现了古代劳动人民的高度智慧。因此，它不仅是瘦西湖的标志，而且是扬州的标志。这座桥造型秀丽，将阴柔阳刚完美结合、南秀北雄有机融合。桥上有五亭，黄瓦朱柱，配以白色栏杆，亭内彩绘藻井，富丽堂皇。桥下列四翼，正侧有 15 个券洞，彼此相通。每当皓月当空，各洞衔月，金色荡漾，众月争辉，倒挂湖中，其景其桥之美，美得不可捉摸，美得难以言说。不仅明月皎洁的夜晚时，五亭桥很美，即使是阳光明媚的白天，也是美轮美奂。这次游览五亭桥，人还未到，它的倩影就远远地映入眼帘。走近五亭桥，恰阳光照在黄色亭顶上，金光闪闪，并倒映在清澈湖水之中，在波光粼粼的微漾中金色灿灿，水上水下，一实一虚，虚实同辉，光影共媚，其景美、其形美、其影美，让我惊呆了，连忙用手机拍了下来。之后，我将此照片给同行的文友看，文友也对这样的美景惊叹不已。

是啊，五亭桥真的很美。虽然古人也把它与箫联系在一起，共同传递着它极具艺术的浪漫之美，可是在今天看来，它如此美却与箫没有关系，似乎在人们的眼里，它的美与月光、阳光都很有缘。在月光、阳光下已经非常美了，根本无须箫的呜咽，无须弄箫的玉人。

说瘦西湖桥美，不能不提大虹桥。此桥有"扬州好，第一是虹桥"之说，是扬州二十四景之一，建于明崇祯年间，横跨保障湖水。原桥为木质红栏，故名红桥，清乾隆元年（1736）改建为石桥。15 年后，巡盐御史吉庆、普福、高恒相继重建，并在桥上建桥亭，改"红"为"虹"，是清代文人举行红桥修禊（古代民俗，于农历三月上旬的巳日，三国魏以后固定为三月初三到水边嬉戏，以被除不详）的所在地。乾隆皇帝游扬州时作诗赞赏虹桥的景色，曰："绿浓春水饮长虹，锦缆徐牵碧镜中。真在横披画里过，平山迎面送春风。"今日大虹桥已成为进入瘦西湖的咽喉之地，登桥远望，不仅可见湖水如带，桃红柳绿，画舫笙歌，更可见远处小金山上的山亭，隐隐约约，似在引导人们步入佳境。大虹桥，瘦西湖佳境又一处，只见其美不听箫。虽然，古时玉人夜吹箫，那是因为"樱桃红破一声箫。处处是兰桡"。如今换了格调，山映水中在桥下，更妖娆。

瘦西湖不仅有最具艺术美的五亭桥、具有诸多传说的二十四桥、文化味最浓的大虹桥，而且有诸如色彩最艳的小虹桥、最小木桥的春波桥、最典型拱桥的玉版桥、最古老的藕香桥、栏杆半有半无的半栏桥、"醉月飞琼"的水关桥等，它们都各具特色。除此外，还有九曲桥、三折平桥、长春桥、杨庄桥、观音山涵桥、双峰云栈桥等。不仅湖中桥多，瘦西湖周围的老盆景园内有著名的红桥；其东侧北城河上有新北门桥、老北门桥、天宁门桥；南北向有古老的问月桥、叶公桥、肖氏桥、凤凰桥等，而且在平山堂下，有相别桥、下马桥等，瘦西湖景区及周边桥梁众多，共有 50 多座。

如此众多的桥，都各有其美，也与箫没有关联。

这么说来，并不是今天的人们艺趣被沙漠化了，没有弄玉和箫史那样的雅兴，不喜欢听箫吹箫了，而是桥之美可以有箫，也可以无箫。虽然对于意美、情美而言，有桥，最好也要有箫，但对于桥美、景美来说，只要有桥，不需有箫了。

说实话，瘦西湖上无论哪座桥，若在月明之夜，清辉笼罩，波涵月影，画舫拍波，有数十歌女，淡妆素裹，美艳如仙，在亭台上弄笛吹箫，那么此般场景，天上月华朦胧，桥上箫声悠扬，水上桥影隐现，这明月、这桥影、这箫声，与波光融在一起，使人觉得好像来到了仙境，是何等之美，何等惬意啊！但是，这种美中，免不了包含着歌女带来的妖艳之美，包含着箫声营造的浪漫之美，美却浮华，美却空靡，美却迷幻，难免浮荡心灵，难免虚幻神情。

在我看来，美最好不要脱离现实，不要忘乎自然。瘦西湖美，桥美、水美、柳美、花美、亭台楼阁美等，都实实在在，美在现实，美在自然，美在其物，没有一点虚幻和浮靡。欣赏这种美，沉淀于心的是具体的、踏实的美，触目可见，触手可及。这样的美才是真美！

此时，隔水凝望二十四桥，在绿柳彩菊的衬托下，明媚旖旎；在清波荡漾的湖水上，桥拱如虹。假如在游人如织、热闹非凡之时，冒出一群搔首弄姿的艳媚女人在桥上吹箫，那是多么煞风景的事啊！

呜呼，瘦西湖真美，只是千万别叫艳女曼吹箫！

（2014 年 11 月 21 日）

后 记

有人问我，怎么写了这些散文。我说，心静而写。

人总有心静的时候。

庄子在《杂篇·庚桑楚》中说："胸中则正，正则静，静则明，明则虚，虚则无为无不为也。"意思是心神平正就能够常保宁静，常保宁静就能够心绪不乱而明朗，心绪明朗就能够在心灵上如同没有私心杂念那样虚空，心灵上有了洗尽杂念和冲动的虚空就不会有违背自然的刻意而为，就没有办不成的事，当然也就没有写不成的文章。刘勰说："文之思也，其神远矣。故寂然凝虑，思接千载；悄焉动容，视通万里。"这就是说，在思考创作中，一旦进入寂然虚静的状态，人的心灵就获得了充分的自由，从而能够专心致志地思考，就能使思绪连接古今，心为所动，情为所感，感知与思维也都充分调动起来，自然动人心弦。于是，感觉上仿佛可以看到千里之外的不同风光。陆机说："其始也，皆收视反听，耽思傍讯，精骛八极，心游万仞。其致也，情瞳胧而弥鲜，物昭晰而互进……观古今于须臾，抚四海于一瞬。"告诉人们，开始创作时，不视不听，不为外物所惊扰，耽静专思，傍搜博寻，排除外界事物干扰，专心致志，心不旁骛，集中精力思考问题，从而神飞八极之外，心游万仞高空。一旦文思到来，便如旭日初升，开始朦胧，然后逐渐鲜明。此时此刻的物象，不仅清晰而且互相涌进，激发起丰富的想象，并贯穿始终……达到了这个境界，片刻之间就通观了古今，眨眼之时就巡行了天下，那是何等的开阔啊！

这一切都说明，心静而神聚，神聚会思涌，此时下笔便成文章。

确实如此。每当我心静时，就能在独处中写下一则有趣的故事、一个深刻的哲理、一行浪漫的诗句、一段戳到泪点的对白。优哉游哉地写，如玩似的，把它当作休闲，当作自得其乐。我觉得，宁静的时候，与生活对话，与感悟聊天，与思绪絮叨，与往事干杯，与现实对白，与想象欢叙，真的温暖、快乐和恬适。

因此，写作的这种休闲，如同爱一样，真的好爽！不仅是写的时候很爽，而且写完后更爽。

这种爽来源于写完后能使人获得心静。

写作，其实就是记录所思所想，因为写，思透了，想通了，心便静矣；因为写，感触了，悟出了，心便宁哉；因为写，议清了，论明了，心则放下了；因为写，抒情了，激昂了，也就冷静了……

写作使人宁静，而宁静以致远。静下心来，冷静地观察事物的发展、世事的变化，就能高瞻远瞩，使人眼界开阔，淡泊明志，岂能不爽？

写作使人宁静，而宁静以神明。宁静让人摒弃骄横轻狂、浮躁焦虑，能够沉着安神，进行反思，悟出真谛，参明真理，开智生慧，从而驰向自由王国的彼岸。

写作使人宁静，而宁静以养性。静则"解心之谬，去德之累，达道之塞"。在静中，可以沉淀生活，陶冶性情，涵养德行，净化灵魂，过滤性情中浅薄、粗俗等杂质，修身养性，使人高雅脱俗，那个爽啊，难以言状！

如此说来，写缘于静、静生于写，循环往复，无休无止，文章也就层出不穷，心也就越来越静，也就有了《悟鉴无疆》和另外一本《情趣有痕》。这两本书就是在这种静而写、写则静的往复中，打了个结，做了个记号，仅此而已。

这样说来，此书是静的产物，也是静的证明。因为我能静得下来，才有书中文字，也因为有了书中文字，才会使我更加宁静。

2013年至2014年，我先后写了152篇散文，本书选了63篇，

《情趣有痕》选了67篇。读者可以从这些文字中，发现我宁静中的情趣和宁静中的感悟。

我得承认，喜静是我的感受，静而写更是我的感受，很个体，很自我，不代表他者。他者也许是因为悲愤而写，也许因为煎熬而写，也许因为失意而写，也许并不因为什么而写。说实话，他者究竟为何而写，真的不得而知，因而不能认为我是为何而写，别人就会也为何而写，我是我，他者是他者，有差别是一定的；更不代表群体，群体有群体思潮，群体有群体的逻辑，群体有群体的认同，并不能用一个"宁静"概括和反映。

既然喜静以及静而写很个体、很自我的东西，不可回避，书中的文章也很个体、很自我，基因先天不足，难免就有偏颇之处，敬请读者谅解！

在此书的编辑过程中，山西人民出版社责任编辑吕绘元花了大量的心血，松江区文联副主席、《松江报》副主编许平给予了很大帮助，在此表示感谢。

2015年6月22日